Nina MacKay

Aschenputtel
und die
Erbsen-Phobie

DRACHENMOND VERLAG

Copyright © 2016 by

Drachenmond Verlag GmbH
Auf der Weide 6
50354 Hürth
https://www.drachenmond.de
E-Mail: info@drachenmond.de

Lektorat: Isabell Schmitt-Egner
Korrektorat: Lillith Korn
Satz: Marlena Anders
Layout: Astrid Behrendt
Illustrationen: Andrea Grautstück
Umschlagdesign: Marie Graßhoff
Bildmaterial: Shutterstock

Druck: Booksfactory

ISBN 978-3-95991-990-6

Alle Rechte vorbehalten

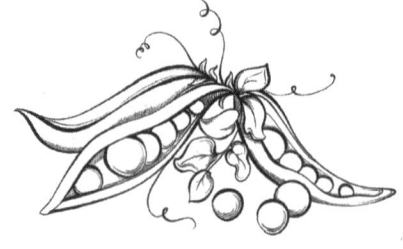

Für alle,

die noch auf der Suche nach ihrem Happy End sind.
Ich wünsche euch alles Glück der Welt!

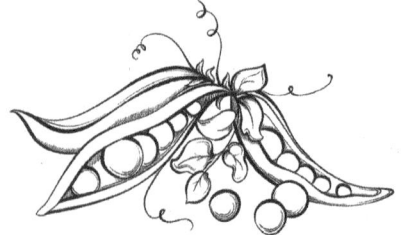

Kapitel 1

»Was meinst du damit, es ist aus?«

Prinz Charming steht uns gegenüber auf der anderen Seite der Kartons, die die Bediensteten abstellen, so als wollen sie eine Pappmauer zwischen uns errichten. Eine Windböe streicht darüber, hebt die Kartondeckel hier und da etwas an. Aus einem der größten quillt der Tüllrock eines Brautkleides hervor. Offenbar ist er genauso wenig wie Cinder gewillt, jetzt schon aufzugeben. Sich Prinz Charmings Willen zu beugen. Eigentlich wollte ich Cinder nach unserem Krav-Maga-Kampftraining nur nach Hause begleiten. Und nun das. Mit Charming und einem solchen Drama habe ich nicht gerechnet.

»Du bist einfach nicht mehr das Mädchen in Not, in das ich mich verliebt habe«, seufzt ihr Ehemann. Schweiß perlt von seiner Stirn, den er eilig fortwischt.

Cinder schluckt, steht ganz steif neben mir.

»Weil ich jetzt Krav Maga mache?« Die Worte entweichen ihrer Kehle in unregelmäßigen Abständen. Sie bringt sie kaum hervor, kann das offensichtlich alles nicht fassen. Genauso wenig wie ich.

»Nicht nur das.« Mit verschränkten Armen lehnt sich Prinz Charming gegen den Türrahmen. Eine seiner dunklen Haarsträhnen verrutscht, was ihm, dem perfekten Prinzen, sonst nie passiert.

»Du hast mich in Wonderland gerettet. Warum musstest du das auch tun, Cinder? Eigentlich hätte ich DICH retten sollen!«

Mir bleibt die Spucke weg. Deswegen killt der hochwohlgeborene Herr sein eigenes Happy End? Weil Cinder, genau wie wir anderen in den letzten Wochen, gelernt hat, sich selbst zu retten? Lächerlich!

»Aber Liebling, hätte ich dich etwa auf diesem Schachbrett zurücklassen sollen?« Cinder piepst und krächzt, als sei sie im Stimmbruch.

»Ja.« Für einen quälend langen Moment schließt der Prinz die Augen, bis er hinzufügt: »Ich will die Scheidung!«

Cinders Schultern zittern, dann bricht sie in meinen Armen zusammen. Am liebsten möchte ich ihrem Göttergatten wüste Beschimpfungen und gleich danach meine Schuhe an den Kopf werfen, doch er dreht sich einfach um. Verschwindet in seinem Schloss. Und ich bin viel zu sehr damit beschäftigt, Cinder zu halten. Soll das heißen, Charming steigt aus? Aus unserer kleinen Widerstandsbewegung? Dem Widerstand gegen das Morgenland?

Cinder schluchzt, klammert sich an mich und ich beiße mir auf die Lippen. Bei allen sieben Geißlein! Warum muss das ausgerechnet heute passieren? Es ist wie verhext!

Nach einer Weile, in der sich meine Freundin weitestgehend ausgeheult hat, ziehe ich sie auf die Beine.

»Komm, Cinder, wir bringen dich einfach bei Snow unter. Deine Sachen lassen wir abholen.« Schließlich ist Snows Schloss seit knapp vier Wochen unser strategischer Stützpunkt. Dort haben sich sämtliche Gegner Jasemins einquartiert. Auch Ever, Jaz, Asher und sogar Pan. Snow wollte uns unbedingt »Der Widerstand«

nennen und langsam habe ich mich an diesen schwachsinnigen Namen gewöhnt.

Im Prinzip ist Snow ja gegen alles, aber dieses Mal speziell gegen Prinzessin Jasemin, die sich nicht nur an uns für den Tod ihres Vaters rächen, sondern auch gleich den ganzen Märchenwald für sich haben will. Mit Krieg und allem Drum und Dran, befürchten wir. Einfallen, Leute abschlachten, Land an sich reißen. So ungefähr.

Widerstand also. Mit Haut und Haar. Zusätzlich hat Prinzessin Jasemin noch eine ganze Armee. Wir dagegen nur ein paar Jäger und Wachen, die uns nicht wirklich glauben, dass wir bald vom Morgenland überrollt werden. Oder zumindest nicht glauben wollen. Plus einen Werwolf, einen Piraten und zwei Zauberstäbe. Gut, die verrückte Hexe nicht zu vergessen. Dennoch ... unbestritten eine recht magere Ausbeute.

In Snows Schloss laufen wir unglücklicherweise zuerst Jaz über den Weg. Kaum habe ich die schluchzende Cinder an den Wachen vorbei durch das Eingangstor geschoben, biegt er um die Ecke und steht plötzlich mitten im Flur. Sieht mich ungefähr genauso überrascht an wie ich ihn. Seit Tagen gehe ich ihm aus dem Weg. Finde Vorwände zu verschwinden, wenn er versucht, ein Gespräch zu beginnen. Auch heute hält er sofort inne, als er mich sieht. Verflucht sei er und sein hübsches Piratengesicht! Natürlich hilft mir wie immer alles stumme Fluchen nichts. Jaz' Blick verhakt sich in meinem und mal wieder vermittelt er mir das Gefühl, allein mit ihm in einem Raum zu sein, wenn nicht sogar allein im ganzen Universum. Diese Aufmerksamkeit lässt mein Gesicht vor Hitze glühen, meinen Körper ebenso. Es ist einfach zu viel. Er ist zu

viel. Während Cinder schon mal vorgeht, sehe ich nach rechts und links und dann ganz langsam direkt in Jaz' Augen. Verzweifelt suche ich nach einem Ausweg, einem Grund, mich zu verdrücken, und will doch keinen finden. Die Art, wie er mich ansieht, erinnert mich daran, wie Rapunzel Buttercremetörtchen betrachtet. Mit diesem ganz eigenen Strahlen, das sie stets nur für ebendieses Gebäck reserviert.

Jaz' Mundwinkel heben sich, als ich so lange bei ihm verharre. Eine seiner dunklen Strähnen fällt ihm ins Gesicht, wie es geschulten Schauspielern in Vampir-Teenager-Romanen immer so selbstverständlich gelingt. Ganz leicht lege ich den Kopf in den Nacken, denn irgendwie scheint etwas in der Luft zu liegen. Etwas Schweres und doch Lockerleichtes. Auf einmal bekomme ich zu wenig Sauerstoff. Obwohl sich meine Nasenflügel weiten, kann ich keine Luft mehr in meine Lungenflügel saugen, stehe kurz davor, zu hyperventilieren.

Zu viel. Er ist zu viel.

»Cinder!« Eine aufgeregte Snow biegt um die Ecke, gefolgt von Rapunzel, die hinter ihr her stolpert, mit den Haaren aber an einer Türangel hängenbleibt. »Wir haben es gerade gehört!«

»Ja«, pflichtet ihr Rapunzel bei, nachdem sie ihre Haarsträhnen befreit hat. »Oder ist das ein schlechter Scherz?«

Ich eile auf die beiden zu. Weil ich nicht genau verstehe, was los ist, tausche ich einen Blick mit Cinder. Doch sie schnieft nur und schaut genauso ratlos drein, wie ich mich fühle.

Snow neigt den Kopf zur Seite, wobei ihr das Ebenholzhaar in den hohen Kragen ihres Kleides fällt. »Prinz Charming hat seinen Beziehungsstatus auf Facebook geändert.«

Natürlich. Was auch sonst könnte hier alle dermaßen in Aufruhr versetzen? Ich verdrehe die Augen. Da hat Prinz Unverschämt aber flinke Finger bewiesen.

Schneller, als ich gucken kann, packen Snow und Rapunzel Cinder an beiden Armen und schleifen sie fort. Sicherlich, um sie erst mal zu einer Gesichtsbehandlung zu bewegen und danach zu einer Pediküre. Seit Anbeginn der Zeit sind Quark und Gurkenscheiben im Gesicht bei meinen Freundinnen ja die erste Maßnahme im Krisenmanagement.

Damit stehe ich allerdings auf einmal alleine im Flur mit Jaz, der mich immer noch anstarrt, als sei ich eine Erscheinung.

Ich schlucke. Er sieht mich immer noch an.

»Ja, ich muss dann auch mal … meine Pfeilsammlung sortieren«, sage ich lahm, versuche, mich an ihm vorbeizudrücken, doch er umfasst mein Handgelenk und hält mich zurück. »Warte. Wir müssen uns unterhalten. Seit dreizehn Tagen hast du kein einziges Wort mehr mit mir gewechselt.«

Zählt er etwa mit? Ich hebe den Kopf. Seine Stimme klingt nicht nach dem Jaz, den ich kenne. Sie ist brüchig, irgendwie so, als hätte man ihm etwas weggenommen. Etwas Lebenswichtiges. »Bitte, Red.«

Seine Nähe ist mir schmerzlich bewusst. Warum muss er es mir so schwer machen? Herzzerreißend schwer. Ein Teil von mir genießt es, seine Haut auf meiner zu spüren, seinen Geruch einzuatmen und in seine unergründlich tiefen Augen zu starren. Dieser Teil von mir möchte durch seine dunklen Haare fahren oder noch besser: ihn an mich ziehen. Doch der andere, der vernünftige Teil in mir, ist sich bewusst, dass ich mich für Ever entschieden habe. Meinen Seelenverwandten. Und *jeder* Teil in mir weiß, dass man nicht alles haben kann.

»Wie oft willst du noch vor mir davonlaufen? Vor mir und deinen Gefühlen? Ich weiß, dass du mich liebst. Und es ist okay für mich, wenn du auch Ever liebst.« Er seufzt. »Bald ist Vollmond. Die eine Nacht, die du unweigerlich mit mir verbringen musst. Ich brauche dich, Red, bitte hör endlich auf, mich zu ignorieren. Es bringt mich um.« Seine Stimme versagt nun gänzlich.

Aus einem Impuls heraus recke ich das Kinn, weiß plötzlich, was ich sagen will, was schon so lange ungesagt in mir schlummert. Der Tanz um die heißen Kohlen ist vorbei. Das Kreisen um unsere unausgesprochenen Gefühle. »Du kannst nicht wissen, ob du mich wirklich willst. Bisher warst du nie mit einem Mädchen zusammen. Du hast jahrelang keins mehr gesehen. Und das einzige Mal … mit Fear … da hast du unter einem Zauber gestanden.«

Mit einer abwehrenden Handbewegung schüttelt Jaz den Kopf. »So ist es nicht. Ich beweise es dir.« Er hebt den Blick und sieht mir direkt in die Augen. So offen, dass ich schon wieder schlucken muss. »Ich will nur dich. Du bist mein Happy End.«

Plötzlich scheinen die Wände im Flur näher zusammenzurücken, mich einzukesseln. Ich muss hier weg. Also reiße ich mich von ihm los, ignoriere den verletzten Ausdruck in seinem Gesicht und renne raus, den Flur hinunter bis zur großen Halle, wo zwei breite Treppen nach oben führen. Ganz ähnlich wie im Heim der Herzkönigin.

Ohne mich umzudrehen, weiß ich, dass Jaz mir immer noch hinterhersieht. Ich bin mir seiner Blicke mehr als bewusst und dieses Bewusstsein schnürt mir die Kehle zu, lässt mein Herz lautstark in meiner Brust pochen. Ich renne und kann ihm doch nicht davonlaufen. Wir beide wissen es. Denn sobald es Voll-

mond ist, werde ich ihn brauchen. Dem Fluch sei Dank. Spieglein sagt es, die Herzkönigin schwört es: Sie alle bezeichnen Jaz als meine zweite wahre Liebe. Und Dank des Fluchs darf ich nie wieder ohne meine wahre Liebe an meiner Seite nachts einschlafen. Solange Ever bei mir ist, stellt diese Fluchangelegenheit, ein Geschenk der Dreizehnten Fee, auch kein Problem dar, nur ist es eben so, dass genau diese Fee Ever einen Werwolffluch angehängt hat. Aus diesem Grund verwandelt er sich in der Vollmondnacht in einen Wolf und kann das Bett nicht mit mir teilen. Ironie des Schicksals. Willkommen bei den nicht ganz so anonymen Fluchgeschädigten.

Nachdem ich die Stufen der Treppe erklommen habe, wird mein Herz schwer, als hätte ich es unten im Flur an einen Stein gebunden zurückgelassen. Bei Jaz. Kann das alles wahr sein? Soll er meine andere große Liebe sein? Was für ein grausamer Scherz ist das? Und wer hat ihn sich ausgedacht? Warum fühle ich mich zu ihm hingezogen, wenn es doch Ever ist, den ich will? Aber dafür gibt es eine einfache Erklärung: das Stockholm-Syndrom. Diese Verbindung zwischen Jaz und mir, die ich fühle, lässt sich ganz einfach auf dieses Phänomen herunterbrechen. Energisch beginne ich vor mich hinzunicken. In Neverland hat Jaz mich praktisch unter Drogen gesetzt und auf seinem Schiff festgehalten. Nur deshalb … Verdammt, ich muss unbedingt diesen dämlichen Fluch brechen und dann –

»Spieglein möchte, dass wir ihn ab sofort ›Whistleblower‹ nennen«, unterbricht Rose meine Gedanken, »schon gehört?« Sie lehnt an einem Türrahmen und streicht sich mit einer Hand über ihren dunkelblonden Zopf.

Mein Augenlid zuckt. In diesem Irrenhaus auch nur einen klaren Gedanken zu fassen, stellt wie immer ein aussichtsloses Unterfangen dar.

»Hallo, Rose. Nett, dass du fragst. Nein, dieses Wissen ist bislang glücklicherweise an mir vorbeigegangen.« Ich meine, ich könnte den blöden Spiegel einhundert andere Dinge nennen, die meisten davon unterhalb der rein virtuellen Gürtellinie, aber nun ja ...«

»Das habe ich gehört.« Eine seltsam dumpfe Stimme erklingt aus dem Spiegel direkt vor mir, der über einer schmalen Ebenholzkommode angebracht ist. Die eingeschnappte Stimme vom *Whistleblower*.

Zuerst fürchte ich fast, er habe meine Gedanken gelesen, aber das ist natürlich Unsinn. Also imitiere ich einfach Rose' Haltung und lehne mich neben sie gegen die Wand.

»Spionierst du jetzt flächendeckend hinter uns her oder was soll das?«

»Pff.« Der Spiegel verzieht die zwei schwarzen Löcher in seinem Gesicht nach rechts oben. Ich interpretiere das als ein Augenverdrehen nach den besten Möglichkeiten, wenn einem richtige Augen fehlen. Bei ihm kann man ja nie genau sagen, was er an Gesichtsmimik so rüberbringen will. »Eigentlich wollte ich mit euch allen reden, aber da die Hälfte von euch gerade Gurkenmasken im Gesicht trägt ...«

Ja, ich fühle seinen Schmerz. Spieglein und ich fletschen gleichzeitig die Zähne. Solange Gesichtsbehandlungen in diesem Schloss ganz oben auf der Agenda stehen, sehe ich so schwarz wie Spiegleins Augenlöcher für unseren Widerstand.

»... da dachte ich mir, ich spreche einfach kurz mit einem vernünftigen Menschen: Käpt'n Hook.«

Wirklich schade, dass der verdammte Spiegel immun gegen Ohrfeigen ist.

»Bin schon da!« Jaz kommt die Treppe heraufgesprintet. Seine Stimme klingt auf einmal wieder nach flüssigem Karamell. So wie an dem Tag, an dem ich ihn kennengelernt habe.

Warum auch immer, bei diesem Klang spannt sich jeder noch so kleine Muskel in meinem Körper an. Plötzlich stehe ich wieder mit ihm an der Klippe in Neverland und wir springen Hand in Hand hinunter. So unauffällig wie möglich schüttle ich den Kopf, um die Bilder zu vertreiben. Das ist alles so falsch. Ich muss ihn loswerden. Besser heute als morgen. Doch wenn er weg ist, wie überlebe ich dann die Vollmondnacht? Irgendetwas muss ich mir überlegen. Die Nacht komplett wachzubleiben, stellt leider keine Option dar. Findet Ever auch. Zu gefährlich. Ich könnte einfach im Stehen einnicken.

Jaz stellt sich auffällig nah neben mich. Auch das noch. Fast bin ich versucht, von ihm wegzurücken. Andererseits möchte ich gerade lieber so tun, als sei er nicht da, also bewege ich mich keinen Zentimeter von der Stelle. Soll er doch neben mir stehen. Der große Pirat mit den breiten Schultern, dessen raupendicke Augenbrauen wackeln, als sein Blick auf mich fällt. Den es nach eigener Aussage verletzt, wenn ich ihn ignoriere. Mein Herz fühlt sich an, als würde es auf die Größe einer Haselnuss zusammengepresst werden.

»Du kommst wie gerufen!«, schleimt Spieglein nahtlos weiter.

Rose antwortet darauf mit einem Geräusch, das gemeinhin als Würgereflex beschrieben werden kann. Die übliche Reaktion in unserem Freundeskreis auf Spiegleins Schwärmerei für Jaz.

Aber Spieglein ignoriert sie. Denn er ist viel zu sehr damit beschäftigt, Jaz zu gefallen, und da er sich seiner Aufmerksamkeit

aktuell sicher sein kann, schiebt der Spiegel sein Kinn vor. Wackelt ein wenig von links nach rechts. »Ich habe ein paar Computer in unseren Nachbarländern gehackt.«

Seine Stimme ist süß und trieft vor Stolz wie ein Löffel, den man aus einem vollen Honigtopf zieht.

»Und? Irgendwelche Pornos gefunden?«, hake ich tonlos nach.

Neben mir räuspert sich Jaz. Soll das ein pikiertes Hüsteln werden? Überrascht ihn das noch? Er weiß aber schon, mit wem er es hier zu tun hat?

»Warum tust du uns nicht den Gefallen, Red, und wirst endlich mal erwachsen?« Im Gegensatz zu Jaz hat der Whistleblower es nicht so mit vornehmer Zurückhaltung.

Nach dieser offenkundigen Beleidigung werde ich natürlich nur noch bockiger. »Und warum tust *du* uns nicht den Gefallen und verschwindest in deinem Spiegelkabinett? Oder sortierst deine To-do-Liste? Während du dich hier wichtigmachst, ziehen die brandheißen Meldungen an dir vorbei! Bei den sieben Geißlein soll es die Tage richtig abgehen. Die planen einen Blog über Kressezucht. Schon gehört? Tja. Das dachte ich mir …«

Spieglein schnaubt. »Du redest so einen Blödsinn, wenn du nervös bist.«

»Ich, nervös?«, japse ich ein paar Tonlagen zu hoch, als dass man mich noch ernst nehmen könnte. Zumindest in diesem Leben.

»Ja, Red, du. Warum nimmst du dir nicht endlich ein Zimmer mit Ever und kümmerst dich um deinen … äh … Kram.«

»Ähm, ja«, unterbricht Jaz den Spiegel endlich, bevor ich doch noch einen Versuch im Flatscreen-Ohrfeigen starten kann. »Was wolltest du gleich sagen, hast du herausgefunden?«

»Mehr über das verlorene Kind, das den Krieg entscheidet.«

Sofort vergesse ich alle Beleidigungen, die ich Spieglein an den Kopf werfen wollte. Buchstäblich – und in Ermangelung eines Restkörpers.

»Es existieren Aufzeichnungen auf einem Rechner in Wonderland über das Kind mit Eltern aus Neverland und Märchenwald, das uns alle retten wird, und jetzt ratet, wo ich die gefunden habe.«

Wie sehr ich diesen Prophezeiungsquatsch hasse, sollte er lieber fragen.

»Im Schloss der Herzkönigin«, rät Rose sofort.

»Völlig korrekt.«

Damit hat Spieglein nun doch mein Interesse geweckt.

»Halt mal. Warum sollte die Herzkönigin etwas darüber in Erfahrung gebracht haben? Bevor sie in diesen Kerker gesteckt wurde, meine ich?« Irgendetwas stimmt hier nicht.

Rose bringt mich mit einer Armbewegung zum Schweigen. Ihre Haare hat sie sich so intensiv um die Finger gewickelt, dass sie ihr das Blut im Zeigefinger abschnüren. »Was genau hast du denn entdeckt, Spie-, ich meine, Whistleblower?«

»Die Herzkönigin hat tatsächlich einen Eintrag bei Wikipedia zu diesem Thema verfasst, aber dann wieder gelöscht. Laut ihren Informationen muss das verlorene Kind eine Person sein, die inzwischen erwachsen ist!«

Alle stutzen. Obwohl wir so ungefähr wussten, dass das Kind definitiv älter als Asher sein muss, so viel hatte der Whistleblower bereits vor drei Wochen herausgefunden. Aber erwachsen? Warum heißt derjenige dann *das verlorene Kind* und nicht *der verlorene Erwachsene?*

»Auf die Gefahr hin, mich zu wiederholen«, sage ich, »warum die Herzkönigin? Was hat sie mit der ganzen Sache zu tun?« Ich versuche, mich an unsere letzte Begegnung zu erinnern. Diese verrückte Frau, die im Kerker ihres eigenen Schlosses gefangen ist. Die wollte, dass ich mich ihr und Ever in der Vollmondnacht stelle und die erschreckend gut über mich und die verschwundenen Prinzen informiert war. Der bewusst ist, dass auf mir ein Wahre-Liebe-Fluch lastet, wie einst auf meinen Freundinnen Rose, Rapunzel und Snow. Angeblich bezieht sie ihre Informationen von Nagetieren und Vögeln, die zu ihr sprechen. Dieses Biest!

Wir diskutieren noch eine Weile, kommen aber zu keinem Ergebnis, was wir mit der Information anfangen sollen. Schon seit wir erfahren haben, dass Asher doch nicht das verlorene Kind ist, was wir zuerst noch vermutet hatten, grübeln wir darüber nach. Aber wer kann es sonst sein? Wer ist mittlerweile erwachsen und kann mit einem Elternteil aus Neverland und einem aus dem Märchenwald aufwarten? Mehr wissen wir nicht über den ominösen Retter. Spontan fällt mir niemand ein, auf den das zutreffen würde. Obwohl ich zwei, drei Gerüchte gehört habe …

Schließlich, als Jaz immer näher an mich heranrückt, weiche ich aus, packe Rose am Handgelenk. »Ihr entschuldigt uns. Rose und ich müssen uns noch die Nägel lackieren.« Die Sache mit dem verlorenen Kind können wir später immer noch mit allen in der großen Runde besprechen.

Meine beste Freundin sieht mich mit fragendem Blick an, sagt aber nichts.

Erst, als ich sie in mein Zimmer schiebe, in das Snow Ever und mich einquartiert hat, hebt sie eine Augenbraue. »Dieser Flucht-

reflex, der dich neuerdings in Jaz' Nähe überkommt, ist schon etwas übertrieben, findest du nicht?« Ihr Gähnen verschluckt den letzten Halbsatz beinahe. Schon schlimm, die Nachwirkungen ihres Fluchs, den ihr die Dreizehnte Fee auferlegt hat. Mit unseren jeweiligen Fluchschäden haben wir dieser Tage alle zu kämpfen. Nur gut, dass wir die Dreizehnte Fee ertränkt haben und ich im Besitz ihres feenstaubbetriebenen Zauberstabs bin. Unser Club wird sich somit vorerst nicht weiter vergrößern.

Ich schüttle den Kopf, beiße mir dann auf die Unterlippe. Was weiß sie schon? Wurde sie von Jaz mit einem Liebestrank vergiftet oder mit einem Werwolf in einem Kellerverlies eingesperrt? Sie hat ihre große Liebe geheiratet. Ihre *eine* wahre Liebe. Prinz Cedric.

Als ich kein weiteres Wort mehr sagen will, vielleicht nie wieder, zuckt sie die Achseln, wendet sich dann von mir ab. »Du machst es dir selbst nur unnötig schwer. Ich weiß, es ist schon hart, von zwei attraktiven Junggesellen begehrt zu werden. Da kommt dir dein Selbstmitleid natürlich gerade recht.« Sie lässt mich stehen, bevor ich mich ganz zu Ende über sie empört habe. »Ich muss los. Hab noch einen Termin in diesem angesagten Buchweizen-für-alle-Lebenslagen-Koch-Club.«

Wie bitte?

Eine Weile starre ich die Tür meiner Kammer an, durch die Rose soeben verschwunden ist, lasse mich dann in den einzigen Sessel fallen, der diesen Raum zumindest etwas gemütlich macht. Wird Rose mich nie verstehen? Oder liegt es an mir? Vor mich hinschnaubend, knibbele ich an der Nagelhaut meines Zeigefingers, verfluche alle Menschen und Lebewesen und wünsche mir nichts lieber als ein Königreich voller Steine.

Wenig später klopft es.

Weil ich hoffe, dass es Rose ist, die sich bei mir entschuldigen will, reiße ich die Tür auf, meine Augen immer noch feucht wegen der trübsinnigen Gedanken über Rose und Jaz, doch es ist Ever, der da vor mir steht. Mein Ever.

Das Erste, was ich mache, ist, ihm um den Hals fallen. In mir brodelt immer noch ein Sturm, der verzweifelt nach jemandem schreit, der ihn beruhigt. Als wäre mein Leben nicht schon kompliziert genug, wirbelt mich mein Liebesleben noch zusätzlich durcheinander. Um mich selbst. Wie im Schleudergang.

Ever, offensichtlich etwas überrascht von meinem Gefühlsausbruch, streichelt mir über den Rücken.

»Aber ich war doch nur kurz Leinsamen kaufen.« Tatsächlich. Eine Tüte voller weicher Samen drückt sich in meine Leistengegend. Er hält mich, wobei ich sein Schmunzeln spüren kann. Dennoch schmiegt er seinen Kopf an meinen und verpasst mir sogar einen Kuss auf den Scheitel. Er ist perfekt. Anders als die anderen und mit einem riesengroßen Herzen. Bevor ich ihn gehen lasse, küsse ich ihn, fahre ihm währenddessen durch die dunklen Haare, als würde ich gleich über ihn herfallen. Was ich natürlich nicht tue. Gerade haben wir andere Sorgen. Letztendlich mache ich mich irgendwann doch noch schluchzend von ihm los. Weil mir auf einmal meine Tränen peinlich sind, drehe ich mich um.

»Das ist gut. Hast du alles bekommen, was du kaufen wolltest?«

Ever lässt einen kleinen Sack auf den Tisch am Fenster fallen. »Ja. Ein Kilo.«

Fantastisch. Damit können wir jetzt sicher vierundzwanzig Monate unser Müsli anreichern. Mein linker Mundwinkel beginnt unkontrolliert zu zucken.

»Bin ein bisschen spät dran, weil ich auf dem Nachhauseweg ein Babyeichhörnchen auf der Straße gefunden habe. Völlig entkräftet. Ich hatte keine Wahl, Schatz. Ich musste es schnell bei der Tierrettungsstation von Hans im Glück abliefern.« Er hält inne. »Sag mal, weinst du?«

»Nein«, schluchze ich, reibe mir eilig mit dem Ärmel übers Gesicht. »Es ist nur ... Spieglein ist doof und Jaz nervt mich. Das mit dem Babyeichhörnchen ist toll. Ich meine, das hast du gut gemacht.«

»Aha.« Bei der Erwähnung von Jaz' Namen, kann ich spüren, wie Ever sich hinter mir versteift. Hätte ich bloß nichts gesagt.

»Gut, ich gehe wohl besser duschen und lasse dich in Ruhe deine Contenance wiedererlangen. Nachher setzen wir uns an den Kamin und du erzählst mir, wie dein Tag war.« Er gibt mir einen Kuss auf die Stirn und verschwindet im Badezimmer.

Ich lächle. Niemand außer Ever benutzt das Wort *Contenance*. Doch dann schlucke ich, stelle mich ans Fenster, um meine Gedanken zu sortieren. Meine Fingerspitzen streichen über die kühle Fensterbank, einem etwas unregelmäßig gehauenen Steinquader.

Draußen geht gerade die Sonne unter. Wieder ein Tag, der uns nicht sonderlich weitergebracht hat bei der Suche nach dem verlorenen Kind. Oder nach Verbündeten. Sollte sich Jasemin entschließen, uns morgen anzugreifen, zweifellos hätte sie das Zeug dazu, könnte sie uns einfach überrennen. Und das weiß sie. Sicherlich plant sie bereits ihre Rache und braucht nur noch etwas Zeit, um sich die schlimmsten Foltermethoden auszudenken oder wie sie am strategisch klügsten über uns alle herrschen kann. Wahrscheinlich ist es eine Mischung aus beidem, was sie aufhält. Oder

ihre Angst vor der Magie, die in einigen Märchenwaldbewohnern schlummert und gegen sie verwendet werden könnte. Schließlich hat Jasemin lediglich Erfahrung mit Wunsch- und Chaosmagie, wie man hört. Wobei ihr Vater zu Lebzeiten die Chaosmagier wohl bis zum letzten erledigt hat. Unsere Hexen haben dagegen noch viel mehr drauf. Ich denke an Fears Webermagie, die Flüstermagie von Rexia, Pains Trankmagie und noch vieles mehr.

Meine Gedanken driften zur Vollmondnacht. Was, wenn sich alle irren? Wenn es nicht meine wahre Liebe ist, die nachts mit mir in einem Bett schlafen muss, damit ich nicht sterbe? Soll ich es wagen? Riskiere ich es nicht ebenso, wenn ich Jaz zu mir hole? Da er einfach nicht meine wahre Liebe sein kann? Der Orkan in meinem Inneren kehrt zurück, wirbelt meine Organe durcheinander, dass ich schon glaube, bald nur noch verknotete Innereien übrigzuhaben. Im selben Moment klopft es schon wieder.

Weil ich Rose erwarte, die sich entschuldigen möchte, öffne ich ohne nachzudenken. Dieses Mal muss sie es ja sein. Schlechte Idee. Vor mir steht Jaz. Ein etwas verstrubbelter Jaz, der so wirkt, als hätte er sich minutenlang die Haare gerauft. Seine Augen glitzern feucht, scheinen in einer leichten Panik aus den Höhlen zu treten.

Ich will die Tür schon wieder zuknallen, aber er ist schneller.

»Warte. Bitte gib mir nur fünf Minuten, Red. Mehr will ich gar nicht.« Schon ist er mit drei großen Schritten mitten ins Zimmer getreten.

Eine Spur überrumpelt, weiche ich einen Schritt zurück. Diese Geste lässt Jaz' Augenbrauen in die Höhe schnellen, so als hätte ich ihn beleidigt. »Bitte, Red. Hör mir zu. Und bitte, behandle mich nicht wie deinen Feind. Du weißt, ich könnte dir niemals –«

»Drogen in den Saft mischen?«, gifte ich ihn an. Wieder mache ich einen Schritt rückwärts, damit er mich nicht berühren kann.

Jaz zuckt zusammen.

Gut so, sage ich mir. Schließlich hat er es getan. Und zwar genau so.

»Besser, du gehst. Ever und ich wollen gleich im Kaminzimmer zu Abend essen.«

»Nein.«

»Nein?«

»Nicht, bevor wir zwei geredet haben.«

Hatten wir das nicht vorhin schon zur Genüge getan?

Seufzend neige ich den Kopf zur Seite.

»Ich weiß nicht, was du willst, ich finde –«

»Dich.«

»Wie bitte?«

»Ich will dich.«

Himmel!

Mit leicht geöffneten Armen macht er einen Schritt auf mich zu. Für jeden, den er näherkommt, mache ich zwei zurück, bis ich mit dem Po gegen die Fensterbank stoße.

»Jaz.« Meine Stimme bricht.

»Ja?«, haucht er.

Der Orkan in meinem Inneren tobt und brüllt, es ist kaum zu ertragen.

Im Badezimmer höre ich die Dusche rauschen.

»Bitte geh, Ever kommt gleich und ich …«

»Entschuldige, aber in den zwei Minuten, in denen ich mit dir sprechen kann, will ich nicht über ihn reden.«

Ich schlucke.

»Jedenfalls«, fährt er fort, wobei er seine Blicke über meine Gesichtszüge gleiten lässt, hoch und runter, und mir dabei viel zu nah ist. »Ich weiß, du denkst, ich würde es nicht ernst mit dir meinen. Aber ich werde dir beweisen, dass ich nur dich will. Und wenn ich dafür jedes Mädchen im Märchenwald besuchen muss, um danach zu dir zurückzukehren und mit gutem Gewissen erklären zu können, dass ich keine andere will. Nur dich.«

Ich atme tief ein. »Jaz, bitte. Wir haben gerade wirklich andere Sorgen.« Es ist ja nicht so, als hätten wir Zeit für mein persönliches Liebes-Desaster.

Aber Jaz lässt sich nicht von mir beirren. »Du kannst mir nichts vormachen. Ich bin nicht dumm. Jeden Tag siehst du mich so an, so …«

»Wie?«

»Als würde dein Herz an mir hängen.« Er beugt sich noch ein Stück zu mir herab. »Du bist mein Happy End und ich bin deins.«

»Bitte, Jaz. Du musst gehen und dir das aus dem Kopf schlagen. Ever ist mein Seelenverwandter. Er ist wie ich und … ich liebe ihn. Selbst wenn du mein zweites Happy End wärst: Wir alle wissen, dass ein Happy End vorbei sein kann. Von heute auf morgen.« Ich denke an Cinder und Prinz Charming.

»Warte bis zur Vollmondnacht. Dann bin ich es, der deine andere wahre Liebe sein wird. Wahre Liebe hält für immer. Davon bin ich fest überzeugt.«

»Wir wissen nicht mit hundertprozentiger Sicherheit, ob das wirklich Teil des Fluchs ist.«

Jaz stutzt. »Natürlich ist es das. Versuchst du, dir etwas anderes einzureden, um mich dir aus dem Kopf zu schlagen?« Er hebt

erneut eine Augenbraue, kommt mir noch ein Stückchen näher. »Das ist irgendwie süß, Red.«

Unwillkürlich halte ich den Atem an, neige mich noch weiter nach hinten. Dabei bemerke ich, wie Jaz sich die Lippen befeuchtet, sich seine Pupillen weiten und er tatsächlich versucht, seine Lippen auf meine zu senken. Tut er aber doch nicht, verharrt nur quälend lange in dieser Haltung. In einer Position, in der uns fast nichts mehr trennt. Es ist ein Spiel, ich weiß es. Oder vielmehr eine Prüfung. Jaz will testen, was ich zulasse. Will mir beweisen, dass ich sehr wohl etwas für ihn empfinde. Leider versage ich kläglich in diesem Test. Obwohl ich weiß, dass ich ihn jetzt energisch wegschieben sollte, kann ich mich nicht rühren. In meinem Kopf rauscht das Blut, rasen die Gedanken – so laut, dass ich beinahe die Badezimmertür überhöre, die gegen die Wand geknallt wird.

»Ist das dein Ernst, Hook?« Ever steht da, mit gestrafftem Rücken und verkniffenen Lippen. Er hat seinen Hipster-Blick aufgesetzt, daher weiß ich: Es ist ernst. »Kannst du dir nicht endlich ein anderes Mädchen für deine Eroberungsfantasien suchen?«

Okay, das war hart, zugegeben.

Jaz hebt das Kinn, tritt dann glücklicherweise einen Schritt zurück.

»Warum lässt du das nicht Red entscheiden? Inzwischen dürfte dir doch klar sein, dass sie zwei wahre Lieben in ihrem Leben hat. Also warum akzeptierst du das nicht einfach, anstatt hier rumzupöbeln? Im Gegensatz zu dir habe ich das bereits begriffen.«

Er verhält sich so oberlehrerhaft, dass Ever gar nichts anderes übrig bleibt, als in die Luft zu gehen. Ich fühle mit ihm.

»Ich weiß wirklich nicht, in welcher Fantasiewelt du lebst, Pirat, aber Red und ich sind zusammen und mehr als zwei Personen haben

in einem Happy End keinen Platz. Das hier ist unser Märchen.« Ever schüttelt seinen Kopf so heftig, dass winzige Wassertröpfchen aus seinen dunklen Haaren aufgeschreckt werden, um ihn herumwirbeln wie Schneeflocken.

»Happy End?«, lacht Jaz, deutet dann mit seiner gesunden Hand von Ever zu mir und wieder zurück. »Das ist doch nicht Reds Happy End.«

Genau an diesem Punkt wird es Ever zu bunt. Er fletscht die Zähne, seine Eckzähne werden länger, ebenso wie seine Fingernägel. Hinten an seiner Jeans öffnet sich ein Riss, aus dem sich ein Wolfsschwanz hervorschiebt. Nicht gut.

»Was fällt dir ein? Du verschwindest besser sofort von hier, wenn du weißt, was gut für dich ist.«

»Denkst du, diese Wolfsmaskerade schüchtert mich ein? Nur, weil du gerade eher wie ein Schäferhund, als wie ein Märchenprinz aussiehst?«

Evers Nase bebt. Eine Ader pulsiert an seiner Schläfe.

»Aber du hältst dich für Reds Happy End, oder wie? Lächerlich. Ein wandelndes Märchen-Klischee mit getuntem Ego. In Journalistenkreisen existiert dafür einen Fachbegriff: aufgeblasenes Rindvieh!«

Gerade will ich nach einem Gartenschlauch oder etwas in der Art suchen, um die beiden zu trennen, da hebt Jaz das Kinn. »Wir sind beide ihre wahre Lieben, sieh es endlich ein.«

»Das ist eine Lüge, die die Herzkönigin aus irgendeinem Grund verbreitet. Eine unbewiesene These«, hält Ever dagegen.

»Ach? Glaubst du nicht, dass gerade Red mehr als ein normales 08/15-Happy-End verdient hat?«

»Moment mal –«, beginne ich, werde aber sofort unterbrochen, als Ever die Fäuste ballt. »Versuch' es gar nicht erst mit deinen Psychospielchen bei mir, Pirat.«

»Dann denkst du also nicht, dass Red all das hier verdient hat?« Jaz gestikuliert von ihm zu Ever und dann in meine Richtung.

»Nein. Ich meine …« Evers Blick huscht zu mir.

Gern würde ich ihm irgendeine Regung zeigen, doch seltsamerweise bin ich wie erstarrt, warte auf das, was gleich kommen wird. Ich rechne mit einem Sturm oder einer Bombe. Einer Sturmbombe.

»Dann sind wir uns ja einig.« Jaz wirkt zufrieden. »Red kann auf uns beide zählen.«

Vor Wut knirscht Ever mit den Zähnen, zieht am Kragen seines Holzfällerhemdes. »Du bist doch total bescheuert. Glaubst du, sie wird dich küssen, so wie mich, oder nachts mit dir einschlafen?«

»Also eigentlich schon, zumindest in der Vollmondnacht. Vorerst.« Jaz wirft mir einen Blick zu, der vor Euphorie nur so sprüht.

»Was willst du jetzt machen, Wolf? Dich als Großmutter verkleiden und über mich herfallen?«

»Haha«, brumme ich, zucke aber zusammen, als ich sehe, wie Ever nach vorne schnellt. Denn bei Jaz' letzten Worten rastet er aus. Und zwar komplett. Mit ausgefahrenen Krallen stürzt er sich auf den wohl bekanntesten Piraten von Neverland.

Ich stolpere zurück. So kenne ich ihn gar nicht.

Zuerst täuscht Jaz ein Ausweichmanöver an, um dann zur anderen Seite abzutauchen, genau unter Evers Armen hindurch.

»Jungs, bitte. Das ist doch albern.« Mein letzter Versuch, mit Vernunft irgendetwas zu erreichen. Nicht, dass ich es besser wissen müsste in diesem Irrenhaus.

Natürlich hört kein Schwein auf mich. Auch kein Hipster-Wolf und kein einarmiger Pirat. Stattdessen ringen sie auf einmal eng umschlungen miteinander.

»Nein, jetzt im Ernst. Ihr zwei benehmt euch wie … Rapunzel und Cinder! Beim Schlussverkauf!« Meine Schimpftirade hilft mir nur leider auch nicht weiter. Stattdessen werde ich von dem Wolf-Piratenknäuel ignoriert.

Jaz stellt Ever ein Bein, aber der halb verwandelte Hipster-Werwolf reißt Neverlands bekanntesten Piraten mit zu Boden. Dabei knurrt er, dass beinahe die Fensterscheiben zu klirren beginnen.

Jetzt wird es aber wirklich kindisch. »Jungs, wenn ich euch später noch mal ernst nehmen oder in mein Bett lassen soll …« Ich packe Ever am Ärmel, um ihn hochzuziehen. Doch er schüttelt mich einfach ab, seine Krallen kratzen über meine nackten Unterarme.

»Hey!«, entrüste ich mich, wobei ich mich weigere, aufzugeben. Packe also wieder zu wie ein Klammeräffchen.

Leider denkt auch Ever nicht daran, von Jaz abzulassen. Er schüttelt seinen Arm noch energischer, um mich loszuwerden, erwischt mich dabei so heftig mit dem Ellenbogen, dass ich nach hinten taumele. Ich stürze und natürlich ist mir dabei die Fensterbank im Weg, auf die ich seitlich mit der Stirn knalle. Autsch. Ich sehe noch blutige Striemen auf meinem linken Unterarm, dann wird alles schwarz.

»Fass sie nicht an«, zischt jemand. »Finger weg! Schau, was du getan hast!«

»Ich wollte das doch nicht«, faucht Ever zurück. »Das war ein Unfall.«

Ich blinzle. Lichtblitze tanzen vor meinen Augen. Mein Kopf dröhnt. Zudem ist da überall sehr viel Rot. Blut auf meinem

Unterarm. Offensichtlich blute ich aus drei langen Striemen. Dort, wo Ever mich mit seinen Wolfskrallen gekratzt hat. Aus irgendeinem Grund bringe ich kein Wort heraus.

Komischerweise scheint Jaz auf einmal in derselben Tonlage wie Ever zu knurren. »Das ist alles deine Schuld, Wolf.«

Ever schnaubt. »Wer ist denn ungefragt in *unser* privates Zimmer getippelt, um sich wieder mal in einem Akt der Verzweiflung an Red ranzuschmeißen? Wann kapierst du es, Pirat? Was muss noch alles passieren, bis die Information dein Hirn erreicht? Red. Will. Dich. Nicht.«

Oh, bitte. Gleich werden sie wieder durch die Kammer kullern.

»Im Gegensatz zu dir habe ich sie nicht verletzt und das wird auch nie passieren. Aber du mit deinen Werwolf-Ausrastern … Du bist gefährlich. Für Red.«

Darauf folgt Schweigen. Ich versuche, auf die Beine zu kommen. Jaz stützt mich dabei, hält mich länger fest als nötig.

Eine ganze Weile sieht Ever mich stumm an. Dann starrt er auf Jaz, der seine Hand nicht von meinem Ellenbogen nimmt und mich dabei halb umarmt.

»Entschuldige bitte.« Ever hebt eine Hand.

Aus einem Reflex heraus zucke ich zurück.

Sofort zeigt sich auf Evers Gesicht ein Ausdruck, als hätte ich mit ihm Schluss gemacht. Mit meinem Happy End.

»Ever, ich …«

Aber er unterbricht mich. »Schon gut. Ihr habt recht. Ich habe mich nicht unter Kontrolle. Bin eine Gefahr für euch.« Er macht mehrere Schritte rückwärts auf die Tür zu.

Zittert er etwa?

»Nein!« Meine eigenen Worte lassen mich zusammenfahren. Der Schmerz hinter meiner Stirn raubt mir für einen Moment den Atem. Mir wird bewusst, dass mich beide Jungs besorgt mustern. Dann, bevor ich es schaffe, erneut den Mund zu öffnen, dreht sich Ever um und flieht. Flüchtet vor mir und dem, was er angerichtet hat. Einfach so.

Und ich sehe zu, tue nichts, spüre jetzt schon die Leere, die er in mir hinterlässt. Warum kann ich mich nicht bewegen, warum renne ich nicht wie eine Wahnsinnige hinter ihm her, um ihn zurückzuholen?

»Keine Sorge.« Jaz legt mir einen Arm um die Schultern. »Er beruhigt sich schon wieder und solange schlafe ich nachts bei dir im Bett.«

Wie ritterlich von ihm. Meine Nasenflügel blähen sich auf, als ich tief einatme. Eigentlich bin ich versucht, zu sagen, dass Pan mir diese dämlichen Fluchnebenwirkungen aufgebrummt hat und zur Strafe bei mir schlafen muss, und dass das mit der »wahren Liebe« nur ein Gerücht ist, auf das die Herzkönigin aus irgendeinem merkwürdigen Grund besteht. Aber irgendwie habe ich heute keine Kraft, mich meinem Schicksal entgegenzustellen. Ich werfe einen säuerlichen Blick in Richtung des Feenzauberstabs. Irgendwann wird es mir gelingen, den Fluch aufzuheben. Vielleicht morgen schon, denn da erwarte ich eine Feenstaub-Lieferung von Tinkerneat. Vorausgesetzt, sie schafft es neben ihren Verpflichtungen als Anführerin der Widerstandsbewegung in Neverland und ist nicht zu sehr mit ihrem Golemtraining beschäftigt.

»Ich muss mir das Blut abwischen«, sage ich nur, löse mich von Jaz und verschwinde in Richtung Badezimmer. Außerdem brauche ich eine Kopfschmerztablette.

»Okay.« Er klingt ein wenig verwundert darüber, dass ich ihn stehen lasse, ohne noch einmal zurückzublicken. »Wir sehen uns dann beim Abendessen.«

Wie in Trance nicke ich, beobachte dabei die langgezogenen Spuren, die die Blutstropfen über meinen Unterarm ziehen. Jaz und Ever. Wie konnte das nur passieren?

Kapitel 2

In dieser Nacht schlafe ich unruhig, obwohl Jaz' Arme mich wie ein schützender Kokon von der Außenwelt abschirmen. Sein Atem geht ruhig. Im Gegensatz zu mir scheint er völlig gelöst zu schlafen. Ich wache immer wieder auf, nur um jedes Mal mit Schrecken festzustellen, dass Ever immer noch nicht zurückgekehrt ist. Jede Zelle meines Körpers sehnt sich nach ihm, vermisst den schlaksigen Hipster-Körper, seinen Geruch, seine Bartstoppeln und selbst seine neunmalklugen Sprüche. Wie lange wird er weg sein? Wie lange wird es dauern, bis er einsieht, dass er weder vor sich selbst noch vor unserem Happy End davonlaufen kann? Gedankenverloren streiche ich über die Ränder des Verbands auf meinem Unterarm. Sicher nicht allzu lange. Schließlich ist er meine wahre Liebe. An diesen Gedanken klammere ich mich wie an die letzte Sprosse einer Strickleiter, die am Abgrund baumelt.

Obwohl Jaz' Nähe etwas Beruhigendes haben sollte, kann ich mich nicht entspannen.

»Schlaf endlich, Red«, murmelt Jaz an meiner Schläfe, bevor er mich noch ein wenig enger an sich zieht. »Ich passe auf dich auf, Kleines.«

Nun liege ich halb auf seiner Brust, Arme und Beine in etwa so mit seinen verschlungen wie die Fäden von Fears magischem Wollknäuel.

Zugegeben, Jaz' Duft hüllt mich ein und seine Schultern vermitteln den Eindruck, er könne alles Böse da draußen mit bloßen Händen erwürgen. Selbst Jasemin und ihre Soldaten. Einen nach dem anderen. Was mache ich nur mit diesem Piraten? Und was mache ich hier neben ihm in Snows Gästebett? Begehe ich damit nicht gerade Betrug an Ever? Warum genieße ich auf irgendeine Weise Jaz' Nähe? Seine Arme um mich? Seinen Geruch nach Mango und Süßholz, der mir bei jeder seiner Bewegungen in die Nase steigt. Schließlich bemerke ich, wie meine Augenlider immer schwerer werden, und gebe auf. Lasse mich von meiner Müdigkeit forttreiben.

Am nächsten Morgen weckt uns Asher, indem er aufs Bett springt, genau in die Mitte zwischen Jaz und mich. Das Gesicht des Vierjährigen strahlt.

»Mama hat mir Frühstück gemacht!« Er hüpft wie ein Frosch einmal auf und ab, wobei die längere Seite seiner schief geschnittenen Haare im selben Rhythmus mitwippt. »Sie ist auf dem Weg hierher.«

Jaz und mir entfährt ein Stöhnen. Fear. Hexe, ehemalige Kinderhasserin und Freundin von Jaz. Allerdings muss man da zu seiner Verteidigung sagen, dass Fear ihn damals mit einem Zauber belegt hat.

»Ich soll euch von ihr ausrichten, sie möchte in diesem Zimmer nichts sehen, was sie würgen lassen könnte.«

»Fear the Walking Fear«, wispert mir Jaz zu, der wohl eine Folge zu viel von einer gewissen Zombieserie geschaut hat.

Für einen kurzen Moment runzelt Asher die Stirn, fährt mit einer Hand durch seine Haare. »Wie auch immer. Ich habe Pfannkuchen mit Erdbeeren bekommen!«

Oha, da versucht Fear aber einiges wiedergutzumachen. Doch insgeheim freue ich mich für Asher, dass sich das Verhältnis zu seiner Mutter zum Guten entwickelt.

Ein wenig ungehalten, weil er sich immer noch nicht rührt, schubse ich Jaz aus dem Bett.

»Los, besser, du ziehst dich an. Du hast es gehört. Die Hexe ist unterwegs.« Ich starre auf sein Schlafshirt und die kurze Baumwollhose, bis sich meine Mundwinkel zu einem Grinsen verziehen. »Nicht, dass sich Fear übergeben muss.«

Jaz grinst ebenfalls und salutiert, zieht sich dann das Shirt über den Kopf.

Bei diesem Anblick muss ich schlucken und meinen Blick abwenden. Natürlich gibt es nichts an seinem Körper auszusetzen. Rein gar nichts. Das ist es ja gerade. Was tue ich hier eigentlich?

Fast bin ich erleichtert, als es klopft, denn das gibt mir die Möglichkeit, meine Gedanken in eine andere Richtung zu lenken als auf Jaz' Körper. Ihn nur anzusehen, kommt mir schon wie Verrat an Ever und meinen Überzeugungen vor.

»Herein«, sage ich also, während ich mich noch aus den Laken schäle. Meine Jogginghose und das T-Shirt von Ever mit der komischen Rockband, die niemand außer ihm zu kennen scheint, muss ausreichen, um die Hexe des Südens zu empfangen.

Als sich die Tür öffnet, springt Asher vom Bett, freudig strahlend, so als stünde der Nikolaus auf dem Flur und nicht Fear, die Hexe. Die, wie sich kürzlich herausgestellt hat, auch seine Mutter ist.

Im Gegensatz zu seinem Sohn sieht Jaz plötzlich so aus, als würde er sich am liebsten auf den Boden fallen lassen und dann unters Bett rollen.

»Na, wenn das nicht mal Helene und Florian sind.« Fear lässt ihren Blick von mir in meinem Schlabberlook zu Jaz wandern, der sich sein T-Shirt soeben falschherum angezogen und seine zweite Socke immer noch nicht aufgetrieben hat. »Traumpaar, besungen durch zahlreiche Volkslieder und so weiter und so weiter.«

Ich mustere sie ebenfalls, wobei ich versuche, ihren hochmütigen Blick unter den zusammengezogenen Augenbrauen zu imitieren. Im Grunde genommen sieht Fear ein wenig aus wie ich. Nur zwanzig Jahre älter und ungefähr genauso viele Schönheitsoperationen später.

»Für jemanden mit elektronischer Fußfessel und Zauberkraftfaktor null riskierst du eine ganz schön dicke Lippe.« Ich schiele in Richtung ihrer deutlich geflohtoxten Mundpartie.

»Ah.« Sie nickt, wobei sich ihre Hamsterbäckchen spannen und die zu dünn operierte Nase unnatürlich zuckt. »Verstehe … Ja, ich verstehe, Red. Aber vielleicht kannst du dich wenigstens vor dem Kind zusammenreißen. Ich weiß, es ist viel verlangt.« Sie streckt einen Arm aus, worauf Asher auf sie zuhopst, sich dann in ihr Samtkleid krallt, das schimmert, als sei es in dunkles Blut getaucht worden.

Mit Schrecken stelle ich fest, dass Fear und ich uns in der nächsten Sekunde mit genau der gleichen Geste die blonden Haare über die Schulter werfen.

»Was willst du, Fear?«, knurrt Jaz.

»Du meinst, außer meiner Freiheit, meinem Wollknäuel und einem Königssohn?«

»Du kennst die Antwort.«

Einfach, um sie zu provozieren, nehme ich das magische Wollknäuel aus meiner Schublade und werfe es in die Luft wie

einen Tennisball. Die Hexe folgt ihrem Lieblingsspielzeug mit den Augen.

»Vielleicht, ganz vielleicht bekommst du es zurück. Sobald du bewiesen hast, dass du Teil unseres Teams bist. Auf der richtigen Seite stehst.« Ein sehr fairer Deal, wie ich finde.

»Teil eures Himmelfahrtkommandos? Märchenwald gegen Morgenland?« Fear lacht. »Das können wir abkürzen: Ihr habt keine Chance gegen Jasemins Soldaten und ich werde die erste sich bietende Gelegenheit nutzen und abhauen. Wie jeder, der noch alle glutenfreien Kekse am Häuschen hat.«

Asher zieht die Nase hoch. Nach einem kurzen Blick auf ihn tätschelt sie seinen Kopf. Tatsächlich hält sie nur die Fußfessel davon ab, zu türmen. Spieglein kontrolliert die Wege der Hexe und bestraft jeden Fluchtversuch mit fiesen Stromstößen. Manchmal frage ich mich, ob er Tag und Nacht dasitzt und Knöpfe an einem digitalen Stromkasten drückt, einfach, weil es ihm Spaß macht.

Jaz kratzt sich über seinen Dreitagebart.

»Komm schon, Fear, darüber haben wir doch gesprochen. Jasemin hat sehr wohl Respekt vor uns und der Magie, die einige Einwohner des Märchenwalds noch draufhaben. Deshalb musst du uns ja helfen, die anderen Hexen zu überzeugen, gegen das Morgenland zu kämpfen.«

»Ja, sicher. Die sind alle begeistert! Riskiert euer Leben in einem aussichtslosen Kampf für eine Handvoll Größenwahnsinnige! Man bietet euch: Freiheit während des Kampfes und Hafterleichterung, falls ihr überlebt! Ja … bei dem Angebot kann man nur zuschlagen.«

»Es ist unser aller Krieg. Das geht auch dich etwas an. Was denkst du, was Jasemin mit euch Hexen macht, sobald sie den

Märchenwald eingenommen hat? Und warum bist du jetzt genau hergekommen?«, greife ich ein, bevor sich die beiden wieder in endlosen Streitereien verlieren. Unmöglich, sich vorzustellen, dass sie einmal zusammen gewesen sein konnten – selbst mit Fears Zaubertrick.

Obwohl ich es ihr nicht angeboten habe, schlendert Fear mit Asher an der Hand zu dem winzigen Sessel gegenüber des Bettendes und lässt sich darauf nieder. Asher krabbelt auf ihren Schoß, genießt sichtlich die Nähe zu seiner Mutter. »Vorhin war ich, mit Spiegleins Erlaubnis selbstverständlich, bei Pain.«

Jaz und ich wechseln einen Blick. Pain. Die Hexe, die Brüderchen damals in den alten Zeiten in ein Reh verwandelt hat und vor ein paar Wochen Snow gleich dazu.

»Es geht ihr gut, sie hat euren Besuch neulich fast unbeschadet überstanden, danke der Nachfrage«, schnaubt Fear. »Ist nur etwas schreckhaft geworden und sieht dauernd über die Schulter, als fürchte sie, Red oder eine ihrer durchgeknallten Freundinnen könne plötzlich in ihrem Wohnzimmer stehen.«

Das wundert mich jetzt allerdings kein bisschen.

»Jedenfalls …« Fear streicht sich eine blonde Haarsträhne hinter die Ohren, legt dann ihr Kinn auf Ashers Kopf ab. »… war das Flohtox-Kartell ebenfalls gerade bei ihr.«

»Was?«, japse ich. »Die Hautstraffungsmafia, Schrägstrich, Lieferdienst?«

»Korrekt.«

»Moment mal«, sagt Jaz, »wer oder was genau soll das sein?«

Fear lacht ihr glockenhelles, überlegenes Lachen, das auch von Tinkerneat stammen könnte. »Sagt nicht, ihr habt keine Ahnung,

wer sich im Märchenwald eine goldene Nase mit Schönheitskorrekturen verdient?«

Nein, weiß ich tatsächlich nicht. Warum bin ich eigentlich noch nicht darauf gekommen, nachzufragen?

»Jetzt spuck's schon aus, Fear.« Jaz lässt sich am Kopfende des Bettes nieder, so weit wie möglich von Fear entfernt, um sich die zweite Socke überzustreifen.

Bevor sie den Mund aufmacht, strafft die Hexe den Rücken. »Dass ihr da noch nicht selbst drauf gekommen seid, wo ihr euch doch sonst für so unheimlich schlau haltet.«

Dieses Gespräch ermüdet mich jetzt schon. Also täusche ich ein Gähnen vor. Fear soll nicht denken, ihr Flohtox-Fachwissen würde mich auch nur ansatzweise beeindrucken.

»Was glaubt ihr denn, womit die Goldene Gans ihren ausschweifenden Lebensstil finanzieren kann, nach der Sache mit ihren Legehemmungen?«, fährt Fear fort.

Ich runzle die Stirn. Das stimmt. Warum ist mir das bisher noch nicht aufgefallen? Die Goldene Gans lebt so gesehen wirklich auf großer Schwimmflosse. Zusammen mit Tischlein-deck-Dich residiert sie in einer riesigen Hütte im Wald, die schon als Villa durchgeht. Hin und wieder schmeißen sie dort Hauspartys, auf denen ich gelegentlich aufzutauchen pflege. Obwohl wir sie alle »die Gans« nennen, verhält sie sich eher wie ein Halunke männlichen Geschlechts, genau wie ihr bester Freund Tischlein-deck-Dich. Nur ist es so, dass die Gans lieber als geschlechtsneutrales Wesen behandelt werden will, was wir alle respektieren. Zusätzlich besitzen die beiden WG-Bewohner ein ziemlich loses Mundwerk, als seien sie die Anführer einer nicht vorhandenen Straßenbande. Gender-Ganter-Gang.

»Du willst also sagen, die Goldene Gans und Tischlein-deck-Dich beliefern die Hexen im Märchenwald mit Flohtox und anderen Schönheitsmittelchen?«

»Nein. Die Gans streift einfach ihre goldenen Flöhe ab und der Tisch ist ihr Buchhalter. Hans im Glück stellt daraus Flohtox her, füllt es ab und liefert das Zeug aus. Man kann aber auch, solange man keine Fußfessel trägt selbstverständlich, einfach in Gretels Sonnenstudio spazieren und sich dort seine Portion Flohtox direkt vor Ort verabreichen lassen.«

Natürlich. Wo auch sonst als in Gretels Assitoaster? Neben ihrer Backstube betreibt sie seit Kurzem auch ein Sonnenstudio. Zwei in einem sozusagen. Mein Facebook Feed quillt über vor Werbeanzeigen von »Gretels Grill & Backstube« (Wobei Grill auf ihr Sonnenstudio-Zweitgeschäft bezogen ist).

»Also.« Fear klatscht in die Hände. »Laut Pain scheint das Flohtox-Kartell irgendetwas über unser verlorenes Kind zu wissen, das wir brauchen, um den Krieg zu gewinnen.«

Aha. Plötzlich ist es doch wieder unser Krieg.

Die Nase der Hexe zuckt.

»Warum schnappen wir uns nicht die Serienkillerprinzessin mit der Vorliebe für Buttercremetörtchen und statten Gretel einen Besuch ab? Und mit Besuch meine ich, wir lassen Miss Backrezepteblog alle Informationen aus ihr herausprügeln, ganz so, wie sie es am liebsten tut. Fall abgeschlossen. Wobei das Beste daran ist: Auf diese Art kommt keine unschuldige Hexe zu Schaden.« Fear deutet mit dem Daumen auf sich selbst, woraufhin Asher kichert.

Das Geräusch trifft einen wunden Punkt in meinem Gehirn. Sticht wie eine Nadel darauf ein. Ich verdrehe die Augen. Fear will also gemeinsam mit Snow Gretel verhören. Und da dachte ich, dieser

Tag hätte mit Fears Besuch am Morgen schon den absoluten Höhepunkt an grotesken Ereignissen erreicht! Nun ja, irgendwer hebt die Latte einfach immer noch ein Stückchen höher.

Beim Frühstück erzählen wir den anderen von unseren neusten Erkenntnissen. Am Tisch sitzen Snow, Rose, Rapunzel und deren Ehemänner sowie Pan, Fear, Jaz und Asher. Cinder kommt ein wenig zu spät, ist total verschwitzt und murmelt irgendetwas von Krav-Maga-Übungen im Keller.

Ich nicke nur und schaufle mir mehr Quark auf meinen Löffel, als in meinen Mund passt. Aber ich möchte so schnell wie möglich aufbrechen. Keine Zeit verlieren.

Fear räuspert sich. »Fassen wir also zusammen: Das Flohtox-Kartell hat bei Pain eine Anspielung auf das verlorene Kind gemacht, das den Krieg entscheiden soll. Wir sollten uns die Strippenzieher vorknöpfen und verhören.« Beinahe klingt sie wie Snow, finde ich. »Also wenn wir heute noch zu den beiden Spaßvögel-Dealern wollen, sollten wir eine Kutsche nehmen.«

Cinder hebt den Blick von ihren Blaubeer-Pfannkuchen.

»Die dealen mit Spaßvögeln?«

Herrje. Langsam muss ich eine Strichliste führen, wie oft ich heute schon die Augen verdreht habe.

»Das hat sie anders gemeint«, korrigiert Rapunzel, wobei sie mit ihrem Löffel vor Cinders Gesicht herumwedelt. Muss sie ja gerade sagen.

»Wie geht's dir heute, Cinder?«, wechsle ich das Thema.

»Nicht so toll. Kann die Trennung von Charming immer noch nicht fassen.« Sie lässt den Kopf hängen. Ihre Schultern scheinen

beinahe die Tischplatte zu berühren. Das Rehbock-Sportshirt schlackert an ihrem Oberköper.

Gleichzeitig ertönt ein Hüsteln von weiter unten an der Tafel zu uns. Peter Pan hört sich an, als hätte er sich verschluckt, hustet weiter wie verrückt, bis Prinz Philip ihm auf den Rücken klopft. Offensichtlich hatte er bis eben gar nichts davon geahnt, dass Cinder wieder zu haben ist … Der gute alte Pan mit den stets vor Schalk sprühenden Augen und Haaren von der Farbe von Fuchsfell. Wenn ich den Kopf dafür freihätte, würde mir nun sicher ein Kichern entfahren. Tut es aber nicht. Stattdessen greife ich über den Tisch nach Cinders Hand.

»Du bist so viel mehr als nur eine Prinzgemahlin. Vergiss das nicht.«

»Genau«, pflichtet mir Snow bei. Ihr Ebenholzstuhl kratzt über den Boden, als sie aufsteht. »Wir besorgen dir ein neues, viel besseres Happy End!«

Damit meint sie ganz offensichtlich ein neues Märchen über Cinder. Aus dem Augenwinkel bemerke ich, wie Pan knallrot anläuft. Ob er gleich vor Sauerstoffmangel umkippt?

»Aha«, schmatzt Rapunzel. »Und wie soll das neue Märchen heißen? Aschenputtel und die Erbsen-Phobie?« Sie kichert, fängt sich dafür böse Blicke von Rose und mir ein. Dennoch muss ich sie für diese schnelle Kombinationsgabe fast bewundern. Schließlich kann Cinder ohne Gekreische keine Erbsen-Pflanze passieren und rührt keine Mahlzeit an, die Erbsen beinhaltet. Nach ihrer Vergangenheit mit »Die Guten ins Töpfchen, die Schlechten ins Kröpfchen« auch nicht sonderlich verwunderlich.

Seit Rapunzel ihre gestörte Mutter-Tochter-Beziehung aufgearbeitet und ein neues Hobby gefunden hat (Kriminalromane

lesen und mitraten), benimmt sie sich fast wie ein normaler Mensch. Die Hexe, Decay, die sechzehn Jahre lang vorgegeben hat, Rapunzels Mutter zu sein, ist tot. Inzwischen hat Rapunzel ihre leibliche Mutter ausfindig gemacht, die sie in den letzten Tagen bereits zweimal besuchen konnte. Seufzend denke ich an meine eigene Mutter, die viel zu viel im Dorf arbeiten muss und die ich kaum zu Gesicht bekomme. Genau wie meine Großmutter, die gerade eine Kur in Wonderland macht.

»So. Können wir uns jetzt mal wieder auf das Niveau einer Erwachsenen-Unterhaltung begeben?« Fear klingt genervt. »Die Flohtox-Mafia weiß etwas über das verlorene Kind. Ich sage, wir statten der Goldenen Gans einen Besuch ab und Gretel ebenso. Wenn jemand vom Kartell etwas weiß, dann diese beiden.«

Wohl wahr.

Rose tippt sich ans Kinn. Ihre Augenringe hat sie heute mit einer dicken Schicht Concealer überschminkt. »Wartet mal, Leute. Sagt man nicht über Gretel, dass ihr Vater im Gegensatz zu Hänsels Vater aus Neverland stammt?«

Gar nicht mal so dumm, ihre Überlegung. Ich lehne mich in meinem Stuhl zurück. »Stimmt. Da existiert doch ein Gerücht in der Art ... Allerdings denke ich, dass dieser Umstand noch auf ein paar Märchenwaldbewohner mehr zutrifft.«

In einer fließenden Bewegung springt Snow auf die Beine. »Wir sollten eine Liste erstellen und dann alle potentiellen verlorenen Kinder abklappern.«

Eine Liste also. Ich glaube, ich erlebe gerade ein Déjà-vu. Aber so was von!

Zwanzig Minuten später stehen genau vier Namen auf einem Blatt Papier, das Prinz Philip aus seinem Arbeitszimmer angeschleppt hat.

Gretel
Robin Hood
Der verrückte Hutmacher
Goldmarie

Alles Personen, die je einen Elternteil haben, der aus dem Märchenwald stammt und einen aus Neverland. Alles potentielle verlorene Kinder. Wenn man Spiegleins Schlafprophezeiung glaubt.

Eine neue Verdächtigen-Abklappertour steht uns damit bevor. Fast ein bisschen wie unsere Hexenverhöre noch vor ein paar Tagen. Oh, da fällt mir etwas ein: »Wie weit sind wir eigentlich mit der Hexenrekrutierung?«

Betretenes Schweigen. Eins unserer Hauptziele im Widerstand besteht darin, die Hexen des Märchenwalds und einfach jeden, der über einen Funken Magie verfügt, für unsere Sache zu gewinnen. Strafaussetzung als Entschädigung ist ihnen dafür garantiert, sozusagen.

Mein Verband am Arm juckt. Wir brauchen die Hexen. Denn der Respekt vor dem Magie-Overkill bei uns ist wohl der ausschlaggebende Grund, weshalb Jasemin noch nicht in unser Land eingefallen ist. So viele Arten von Märchenwald-Magie. Jasemin kann lediglich auf Dschinn-Wunsch-Magie zurückgreifen, mehr hat sie nicht zur Verfügung.

»Gut«, seufze ich. »Das bedeutet also, wir sollten uns in zwei Gruppen aufteilen, die jeweils eine Mission verfolgen.«

Rapunzel beginnt heftig zu nicken: »Mission Hexenrekrutierung und Mission Flohtox-Kartell-Befragung.«

»In Kombination mit der Suche nach dem verlorenen Kind bei Gretel«, ergänzt Rose. Mittlerweile hat sie ihren Kopf auf ihre Arme gebettet, die sie neben ihrem Teller ausgestreckt hat. Ihre Stimme klingt dabei ganz dumpf.

Snow vollführt eine wedelnde Handbewegung. »Ich knöpfe mir Gretel vor. Wer begleitet mich?«

Ich hüstele. »Vergisst du da nicht gerade deine Meerschweinchen-Allergie?«

Sie stutzt. Snow leidet tatsächlich an einer derartigen und noch dazu extrem heftigen Allergie und unsere junge Geschäftsfrau Gretel führt noch ein weiteres Business außer ihrer Backstube und dem Assitoaster: eine professionelle Meerschweinchenzucht.

»Auch wieder wahr. Also nehme ich wohl die Hexen. Mal wieder.« Gedankenverloren angelt Snow nach einem Brotmesser, lässt es kurz darauf in ihrer Hand kreisen.

Rose wirft ihr einen mitfühlenden Blick zu. »Mach dir nichts draus. Dieses Sonnenstudio, das Gretel betreibt, ist mir ziemlich suspekt. Außerdem riecht es überall nach nassem Meerschwein.« Ich nicke bekräftigend. Wahre Worte. Immerhin befindet sich die Bäckerei in einem anderen Teil des Gebäudes. Ein kleiner Lichtblick für alle Brötchenkunden.

»Am besten, du klapperst mit Cinder und Rapunzel die Hexen ab. Und ihr solltet Pan mitnehmen«, schlage ich Snow nicht ohne Hintergedanken vor. »Ich warte noch auf meine Feenstaub-Lieferung, dann werde ich mir Gretel vorknöpfen.« Am Ende des Tischs scheint Pan um sein Leben zu husten. Wieder verschluckt. Liebe ist

schon etwas Feines. Meine Mundwinkel heben sich, bis mir Evers Abgang von gestern wieder in den Sinn kommt.

»Ich begleite dich«, sagt Jaz sofort.

Fear verdreht die Augen. »Eigentlich wollte ich ›ich auch‹ sagen, aber wenn ich es genau bedenke: Euch beide zusammen ertrage ich einfach nicht.«

Ich runzle die Stirn, was mir im Gegensatz zu ihr möglich ist. Wahrscheinlich hofft Fear darauf, etwas Flohtox bei Gretel abstauben zu können.

»Das hier sind nicht die Hunger-Spiele«, meint Rose urplötzlich, wobei sie Pan ansieht. »Du kannst ruhig etwas essen.«

Tatsächlich hat Pan sein Frühstück kaum angerührt. Wie hat er es nur geschafft, sich dabei gleich zweimal zu verschlucken?

»Allerdings kann man nie wissen, ob Snow nicht reingespuckt hat«, fügt sie zwinkernd hinzu.

Pan streicht sich mit einer fahrigen Handbewegung seinen grünen Filzhut in die Stirn. »Selbstverständlich begleite ich die Prinzessinnen zu den Hexen. Ihr könnt euch auf mich verlassen, dass ich sie sicher wieder zurück ins Basislager bringe.« Er schielt in Richtung Cinder.

Jaja, alles klar.

»Von mir aus. Gründet eure Allianzen, wählt eure Waffen ...«

»Du schaust zu viel Game of Thrones«, unterbricht mich Snow scharf.

»Und du zu viel: Tote Hexen lügen nicht!« Nach kurzem Überlegen füge ich hinzu: »Ich nehme das magische Wollknäuel und den Feenzauberstab.« Meine neuen Waffen, mit denen ich mich sicher fühle. Nein, sicher ist nicht das richtige Wort. Mächtig. Sobald

ich den Feenstaub habe, kann ich so viele Flüche aussprechen, wie ich will. Jedenfalls bis mir der Feenstaub ausgeht. Solange ich ihn besitze, kann ich uns beschützen. Uns alle. Meine Freunde und Verbündeten. Vor sich selbst und vor Jasemin.

Neben mir überprüft Cinder ihre lockere Hochsteckfrisur in ihrem Smartphone, das im Kamera-Modus läuft. Neuerdings hat sie diese Handyhülle mit Lichtleisten an der Seite für perfekte Selfies. Dieses LED-Licht, und mag es noch so praktisch für Bloggerprinzessinnen sein, blendet mich.

Demonstrativ schiebe ich mir den Feenzauberstab in die Hochsteckfrisur.

»Sag mal, wo steckt eigentlich Ever?«, spricht mich Rose an.

Da ist sie, die Frage, vor der ich mich den ganzen Morgen schon fürchte. Bisher funktioniert meine Verdrängungstaktik allerdings gar nicht so schlecht, also komme ich nicht von meinem Kurs ab: »Er hat zu tun. Kommt sicher bald zurück.« Mit diesen Worten beschließe ich, die Tafel aufzuheben. »Los jetzt. Schluss mit dem Rumgetrödel und den Selfies. Zeit für uns, einen Krieg zu gewinnen.«

Jaz, Fear, Asher und ich machen uns also auf den Weg zu Gretel. Der Rest nimmt sich inklusive Spieglein die Hexen zur Brust. Mal wieder. Nur die Prinzen wollen lieber ihre Kriegsvorbereitungen vorantreiben und ihre Truppen aufbauen, was mir auch recht ist. Ich hoffe, dass Snow und Co. heute bei den Hexen schneller zur Sache kommen. Dieses Mal haben sie immerhin Peter Pan dabei. Außerdem Banes Hexenzauberstab.

Kurze Zeit später stehen wir vor Gretels Grill & Backstube. Rauch steigt aus dem Kamin des Sandsteingebäudes auf. Ob das jetzt von dem Ofen oder dem Tussigrill kommt, kann ich nicht sagen. Die Fensterläden aus grün lackiertem Holz knarren in einer steifen Brise. Oben auf dem Dach zeigt ein eiserner Hahn an, aus welcher Richtung der Wind weht. Irgendwo auf der anderen Seite des Hauses hören wir Meerschwein-Gequieke. Dieser Tag wird wahrhaftig immer besser.

Als wir über die Schwellte treten, finden wir uns in einem Vorraum mit Empfangstresen wieder, der auch zu einer Zahnarztpraxis gehören könnte. Niemand befindet sich in diesem Vorzimmer, abgesehen von einer einzelnen Sonnenbank, womöglich ein Ausstellungsstück. Durch eine halboffene Tür drängt uns der Geruch von frischgebackenem Hefeteig entgegen.

Mein Blick fällt auf die geschlossene Solariumsliege.

»Wer ist bloß so verrückt und lässt sich bei Gretel eine Assibräune verpassen?«, wende ich mich an Fear.

Die Sonnenliege direkt vor uns klappt hoch und es erscheint Igel, der sich seine Augenschutzbrille abstreift, uns eine Sekunde anblinzelt und dann auf den Boden rutscht.

Absolute Stille.

Ich atme tief ein. »Keine weiteren Fragen.«

»Gretel, bist du da?«, brüllt Asher hilfreich.

Okay, so geht es auch.

»Wer will das wissen?«, brüllt jemand zurück. Eine weibliche Stimme.

»Ich!«, schreit Asher.

In der Zwischenzeit hat sich Igel davongemacht. Tut so, als sei er nie hier gewesen. Füllt aber noch schnell eine Postkarte mit einer

Umfrage zur Kundenzufriedenheit aus. Dafür durfte er einen Punkt auf seiner »Grill & Chill«-Bonuskarte einstreichen. Habe ich genau gesehen.

Irgendwo klingelt ein Hope-Phone. Die charakteristische Melodie lässt mich an Ever denken und ihn im nächsten Atemzug vermissen. Ziemlich schmerzlich sogar. Ob ich heute noch etwas von ihm höre? Bisher kam nicht die kleinste Textnachricht. Nichts. Ob ich es vielleicht mal mit dem Wollknäuel versuchen soll? Ich könnte ihn suchen und dann …? Ob er mich an sich ranlassen würde? Oder ist es dafür noch zu früh?

»Verkaufen! Alles, was weit unter dem Monatshöchststand liegt, loswerden! Morgen ist Hexensabbat und ich habe auf fallende Kurse gesetzt!«, befiehlt eine Stimme.

Ich wirbele herum.

Gretel stößt die Tür auf, kommt in den Vorraum. Ein Handy ans Ohr gepresst, zischt sie Anweisungen hinein.

Früher kannten wir Gretel als Sinnbild der Unschuld, heute hat sie sich ihre Zöpfe abgeschnitten und gibt die knallharte Geschäftsfrau. Seit sie das Sonnenstudio eröffnet hat, tendiert ihre Gesichtsfarbe auch mehr in Richtung orange als braun. Ihre Haare, die sie kürzer als Jaz trägt und sich blond gefärbt hat, haben ihren Glanz eingebüßt. Aber das erscheint alles unwichtig, sobald man in ihre hellen Augen schaut, die einen immer gut gelaunt anstrahlen. Egal, ob Hexensabbat an der Börse ist oder nicht.

»*Das* ist Gretel?«, raunt mir Jaz zu. »Sieht mir eher aus wie der Teufel auf High Heels.«

Da hat er nicht ganz Unrecht. Seit Gretel vor drei Jahren volljährig wurde, hat sie ein Geschäft nach dem anderen gegründet. Gerade zieht sie ein zweites Handy hervor und hält es sich ans andere Ohr. »Sergio, wenn die Lieferung heute wieder nicht pünktlich da ist, reiße ich dir deinen hübschen Arsch auf, aber bis nach Wonderland, haben wir uns verstanden?«

Eigentlich muss sie uns längst bemerkt haben, dennoch hält sie uns hin. Asher tritt schon nervös von einem Bein aufs andere, was ich ihm durchaus nachfühlen kann.

Endlich, als ich die Hoffnung schon beinahe aufgegeben habe, beendet Gretel beide Gespräche gleichzeitig, indem sie: »Ja, besser wäre es!«, brüllt und beide Handys in ihre Jeanstaschen gleiten lässt. »Soso, welch merkwürdige Konstellation an Besuchern aus allen Herren Ländern gibt sich denn hier die Ehre? Nun gut, aus drei Ländern.« Sie lässt ihren Blick über unser Grüppchen schweifen.

»Genau genommen«, will ich sie schon berichten, da unterbricht mich Asher.

»Hast du wirklich zweihundert Meerschweinchen in der Garage?«

Seine Direktheit ist wie immer erfrischend.

Gretel wirft den Kopf in den Nacken und lacht.

»Willst du sie sehen? Nachher vielleicht. Hier, nimm ein Bonbon.« Sie greift nach einer Schale auf dem Empfangstresen, ohne wirklich hinzusehen. Multitasking sollte ab heute Greteltasking heißen, finde ich. Denn jetzt schiebt sie Asher ein Karamellbonbon in den Mund und deutet gleichzeitig auf uns. »Aber ihr seid doch nicht wegen meinen Meerschweinchen hier, oder? Ihr seht mir nicht nach Liebhabern aus. Nein, euch treibt etwas anderes zu mir. Nur, was ist es?« Sie neigt den Kopf. »Jetzt bin ich gespannt.«

Schon beeindruckend, wie sie quasi ein Gespräch mit sich selbst führen kann. Denn bisher haben wir ja kaum etwas preisgegeben. Irgendwie erstaunlich, dass sie sich somit durch ihren eigenen Monolog selbst beeindruckt hat.

»Streng genommen ist das kein Höflichkeitsbesuch, korrekt.« Ich entschließe mich, wie Asher geradeheraus zu fragen: »Wir haben gehört, du verkaufst mitunter auch Flohtox in deinem Laden?«

»Darling …« Gretel stützt sich mit einem Ellenbogen auf ihrem Tresen ab. »… ich kann dir einfach alles verkaufen. Denn ich kann alles besorgen und jedem seine Wünsche erfüllen. Seht ihr die vielen Kunden hier, die Schlange stehen, damit ihre Wünsche wahr werden? Nein? Das kommt daher, dass ich ihnen ihre Träume bereits verkauft habe!«

Aha.

»Jetzt mal im Ernst, ihr seht nicht so aus, als ob ihr Flohtox brauchen würdet. Abgesehen von Fear, die aber meines Wissens nach noch versorgt ist. Und nein, ein Bonbon reicht. Du weißt doch, was mit mir und meinem Bruder passiert ist, als wir uns im Haus der

Hexe mit Süßigkeiten den Bauch vollgeschlagen haben«, fügt sie an Asher gewandt hinzu. »Genau. Diabetes.« Den letzten Teil zischt sie in einem Flüsterton, wie ihn sonst nur Märchenerzähler zum Besten geben.

Das Gute bei Gretel ist ja, dass man sie einfach reden lassen kann, um alles aus ihr herauszubekommen. Obwohl man kaum mitkommt. So, als hätte Gretel meine Gedanken erraten, presst sie jetzt die Lippen aufeinander. Allerdings dauert ihr Schweigen nur drei bis vier Sekunden.

»Interessante Familienkonstellation übrigens. Habe ich das schon erwähnt?« Sie lässt ihren Blick über Fear zu mir, Jaz und Asher schweifen. »Ist das die moderne Form einer Patchworkfamilie? Oder eine integrative Ex-Mutter-Politik, die ihr da dem Kind zuliebe führt? Oder spielt Fear eure Nanny?«

Asher runzelt die Stirn. Wahrscheinlich hat er nur die Hälfte von dem verstanden, was sie gesagt hat. Ich auch.

Fear verschränkt die Arme vor der Brust. Sicherlich kann sie plötzlich nachvollziehen, warum Rexia Gretel in den Ofen gestoßen hat. »Entschuldige Miss-Meerschweinchenzuchtverein, ich bin bei ›Patchworkfamilie‹ ausgestiegen, aber mir war so, als hättest du ›ich mische mich in Dinge ein, die mich absolut nichts angehen‹ gesagt.«

Wahre Worte.

Bevor ich ihr beipflichten kann, räuspert sich Jaz, legt mir dann einen Arm um die Schulter.

»Lasst es uns einfach kurz machen. Leider ist es nicht so, als könnten wir uns mit Höflichkeiten aufhalten, denn uns steht ein Krieg bevor.«

»Diese Gerüchte habe ich gehört«, unterbricht ihn Gretel. »Ganz schlecht für die Stimmung an der Börse.«

Wenn man sonst keine Probleme hat …

»Jedenfalls …« Jaz tut so, als hätte er sie nicht gehört. »… ist es tatsächlich so, dass Prinzessin Jasemin drauf und dran ist, hier einzufallen, um den Märchenwald zu ihrem Hoheitsgebiet zu erklären. Dir muss ich ja nicht erklären, wie viele unschuldige Leben das kosten würde.«

Gretel hebt eine Augenbraue, dieses Mal vollkommen stumm.

Man könnte einen Kundenbewertungsflyer über den Boden wehen hören.

»… oder Punkte an der Börse«, fügt Jaz hinzu.

Auf diese Bemerkung hin klappt Gretel der Mund auf. Ihre Augen weiten sich und damit wird deutlich, dass sie bisher noch keinen körperlichen Kontakt mit Flohtox hatte.

»Ist nicht euer Ernst.«

»Doch.«

Gretel greift in ihre Hosentasche und zückt ihr Handy.

»Stopp!«, brülle ich sie an, ziehe instinktiv den Feenzauberstab und wedle damit vor ihrem Gesicht herum. »Du kannst später immer noch telefonieren und deine Aktien retten. Bitte beantworte zuerst noch ein paar Fragen von uns, in Ordnung?«

»Okay, muss ich meinen Anwalt anrufen oder was geht hier vor?«

Um sie zu besänftigen, hebe ich beide Hände, wobei der Zauberstab gen Himmel deutet. »So ist es nicht. Du stehst hier nicht unter Anklage. Wir haben Grund zu der Annahme, dass eine Person, die Spieglein als verlorenes Kind bezeichnet, über den Ausgang des Krieges entscheiden wird.«

Gretel wirkt immer noch misstrauisch.

»Und damit auch über den Verlauf der Börsenkurse«, füge ich hinzu.

Fear streicht sich die Haare über die Schulter.

»Gerüchten zufolge besitzt das Flohtox-Kartell Informationen zu diesem Kind und du, liebe Gretel, stehst in eindeutiger Beziehung zu den Dealern. In geschäftlicher Beziehung.«

Gretel lacht auf, allerdings ein wenig zu glockenhell, wie ich finde.

»Spielt ihr jetzt Sherlock Holmes für Arme? Also ich habe ja schon viel von Red und ihren Abenteuern im letzten Monat gehört.« Sie deutet auf mich. »Aber dass ihr den Unterhaltungswert eines Kasperletheaters habt –«

»Nun ja, selbst im Kasperletheater können dir Kasperl und Seppel mit dem Schlagholz eins überbraten.« Ich lasse den Zauberstab wie den Stick eines Drummers kreisen. Habe ich in den letzten Tagen heimlich geübt. Sofort starren mich alle an, als hätte ich soeben einen Basketball auf meinem Zeigefinger um sich selbst kreisen lassen. Einbeinig. Auf glühenden Kohlen hüpfend. Was man hier eben so macht als Freizeitbeschäftigung im Märchenwald.

»Ihr seid echt merkwürdig, wisst ihr das?«

Ich zucke mit den Schultern. »Mit dieser Meinung musst du dich ganz hinten in der Schlange einreihen.« Und wenn schon. Dann finden mich eben alle seltsam.

Jaz macht einen Schritt auf Gretel zu, was sie veranlasst, mit den Zähnen zu knirschen. »Wenn du uns ganz einfach auf unsere Fragen antwortest, stehlen wir dir auch nicht weiter deine kostbare Zeit. Du hast sicher noch ein paar Meerschweinchen zu bürsten und sonstige zwielichtige Geschäfte zu tätigen, von denen ich gar nichts wissen will. Also, warum sagst du uns nicht einfach, ob du etwas über dieses Kind aufgeschnappt hast oder nicht?«

»Nicht.«

»Nicht?« Jaz hebt beide Augenbrauen.

»Also ehrlich mal, als ob ich Zeit hätte, mit Hans im Glück zu plaudern, der mir das Flohtox liefert.«

Ich neige den Kopf. Sie sagt es so geradeheraus und warum sollte sie lügen, wenn die Sicherheit unseres Landes auf dem Spiel steht? Ich glaube ihr.

»Wenn ich mal so indiskret sein darf«, erhebt Fear das Wort, »ist es nicht so, dass deine Mutter aus Wonderland stammt?«

Gretel blinzelt, ihre Nasenflügel beben dabei ein wenig. »Indiskret ist gut. Aber nein, dieses Gerücht habe ich nur in Umlauf gebracht, um mit unseren Wonderland-Nachbarn leichter ins Geschäft zu kommen. Mit den verlorenen Jungs und den Indianern im Norden kann man als Ausländer wirklich nur ausgesprochen schwer Handel treiben.«

Aha. Klingt aber irgendwie einleuchtend.

»Ich meine, nicht dass ich mir nicht eine andere Mutter wünschen würde.« Sie schürzt die Lippen. »Schließlich hat meine meinen Vater dazu gezwungen, mich und meinen Bruder im Wald auszusetzen. Aber was soll ich sagen: Familie kann man sich nicht aussuchen.«

Ich schiele von Fear zu Jaz und Asher. Wie wahr, wie wahr.

Gretel setzt ein überlegenes Lächeln auf. »Aber ich habe ein paar Informationen über das, was ihr sucht.«

~Cinder~

Der Selfiestick in ihrer Hand fühlt sich glitschig an, was aber nicht an der Angst vor der Hexe liegt, sondern eher daran, dass sie Pans Blicke spürt. Die Blicke, die er ihr in regelmäßigen Abständen zuwirft. Ob ihre Frisur nicht richtig sitzt? Oder kann es sein, dass er … nein, unmöglich. Aber selbst wenn: Sie denkt ja immer noch an Charming, hegt Gefühle für ihren Ehemann. So wie es sein sollte. Nach einem Happy End. Sie hat schon immer nur auf diese Art an Charming gedacht und an niemanden sonst. Und den wird sie sich zurückholen, jawohl. Ganz sicher sogar. Charming muss nur klargemacht werden, dass sie immer noch die Prinzessin ist, die er liebt. Mit Krav Maga und eigenständiger als noch vier Wochen zuvor. Aber immer noch seine wahre Liebe. Cinder strafft die Schultern. Sie wird sich ihr Happy End eigenhändig zurückholen!

Mit ihrem Selfiestick schiebt sie einen Ast zur Seite, gegen den Rose, die gähnend neben ihr her taumelt, ansonsten mit dem Kopf geknallt wäre.

Die Hälfte der Strecke zu Pains Haus liegt bereits hinter ihnen.

»Sagt mal«, meint Rapunzel, »wie politisch korrekt sollten wir uns denn jetzt der Hexe gegenüber verhalten? Ich meine, bei unserem letzten Besuch haben wir sie kurzfristig in ein Reh verwandelt und ihr danach die Lichter ausgeknipst.«

Cinder wiegt ihre Waffe, den Selfiestick, in ihrer Hand.

»Diplomatisch. Wir sollten uns diplomatisch verhalten.«

Pan nickt ernst. »Sehr weise von dir.«

»Ich bin mir nicht sicher, was mich gerade aggressiver macht. Ihr oder diese lästigen Stechmücken«, brummt Snow.

Doch dann erhebt sich das Hexenhaus vor ihnen. Pains Holzhütte mit den schwarzen Veilchen vor den Fenstern, inmitten von moosbewachsenen Bäumen, fernab aller Sonnenstrahlen. Sicher gibt es Gründe, warum in so vielen Teenie-Horrorfilmen hölzerne Waldhütten für den Showdown herhalten müssen.

Nach einer Weile des Schweigens, währenddessen anscheinend jeder hofft, jemand möge sich freiwillig melden, ist es Cinder, die letztendlich seufzt. Ihre Finger ziehen die Tarnjacke, die sie über ihrem Minikleid trägt, enger um sich. Neben ihr raschelt der Tüll von Rose' Blümchenkleid.

»Also gut, mir nach.« Nur ein energisches Klopfen an der Tür, dann tritt Cinder ein, den Selfiestick über die Schulter gelegt.

»Hallo, Pain.«

Keine zwei Meter entfernt steht die abgemagerte Hexe im Flur, die Schultern gestrafft. In einer langsamen, beinahe zynisch wirkenden Bewegung hebt sie den Kopf.

»Hallo, Cinder. Ich habe euch schon erwartet.«

Cinder stockt, woraufhin Pain lächelt. So, als wäre das Ganze ein Tennismatch und sie bereits im Vorteil.

»Sind euch mal wieder die Happy Ends abhandengekommen?«, fragt die Hexe scheinheilig.

~Ever~

Die Sonne geht gerade auf, als Ever bemerkt, dass er schon fast die Grenze zu Wonderland erreicht hat. In den letzten Stunden hat er kein einziges Mal angehalten, ist gelaufen, einfach immer weiter.

Unterdessen kreisen seine Gedanken um das immer gleiche Thema. Red zu verletzen, war so ziemlich das Schlimmste, was ihm je passiert ist. Noch schlimmer sogar, als im Dorf den Schäfer zu beißen und dafür verstoßen zu werden.

Eine einzelne Träne rollt über seine Wange, die er mit dem Handrücken fortwischt. Mittlerweile fühlen sich seine Füße an, als würden sie auf Sägeblättern spazieren. Die Scham und der Ärger, die ihn bis hierhin getragen haben, ebben langsam ab, hinterlassen nur noch einen faden Nachgeschmack des Adrenalins von vor ein paar Stunden. Ever seufzt, lässt sich auf einen umgestürzten Baumstamm fallen, wo er den Kopf in den Nacken legt, nur um festzustellen, dass sich der rosa Morgenhimmel zu kitschig für seine momentane Verfassung präsentiert. Red. Immer wieder geistert ihr Name durch seinen Kopf. Wunderbar, wunderschön, wundervoll. Eine Weile nickt er vor sich hin, ordnet seine Gedanken. Wie dumm von ihm, einfach so wegzulaufen. Abzuhauen und Red mit dem einarmigen Piraten alleinzulassen, ist nicht gerade eine seiner besten Ideen gewesen.

Jetzt, mit etwas Abstand betrachtet, ist das definitiv die falsche Entscheidung gewesen. Er hebt beide Hände und reibt sich die Augen. Über ihm in den Bäumen singen Lerchen, gemischt mit ein paar anderen Vögeln in der Paarungszeit.

Ohne Red macht Weglaufen keinen Sinn. Wirklich, was hat er sich nur gedacht?

Irgendwo raschelt ein Tier im Gebüsch.

Schluss mit dem Selbstmitleid. In einer einzigen Bewegung richtet er sich auf, stößt sich vom Baumstamm ab. Zeit, zurückzukehren, Red auf Knien um Verzeihung zu bitten. Und am besten auch gleich Jaz zu zeigen, wo seine Grenzen liegen. Möglichst weit von Red entfernt, wenn es nach ihm geht.

Im selben Moment, als er sich umdrehen will, ist plötzlich jemand hinter ihm, zieht ihm etwas über den Kopf. Einen müffelnden Jutesack. Bevor er weiter reagieren kann, trifft ihn etwas Hartes am Hinterkopf. Schwärze umhüllt Ever und noch bevor er auf dem Waldboden aufschlägt, ist er fort. Sein Bewusstsein genauso weit entfernt vom Märchenwald wie seine Schuhe vom Mond.

Eine Gestalt ragt über ihm auf, ein ganz in weiß gekleideter Soldat. Daneben eine schmale, weibliche Silhouette.

»Na sieh einer an«, schnaubt die Frau. »Was uns da am frühen Morgen vor die Flinte läuft. Es muss Hipster-Wolf-Jagdsaison sein.«

Kapitel 3

~Red~

Mein Smartphone klingelt. Es ist Cinder, die ohne ein einleitendes *Hallo* loslegt. »Wir sind bei Pain und sie hat sich schon wieder in ein Reh verwandelt. Womöglich will sie einfach nicht mit uns reden?«

»Ist das eine Reh-torische Frage?«

»Hahaha, wirklich witzig, Red.« Sie lacht trocken auf. »Irgendwelche nützlichen Ratschläge?«

»Auf jeden Fall keine Gewalt. Wir brauchen sie auf unserer Seite. Sucht das Gegenmittel oder überzeugt sie, mit uns zusammenzuarbeiten. Verstehst du, was ich damit sagen will?«

»In der Reh-gel ja.«

Aufgelegt. Immerhin. Cinder schlägt mich langsam mit meinen eigenen Waffen. Vielleicht ist es auch das Krav-Maga-Training, das sie härter werden lässt. Eine Power-Cinder ist geboren. Steht ihr, zugegeben.

Jaz berührt mich sanft an der Schulter, holt mich ins Hier und Jetzt zurück. »War das Cinder?«

Ich nicke. Sie war es und doch wieder nicht.

»Die neue Cinder.« Ein Lächeln umspielt meine Lippen, als ich meinen Blick hebe. Stolz liegt in meiner Stimme. Cinder wird tatsächlich erwachsen. Dann bemerke ich, dass Jaz' Hand noch immer auf meiner Schulter liegt. Mein Lächeln erstirbt.

»Schluss mit Cinder. Weniger sentimental werden und mehr aus Gretel herausquetschen«, meint Fear.

Und damit ist der Cinder-Moment auch schon wieder vorbei. Ohne Luft zu holen, deutet die Hexe auf Gretel: »Hör mal, ich bin wahrhaftig kein Freund von Gewalt, höchstens hin und wieder.«

Ich schnaube.

»Sag uns doch einfach, was du weißt, und keiner wird verletzt«, knüpft Fear nahtlos an ihre Drohung an.

»Wie könnte ich so ein attraktives Angebot ablehnen?« Doch Gretel sieht so ganz und gar nicht danach aus, als würde sie gleich mit der Sprache herausrücken.

»Du willst ein Angebot?«, rate ich einfach mal drauf los. Warum sollte auch irgendetwas ganz einfach über die Bühne gehen bei unserer Mission?

»Wie schlau du bist. Aber nicht ganz. Mir schwebt da eher ein Geschäft vor.«

Warum auch nicht.

»Dein 68. Geschäft, meinst du wohl?«, fragt Fear spitz.

Gretel bedenkt sie mit einem vernichtenden Blick. »Nein, aber ich habe mit Sterntaler gewettet, dass ich den achten Zwerg finde. Wenn nicht, gehört das Sonnenstudio bald ihr.«

Oh. Sterntaler. Noch so eine knallharte Geschäftsfrau, aber eher in der Reparatur-Gewerkschaft. Was sie nicht reparieren kann, ist nicht kaputt – ihr Motto von jeher. Sogar Rapunzels Handy hat sie

wieder hingekriegt, nachdem es bei Snows missglückter Sprengung einer Tanne ums Leben kam. Also das Display, meine ich.

»Bei genauerer Betrachtung liegt das total auf dem Weg für euch.« Jetzt bin ich aber mal gespannt.

»Der achte Zwerg soll den Gerüchten zufolge nach einem Streit mit seinen Kumpels vor Jahren nach Wonderland ausgewandert sein. Von Banes Spiegel Illusion habe ich gehört –«

»Moment mal, du kennst Illusion?«, unterbreche ich Gretel.

»Natürlich. Wir sind Geschäftspartner.«

War ja klar. Banes & Illusion Scary Inc. hat sicher auch ihre Finger bei diversen zwielichtigen Geschäften im Spiel. Der auf den ersten Blick unschuldig wirkende Halloween-Grusel-Onlineshop ist sicher nur Fassade. Man hört ja so einiges, besonders im Bereich Export von Märchenwolle und überhaupt bei den Filzwaren soll in letzter Zeit übel gepanscht werden. Neben der echten Märchenwolle werden Mischgewebe vertickt, die mit Tierhaaren aller Art gestreckt werden. Ich schiele unwillkürlich zu Gretel und muss an ihre Meerschweinchenfarm denken.

»Jedenfalls ...« Gretel reibt sich über die Nase, ihr Blick fällt auf den Zauberstab in meiner Hand. Wahrscheinlich wird ihr soeben klar, dass ich das Spielzeug der Dreizehnten Fee geklaut habe. Sie nickt anerkennend. »Jedenfalls ist sich Illusion sicher, dass sich alle drei Länder gegen das Morgenland stellen müssen. Ihre Theorie ist es deswegen, dass das verlorene Kind, das uns alle retten wird, Eltern aus Neverland und dem Märchenwald haben und in Wonderland wohnen muss! Ja, diese Theorie kenne ich durchaus.« Was? Ich tausche einen Blick mit Jaz, der ebenso überrascht dreinschaut wie ich.

Asher zupft mich am Ärmel, deutet dann auf die Bonbonschale. Schließlich ergreift Fear als Erste das Wort.

»Du willst also sagen, wir sollen unsere Suche in Wonderland fortsetzen? Das wäre ja ganz praktisch für dich, da wir dann auch in Richtung des angeblichen Wohnorts des achten Zwergs reisen müssen, dessen Existenz nebenbei bemerkt niemals zweifelsfrei bewiesen wurde.« Sie kneift die Augen zusammen.

»Das ist korrekt.«

Wenn Gretel recht hat, können wir Goldmarie von unserer Liste streichen. Auf der Liste der möglichen Kandidaten blieben dann nur noch der verrückte Hutmacher und Robin Hood übrig, die beide in Wonderland leben. Und beide sind nicht gerade gut auf uns zu sprechen. Den Hutmacher haben wir während seiner Teeparty beinahe umgebracht, aus Versehen natürlich. Robin Hood hat Rapunzel, Rose und mir diese eine Sache nach der Hausparty der Goldenen Gans und Tischlein-deck-Dich nicht verziehen. Am Tag, bevor alle Happy Ends gestohlen wurden. Zu unserer Verteidigung muss man sagen, dass beide Vorfälle eher unbeabsichtigt geschehen sind, ohne bösen Willen unsererseits. Unnötig zu erwähnen, dass die beiden Wonderland-Bewohner das durchaus anders sehen.

»Fantastisch«, sage ich also. »Auf jeden Fall meine Lieblingskandidaten.«

Gretel setzt ebenfalls eine freudige Miene auf und auch bei ihr liegt eine Spur Sarkasmus darin. »Ich wette fünf Goldtaler, dass ihr es nicht schafft, mir den achten Zwerg mitzubringen.«

Hallo? Augenblicklich ist mein Ehrgeiz geweckt.

Jaz streckt den Rücken durch. »Abgemacht!« Sicherlich hat Gretel damit auch seine Piratenehre verletzt. Das gerissene Biest!

Wirklich. Auf einmal tut mir Rexia richtig leid. Die Arme wurde in ihrem eigenen Süßigkeitenhaus von Gretel und ihrem Bruder Hans in den Ofen geschoben – wobei beide Kinder Fesseln getragen haben sollen. Der Legende nach. Jetzt kneife ich die Augen zusammen. Gretel darf man nicht unterschätzen.

Zehn Minuten später kann ich noch immer nicht fassen, wo wir uns da gerade hineinmanövriert haben.

Wir stehen vor Gretels Meerschweinchen-Gehege und sie erklärt uns die verschiedenen Rassen und Fellfärbungen. Ich bin bei Dalmatiner (ernsthaft jetzt?) ausgestiegen, aber das macht nichts, denn Gretel ist sowieso sauer auf mich, nachdem ich gefragt habe, wie schnell sich so ein Hamster denn vermehrt. Also klaue ich einfach in regelmäßigen Abständen Bonbons aus Gretels Schale, die sie immer noch in der Hand hält, und stecke meine Beute Asher zu. Das Kind wird eindeutig einen Zuckerschock erleiden. Aber er bettelt so süß und wer könnte diesen Kulleraugen schon widerstehen?

»Alle Meerschweinchen halte ich auf Bio-Aktiv-Span mit Mikroorganismen. Verursacht weniger allergische Reaktionen und ist gleichzeitig umweltfreundlicher. Und Kunden mit besonders intensiver Meerschweinhaar-Allergie, ramme ich einfach eine Spritze in den –«

»Ja, vielen Dank, Gretel«, unterbreche ich sie, während Jaz Asher schon Richtung Waldweg schiebt. »Wir sehen uns dann, wenn wir dir den achten Zwerg bringen. Oder sein Foto. Müsste schließlich reichen, nicht wahr?«

Gretel hebt eine Hand zum Abschiedsgruß. »Na gut. Aber mit Videobeweis. Oder ein Selfie mit Zwergenausweis. Pic or it didn't happen!« Ihr Blick fällt in die deutlich geleerte Bonbonschale und

ich schiebe Asher noch ein wenig schneller vom Hof. Aus seiner Jackentasche lugt der Zipfel eines Bonbonpapiers hervor.

Fear bildet das Schlusslicht.

»Dann sollten wir uns jetzt am besten eine Kutsche klauen … äh, ich meine so ein Kutschensharing-Ding leasen. Uns über dieses neue Book-a-Carriage eine leihen.«

Ich bedenke sie mit einem abschätzigen Blick. Besser ist es. Dann tue ich so, als würde ich mit Spieglein über eine Feinjustierung von Fears Fußfessel diskutieren. Aber natürlich führe ich nur einen Monolog mit meinem Handspiegel. Als ob sich Spieglein in letzter Zeit bei mir blicken lassen würde. Nach gestern bleibt der Spiegel aus.

»Also wenn du mich fragst, bei jedem kriminellen Gedanken, und sei er noch so klein, solltest du ihr einen Extra-Stromstoß verpassen, Spieglein. Bei Diebstahl gleich zwei. Und wenn sie uns Lügen auftischt, dann natürlich drei!«

Fear verdreht die Augen.

Eine halbe Stunde zuvor in Pains Hütte
~Cinder~

»Nicht verhandelbar.« Ihre Stimme klingt gefasster, als sie sich fühlt. »Du bist auf unserer Seite und bekommst dafür Hafterleichterung. Aber keine Königssöhne als Haustiere.«

»Nicht mal einen kleinen verstoßenen Bauernjungen?« Pains Stimme klingt fast weinerlich. »Die geben ganz tolle Haustiere ab.

Sind so dankbare kleine Dinger. Außerdem sind sie nicht wählerisch, essen alles.«

Snow schnalzt mit der Zunge. »Ja, natürlich.«

»Wirklich? Darf ich?«

»Nein!«

Auf einmal zuckt Rapunzel regelrecht zusammen, so als sei ihr eine Idee gekommen. »Moment mal, wir haben doch einen in Ungnade gefallenen Prinzen, den wir loswerden wollen. Oder besser gesagt, Cinder hat einen zu vergeben: Charming.«

Sowohl Rapunzel als auch die Hexe starren Cinder abwartend an.

Ein Windstoß weht in die Hexenhütte und lässt die Glasfläschchen auf Pains Wohnzimmertisch klirren. Es sind weniger als bei ihrem letzten Besuch. Cinder schnaubt.

»Mit euch kann man einfach nicht vernünftig reden! Snow, halt mal die Hexe in Schach, ich rufe Red an.«

Der Vorschlag scheint Snow zu gefallen, denn ein hinterlistiges Grinsen verzerrt keine Sekunde später ihre Züge. Bevor sie das Wort an Pain richtet, schlägt sie sich mit ihrem Zauberstab in die offene Handfläche.

»So, Hexe, das heißt dann wohl: du und ich. Mal sehen, was ich mit dem Zauberstab meiner Stiefmutter so alles aus dir zaubern kann. Schlangen bekommt diese Schönheit aus Ebenholz ziemlich gut hin.«

Im Gegensatz zu Pan, der zu kichern beginnt, stößt Pain einen erstickten Schrei aus, macht einen Schritt rückwärts.

Wieder klirren die roten und blauen Glasfläschchen auf ihrem Tisch.

Snow knurrt.

Mit angehaltenem Atem beobachtet Rapunzel das Geschehen.

»Das wagst du nicht, du Ausgeburt einer Hexe!«, kreischt Pain.

»Das stimmt überhaupt nicht, meine leibliche Mutter war keine …« Snow stockt. Vermutlich geht ihr gerade auf, was sie alles *nicht* über ihre Mutter weiß.

Im nächsten Moment beginnt sie einen Singsang, der wohl ein Placebozauberspruch werden soll, zu säuseln, um Pain einzuschüchtern.

Die Hexe kreischt erneut, packt sich eine Phiole und wirft sie vor sich zu Boden. Eine Sekunde später steht ein Reh in einem Haufen Baumwolle, der einmal Pains Kleid gewesen ist.

Vor Wut donnert Cinder den Selfiestick mehrmals gegen die Wand. »Verflucht noch mal. Warum enden unsere Besuche hier immer auf dieselbe Weise? Weshalb immer ein Reh?«

Ein paar Minuten später, nachdem Cinder das Gespräch mit Red beendet hat, ist Rapunzel fast so weit.

»Los jetzt. Du musst einfach nur zielen. Das ist das richtige Antiserum«, zischt Snow ihr zu. Cinder und sie haben das Reh zu Boden gerungen.

Pan hat sich eine Bratpfanne aus der Hexenküche geschnappt und richtet sich gerade bedrohlich über dem Reh auf.

Rose schläft kopfüber im Sessel in der Ecke.

»Also gut!«, schreit Rapunzel, schließt die Augen und wirft. Natürlich trifft sie zwei Hexenlängen zu weit nach rechts. Aber glücklicherweise wacht Rose im selben Augenblick auf, hebt eine Hand und kann das Fläschchen gerade noch so festhalten, das ihr mitten in die Magenregion geflogen kommt.

»Uff.«

»Äh, kannst du uns mal eben zur Hand gehen, Rose?« Das Reh am Boden zu halten, kostet Cinder all ihre Kraft. Krav Maga hin oder her.

Geistesgegenwärtig, vielleicht schlafwandelt sie aber auch einfach immer noch, erhebt sich Rose und leert die Phiole mit dem Trank genau über Pains Hinterteil aus. Snow macht ihr extra Platz dafür.

»Rapunzel, warum bist du nicht auf diese Idee gekommen, bei allen Salatblättern?«

Gemeinsam beobachten die Prinzessinnen und Pan, wie sich das Reh zurück in eine Hexe verwandelt. Kopfüber taucht es in sein Kleid, was allen recht ist. Eine abgemagerte Hexe zu allem Überfluss auch noch nackt zu sehen, wäre schlimmer als ein Staffelfinale von Game of Thrones.

Kaum taucht sie mit verwuschelter Haarpracht aus dem Kleid auf, hebt Cinder eine Augenbraue.

»Hast du dich Reh-generiert, Pain?« Cinder fängt Snows Blick auf, räuspert sich dann. »Bei Frau Holle, ich klinge schon wie Red.«

Stille. Pain sortiert ihre Röcke, während alle Blicke auf ihr ruhen.

Letztendlich lehnt sie sich aufrecht gegen ihren Wohnzimmertisch. Die Tischbeine verschieben sich mit einem kratzenden Geräusch ein paar Zentimeter nach hinten. »Also gut, bevor ich mich schlagen lasse. Ich bin dabei. Fear habt ihr ja schon in euren Widerstand gezwungen. Nebenbei bemerkt eine echte Leistung. Warum sollte ich mich nicht eurem Abenteuer anschließen?«

Snow nickt zufrieden. »So lobe ich mir das.«

»Die beste Entscheidung, die du je getroffen hast, Hexe.« Pan hilft Cinder vom Boden auf. Als Snow ihm ebenfalls eine Hand hinhält, ignoriert er sie einfach.

Cinders Handy klingelt. Die ersten Töne von »Time to say Goodbye« lassen sie innehalten. »Oh, es ist Red.«

Eine gefühlte Ewigkeit hört sie ihr zu, murmelt nur ab und zu ein »Verstanden«. Pan und Snow beobachten das Geschehen alarmiert. Es muss sich um eine ernstere Angelegenheit handeln, so wie Cinder sich benimmt.

»Und?«, schnappt Snow geradezu, sobald Cinder das Gespräch beendet.

»Red und die anderen sind auf dem Weg nach Wonderland. Dort scheint sich das verlorene Kind aufzuhalten. Sie bittet uns, als Nächstes bei Bane vorbeizuschauen. Vermutlich hat Illusion auch einiges zu diesem Kind in Erfahrung gebracht.«

Auf diesen Vorschlag hin kräuseln sich Snows Lippen.

»Das trifft sich gut. Aus Bane möchte ich auch noch ein paar Informationen herausquetschen.«

Rose gähnt. »Wieso das denn? Ach, vergiss es, tu einfach so, als hätte ich nicht gefragt.«

Cinder neigt den Kopf, nickt dann, als würde sie den Sturm erkennen, der im Inneren von Snow tobt.

»Lass dich nur nicht von ihren Lügen einwickeln, okay? Sie würde alles sagen, um aus dieser Höhle herauszukommen.«

»Wie wahr, wie wahr!« Pan stemmt beide Hände in die Hüften, ganz so, als wolle er gleich losfliegen. Wackelt aber stattdessen nur mit den Augenbrauen. »Also Mädels, in welche Richtung müssen wir?«

»Zuerst sollten wir Spieglein bitten, Pains Fußfessel umzuprogrammieren und sie danach ins Hauptquartier eskortieren. Vielleicht teilen wir uns auf.« Alle starren Cinder an. So viel strategische Planung ist wohl keiner von ihr gewöhnt.

»Ach …« Snow macht eine wegwerfende Handbewegung. »… die Hexe schafft es schon ohne uns ins Schloss. Fear hat sich schließlich allein bis nach Wonderland durchgeschlagen.«

Rose zuckt mit den Schultern. »Was soll's, ich begleite sie. Ist eh bald Zeit für meinen Mittagsschlaf. Außerdem ist es Unsinn, wenn so viele von uns gehen. Ich werde anderswo sicher mehr ausrichten können.«

»In einer Schlafwandler-Gruppe Tipps für die Aufwachphase geben, oder wie?« Snows Gesicht hat sich in den letzten Minuten erhitzt, glüht ungesund rot. Wie eine Fleischtomate auf Rachefeldzug.

Wieder zuckt Rose mit den Schultern. »Besser als deine Anti-Aggressionstrainings zu verpassen.«

Beide starren sich an. Mehr oder weniger zornig. In Snows Fall mehr. Ihre Ebenholzhaare fliegen durch die Luft, als sie sich umdreht. »Gehen wir. Rose und Pain kommen schon klar. Spieglein ist ja auch noch da.«

Cinder wirft ihr einen wissenden Blick zu. Kein Zweifel, Snow ist ab jetzt auf ihrer ganz eigenen Mission unterwegs. Bane sollte sich in Acht nehmen.

~Ever~

Noch ehe er seine Augen ganz aufbekommt, setzt die Erinnerung ein. Bevor er sich auf dem kühlen Steinboden hochstemmen kann, weiß er, dass er überfallen und in eine Gefängniszelle gesteckt wurde. Sobald er sich an der Wand emporzieht und über den nachlässig

aufgeschichteten Strohhaufen gestolpert ist, der wohl ein Bett darstellen soll, erkennt er auch, in welchem Gefängnis er aufgewacht ist. Im Turm von Jasemins Wüstenpalast. Denn als sein Blick aus dem Fenster fällt, sieht er in der Ferne nichts als Sand und Felsen, ein endloses Dünenmeer um ihn herum. Heiße Luft strömt ihm durch das vergitterte Fensterloch entgegen, erdrückt ihn genauso sehr wie die Erkenntnis, was passiert ist.

Mutlosigkeit überfällt ihn hinterrücks, genau wie der Attentäter vorhin, der sicher zu Jasemins Männern gehört. Der ihn geschlagen und hierher verschleppt haben muss. Jetzt befindet er sich in ihrer Gewalt. Mit hämmerndem Herzen stolpert er rückwärts auf die Zellentür zu. Doch die ist selbstverständlich fest verriegelt, kein Rütteln, kein Klopfen, kein Schreien hilft. Sein Frontalangriff mit Anlauf gegen die eisenbeschlagene Holztür hat lediglich eine schmerzende Schulter zur Folge.

Wie dumm! Wie unglaublich dämlich er doch war. Ever keucht, schließt für einen Moment die Augen. Schon kurz darauf beginnt er, wie im Wahn über die dunklen Felsmauern zu tasten, die ihn umgeben wie der Rachen eines Ungeheuers. Das darf nicht sein. Darf nicht wahr sein! Wie konnte er sich nur in diese Situation bringen? Was hat Jasemin mit ihm vor? Warum war er so leichtsinnig, von Red fortzulaufen? Ever beißt sich auf die Lippen, bis er Blut schmeckt. Seine Hände finden keine Lücke, nicht mal einen losen Stein, den er als Waffe benutzen könnte. Nichts. Er steht mit nichts da. Ohne alles, ohne Red. Sicherlich weiß sie noch nicht einmal, was geschehen ist. Ob sie immer noch annimmt, er sei ihr davongelaufen? Oder hat Jasemin bereits Red gegenüber erwähnt, ihn in ihrer Gewalt zu haben? Ihn als Geisel bei sich zu halten wie einen Hund im Zwinger.

Ob es das ist, was sie mit ihm vorhat? Will Jasemin Red erpressen? Oder einfach ein Exempel an ihm statuieren? Der Gedanke lässt ihm keine Ruhe. Ein dumpfes Gefühl in seinem Hinterkopf verrät ihm, dass die Antwort, so schrecklich sie auch sein mag, dort draußen zu finden ist. Bald schon wird er es wissen. Erneut tritt er ans Fenster, zuerst zögerlich, dann presst er seine Stirn gegen die Gitterstäbe und späht nach unten in den Hof des Palasts. Tatsächlich. Dort, mehrere Stockwerke unter ihm richten Arbeiter in diesem Augenblick einen Balken senkrecht auf. Männer mit freien Oberkörpern hämmern eine Bühne zusammen. Ganz eindeutig: Ein Galgen. Nichts anderes soll dieses Bauwerk werden. Eigentlich kann das nur eines bedeuten. Alles andere wäre ein zu großer Zufall. Die Erkenntnis schickt trotz der Hitze einen kalten Schauer über seine Schläfen. Gleichzeitig rutscht seine feuchte Stirn an den Gitterstäben ab. Bald werden sie dort jemanden hängen. Vielleicht heute schon. Vielleicht morgen. Vielleicht ihn.

~Cinder~

»Hier wohnt die Hexe? In diesem Loch?« Pan kann es offensichtlich nicht fassen.

Snow kann Pans Frage offensichtlich ebenso wenig fassen. Sie schnaubt.

»Was hast du denn erwartet? Schöner Wohnen für Hexen? Das hier ist eine Höhle im Wald.«

»Snowtorious B.I.G. hat recht. Es ist eine Höhle im Wald«, kombiniert Rapunzel messerscharf. Sie hat ihren Selfiestab geschultert,

probiert ihn nur dann und wann wie einen Golfschläger an einem Pilz aus.

»Pass doch auf, Rappienz. Ich will mir nicht ständig die Fliegenpilze aus dem Nacken wischen müssen«, herrscht Cinder sie an.

Die Blätter um die Gruppe *Prinzessinnen und Pan* rascheln. Eine Brise, die sicher von den großen Seen im Norden her aufzieht.

»Und jetzt? Werfen wir eine Stinkbombe rein, oder wie?«

Cinder tippt sich ans Kinn. »Gar keine schlechte Idee, Pan. Vielleicht eine nette Tränengasbombe. Sag mal, Snow, hast du so was im Angebot? Wedel doch mal mit dem Zauberstab.«

»Bin ja schon da!«, keucht eine Stimme vom Eingang der Höhle her. »Kein Grund, meine Tür einzutreten. Nicht, dass ich eine hätte, aber ihr versteht die Metapher bestimmt oder sollen wir sichergehen und sie Cinder anhand einiger anschaulicher Beispiele erklären?« Bane taucht im Höhleneingang auf. In ihrem bodenlangen Kleid. Das schwarze mit den Silberfäden. Die rotblonden Haare trägt sie heute strähnig, als sei sie gerade aus der Sauna aufgeschreckt worden.

Cinder seufzt. »Interessante Meinung, die du da über mich hast. Heute schon mal in den Spiegel geschaut?«

»Illusion!«

»Spieglein!«

Bane und Snow schreien es gleichzeitig.

Aus den unendlichen Falten ihres Kleides zieht Bane einen Handspiegel hervor, der die Größe eines Smartphone Plus aufweist. Der geisterhafte Umriss eines Mädchengesichts in Schwarz-Weiß erscheint darin. Maskenhaft, aber feiner gezeichnet als Spiegleins.

Illusion.

Hübsch irgendwie, findet Cinder, aber andererseits auch ein wenig gruselig. Wie diese Kinderpuppen in Horrorfilmen. Ein kribbeliges Gefühl gleitet ihre Wirbelsäule empor.

Spieglein lässt sich da etwas länger bitten.

»Na gut«, stöhnt Snow, nachdem sie ihren Taschenspiegel mehrfach geschüttelt hat, aber nichts passiert ist. »Spieglein, Spieglein in meiner Hand, wer ist die fieseste Hexe im ganzen Land?«

Noch bevor er sich dazu herablässt, hinter dem Spiegelglas aufzutauchen, ertönt bereits seine Stimme. »Na, eindeutig deine Ex-Stiefmutter Bane! Das haben wir doch ausdiskutiert. Mehrfach. Du hast sogar fünfzig Goldtaler gewettet, dass ich keine Hässlichere finden würde …!« Endlich erscheint die weiße Maske, die Spiegleins Gesicht ist, in der Chanel-Puderdose.

»Da sind wir. Höhle des Grauens. Ex-Stiefmutter-Alarm. Königin der Finsternis und der Höhlenkakerlaken.« Snow dreht Spieglein in Richtung Bane. »Tataa, deine ehemalige Besitzerin.«

Die kneift die Augen zusammen, wodurch ihre Krähenfüße durchblitzen. »Wirklich witzig.«

In ihrer Hand scheint Illusion die Augen aufzureißen. Kurz darauf senkt sie in einer beschämten Geste den Blick.

Cinder runzelt die Stirn. Kann es sein, dass Illusion ein Auge auf Spieglein geworfen hat? Sie grinst. Nur schade, dass der Whistleblower bekanntermaßen auf Käpt'n James Hook abfährt.

Spieglein zeigt im Gegensatz zu Illusion keinerlei Emotionen, auch nicht angesichts seiner früheren Herrin, scheint sogar so zu tun, als würde sie gar nicht existieren.

Wie immer ist es Snow, die äußerst diplomatisch vorgeht. Sie schwenkt Banes Zauberstab in Richtung seiner früheren Besitzerin.

»Nein, wirklich witzig ist, dass ich hier draußen stehe und dazu mit deinem Spielzeug hier, du aber in einer schimmeligen Höhle festsitzt.«

Die Augen der Hexe werden noch ein wenig schmaler.

»Die Komik dieser Situation raubt mir wahrlich mein Stehvermögen. Ich kippe gleich um vor Lachen. Aber eigentlich möchte ich noch viel dringender erfahren, was du mir dieses Mal nehmen willst, Ex-Stieftochter? Meinen Spiegel und Zauberstab nennst du ja bereits dein Eigen. Also, was kann ich heute für dich tun?«

»Ähm, ja, was Snow eigentlich damit sagen will, ist, dass wir dir ein Angebot machen wollen«, beginnt Cinder zu erklären.

Neben ihr nickt Pan versonnen, verschränkt dann die Arme, sodass sich sein grünes Shirt über der Brust spannt. »Ein Angebot, das du nicht ablehnen kannst.«

»Wer hätte gedacht, dass ich es mit der Mafia zu tun bekomme? Illusion, was meinst du? Sollen wir weiter unseren WKWW-Account erstellen oder diesem Mist noch eine Sekunde länger zuhören?« Illusion neigt den Kopf, sagt aber nichts, weswegen Bane sich wieder an die Prinzessinnen wendet. »WKWH ist total out. Ich muss mir wirklich dringend einen Account bei Who Knows Which Witch zulegen. Gerade ihr solltet das nachvollziehen können. Kann meine Fans ja nicht enttäuschen.« Den letzten Satz flüstert sie, als ginge es um ein Geheimnis. Ein zynischer Unterton schwingt darin mit.

Sowohl Snow als auch Cinder schnauben.

Cinder bemüht sich, überzeugend zu klingen. »Bitte, arbeite nur weiter an deiner Social-Media-Präsenz, aber dann wirst du nie erfahren, wie wir den Märchenwald vor der drohenden Vernichtung retten können. Und dir gleichzeitig helfen können, deine Höhle

zu verlassen. Oder hast du dich so gut eingelebt, dass du darauf verzichten willst? Ich meine ja nur. Die Selfiemöglichkeiten in dem Loch sind doch sicher begrenzt.«

Bane starrt sie an. Vollkommen ausdruckslos. Irgendwann zuckt ein Muskel unter ihrem Auge. »Verlassen? Für immer?«

»Das wäre Verhandlungssache«, meint Spieglein altklug. »Erst mal bekommst du Hafterleichterung. Darfst uns begleiten und unseren Widerstand gegen das Morgenland verstärken. Vielleicht erlauben wir dir auch ein wenig Zauberkraft.« Er tauscht einen Blick mit Snow. »Nein, lieber nicht. Aber wir könnten gegenüber Jasemin so tun, als hättest du deine vollen Zauberkräfte noch. Klassisches Täuschungsmanöver.«

Bane wirkt nicht sehr überzeugt. »Keine Zauberei? Das ist ja wie vor dem Regal mit eingelegten Kröten zu stehen, aber auf Diät zu sein.«

»Ähm, ja.« Cinder deutet mit dem Selfiestick auf die Hexe. »Ein durchaus passender Vergleich. Aber zumindest wärst du nicht länger an diese Höhle gebunden.«

»Da wäre noch etwas …« Snows Stimme klingt auf einmal wie flüssige Marshmallows. »Du könntest wieder in deinem alten Zuhause schlafen. Deinem ehemaligen Schloss.«

Fast unmerklich glätten sich Banes Züge. Ihre Lippen formen das Wort *Schloss* und da weiß Cinder, dass sie gewonnen haben. »Vielleicht geben wir dir einen neuen Zauberstab, mit dem du so kleine Zauber ausführen kannst. Lumos zum Beispiel.«

»Jaja, ihr Kids mit euren Harry-Potter-Witzen. Dabei ist das Thema doch so was von ein alter sprechender Hut. Letztlich war ich schon lange, bevor dieser Harry und diese Hermine angesagt

waren, eine mächtige Hexe. Lange vor der Geburt der Erfinderin dieser Witzfiguren.«

»Ach.« Cinder wedelt mit ihrem Selfiestick und tut so, als handele es sich dabei um einen Zauberstab. »Dann warst du also so was wie die erste Hipster-Hexe, ja? Das würde Ever gefallen.«

Dafür fängt sie sich einen scharfen Blick von der Hexe ein.

Inzwischen scheint auch Rapunzel ihre Stimme wiedergefunden zu haben. Sie wirft sich ihren Zopf über die Schulter. »Illusion, eine Frage noch: Was weißt du über das verlorene Kind?«

»Genau. Wo hält es sich derzeit auf?«, ergänzt Cinder.

»Warum wollt ihr das wissen?«, fragt Illusion mit ihrem schrillen Stimmchen zurück.

»Weil wir uns von ihm Modetipps geben lassen wollen. Nein – natürlich, weil wir dieses Land vor dem Untergang bewahren wollen, du ignorantes Stück Spiegelglas.« Cinders Stimme durchschneidet die Mittagshitze.

Daraufhin wechseln Bane und ihr Spiegel einen Blick. »Erst versprecht ihr uns, dass wir im Schloss wohnen dürfen. Darüber hinaus Bewegungsfreiheit. Dann reden wir weiter.«

»Nur dorthin, wo wir euch haben wollen. Spieglein wird deine Fußfessel kontrollieren. Jeden Zentimeter, den du zurücklegst, überwachen.«

»Ich rechne immer noch in Inches, Yards und Meilen. Mit diesem neumodischen Quatsch brauchst du mir nicht kommen. 11,2-Kilometer-Stiefel verkaufen sich auch deutlich schlechter als Sieben-Meilen-Stiefel.«

Cinder hebt eine Augenbraue. »Wenn das deine größten Probleme sind …«

»Ich will mein Himmelbett zurück.«

»Wenn Illusion uns alles über das verlorene Kind erzählt, was sie weiß. Außerdem alles über den achten Zwerg.«

Bane knirscht mit den Zähnen. »Du bist ein gerissener Verhandlungspartner, Erbsenzählerin. Na gut. Wann genau beginnt unser Deal?«

»Morgen, wenn Spieglein deine Fußfessel umprogrammiert hat und wir dein Zimmer im Schloss hergerichtet haben.«

»Erst morgen ziehe ich zu euch?« Bane zieht einen Schmollmund.

»Ja und eins noch.« Snow tritt von einem Bein aufs andere. »Ich will, dass du mir alles über meine leibliche Mutter erzählst. Und keine Tricks!«

Bane tut so, als müsse sie sich das sehr genau überlegen. Schürzt die Lippen und kickt dann einen Kieselstein vom Höhleneingang weg, der bis vor Pans Füße kullert.

»Drei Wünsche also. Dann möchte ich auch noch einen zusätzlichen Wunsch frei haben. Etwas, das ich mir erst später überlege.«

Für einen Moment schließt Cinder die Augen. Nicht das auch noch! Erst Fear mit ihrem Wunsch und jetzt Bane.

»Okay, aber nichts Illegales. Etwas, das wir auch erfüllen können.«

»Deal!«

Zufrieden mit sich und den Verhandlungen nickt Cinder, klappt dabei ihren Selfiestick zusammen.

»Wir müssen den Deal mit einem Handschlag besiegeln«, fordert die Hexe. »Komm her, kleine Erbsenzählerin. Machen wir es offiziell.«

Cinder zögert.

»Tu das nicht«, raunt Pan ihr zu. »Das sieht ganz nach einem Trick aus.«

»Wieso sollte sie einen Trick versuchen, wenn wir sie morgen aus ihrem Gefängnis befreien?«, wispert Cinder zurück.

Obwohl sich das flaue Gefühl in ihrem Magen nicht ganz vertreiben lässt, strafft sie die Schultern und macht zwei Schritte auf Bane zu, dann noch zwei. Im Laufen steckt sie ihren Selfiestick in ihre Umhängetasche, streckt dann eine Hand in Banes Richtung aus.

»Schlag ein. Besiegeln wir unsere Abmachung. Drei Wünsche gegen drei Wünsche. Du auf unserer Seite gegen Jasemin.«

Auch Bane streckt eine Hand aus. Doch als Cinder sie ergreift, schlägt die Hexe nicht nur ein, sondern zieht Cinder mit einem Ruck zu sich heran.

»Oder du erfüllst mir jetzt gleich meinen dritten Wunsch und bleibst als mein Pfand bei mir, bis ihr mich abholen kommt. Ich traue euch nämlich nicht.«

Vor Schreck erstarrt Cinder, sodass es der Hexe leicht fällt, sie über die Schwelle in den Höhleneingang zu schubsen. Ihre Backenzähne mahlen aufeinander, aber ansonsten ist sie zu keiner Regung fähig, fühlt sich wie gelähmt im Griff der Hexe.

»Willkommen in meinem Heim, Cinderlein. Zufälligerweise gibt es heute Abend Erbsensuppe. Extra für dich.«

Cinder zuckt zusammen. Viel schlimmer hätte es nicht kommen können.

»Nein!« Pans Schrei schreckt mehrere Vögel aus den umstehenden Baumkronen auf. Genau wie er brechen sie in Gekreische aus, als sie davonflattern. Ein wenig erinnert die Szene Cinder an Pan, der von seinen Tinkerfeen umschwirrt wird.

»Äh ...« Mehr bringt sie einfach nicht über die Lippen. Kann sich überhaupt nicht mehr regen. Dabei hatte sie gedacht, Krav Maga hätte ihr Selbstbewusstsein gestärkt. Aber nun muss sie sich eingestehen, dass sie eben doch nicht wie Red ist. In Notsituationen wie dieser nicht mehr ist als ein Nadelbaum im Hagelschauer. Keiner ihrer Muskeln kann jetzt noch eine einzige Krav-Maga-Übung abrufen. Wie eingefroren steht sie hinter der Hexe. Wahrscheinlich ist es der Schock im Angesicht des Monsters. Obwohl sie sich vorgenommen hat, mutig zu sein, kann sie jetzt nicht einmal für sich selbst einstehen.

»Du!« Snows Stimme klingt mehr nach wütendem Bär als nach Prinzessin. »Ich wusste, wir können dir nicht trauen. Gib sie uns zurück!«

»Ich überlege mal kurz.« Bane tippt sich ans Kinn. »Also dich würde ich ja sofort wieder zurückgeben, Ex-Stieftochter. Oder dir Gift in den Tee mischen, aber Cinder sieht so aus, als könnte sie Canasta spielen. Und ich will ein anständiges Pfand hier haben.«

»Canasta kann ich nicht«, bemerkt Cinder sachlich.

Alle starren sie an. Rapunzel beißt auf ihrem Zopf herum, so als handle es sich dabei um einen Kauknochen.

Dann kommt Leben in Pan. »Aber ich kann Canasta! Und Schach. Schach kann ich auch! Nimm mich und lass Cinder gehen.« Fragend neigt Bane den Kopf zur Seite, während eine Schweißperle über Cinders Rücken hinabrollt. Pan will sich als Geisel gegen sie austauschen lassen?

»Und Mühle? Kannst du auch Mühle spielen?«, will die Hexe von Pan wissen.

»Aber natürlich! Alles, was du willst. Aber bitte lass Cinder frei.«

Vermutlich hätte er das besser nicht sagen sollen. Denn jetzt stiehlt sich ein Lächeln auf Banes Lippen. Ein gruseliges Lächeln. Das Lächeln einer Hexe. Gleichzeitig beginnt rund um den Höhleneingang etwas zu glitzern.

Mit leicht geöffnetem Mund beobachtet Cinder das Spektakel.

»Wie alle ordentlichen Hexen habe ich meine Tür magisch versiegelt. Schön, dass euch das endlich aufgefallen ist. Wenn ich nicht will, kommt hier niemand mehr raus.«

Panik flackert in Pans Augen auf. Seine Hände verkrampfen sich unter dem Druck seiner Fingernägel in den Handballen.

»Wir sollten Red anrufen«, fleht Rapunzel. »Das, das kann sie doch nicht machen!«

»Kann sie doch«, erklärt Bane, wobei sie das Kinn reckt. »Das kann, darf und wird die Hexe tun.«

Alle blinzeln, sagen aber nichts. Nur Illusion scheint leise zu lachen.

»Ach, macht das doch unter euch aus«, murmelt Spieglein. »Ich habe noch ein paar Computer zu hacken.« Und damit ist er verschwunden.

»Komm her, Hübscher.«

Cinder kann nicht fassen, dass Bane es wagt, Pan zuzuzwinkern. Das grenzt beinahe schon an sexueller Belästigung.

»Wir beide werden heute Nacht jede Menge Spaß miteinander haben.«

Cinder schluckt. Pan auch.

»Okay«, sagt er dann, macht einen Schritt auf die Hexe zu. Sicherlich hofft er genauso sehr wie Cinder, dass Bane damit Kartenspiele meint.

»Nein«, widerspricht Cinder.

Gleichzeitig stemmt Snow beide Hände in die Hüften. »Seid ihr noch zu retten? Diese garstige Hexe wird euch beide in die Höhle ziehen und dann den Eingang versiegeln. Vielleicht für immer. Zurück, Pan!«

»Ach, wirklich?« Bane hebt eine Augenbraue. »Und was soll ich mit diesen beiden Lampen anfangen? Nein, eine mäßig helle Kerze auf der Torte statt zwei reicht mir vollkommen als Abendunterhaltung aus.«

Laub raschelt über den Waldboden, bis sich jeder sortiert hat und das Chaos losbricht. Alle schreien plötzlich wild durcheinander.

Außer Rapunzel, die das ganze Spektakel regungslos beobachtet. Beinahe so versteinert wie Cinder. Aber Cinder beschwört Bane immerhin, dass sie ihre knochigen Finger von Pan lassen soll. Der wiederum schreit, dass die Hexe sich schon mal von ihren Social-Media-Kanälen verabschieden kann, weil er sie eigenhändig erwürgt, wenn sie Cinder nicht sofort gehen lässt.

Zur gleichen Zeit wirft Snow mit den übelsten Schimpfwörtern um sich, die sie für ihre Ex-Stiefmutter übrig hat.

Eine Weile geht das so hin und her. So viel Geschrei, dass man sein eigenes Wort nicht verstehen kann. Nur die Hexe bleibt so ruhig wie das Auge eines Wirbelsturms.

Ein Stein prallt an Banes durchsichtiger Barriere ab und landet vor ihren Füßen, statt auf ihrer Kniescheibe. Pan faucht, rauft sich dann die Haare vor lauter Wut.

»Ich tue es jetzt. Du lässt Cinder gehen und behältst mich als Pfand.«

Auf diese Ankündigung hin hält Cinder die Luft an. Der ganze Wald scheint den Atem anzuhalten und irgendwie stillzustehen.

Am Ende einigen sich alle auf den Geiselaustausch.

Cinder und Pan verkrampfen sich im selben Moment, als Pan der Hexe seine Hand hinhält. Beide zittern. Ein bisschen hat die Szene etwas von Hänsel, wie er der Hexe seinen Finger zeigt, um zu beweisen, dass er noch nicht genug gemästet ist.

»Drei ... zwei ... eins ... meins«, sagt die Hexe, dann zieht sie in einer einzigen Bewegung den Jungen an sich und stößt das Mädchen fort.

Cinder stolpert, fällt auf die Knie. Ihre Tasche rutscht von ihrer Schulter und ihre Hochsteckfrisur löst sich. Aber sie ist frei. Hat die unsichtbare Barriere durchbrochen, ohne irgendetwas dabei zu spüren. Nicht mal ein leichtes Prickeln. Ganz, ganz langsam richtet sie sich wieder auf und die Art wie sie es tut, hat etwas von einem Panther auf der Jagd. »Wenn du ihm auch nur die kleinste Kleinigkeit antust oder auch nur daran denkst, ihm das winzigste bisschen anzutun, schlage ich dich zu Brei und lasse Illusion von deinem eigenen Zauberstab zu Spiegelstaub zerfallen. Für immer. Hast du mich verstanden?«

»Klar und deutlich«, Bane kichert. »Aber wenn du glaubst, irgendetwas könnte Illusion schaden, bist du leider auf dem Holzweg. Unzerstörbar, die Gute. Außer, du versuchst es vielleicht mal mit Kryptonit.« Die Hexe lacht über ihren eigenen Witz. »Hach, was bist du doch für ein entzückendes Ding. So loyal! Dich hebe ich mir auf jeden Fall bis zu allerletzt auf! Und jetzt du, Neverland-Jüngling. Dein Einsatz.«

Pan starrt sie eine Spur irritiert an, wendet sich dann aber Cinder zu. »Keine Sorge. Morgen bin ich wieder frei. Das habe ich gerne für dich getan. Den Gedanken, dass du die ganze Nacht in Banes Gewalt ausharren musst, hätte ich sowieso nicht ertragen.«

»Wie herzzerreißend«, seufzt Bane, fasst sich mit einer Hand an die ausladende Oberweite. »Besser als meine Lieblingssoap, Verbotene Triebe.«

»Na, wer hätte das gedacht?«, knurrt Snow.

-Red-

»Bane hat was?«

»Bitte schrei nicht so laut.« Jaz, der den schlafenden Asher auf dem Arm trägt, wirft mir einen warnenden Blick zu, woraufhin ich meine Stimme senke, etwas leiser in mein Smartphone zische. »Seid ihr kein bisschen klüger geworden? Drei Wünsche, ja? Dafür werde ich euch allen dreimal mit euren Deppenzeptern auf den Schädel dreschen, habt ihr gehört? Ihr habt ja nicht mehr alle Rüschen am Kleid! Könnt ihr nicht einmal, nur ein einziges Mal, das machen, was ich euch sage?« Gut, eine rhetorische Frage. Weiß ich ja selbst. Wütend lege ich auf. Kann man jetzt eh nichts mehr machen. Ganz ehrlich: Langsam gebe ich die Hoffnung bei Cinder, Rapunzel und Snow wirklich auf.

»Sollen wir besser umkehren? Wir könnten auch morgen erst in Richtung Morgenland aufbrechen«, schlägt Jaz vor.

»Nein, wir weichen nicht vom Plan ab. Schlafen heute Nacht bei der Goldenen Gans oder in einem Gasthaus und überqueren morgen die Grenze nach Wonderland. Die anderen kommen schon klar. Aber vielleicht sollten wir Asher bei seinen Großeltern abgeben? Oder wer könnte auf ihn achten? Das wird womöglich eine lange Reise.«

Sowohl Jaz als auch Fear starren mich an.

»Ich habe keine Familie«, stottert die Hexe schließlich. »Meine Mutter ist tot und mein Ex-Ehemann …«

Ach ja, richtig, die Sache mit den Schwänen und dem König.

»Ich auch nicht«, bringt Jaz eine Spur zu hastig hervor. Ich erinnere mich daran, dass er das schon einmal behauptet hat. Dass seine Eltern tot seien. Aber dieser Tonfall lässt mich innehalten. Etwas stimmt hier nicht. Ja! Ganz offensichtlich hat er mir in Neverland nur die halbe Wahrheit erzählt.

»Moment mal, du lügst doch! Hast du etwa Asher über seine Großeltern angelogen? Schämst du dich für deine Eltern?« Ich zische es so leise, dass Asher hoffentlich nichts davon mitbekommt.

»Du verstehst das nicht«, flüstert Jaz zurück. »Meine Mutter ist schlimmer als jede Hexe. Selbst mein Vater hat sie gehasst. Wegen ihr hat er sich umgebracht. Und dafür hasse ich sie. Deswegen sind sie beide für mich gestorben. Nicht nur er.«

Eilig senke ich den Kopf, will ihn nicht weiter aufregen. Da scheine ich wohl in ein Wespennest gestochen zu haben. Kann die eigene Mutter wirklich so furchtbar sein? Wie schrecklich, dass sein Vater Selbstmord begangen hat. Ein Kloß schleicht sich in meinen Hals. Vielleicht hätte ich das Thema besser nicht ansprechen sollen.

»Das tut mir leid«, wispere ich. Jaz zeigt keine Reaktion, starrt einfach stur geradeaus. Keine seiner Gesichtsmuskeln vermittelt einen entspannten Eindruck oder den Hinweis darauf, dass er mich gehört haben könnte.

»Macht deine Großmutter nicht gerade Wellness-Urlaub in Wonderland? Vielleicht kann sie ein, zwei Tage auf Asher Acht geben?«, schlägt Fear vor.

So viel verantwortungsvolle Planung und das von ihr?

»Die Idee ist nicht schlecht«, gebe ich zu. Wo wäre der Kleine besser aufgehoben als bei meiner Großmutter? Aber will ich Asher wirklich zurücklassen? Eigentlich nicht, andererseits: Wonderland ist kein ungefährliches Pflaster. Mit Unbehagen denke ich an die Riesenspinne, die mich beim letzten Mal überfallen hat, und an die Herzkönigin, die mehr weiß, als gut für sie ist. Und gut für uns.

»Eigentlich würde ich Asher lieber so weit weg wie möglich von der Königin sehen«, murmelt Jaz.

Fear zuckt mit den Achseln. »Mir ist auch nicht so unwahrscheinlich wohl bei dem Gedanken, Asher abzugeben, aber es ist sicherer für ihn.«

Ich mustere die Hexe. Ob es ihr beim ersten Mal auch schwergefallen ist, ihn zurückzulassen? So kurz nach seiner Geburt?

Fear starrt mich ebenfalls an und kurz darauf Jaz. »Hast du eigentlich schon etwas von Ever gehört, Red? Oder ist er dir dauerhaft davongelaufen? Ich meine so richtig. Für immer. Musst du dir deswegen Jaz an der kurzen Leine halten? Ist er dein Ersatz-Hündchen?«

Autsch. Ich kneife die Augen zusammen. »Danke für deine unqualifizierte Meinung. Gerade hatte ich angefangen, dich zu mögen.« Ich beschließe, sie zu ignorieren und beschleunige meine Schritte. Aber mit einem hat sie recht: Bisher habe ich noch nichts von Ever gehört. Auf einmal fühlt sich meine Kehle noch trockener an als sowieso schon. Leider weiß ich, dass kein Getränk der Welt etwas daran ändern könnte. Ob Ever sich je wieder bei mir melden wird? Oder wird er mich fallen lassen? Wenn ja, ist mein Verhalten Jaz gegenüber daran schuld? Dieser Gedanke nagt an mir.

Ein paar Stunden zuvor
~Ever~

Der Durst überwältigt ihn im Laufe des Nachmittags. Immer wieder driftet Ever in eine Art Ohnmacht ab. Die Wüstenhitze lässt es kaum zu, sich aufrecht in seinem Gefängnis hinzustellen. Deshalb lehnt er im Schatten an der Wand, ohne T-Shirt, mit verschwitztem Gesicht. Wie in Trance malen Evers Finger immer dieselben Zeichen auf den Boden. Bis er innehält und feststellt, dass sein Zeigefinger unablässig ein R auf den Steinboden schreibt. R wie Red. Seine Wimpern flattern bei dem Gedanken an sie. Wenn er doch nur Kontakt zu ihr aufnehmen könnte. Aber natürlich haben sie ihm alles abgenommen. Als er am Morgen in der Zelle aufgewacht war, hatte er nicht mehr als seine Klamotten bei sich. Selbst sein Hope-Phone war aus der Jeanstasche verschwunden.

Immer noch ist niemand gekommen, um zu erklären, was er hier soll. Warum er hier ist. Wieso sie ihn verschleppt haben. Auch wenn Ever sich fast sicher ist, dass es kein Zufall sein kann, dass der Galgen am selben Tag errichtet wird, an dem er in Jasemins Palast gelandet ist. Er schluckt, schließt die Augen. Dieses Mal landen Evers Gedanken bei Red. Schon wieder. Seiner Red. Wunderschön, klug, witzig, störrisch und seine Seelenverwandte. Warum musste er auch fortlaufen? Wirklich eine rhetorische Frage. Im Grunde ist all das seine eigene Schuld, seine eigene Dummheit!

Alles ist perfekt gewesen. Er hat lediglich überreagiert. Wegen Jaz. Dabei weiß er doch, dass sich Reds Herz nach der Sache mit dem Liebestrank keinesfalls mehr dem Piraten öffnen wird. Jaz wird

nie ihr Happy End sein. Wenn es ihm irgendwie gelingt, hier herauszukommen, würde er sie um Verzeihung bitten. Das hätte er gleich tun sollen. Sich entschuldigen und ihre Wunde versorgen, die er ihr unabsichtlich zugefügt hat. Genau. Schließlich ist das nicht mehr als ein Unfall gewesen. Red wird ihm sicherlich vergeben. Falls nicht, wird er um sie kämpfen. Denn ohne sie kann er sich sein Leben nicht mehr vorstellen, auch wenn es kitschig klingt. Aber in dieser Hinsicht zählt nur die Liebe für ihn. Das Wichtigste. Es ist die Liebe, war sie immer und wird sie immer bleiben.

Obwohl er stundenlang geschrien und geschrien hat, ignorieren ihn sämtliche Wachen im Flur den ganzen Tag über, rühren sich nicht, soweit er das durch das vergitterte Fenster in der Tür erkennen kann.

Wie lange kann er das noch durchhalten? In dieser Hitze? So ganz ohne Wasser? Wie in Trance zeichnet er immer schneller mit den Fingern in den Staub. Herzen und Reds Namen.

»Klopf, Klopf!« Eine Stimme zerreißt die Stille wie ein fröhlicher Kindersingsang. Ein Schlüssel dreht sich im Schloss, so knarrend, als sei er seit Jahrzehnten nicht bewegt worden.

Gerade als Ever den Kopf hebt, schwingt die Tür zu seiner Zelle auf. Der Tür folgt ebenso schwingend Jasemin. Ganz so, als beträte sie eine Geburtstagsparty.

Prinzessin Jasemin. Die einzige Prinzessin des Morgenlands und seit dem Tod ihres Vaters Alleinerbin und Regentin ebendieses Herrscherreichs. Ganz in Weiß schneit sie herein, in den offiziellen Trauerfarben ihres Königreichs. Für einen Moment verspürt Ever so etwas wie Mitleid mit ihr. Schließlich hat sie erst vor Kurzem ihren Vater verloren. Durch einen Herzinfarkt, an dem die Prinzessinnen,

aber vor allem Alice und der Hutmacher nicht ganz unschuldig waren. Meterlange Seide schlingt sich kunstvoll um ihren Körper. Den Schleier hat sie zurückgeworfen. Die einzigen Farbtupfer an ihr sind die smaragdgrünen Ohrringe, die ihr bis fast auf die Schulter baumeln.

»Was willst du?« Evers Stimme ist nicht viel mehr als ein Krächzen. Sein ganzer Mund fühlt sich ungefähr so trocken an wie die Wüste, die sein Gefängnis umgibt.

»Natürlich dich besuchen, was glaubst du denn?« Jasemins Blick huscht durch Evers Zelle. Dann klatscht sie zweimal in die Hände. Sofort eilen Diener herbei. Tatsächlich breiten sie einen Teppich auf dem Boden aus sowie Sitzkissen, einen Krug Tee und zwei Kelche aus Zinn.

Bei diesem Spektakel weiten sich Evers Augen.

Natürlich entgeht Jasemin keine seiner Regungen.

»Möchtest du dich nicht zu mir setzen? Bei einem Glas Eistee plaudert es sich bedeutend besser.« Als Ever nicht reagiert, streckt sie ihre Hand aus. Die Finger ihrer anderen Hand, über und über mit Henna bemalt, schließen sich gleichzeitig um einen Kelch, setzen ihn an ihre Lippen. »Siehst du, nicht vergiftet.« Sie nimmt einen Schluck.

Letztendlich kann er nicht viel länger widerstehen. Er braucht etwas von dem Getränk. Aus reinem Überlebensinstinkt lässt er sich vor der Prinzessin, die jetzt oder schon sehr bald eine Königin sein wird, auf die Knie sinken. Greift im gleichen Moment nach dem Kelch. Evers Hände zittern und Jasemin registriert dieses Zeichen der Verwundbarkeit sehr wohl. Der eisgekühlte Tee schmeckt süßlich, ist dennoch eine reine Wohltat für seinen Rachen. Wahr-

scheinlich hat noch nie im Leben etwas Wohltuenderes seine Kehle berührt.

»Mehr?« Jasemin neigt den Kopf zur Seite. Ein Nicken von ihr und ein Diener schenkt Ever nach.

Hastig stürzt er auch den zweiten Becher herunter.

»Wirklich ein Glück, dass ich dich heute Morgen an der Grenze angetroffen habe. So ein Zufall.« Die Prinzessin hebt einen Mundwinkel, lässt den Blick über ihren Gast gleiten wie über einen Welpen im Zwinger. »Weißt du, Ever, ich glaube, wir beide sind uns gar nicht so unähnlich. Wir wissen, dass man manchmal Opfer bringen muss, um ein höheres Ziel zu erreichen.« Sie schweigt einen Moment und er tut es auch, solange, bis das Schweigen beinahe so sehr auf seine Schultern drückt wie die Hitze.

Glücklicherweise spricht sie kurz darauf weiter.

»Vor mir musst du dich nicht verstellen. Ich kenne dein Geheimnis.«

Ever blickt auf, die Lippen gerötet und feucht. »Ja? Tust du das? Mittlerweile weiß jeder, warum mich das Dorf verstoßen hat. Selbst Red. Es ist kein Geheimnis mehr. Ich habe dem Schäfer in die Wade gebissen.« In einer umständlichen Geste wischt er sich über den Mund.

»Das meine ich nicht.«

»Was dann?«

»Dein anderes Geheimnis. Das, das du selbst Red nicht erzählt hast. Der Grund dafür, warum dich die Dreizehnte Fee mit einem Fluch belegt hat.«

Noch während Jasemin die letzten Worte spricht, erstarrt Ever, verschluckt sich im selben Moment und beginnt kurz darauf, zu

husten. Der Zinnkelch entgleitet seinen Fingern, schlägt klappernd auf dem Boden auf. Sowohl er als auch Jasemin verfolgen den Weg, den er kullernd zurücklegt. Bis er nahe der Tür liegen bleibt. Aus der Entfernung lässt es sich kaum sagen, aber Ever ist fast sicher, dass der Kelch eine Beule davongetragen hat. Einen Makel, der nicht mehr zu kitten ist.

Kapitel 4

~Cinder~

Je weiter sie sich von Banes Höhle entfernen, desto tiefer rutscht ihre Stimmung in den Keller und damit auch ihr schlechtes Gewissen. Pan zurückzulassen fühlt sich so falsch an, wie im Winter Flip Flops zu tragen. Ein Fauxpas.

Als sie sich zu Snow und Rapunzel umdreht, wehen ihr die Haare ins Gesicht, die sich aus der Frisur gelöst haben. Bleiben an ihren Lippen kleben.

»Wir hätten nicht gehen sollen, oder?«

»Nein, wir hätten eine Sleepover-Party bei Bane geben sollen.« Snow schnaubt. »Was blieb uns denn anderes übrig? Sie wird ihn schon in einem Stück lassen. Pan kriegt heute Nacht vor Angst kein Auge zu, wird womöglich ziemlich begrapscht von der Gruselhexe, aber das ist schon alles. Als würde man eine Erlebnisnacht im Horrorkabinett buchen. Bane gibt ihn uns morgen zurück und dann könnt ihr zwei Turteltäubchen eure merkwürdig verdrehte Lovestory fortsetzen.«

»Wie bitte?« Cinder atmet so stockend ein, dass sie Schluckauf bekommt. Was weiß Snow schon? Da ist nichts zwischen ihr und Pan und wird auch nie etwas sein. Allerdings will sie sich

eine Bane, die ihm gegenüber zudringlich wird, gerade absolut nicht vorstellen. Aus Stoffen wie diesem werden normalerweise Albträume gemacht.

»Du hast mich schon richtig verstanden. Pan und du – wie er dich anflirtet …« Snow schüttelt sich. »Das hat was von Hochzeit spielen im Kindergarten. Ich meine, bei euch beiden handelt es sich um die wahrscheinlich kindischsten Personen auf der Welt.«

Rapunzel gibt einen zustimmenden Grunzlaut von sich, während Cinder nur leise vor sich hin hickst. Könnte Snow recht haben? Flirtet Pan mit ihr? Falls ja, was würde das für sie bedeuten? Aber darüber kann sie jetzt nicht nachdenken. Der Schnitt, den Charming mitten durch ihr Leben gezogen hat, ist noch zu tief. Zu frisch. Obwohl sie sich sicher geschmeichelt fühlen sollte, wenn Peter Pan tatsächlich ein Auge auf sie geworfen hat. Eigentlich existiert da eine relativ einfache Art, diese Theorie zu überprüfen … Aber das will sie auf später verschieben.

»Also gehen wir einfach zurück ins Hauptquartier?«

»Was sollen wir denn sonst tun?«, stellt Snow die Gegenfrage. »Außer Informationen über Jasemins mögliche Pläne zu sammeln, fällt mir nichts ein.«

Rapunzel nimmt das Ende ihres Zopfs aus dem Mund. »Vielleicht greift sie uns am Ende gar nicht mehr an. Inzwischen ist so viel Zeit vergangen.«

Bevor sie antwortet, kratzt sich Snow mit Banes Zauberstab im Nacken. »Du meinst, das wird nur ein kalter Krieg zwischen uns?«

Rapunzel überlegt ein bisschen. »Ja, genau.«

Schweigend laufen sie in Richtung von Snows Schloss. Denken über die Möglichkeit eines kalten Kriegs nach, wobei sich alle ein-

gestehen, dass diese Vorstellung einfach zu schön ist, um wahr zu sein. Gegenseitige Drohungen, aber keine Angriffe. Viel wahrscheinlicher ist es, dass Jasemin noch in zu tiefer Trauer um ihren Vater steckt. Zeit braucht, um einen Plan zu entwickeln oder einfach noch zu viel Respekt vor der Magie hat, die der Märchenwald gegen sie verwenden könnte. Sobald sich ihr Schluckauf gelegt hat, greift Cinder nach ihrem Smartphone, um Red anzurufen. Sie muss noch einmal in Ruhe mit ihr reden, ihre Bedenken bezüglich Bane ansprechen.

Nach dem Telefonat mit Red geht es Cinder kein Stück besser. Sie weiß ja selbst, dass Bane eigentlich zu fies und zu gefährlich ist, um eine Allianz mit ihr einzugehen. Dass sie selbst Mist gebaut hat, indem sie in Banes Falle getappt ist. Deshalb überlässt sie ihren Freundinnen und deren Ehemännern die abendliche Besprechung und überspringt auch das Abendessen. Stattdessen keimt in ihr der Wunsch auf, sich bei einem Krav-Maga-Training so richtig auszupowern. Also schließt sie sich kurzerhand für mehr als zwei Stunden im Fitnesskeller ein. Glücklicherweise bietet Snows Riesenschloss für fast jeden Bedarf einen eigenen Raum. Es gibt sogar einen Lagerraum, der eine Art Museum für magische Artefakte darstellt. Angeblich sollen dort der Kamm und der Gürtel aufbewahrt werden, mit denen Bane Snow einst um die Ecke bringen wollte.

Während des Trainings schweifen ihre Gedanken von Pan zum verlorenen Kind bis zum achten Zwerg. Wirklich merkwürdig, was Red ihr am Telefon berichtet hat. Dass Gretel ein Foto vom achten Zwerg haben möchte. Könnte er vielleicht das verlorene Kind sein? Derjenige, der über den Ausgang des Krieges entscheidet?

Nur wie soll das geschehen? Muss er persönlich auftauchen oder würde ein Selfie von ihm schon ausreichen? Vorsichtshalber nimmt sich Cinder vor, nicht mehr ohne Selfiestick und Smartphone das Schloss zu verlassen. Man weiß ja nie.

Immerhin hilft ihr das Training, den Kopf freizubekommen. Sie vermöbelt den von der Decke baumelnden Boxsack, als sei er Bane, die ihr ins Gesicht lacht. Wie soll die Zusammenarbeit mit der Hexe bloß aussehen? Aber Snow hat recht. Zumindest müssen sie Jasemin gegenüber die Illusion aufrechterhalten, dass sie die Hexen auf ihre Seite gezogen haben und damit im Besitz von einer Menge Zauberkraft sind. Auch wenn das nur die halbe Wahrheit ist. Eine halbe Wahrheit, von der die Prinzessin des Morgenlands besser niemals die zweite Hälfte erfährt. Vermutlich käme diese Scharade am besten in Gang, wenn sie einen Videoanruf bei Jasemin machen würden, mit Fear und Pain im Hintergrund. Oder besser: mit noch mehr Hexen. Einfach zu Machtdemonstrationszwecken. Ja, diese Idee muss sie unbedingt mit den anderen besprechen.

Von einer inneren Unruhe gepackt, wischt sich Cinder den Schweiß von der Stirn. Zeit, nach oben zu gehen und mit den anderen ihren Plan zu diskutieren.

Beim Verlassen des Kellers fallen Cinder zum ersten Mal die Wandgemälde in diesem Flur auf. Vielleicht, weil ihre Sinne in diesem Moment frei umherschwirren, sich an winzige Details klammern, um sich zu sortieren. Cinder streckt die Hand aus, lässt ihre Finger über die Goldrahmen gleiten.

Acht Gemälde begleiten sie auf ihrem Weg durch den Kellerflur. Vier links und vier rechts. Sieben Gemälde zeigen sehr kleine,

sehr bärtige Männer. Alle tragen Werkzeuge bei sich und schneiden Grimassen. Das achte Gemälde passt nicht so recht zu den übrigen. Kann es sein, dass hier eigentlich der achte Zwerg hängen sollte, sein Bild aber irgendwann ersetzt wurde? Eine grimmige Snow starrt einem von diesem Gemälde entgegen, so als hätte sie an diesem Tag Lust gehabt, den Maler zu erwürgen. Sicher hat er ein falsches Wort gesagt oder ist ihr sonst irgendwie negativ aufgefallen. Ein wenig sentimental denkt Cinder an diese alte Snow zurück. Im letzten Monat hat sie sich gewandelt. Ist vielleicht an ihren Aufgaben gewachsen. Möglicherweise liegt es daran, dass sie alle endlich etwas Sinnvolleres zu tun haben, als ihre Blogs zu pflegen. Tatsächlich hat Snow schon lange kein neues Rezept mehr auf ihrem Backrezepte-Blog hochgeladen, auch keine Buttercremetörtchen mehr gebacken. Ihre Küchenmesser dienen inzwischen auch einem völlig neuen Zweck. Red updated ihren Flechtfrisurenblog auch nur noch sporadisch und Rapunzels sowie ihr eigener Schminktutorial-Blog liegen völlig brach. Über was sollte Cinder momentan auch berichten? Ein Make-up-Tutorial für Kriegsbemalung? Eigentlich gar keine schlechte Idee.

Aber zunächst mal das Wichtigste: Shoppen, schließlich braucht sie adäquate Kampfkleidung. Was zieht man wohl so an, wenn man in den Krieg zieht? Springerstiefel und Sport-BH? Außerdem nimmt sich Cinder vor, Snow über den achten Zwerg auszuquetschen. Vielleicht sollten sie auch allesamt die Sieben Zwerge aufsuchen, Snows kleine Freunde, um diesem Geheimnis auf den Grund zu gehen.

Irgendetwas stört Cinder noch an Snows Bilderrahmen, aber da sie nicht weiß, was genau es ist, wischt sie den Gedanken fort.

Als sie zu den anderen im Esszimmer stößt, stecken die gerade in einer handfesten Diskussion darüber, welchen Snapnap-Filter man benutzen könnte, um einen Videoanruf bei Prinzessin Jasemin zu starten. Immerhin sind sie damit schon einen Schritt weiter als Cinder. Irgendwie. Einen Anruf wollte sie ohnehin vorschlagen.

Pain, die bei jedem lauten Geräusch zusammenzuckt, sitzt auf Reds Stuhl und verlangt nach dem Hasenohren-Filter. Bei dem Anblick muss Cinder unwillkürlich den Kopf schütteln.

Schließlich wirft Snow ein Messer genau in die Mitte der Tischplatte. »Schluss damit!«

Alle starren sie mehr oder weniger schockiert an. Rapunzel weniger ... dafür erwartungsvoller.

»Wir nehmen den Filter mit den Schneeflocken.«

»Ist das dein Ernst, Snow?« Cinder zieht einen Ebenholzstuhl zu sich heran, der dabei ein schrilles Kratzgeräusch verursacht. Wieder fahren alle zusammen und wenden die Köpfe. Sogar Rose schreckt aus ihrem Nickerchen hoch.

»Habt ihr keine wichtigeren Themen?«

Prinz Philip seufzt. »Seit beinahe drei Wochen besprechen wir, was passieren könnte, aber nichts rührt sich. Soweit es uns möglich war, sind sämtliche Bewohner gewarnt und kampfbereit rekrutiert. Sogar das Hauptquartier haben wir so gesichert, dass nicht mal eine Maus hineinkommt, wenn sie nicht dem Widerstand angehört. Was sollen wir deiner Meinung nach denn noch durchkauen?«

Cinder zuckt mit den Schultern. Sie hat die Hoffnung ohnehin bereits aufgegeben. »Gut, dann ruft bei Jasemin an und benutzt den Schneeflockenfilter. Danach können wir uns gleich bei Pan melden. Hoffentlich hat Bane ihn nicht irgendwie in die Enge getrieben oder so.«

Prinz Adrian blinzelt irritiert.

Doch bevor er etwas sagen kann, hält sich Pain den Bauch vor Lachen. »Peter Pan sitzt in Banes Höhle fest? Wie bitte konnte das denn geschehen? Oh, Moment, ich weiß: Bane hat euch ausgetrickst und Pan als Pfand behalten! Sie ist durchaus gerissen, das Miststück. Müsst ihr der Königin der Finsternis jetzt das Herz einer Prinzessin bringen, damit sie ihn wieder gehen lässt?«

»Genau deshalb wollte ich diese Kleinigkeit für mich behalten«, raunt Snow Cinder zu. Aber Cinder ist es mittlerweile egal, was irgendwelche drittklassigen Hexen von ihr denken.

»Also dieser neue Videochat mit den Filtern ist so geil, ich möchte mir alle Haare ausrupfen!« Rapunzels begeisterte Stimme lenkt Snows Aufmerksamkeit von Cinder ab.

Glücklicherweise.

»Snapnap ist kein Synonym für Schnappatmung. Jetzt ruf schon Jasemin an, Salat-Girl!«

Rapunzel schaut eine Spur beleidigt drein, als Snow diesen alten Spitznamen benutzt.

»Okay, aber nur, weil du so nett *Bitte* gesagt hast.«

Mit ausgetreckten Armen positioniert sie sich so, dass der Anrufer alle am Tisch sehen kann.

»Hallo«, nimmt Jasemin nach dem ersten Klingeln ab. »Wie schön, dass du anrufst, Rapunzel. Ich habe etwas, was euch gehört. Oh, und netter Häschen-Filter. Wahrhaft entzückend.«

»Rappienz!«, brüllt Snow im Hintergrund.

Achselzuckend wechselt Rapunzel den Filter. »Hallo, Jasemin. Ja, ich weiß, ich bin entzückend. Und so cool, dass es hinter mir schneit.«

~Red~

Cinders Worte klingen noch lange in meinen Ohren nach, auch nachdem ich schon längst aufgelegt habe. Das Gespräch hat mein Innerstes in zwei Richtungen gezerrt.

Beim nächsten Vogelgeschrei bleibe ich mitten auf dem Waldweg stehen.

»Wir müssen umkehren und Pan vor Bane retten.«

Asher, der im Gehen einen Grashalm zwischen den Fingern gedreht hat, läuft direkt in mich hinein. Nach seinem Mittagsschlaf auf Jaz' Schultern ist er inzwischen wieder komplett fit.

Fear lacht einmal glockenhell auf. »Ja, guter Witz. Und danach helfen wir Cinder, ihre Erbsen-Phobie wegzutherapieren. Genau.« Ich werfe ihr einen vernichtenden Blick zu.

Jaz nimmt meine Hand, massiert mit dem Daumen meine Fingerknöchel. »Pan steht das durch. Wir sind schon zu weit gekommen, um umzukehren.«

Damit hat er natürlich recht. Uns trennen nur noch ein paar Meilen vom Haus der Gans. Irgendwo hier in der Nähe muss diese Book-a-Carriage-Station sein. Kurze Zeit später erreichen wir eine Art Container, um den jede Menge Pferdeställe errichtet sind.

Der Salesmanager stellt sich als eins der drei kleinen Schweinchen heraus und Fear als knallharte Verhandlungspartnerin. Nach ein paar Minuten ist das Schweinchen nassgeschwitzt und seine hellblaue Uniform verknittert. Nachdem Fear sich umdreht hat, stößt es zudem ein paar wüste Beschimpfungen in ihre Richtung aus. Unnötig zu erwähnen, dass es kein Trinkgeld erhält.

Als ich wenig später einen Blick aus unserer Low-Budget-Kutsche werfe, die von einem einzigen, ziemlich alten Klappergaul gezogen wird, sehe ich eine mir bekannte Weggabelung vorbeihoppeln. Ein mir ebenso bekanntes Gesicht prangt von einem Werbeplakat, welches das baldige ›Prinzessin-Snow-Gedächtnisturnier‹ ankündigt. Plötzlich weiß ich nicht mehr, was mich mehr zum Würgen bringt. Snows Dreistigkeit (bei allen Geißlein: Gedächtnisturnier? Wirklich?) oder diese Fahrt, die einem Galoppritt auf einem Maulesel inmitten eines Wirbelsturms gleicht. Jedenfalls ist dieser Kutscher wirklich mies. Wahrscheinlich wurden die Stoßdämpfer vor der Fahrt aus Kostengründen abmontiert. Gleich bekomme ich eine Gehirnerschütterung. Ganz gleich! Eine blöde Idee, diese neue Book-a-Carriage-App auszuprobieren. Hier werden Gehirnareale nachhaltig geschädigt. Bei Himmel und Hölle. Ich knurre, aber da drückt Jaz meine Hand nur fester und ich verstumme.

»Lassen Sie uns einfach hier raus«, presse ich mit Mühe laut genug hervor, dass der Kutscher es hört. Keine Sekunde länger ertrage ich diesen Höllenritt. Offensichtlich sieht es der Kutscher als seine persönliche Challenge, über jeden Stein zu fahren, den der Weg zu bieten hat.

Die Vorhänge an den Fenstern hören auf, sich wie Ballkleider zu bauschen, dann stehen wir. Keine Sekunde zu früh, denn schon stürmt Fear nach draußen und übergibt sich in den nächsten Busch. Direkt unter einem »Prinzessin-Snow-Gedächtnisturnier – zeigen Sie Ihrer Majestät die Ehrerbietung, die sie verdient!«-Schild. Nun ja, Fear scheint das irgendwie wörtlich zu nehmen. Ich muss wegsehen, damit mein Magen es ihrem nicht sofort gleichtut.

»Zurück laufen wir auf jeden Fall zu Fuß«, keucht Fear von ihrem Busch aus.

»Einverstanden.« Genau wie bei Fear zeigt Jaz' Gesichtsfarbe einen gräulichen Schimmer- und das will was heißen. Der Mann ist schließlich sturmerprobt, wasserfest und hat Seemannsbeine wie kein anderer. Wenigstens fühle ich mich bei seinem Anblick weniger wie ein Weichei.

Mehr oder weniger schwankend legen wir die letzten Meter zur Villa des goldenen Federviehs zurück. Währenddessen spüre ich eine Migräne heranrollen, massiere mir daher unentwegt die Schläfen.

»Alles okay?« Jaz' Karamellstimme kitzelt mich im Nacken.

Unwillkürlich zucke ich zusammen.

»Alles bestens.« Mein Magen rumort noch, während ich ihm diese Lüge auftische.

Jaz mustert mich. »Du hast lange nichts mehr gegessen. Am besten besorge ich uns gleich etwas aus dem Gasthaus, an dem wir vorbeigekommen sind.«

»Nein. Keine Zeit. Erst mal besuchen wir die Gans. Vielleicht hat die etwas zu essen für uns.« Ich betrachte die Villa, die sich vor uns auftürmt, sich fast zu mir herunterzubeugen scheint, und erinnere mich an meinen letzten Besuch hier. Nein, normalerweise hat die Gans nur Bier und Chips in der Vorratskammer.

Mit einem Nicken scheint mir Fear recht zu geben.

»Zuerst haben wir ein Hühnchen mit der Gans zu rupfen!« Ich wünschte, alle würden mit diesen Wortspielen aufhören. Seufzend lege ich Jaz eine Hand auf den Arm und lasse mich von ihm durch den einsetzenden Regen zur Veranda bugsieren. Mittlerweile ist es später Nachmittag. Wir sollten keine weitere Zeit auf unserer

Reise nach Wonderland verlieren. Gerade setze ich einen Fuß auf die Holzbretter, da schwingt die Tür auf. Tischlein hängt halb am Türgriff, so wie ein Hund, der auf die Hinterbeine gestellt eine Tür aufstößt. Als er uns bemerkt, zuckt der Tisch zusammen, weshalb ihm seine Tischdecke vom Rücken rutscht. Beschämt presst er die Beine gegeneinander.

Ich blinzle.

»Sollen wir uns umdrehen?«, fragt Fear spitz. »Aber ich fürchte, wir haben schon alles gesehen.«

Auch das noch. Wenn der Hexe nicht bald jemand den Mund stopft, erfahren wir heute sicherlich gar nichts mehr.

»Hör nicht auf sie. Hallo, Tischlein. Wie geht es dir so?«

Tischlein-deck-Dich wendet sich mir zu, benutzt zum Sprechen seine vordere Schublade.

»Es geht so. Der Holzwurmbefall macht mir heute wieder zu schaffen.« Die Schublade scheint etwas verzogen zu sein, weswegen seine Stimme verzerrt klingt und bei jedem hohen Ton quietscht wie schlecht geölt. Ich nicke verständnisvoll, lasse meinen Blick über das graubraune Tischlein schweifen. »Sag mal, sind die Gans und Hans im Glück zufällig zu Hause?«

»Nein, leider nicht. Hans ist geschäftlich unterwegs und die Gans macht eine Klangschalen-Therapie in Wonderland.«

Im Ernst jetzt? Mein zweifelnder Blick muss mich verraten haben.

Tischlein stößt die Tür noch ein Stück weiter auf, landet dann auf allen Vieren vor uns. »Du weißt schon, seine Legehemmungen und so.«

Die Gans, obwohl sie männlich tut, kann nämlich eigentlich sehr wohl Eier legen. Trotzdem möchte er als geschlechtsneutrales Wesen

angesprochen werden. Und wir sind ja alle liberal und erwachsen. Zudem erfreut sich der Gender-Ganter wirklich großer Beliebtheit im Märchenwald und mir war schon immer gleich, ob meine Freunde männlich oder weiblich sind.

Neben mir hält sich Fear am Holzgeländer der Veranda fest. »Klangschalentherapie – gegen Legehemmungen. Ich kann nicht mehr!«

Da mich aber inzwischen kaum mehr etwas irritieren kann, übergehe ich ihren emotionalen Ausbruch einfach mal.

»Was kommt als Nächstes? Meditieren gegen Holzwurmbefall?«, gackert die Hexe.

Sogar Asher grinst, obwohl er wahrscheinlich noch nicht versteht, warum seine Mutter so gut drauf ist.

»Klangschale hin oder her, wir sind hier, um mit euch zu sprechen.«

»Etwas zu kaufen«, fällt mir Jaz ins Wort. »Sie meint, wir sind hier, um etwas zu kaufen.«

Auf diese Aussage hin kneife ich ein Auge zusammen, drehe mich dann zu ihm um. Im Gegensatz zu mir steht Jaz im direkten Sonnenlicht und scheint damit um die Wette zu strahlen. Seine Haut schimmert wie die eines Gottes. Wenn Spieglein jetzt hier wäre, müsste ich ihm keine Klangschale, sondern eine Sabberschale reichen. Aber ich beginne zu verstehen, was er mit seiner Strategie erreichen möchte.

»Ja, richtig, ihr habt doch immer noch Wasserpfeifentabak im Angebot?«, pflichte ich ihm bei. »Jaz möchte unbedingt welchen kaufen und heute Abend eine Party mit euch feiern. Er gibt einen aus.« Ich verziehe meine Mundwinkel, sodass mein linker fast mein Ohr berührt.

Daraufhin atmet Jaz einmal tief ein. »Klar. Kann ich euch mit Neverland-Gold bezahlen?«

»Oh, Hübscher.« Tischlein kichert. »Die Gans würde dich mit allem bezahlen lassen, auch mit deinem Schlüpfer.«

Stöhnend lehne ich mich an das Geländer der Treppe. Bestimmt bekomme ich diese Bilder nie wieder aus dem Kopf.

Eine Weile handelt Jaz mit Tischlein, versucht dabei, das Gespräch unauffällig auf das Thema *verlorenes Kind* zu lenken, aber der wurmlöchrige Tisch behauptet, keine Informationen darüber zu haben. Noch dazu meint er, dass der achte Zwerg Snow gewesen sei, was mich nicht gerade weiterbringt.

Fake-News.

Genervt massiere ich mir die Stirn. Langsam habe ich das Gefühl, meine Schädeldecke wird demnächst wie eine überreife Erbsenpflanze aufplatzen.

»Also heute Abend seid ihr alle hier, Gans, du und Hans?« Wenn wir sie zu dritt befragen, haben wir womöglich die besten Chancen, das meiste aus ihnen herauszuquetschen. Vor allem, wenn sie schon eine Wasserpfeife zu viel geraucht haben oder was sie sonst so auf ihren Partys konsumieren.

»Hans wird eine ganze Woche auf Geschäftsreise sein. Alle Hexen abklappern und dann Kaltakquise.«

Aha. Kaltakquise. Warum auch nicht. Ich stelle mir vor, wie Hans im Glück die nächste Zielgruppe ausfindig macht, zum Beispiel die zwölf Feen oder die Meermädchen, und ihnen Flohtox anzudrehen versucht.

»Wow, wer sind wohl die nächsten Kunden?« Fear tippt sich mit dem Finger ans Kinn. »Die Sumpfmonster? Die Tinkerfeen,

Werwölfe oder die Tanzbären? Bei Gelegenheit müsst ihr mir eure Marketingtricks verraten.«

Damit sie endlich die Klappe hält (ja, ich sage es nicht gern, aber die Hexe ist noch schlimmer als ich), ramme ich ihr meinen Ellenbogen in die Seite, woraufhin ich einen giftigen Blick von ihr kassiere.

Tischlein betrachtet erst mich und dann Jaz, der sich in diesem Moment bückt, um Asher hochzuheben. »Wie hältst du es nur mit diesen beiden Frauenzimmern aus, Hook?«

Zwanzig Minuten später auf dem Rückweg (natürlich hat die Kutsche nicht gewartet, verdammte Billig-Lockangebote) zerbreche ich mir immer noch den Kopf darüber, ob ich wirklich langsam so werde wie Fear. Bin ich zu zynisch geworden? Zu neidisch auf all das Glück um mich herum? Gerade jetzt wieder, nachdem Ever mich verlassen hat?

Irgendwann überholt uns ein fahrender Händler, von dem Jaz etwas Brot und Käse kauft. Asher ist erneut an die Schulter seines Vaters gelehnt eingeschlafen und sieht aus wie ein Engel. Ein Engel mit einer merkwürdigen Frisur.

Fear rümpft die Nase.

»Hey, Fear, kannst du Asher eine Weile tragen, damit ich unser Essen nehmen kann?« Unter seinen Worten zuckt die Hexe zusammen. Ihre Fußfessel schlägt gegen einen Stein, was ein Geräusch wie ein Stück Plastik auf einem Schleifstein verursacht. Schrill und irgendwie fehl am Platz. Ich werfe ihr und danach dem schlafenden Kind einen Blick zu. Panik liegt in Fears Augen. Sie steht ganz starr da, wie festgefroren. Offensichtlich ist sie eher bereit, ihren Kopf in Rexias Ofen zu stecken, als ihren schlafenden Sohn zu tragen.

»Sie ist noch nicht so weit«, flüstere ich Jaz zu, fische mir Asher aus seinen Armen und laufe einfach weiter, als sei nichts geschehen. Der Kopf des Kleinen schlackert neben meiner Wange hin und her, weswegen ich mich verrenke, um ihn mit einer Hand zu stützen. Wahrscheinlich werde ich das keine Meile durchhalten können. Wir sind unterwegs zu Rexia, die nicht weit entfernt wohnt, weil sich Hans bei ihr aufhalten soll und wir uns die Chance nicht entgehen lassen wollen, mit ihm zu sprechen. Bevor er in die große Welt der Schönheitskorrekturen verschwindet wie Falten in Fears Mundwinkeln. Schließlich ist er von allen drei Spaßvogeldealern der Vernünftigste.

Nachdem ich mit Snow telefoniert habe, hat sie spontan eingewilligt, sich dort mit mir zu treffen, weil sie mir irgendetwas Wichtiges *persönlich* sagen will. Vielleicht hat sie sich endlich zu dieser Anti-Aggressionstherapie entschlossen oder sieht mittlerweile ein, dass Selfiesticks keine hübschen Modeaccessoires sind.

»Schließ dich dem Widerstand an, haben sie gesagt. Das wird dir Spaß machen, haben sie gesagt«, höre ich Fear murmeln, die ein paar Schritte vor mir über den Waldweg stapft. Ihre Laune kann man heute wieder im Keller suchen.

Der Wald schmiegt sich ruhiger um uns. Ob Ever in diesem Moment wohl irgendwo an einem Aussichtspunkt sitzt und sich den Sonnenuntergang ansieht? Gerade auch den Kopf in den Nacken legt und über die Baumspitzen späht, so wie ich?

Jemand reicht mir ein Stück Brot mit Käse. Es ist Jaz.

Zunächst betrachte ich ihn einen Moment unter hochgezogenen Augenbrauen, doch dann lasse ich meine Abwehrhaltung fallen und beiße ab. Es ist nicht gerade einer von Evers liebe-

voll zubereiteten, veganen Snacks, aber dennoch schmeckt es gar nicht übel.

»Alles okay?«, will er wissen.

»Sicher.« Mir ist bewusst, dass mir dabei eine Träne aus dem Augenwinkel kullert. Eilig wende ich mich ab, beschleunige meine Schritte, was sich unter dem Gewicht von Asher als recht mühsam herausstellt.

»Hast du gerade an Ever gedacht?«

»Nein«, lüge ich, weil es das letzte Thema ist, das ich mit Jaz diskutieren will. Ever. Beim Gedanken an ihn und die letzten Sekunden, bevor er verschwunden ist, spielt mein Blut einen merkwürdig anmutenden Akkord. Intensiv. Ohrenbetäubend. Quälend.

Rexias Hütte erreichen wir gerade dann, als uns der Käse ausgeht. Was ich spontan als Zeichen deute, dass wir hier sein sollen. Dass alles irgendwie vorherbestimmt ist. Unsere Mission. Unser Kampf. Unser Dasein.

Fear, die vermutlich meinen melancholischen Anfall unterbinden will, zieht an ihren langen Samtärmeln.

»Ich warte mit Asher hier draußen. Ist besser für ihn. Sagt Rexia schöne Grüße von mir.«

Zugegeben, das ist womöglich die bessere Lösung für den Kleinen, dennoch hatte ich bei dieser delikaten Angelegenheit mit Rexia auf Fears Hilfe gehofft.

Doch Jaz nickt, nimmt mir Asher ab, der bei der Bewegung aufwacht. »Sei schön brav«, flüstert er seinem Sohn zu, setzt ihn dann auf einem Stück Moos ab, das im letzten Fleck Sonnenlicht des Tages badet.

Meine Gedanken schweifen zu unserer Klavierstunde ab, bei der ich mit Asher geübt habe. Normalerweise verhält er sich eher wie ein Schulkind und nicht wie ein Vierjähriger. Außer, wenn er gerade aufwacht. So wie jetzt. Da ist er wieder ein Jahr alt. Höchstens.

Ich beobachte mit einem Lächeln, wie er sich streckt und räkelt. Und wie Fear mit einem angstverzerrten Gesichtsausdruck vor ihm zurückweicht. Ganz so gewohnt ist sie den Umgang mit einem Kind eben noch nicht. Mit ihrem Kind. Oder ist es etwas anderes? Die Furcht in ihren Augen scheint mir nicht durch reinen Egoismus hervorgerufen zu werden. Hat die Hexe etwa Angst, Asher aus Versehen zu verletzten?

»Red? Kommst du?« Jaz' Stimme unterbricht meine Überlegungen zu Fear und deren Maschen, die sie nicht mehr alle auf der Stricknadel hat. Vielleicht ist das auch besser so. Sobald ich mich dem Lebkuchenhaus zuwende, das nebenbei bemerkt auch schon mal besser ausgesehen hat, strecke ich meinen Arm aus, um den Zuckerguss an den Dachbalken zu berühren. Wirkt eine Spur zu grau und dazu bröckelig. Ganz genau wie die Zähne der Dreizehnten Fee. Zu Gretels Zeiten kam das Ganze sicher ansehnlicher daher. Da hat Rexia wohl nachgelassen und lange keine neuen Schindeln mehr aufgelegt. So ein Kekshaus muss man pflegen und frischhalten, was natürlich eine Menge Arbeit macht. Um regelmäßiges Backen kommt man nicht herum. Aber wahrscheinlich lässt sich heutzutage für Rexia Backen und ihr ausgeprägter Hang zum Hexflix-Serienstreaming nur schwer unter einen Hut bringen. Eins ihrer liebsten Hobbys, wie man hört.

Dieses Mal schwingt die Tür auf, bevor ich anklopfen kann.

»Besuch. Als hätte ich es geahnt. Schade, dass ich keine Sprühsahne im Haus habe.« Der Sarkasmus in der Stimme der Hexe entgeht mir nicht. Genauso wenig wie das leichte Zittern darin. Unwillkürlich denke ich an Snows letzten Besuch hier und an die damit einhergegangene Sprühsahne-Folter. Selbstverständlich kenne ich die Geschichte, wie meine Freundinnen ihr noch vor Kurzem androhten, sie mit Schlagsahne zu mästen, wenn sie ihnen nicht die gewünschten Informationen liefert.

»Hallo, Rexia. Ich schwöre, wir kommen in Frieden. Ich bin Red und das ist Jaz.«

Von irgendwo hinter uns scheint Fear zu winken, denn Rexia hebt eine Hand zum Gruß. Rotbraune Locken fallen ihr über die knochigen Schultern. Gestraffte Gesichtshaut zieht sich über eine Stirn, die in eine extrem schmale Nase übergeht. Die Hexe kann kaum mehr als Asher wiegen.

»Ist Hans im Glück zufällig da?« Ich deute über ihre skelettartige Schulter nach drinnen. Gut, dass wir keinen Hund dabeihaben. Die Hexe ist quasi nicht mehr als ein Knochen auf zwei Beinen. Beziehungsweise auf zwei weiteren Knochen.

Nach einer intensiven Musterung ihrer Spontanbesucher verschränkt Rexia die Arme. »Zufällig ja. Soll er heute von euch verhört werden? Ist er das bevorzugte Folteropfer des Tages? Vielleicht könnt ihr so was demnächst vorher in der Zeitung ankündigen. Würde unser aller Leben vereinfachen.«

»Nein. Ich meine, ja.« Ich schnalze mit der Zunge, als mir auffällt, dass ich so nur verlieren kann. »So ist es nicht.«

»Ich kenne Mädchen wie dich. Euch ist jedes Mittel recht, um an euren Prinzen zu kommen ...« Fear deutet mit dem Zeigefinger

auf mich, doch da tritt jemand hinter sie und stößt die Tür ein Stück weiter auf.

»Oh, hallo, Red. Ja, ich bin da.« Hans strahlt sein breites Junge-vom-Land-Lächeln, was mir heute aber eher wie das Grinsen eines durchtriebenen Pferdehändlers vorkommt. Womöglich habe ich ihn all die Jahre unterschätzt. Nur, weil er in jugendlichem Leichtsinn einmal ein unwahrscheinlich schlechtes Tauschgeschäft gemacht hat. Vielleicht hat er aber auch daraus gelernt, wie man das Business richtig angehen muss. Aus Schaden wird ja mancher doch noch klug.

»Wow, wenn wir damit nicht gleich drei Hexen an einem Ort verprü-, ich meine, versammelt haben!«, ertönt eine Stimme hinter mir. Snows Stimme. Selbstbewusst wie immer.

Kann man hier nicht einmal in Ruhe sein Verhör durchziehen?

»Snowy-Snow!« Asher ist der Einzige, der sich freut, sie zu sehen. Er reibt sich die Augen.

»Guter Junge.« Snow hält, ohne ihn anzusehen, kurz inne, tätschelt ihm dem Kopf, als sei er ein Golden Retriever.

»Wenn sich hier jetzt mal alle beruhigt haben …« Ich hebe die Stimme, noch während ich mich wieder Hans zuwende. »… können wir hier vielleicht mal einen Schritt weiterkommen.«

Doch natürlich ist mir das nicht vergönnt. Denn mit Snow kommen gerade auch Pain und Rapunzel an. Und Letztere deutet in diesem Augenblick voller Faszination von einer Hexe zur anderen.

»Ihr *habt* alle die gleichen Nasen. Ich wusste es!« Dass sie nicht auch noch vor Begeisterung wild applaudiert, ist wirklich alles.

In erstaunlicher Synchronisation blinzeln alle Hexen.

»Jaaa …«, meint Fear lahm. »Das kommt daher, dass wir alle denselben Schönheitschirurgen haben. Nur in Banes Höhle traut er sich nicht rein. Daher …«

Ich frage mich, woran das liegen könnte.

»Wer ist denn dieser meisterhafte Restaurateur von Nasenknorpeln? Man muss ihm direkt gratulieren. Schließlich macht das auch die ganze Sache mit den Fahndungsplakaten bedeutend einfacher. Man muss sich nur ein Nasenmodell von ihm besorgen und dann …«, fährt Snow fort, doch ich bringe sie mit einer Handbewegung zum Schweigen.

»Können wir das bitte später durchkauen und einen Blogbeitrag darüber schreiben?«

»Völlig korrekt«, pflichtet mir Snow unerwartet bei. Genauso schnell wie Hase in seine Trainingsklamotten schlüpfen kann, wechselt sie die Seiten. »Weiter im Text: Na, also, wenn das hier nicht eins der geschätzten Mitglieder des Flohtox-Kartells und seine Lieblingskundin sind.«

Ich verstehe nicht, inwiefern uns Schmeicheleien hier weiterbringen sollen.

Rexia, die inzwischen blass wie ihre Dachbalken angelaufen ist, stützt sich am Türrahmen ab. Sie wirkt ein wenig kraftlos auf mich. »Können wir Angelegenheiten wie diese vielleicht drinnen besprechen?«

Nachdem alle Blicke kurz auf Asher geruht haben, der an Fears Ärmel herumspielt, sind wir uns ohne irgendwelche weiteren Wörter einig. Sogar Hans scheint zu verstehen.

In der Hütte bemerke ich sofort, dass das Verschönern der Hexe bereits angelaufen ist. Den Wohnzimmertisch hat Hans in einen

halben Operationstisch verwandelt. Samt steriler OP-Unterlage. An Professionalität mangelt es ihm also nicht.

Pain und Rapunzel stellen sich jeweils rechts und links der Tür auf. Langsam bekomme ich den Eindruck, dass Pain Rapunzel alles nachmacht. Was ist nur in die Hexe gefahren? Aber egal, damit kann ich mich gerade nicht beschäftigen. Es gibt Wichtigeres zu erledigen.

Am Rande registriere ich, dass Rexia sich exakt so vor dem Tisch positioniert, dass sie uns die Sicht auf alle Spritzen darauf verdeckt.

Die Lampe in der Ecke blendet mich, beschwört meine Kopfschmerzen wieder herauf.

Als ich deshalb schweige, ist es Jaz, der den Gesprächsfaden als Erster wieder aufnimmt.

»Eine nette Hütte. So …« Er schaut sich um, offensichtlich auf der Suche nach den richtigen Worten. »… kalorienreich.« Himmel, er ist zu gut für diese Welt.

Selbstverständlich sieht Snow das komplett anders und schnaubt verächtlich. »Ja, Schluss mit den nicht ernst gemeinten Komplimenten. Über diesen Punkt sind wir bereits drei Hexenhauslängen hinaus, nicht wahr?«

Ach, wer würde da schon mitzählen, wie oft wir Small Talk mit Hexen gemacht haben? Was natürlich immer Hand-in-Hand mit Beleidigungen-Austauschen abläuft.

»Ja, wie auch immer. Hans, wir wollen euch nicht lange stören bei … was immer das hier werden soll. Eigentlich haben wir nur ein, zwei Fragen an dich.«

»Drei höchstens«, ergänzt Rapunzel.

Gut, lassen wir die Spiele beginnen. Mein Blick fällt auf den Kamin der Hexe, über dem ein Schild angenagelt ist.

»Seit 2002 kinderfrei.« Ja, davon habe ich gehört. Die Hexe lebt vegan und zuckerfrei. Warum auch nicht?

»Ich würde euch ja etwas anbieten, aber wenn ich mich und Hans berücksichtige, ist das Kontingent an veganen, zuckerfreien Muffins bereits verplant.« Die Hexe grinst so süß, dass ich an das fettriefende Mandelgebäck meiner Großmutter denken muss. Glitschige kleine Biester. Von denen wird mir nur leider viel zu oft schlecht. Genau wie von den Hexen, wenn man es genau bedenkt.

»Hans und die Hexe … Kommt mir irgendwie bekannt vor«, raunt mir Rapunzel zu.

Ich stöhne. Irgendwann erwürge ich sie alle. Oder ich lege meine Hoffnungen in Hans, der offenbar kurz davorsteht, in altbewährter Tradition gemästet zu werden. Wie heißt es so schön? Was Hänsel nicht lernte, lernt Hans nimmermehr. Vielleicht verspürt die Hexe nach der Muffin-Mästung den Wunsch, ein Feuer im Kamin zu schüren … alte Gewohnheiten legen sich so schlecht ab und ein mit Süßkram vollgestopfter Hans könnte sie triggern. Und dann … wir alle kennen das Märchen.

»Also zurück zu dir, Hans –«

Wieder ist es Rapunzel, die mich unterbricht: »Hey, Snow, wolltest du Red nicht etwas sagen?«

Snow mustert mich und dann Hans. »Später, erst das Verhör.«

Natürlich. Nichts geht über das Verhör. Dennoch ist meine Neugier geweckt.

»Wir sind auf der Suche nach dem verlorenen Kind«, sage ich also.

»Ach, immer noch?« Rexia kichert.

»Natürlich.« Rapunzel zuckt mit den Schultern. »Sonst hieße es ja auch *das gefundene Kind*.«

»Sie haben *keine* Ahnung!«, wispert Pain Rexia zu. Allerdings laut genug, damit wir alle es mitbekommen. Bestimmt denken die Hexen, dass wir es mal so was von nicht draufhaben. Vielleicht sogar selbst verloren sind.

Bevor ich den Mund öffnen und einen oder mehrere Idioten in diesem Raum anschreien kann, öffnet sich die Haustür. Fear kommt herein und übernimmt das einfach für mich.

»Wisst ihr eigentlich, dass Lebkuchenhäuser, die seit einer halben Dekade vor sich hin gammeln, nicht gerade schallisoliert sind? Und wisst ihr auch, dass Asher, und zu meinem Leidwesen auch ich, all den Quatsch hören können, den ihr hier drin verzapft?«

Wir alle starren sie an.

»Du könntest einfach weiter weggehen«, schlägt Pain vor, woraufhin – würde ich wetten – sich Fears Nackenhaare aufrichten, genauso wie ihr Mittelfinger.

»Oh, jetzt sehe ich es!« Sobald Rexia in die Hände klatscht, fahre ich zusammen. Was bitte ist denn jetzt schon wieder?

»Fear!« Rexia deutet in wilden Gesten auf die andere Hexe. Gleichzeitig macht Rapunzel einen Schritt rückwärts und Asher steckt seinen Kopf zur Tür herein.

»Fear und Red!« Komischerweise flippt die Hexe auf einmal regelrecht aus. Schnappt irgendwie über.

Jetzt verstehe ich gar nichts mehr.

»… sind praktisch dieselbe Person! Seht sie euch an! Zynisch, aufbrausend …«

»Ich bin nicht aufbrausend!«, empört sich Fear.

»Ich bin nicht zynisch«, behaupte ich im exakt selben Moment.

Tatsächlich kommen mir auf einmal alle näher. Rücken nahe an Fear und mich heran, um uns zu betrachten, als seien wir zwei Insekten unter einer Lupe.

Doch Rexia ist noch nicht fertig mit uns. »Red ist Fear – nur in jung!«

Zum ersten Mal an diesem Tag bin ich sprachlos. Meint sie das ernst? Wie bitte kommt sie denn auf diese abwegige Idee? Kann sich nicht mal jeder hier um seinen eigenen Kram kümmern? Mein Mund klappt auf, aber bevor ich Rexia den Kopf waschen kann, kommt mir ein Gedanke: Was, wenn da ein Fünkchen Wahrheit dran ist? Was, wenn diese Theorie gar nicht so abwegig ist? Bin ich vielleicht auf dem besten Weg, eine zynische, menschenhassende Hexe zu werden? Also schlucke ich alle Erwiderungen herunter und schiele stattdessen in Richtung Fear.

Die Hexe ist ganz bleich geworden, sagt aber nichts.

Irgendwie kann ich ihr das nachfühlen. Gerade habe ich diesen Gedanken zu Ende gedacht, da zucke ich zusammen. Nein, nein, nein. Ich muss aufhören, zu reden und zu denken wie Fear! Ich bin nicht Fear und will es niemals werden!

In dem Moment legt Jaz einen Arm um mich.

»Keine Sorge, du bist nicht wie sie.«

Natürlich beruhigt mich das ganz und gar nicht. Schließlich hat er sowohl mit mir als auch mit ihr irgendwie … gewissermaßen angebandelt.

Rexia kann gar nicht mehr aufhören, zu kichern.

Auf irgendeine Weise regt mich das auf.

Glücklicherweise hat sich Fear schneller wieder im Griff als ich. Sie fletscht die Zähne, bevor sie Rexia anfaucht.

»Hör auf damit, das ist nicht wahr!«

»Das hier ist der falsche Zeitpunkt für deine dämlichen Theorien, Zuckerhexe«, knurre ich an Fears Seite.

Leider kichert Rexia einfach weiter. Wirke ich so wenig furchteinflößend auf sie?

Nach diesem Zwischenfall will ich einfach nur noch verschwinden, weswegen meine Verhörmethoden plumper als gewöhnlich ausfallen. »Was ist nun? Was vom verlorenen Kind gehört oder nicht?«

»Euer Unterhaltungswert liegt irgendwo zwischen *Schlag die Hexe* und *Spiel meine Märchenfigur*. Echt nicht übel«, gluckst die Hexe weiter. »Aber warum sollte ich euch helfen?«

»Nun ja«, springt Snow ein, »wir bieten dir an, deinem Hausarrest zu entkommen, wenn du dich uns anschließt. Dem Widerstand gegen Prinzessin Jasemin, die den Märchenwald erobern will.«

Jetzt starrt uns die Hexe tatsächlich verwundert und nicht mehr belustigt an. »Ich will mehr Details.«

»Und ich will mehr Antworten«, sage ich.

In diesem Moment schiebt sich Snow vor mich und beginnt, mit der Hexe zu verhandeln.

Vielleicht aus Langeweile oder weil Fear Rexia keine Sekunde mehr erträgt, geht sie mit Asher wieder vor die Tür.

Letztendlich willigt Rexia ein, sich uns anzuschließen.

»Fein!«, freut sich Snow. »Hexe Nummer vier ist im Sack!« Sie reckt eine Faust in die Luft, was Rexia mit einem verkniffenen Augenaufschlag quittiert. Ich bin mir nicht sicher, aber ich glaube, die Hexe hat sich die Lider straffen lassen.

Danach ist die Befragung von Hans nur noch Nebensache. Der stets gut gelaunte Bauernjunge fährt sich mit einer Hand über

die blonden Haare. »Ich habe Gerüchte gehört, dass das verlorene Kind angeblich in Wonderland lebt. Sein Vater soll aus Neverland stammen und seine Mutter aus dem Märchenwald.« Er überlegt ein bisschen. Selbstverständlich hängen wir anderen gebannt an seinen Lippen. So genau haben wir das schließlich noch nie gehört. »Ich glaube, die Goldene Gans weiß mehr. Hat irgendetwas gesagt, so in der Richtung, dass sie glaubt, den Vater zu kennen. Haben in ihrer Jugend wohl was zusammen geraucht. Gras. Oder Klebestifte.«

Für einen Moment schließe ich die Augen. Dafür bin ich mit dieser Höllenkutsche einmal quer durch den Wald gefahren? »Nicht hilfreich.« Mehr als das hätte ich jetzt schon erwartet. Eine recht magere Info. Vater aus Neverland, Mutter aus Märchenwald …

Immerhin bleibt Rapunzel dran. »Sag mal, hast du auch mehr Hintergrundwissen über den ominösen achten Zwerg für uns?« Sie wirft Hans einen Augenaufschlag zu, dreht ihren Zopf zwischen den Fingern und wiegt sich leicht in den Hüften. Wäre ich ein Mann, hätte ich ihr in diesem Augenblick definitiv alles preisgegeben. Meine Kreditkartennummer, peinlichste Erlebnisse und sogar Unterwäschefarbe …

»Sehe ich aus wie Rexipedia?", will Rexia genervt wissen.

Ich seufze. »Rapunzel hat doch jetzt eindeutig Hans gemeint.« Die Hexe dagegen hat offensichtlich zu viel an ihren Dachbalken geschnüffelt.

»Der achte Zwerg …« Hans neigt den Kopf leicht zur Seite, tippt dann zweimal mit dem Fuß auf dem Boden. Er scheint als Einziger nichts von Rappienz' Charmeoffensive mitzubekommen. »Wurde der nicht verstoßen? Fragt doch mal die Sieben Zwerge.«

»Würden wir ja, wenn wir dafür genug Zeit hätten.« Rapunzels Stimme klingt immer sanfter. Ihre neue Verhörtaktik gefällt mir.

»Das Salat-Girl ist total fasziniert von der Geschichte mit dem achten Zwerg, seit Cinder davon erzählt hat«, raunt mir Snow zu.

Aha. Wittert vielleicht einen neuen Fall, unsere Möchtegern-Miss-Holmes.

»Warum wurde er verstoßen?«, bohrt Rapunzel weiter.

»Soll verrückt geworden sein oder so.«

Na, willkommen im Club. Da würde er aber hervorragend zu uns passen.

Kapitel 5

»Warum werfen wir nicht das Wollknäuel«, schlage ich vor. Dass da noch niemand früher daran gedacht hat. »Wenn das Gerücht stimmt, zeigt es sicher nach Westen in Richtung Wonderland.« Nur, weil das verlorene Kind nicht durch Magie aufgespürt werden kann, muss dasselbe ja nicht für den achten Zwerg gelten.

Alle mustern mich abwartend, also setze ich achselzuckend um, was ich eben noch angekündigt habe. Tief muss ich in die Tasche greifen, vorbei an ein paar Kekskrümeln, dann bekommen meine Finger die dicken Schnüre des Wollknäuels zu fassen. Die grobe Schurwolle fühlt sich teils weich, teils rau unter meinen Fingerspitzen an, sobald ich es hervorziehe. »Wollknäuel, zeig mir, wo sich der achte Zwerg aufhält.«

Snow denkt tatsächlich mit (womöglich zum ersten Mal seit ihrem Happy End) und öffnet geistesgegenwärtig die Haustür.

Ich werfe das Knäuel hinaus. Zuerst vollführt es einen gleichmäßigen Bogen in die Richtung, in die ich es geworfen habe. Doch dann biegt es abrupt ab, als hätte es rechts von sich einen Sonderschlussverkauf für Handtaschen entdeckt. Es zeigt: exakt nach Westen. Wonderland.

»Case closed.« Rapunzel nickt, offenbar sehr zufrieden mit sich.

»Jackpot«, stimmt ihr Snow zu.

»Noch nicht so ganz«, murmle ich. Wie sich einfach alle zu früh freuen. Als hätten sie seit unserem letzten Abenteuer in Wonderland nichts dazugelernt.

»Gut, dann lasst uns der Hexe mal eine Auszeit gönnen«, meint Jaz, nachdem mehrere Sekunden niemand mehr etwas gesagt hat. »Wir könnten zurück zur Goldenen Gans fahren. Ihr seid doch sicher mit einer Kutsche hier und könnt uns mitnehmen.« Es ist keine Frage, sondern eine Feststellung in Richtung von Snow.

Rexia deutet einen Knicks an. »Danke. Weiß ich wirklich zu schätzen, dass euer Kreuzverhör hiermit endet.«

Einer nach dem anderen verlassen wir die Hütte, treten hinaus in den stockdunklen Wald. Beinahe meine ich, die Hexe eine vergnügte Pirouette drehen zu sehen, weil wir endlich abhauen. Genau wie Bane will sie erst morgen ins Schloss ziehen. Da muss Spieglein heute Nacht wohl Hackerüberstunden machen, um beide Fußfesseln umzuprogrammieren.

Aber das kann mir im Prinzip egal sein. Immerhin ist der nervigste Spiegel aller Zeiten somit beschäftigt und hat keine Muße, sich Beleidigungen für mich auszudenken.

Ein Stück vor mir auf dem Waldweg steht Asher, gähnt und streckt seine Ärmchen nach mir aus.

»Red, trägst du mich?«

Doch als er die Arme hebt, genau in dem Moment, sehe ich etwas Braunes aus seiner Jackentasche fallen. Etwas flinkes Braunes!

Verwundert halte ich inne, verfolge, wie das Tier – ich nehme an, es handelt sich um ein Meerschweinchen – durch meine Beine hindurchflitzt. Ist das eins aus Gretels Züchtung?

»Na dann«, höre ich Rexia hinter uns sagen, »genieße ich meine letzten Stunden ohne euch. Gehabt euch wohl und – großer Hexenbesen – ist das ein Meerschweinchen?«

Da ich mich inzwischen wieder zu ihr umdrehe und das Meerschwein im Blick habe, das genau auf die Hexe zuhält, bestätige ich ihre Vermutung. »Sieht so aus.«

»Das ist Karl-Friedrich«, höre ich Asher stolz verkünden.

»Ein Meerschwein!«, kreischt Rexia.

»Nein, Karl-Friedrich!«, widerspricht Asher sofort.

Jaz packt seinen Sohn an der Schulter. »Hast du dieses Tier aus Gretels Garage geklaut?«

»Nein«, entgegnet Asher, was sich allerdings mehr nach einer Frage als nach einer Aussage anhört.

»Och nö«, stöhne ich, weil irgendwer jetzt zu Gretel laufen muss, um das Tier zurückzugeben.

»Ein Meerschwein!«, kreischt Rexia wieder. Komischerweise verfällt nun auch Snow in wildes Gekreische.

»Himmel, jetzt reißt euch mal zusammen«, befiehlt Fear, die Augenbrauen so fest zusammengezogen, dass sie sich beinahe kreuzen.

Rexia steht zitternd in ihrer Tür. Viel weiter kann sie sich wegen ihrer Fußfessel auch nicht bewegen, nehme ich an.

»Du verstehst das nicht. Ich bin hochallergisch gegen diese kleinen Biester.«

Das Meerschwein wählt ebendiesen Moment, um auf Rexias Fuß zu springen und sich dann an ihrer Strumpfhose nach oben zu hangeln.

»O nein«, jammert die Rexe, »ich … hatschi … hätte nicht die Bio-Hanfunterwäsche tragen sollen … hatschi!« Sie verfällt in ein schreckliches Allergiegeniese. Förmlich kann ich zusehen, wie ihre

Nase anschwillt. Tränen laufen aus ihren Augenwinkeln. Sie scheint es nicht zu bemerken. Versucht einfach nur, den kleinen Nager abzuwehren. Mir kommt ein Gedanke: Kann es sein, dass Gretel ihre Meerschweinchen abrichtet, um Hanfpflanzen aufzuspüren? Warum sonst sollte das Tier …

»Moment mal«, unterbricht Rapunzel meine Gedanken. »Rexia ist hochallergisch gegen Meerschweinchen und Snow auch!« Triumphierend deutet sie zwischen den beiden hin und her. Ihre Zöpfe fliegen dabei nur so durch die Luft. »Sie müssen verwandt sein!«

Wow, das ist wie mit Sherlock Holmes zusammenzuarbeiten. Einem Sherlock Holmes mit Gehirnunterfunktion.

»Gar nicht so abwegig«, meint Jaz neben mir. »Das ist schließlich eine ziemlich seltene Allergie.«

Snow, die sich gerade die Seele aus dem Leib niest, reißt die Augen auf.

Rapunzel tippt sich mit dem Finger ans Kinn. »Vielleicht sind sie Schwestern.«

Zwar hätte ich es nicht für möglich gehalten, aber Rexia schafft es trotz Allergieanfall und Gekreische, rot anzulaufen. Selbst wenn ich bis dahin nicht so recht an diese Verwandtschaftstheorie geglaubt habe, verrät die Reaktion der Hexe mir, dass es stimmt. Denn damit gibt sie es praktisch selbst zu. Unglaublicherweise. Die beiden müssen wohl verwandt sein.

»Oder Rexia ist Snows Großmutter«, spekuliert Miss Holmes weiter.

Die Hexe läuft noch ein wenig mehr an. In einem dunkleren Rotton.

»Tante, ich bin ihre Tante«, japst sie schließlich. Endlich schafft sie es, das Meerschweinchen zu packen und in die nächste Keksdose

zu stecken, die wohl ihren Briefkasten darstellen soll. Mit beiden Händen hält sie den Deckel zu. »Ihre Mutter war meine Schwester.«

Uns allen bleibt die Spucke weg.

»Was?« Snows Stimme klingt panisch. »Du lügst!«

»Wenn du meinst«, entgegnet die Hexe unbeeindruckt. »Wenn ihr mich jetzt entschuldigen würdet? Und bitte nehmt euer Meerschwein mit.« Sie reibt sich mit dem Ellenbogen über die Nase, hält uns dann die Keksdose hin.

Wir alle starren sie nur weiter wie versteinert an.

Jaz hat seine Hände auf Ashers Schultern gelegt.

»Sie ist es tatsächlich«, haucht Rapunzel irgendwann. »Sie ist Snows Tante. Damit muss Snows Mutter auch eine Hexe gewesen sein. So, wie Bane es angedeutet hat. Snows Ex-Stiefmutter hat tatsächlich die Wahrheit gesagt.«

Ich sehe sie unter hochgezogenen Augenbrauen an. »Bane hat dir diese Idee in den Kopf gepflanzt?«

Rapunzel nickt. »Ich möchte ein Buch darüber schreiben. Die wirklich wahre Geschichte von Schneewittchens Stammbaum. So ungefähr. Ist erst mal nur die Grundidee.«

Resigniert schließe ich die Augen. Wenn man sonst keine Hobbys hat. Was in Rapunzels Fall natürlich wortwörtlich zu nehmen ist. Abgesehen von ihrem Beauty-Blog-Kanal ist sie komplett hobbylos.

Snow sagt hingegen immer noch nichts.

»Hey«, versuche ich es vorsichtig bei ihr, »alles okay?«

»Meine Mutter«, stottert sie, »war eine Hexe?«

Rexia kratzt sich mit den Fingernägeln über ihre Wangen. »Ach, na ja, sie wollte nichts mit Magie zu tun haben, nach einem Unfall in unserer Kindheit. Hat dann den König geheiratet und ist viel zu

früh von uns gegangen.« Sie sagt das so, als wolle sie ein Märchen zusammenfassen, was sie im Grunde ja auch tut.

»Sie war also keine böse Hexe?«, hakt Snow nach.

Die Hexe winkt ab. »Gut, böse – das sind doch veraltete Kategorien.«

Ich verdrehe die Augen. Aber auf einmal glaube ich, den Zusammenhang zu erkennen. Etwas, das mich schon länger nachdenklich gestimmt hat. »Deswegen kannst du Banes Zauberstab so gut kontrollieren, Snow. Es stimmt. Weil du halb Hexe bist.«

Snow reißt die Augen auf. Zum ersten Mal sehe ich so etwas wie Angst in ihnen aufblitzen. Vermutlich wird ihr gerade klar, dass sie damit zumindest zur Hälfte auf ihrer eigenen Verhöre-und-Töte-Liste steht.

Aber diese Vorurteile haben wir inzwischen zum Glück fast vollständig abgelegt, nicht wahr?

»Ich, eine Hexe?« Sie fasst sich ins Gesicht, als erwarte sie, dass ihr in diesem Augenblick eine Hakennase wächst.

Rexia und Fear schnauben gleichzeitig.

»Ach, bitte – und selbst wenn, ich kann dir einen hervorragenden Chirurgen empfehlen«, meint Fear trocken.

»Damit ich aussehe wie ihr?«, zischt Snow. »Ihr habt alle die gleichen viel zu dünnen neuen Zinken im Gesicht. Euer ach-so-toller Chirurg sollte mal die Palette seiner Nasenmodelle erweitern! Fällt irgendwann auf, wenn man jedem dieselbe Nase verkauft!«

Rapunzel beißt ganz detektivmäßig auf einem Grashalm herum. Sie hat wirklich ein neues Hobby gefunden, wird mir klar. »Wer ist das eigentlich? Wer schnippelt an euch herum?«

»Das ist –«, beginnt Fear, doch Jaz unterbricht sie. »Schluss jetzt. Wir haben ein Kind dabei und keine Zeit mehr für diesen Blöd-

sinn. Irgendwer muss die Verantwortung für das Meerschweinchen übernehmen. Sofort.« Zielstrebig geht er auf Rexia zu und schnappt ihr die Dose mit dem Meerschwein aus der Hand.

Selbstverständlich ist das völlig korrekt. Jaz hat recht. Wie immer. »Wir sollten uns aufteilen. Rapunzel, Jaz und Asher bringen das Meerschweinchen zurück. Fear und ich knöpfen uns die Goldene Gans vor. Danach treffen wir uns in der letzten Gaststätte vor der Grenze zu Wonderland. Spieglein soll Cinder und Rose informieren, damit sie die restlichen Hexen mitbringen.«

»Auf keinen Fall«, entgegnet Jaz sofort. »Das ist zu gefährlich. Ich lasse dich nicht allein.« Ob er damit die Gans oder die Nacht meint, die damit droht, über uns hereinzubrechen, weiß ich nicht.

Snow reckt das Kinn. »Nein. Wir Mädels schnappen uns die Goldene Gans und danach das verlorene Kind. Die Jungs bringen das Teufelsschweinchen zurück.«

Rapunzel jauchzt zustimmend.

»Oh, da komme ich mit«, meint Hans gut gelaunt.

Nur Jaz verzieht das Gesicht. »Ich lasse Red nicht allein. Das könnt ihr vergessen. Was, wenn sie unterwegs einschläft?«

»Äh, ich bin dann mal weg.« Komischerweise bricht auf einmal Schweiß auf Pains Stirn aus, den sie sich fahrig in die blonden Haare schmiert. »Geht hier ja zu wie in Downton Abbey. Zu viel für mich. Ich verschwinde. Lieber laufe ich zu Fuß zurück ins Hauptquartier. Sagt eurem Spiegel, dass er mich nicht grillen soll!« Und damit ist sie fort, kann gar nicht schnell genug von uns wegkommen.

Jetzt finden mich also schon Hexen peinlich. Von mir aus. Rose und Cinder werden hoffentlich ein Auge auf Pain haben. Nicht,

dass sie sich die Prinzen krallt, Spülmittel wild zusammenmischt und wir nachher in ein Schloss voller Paarhufer zurückkehren.

Wind zieht auf, während es um uns herum immer dunkler wird. Das Laub am Boden raschelt. Asher gähnt.

Ich bücke mich und nehme ihn auf den Arm, damit er seinen Kopf auf meine Schulter legen kann.

»Wir haben nur eine Kutsche und mehrere Missionen.« Außerdem sind wir wirklich zu viele und ich brauche einen Grund, Snow und Rapunzel loszuwerden. Die beiden ertrage ich momentan wirklich nur in homöopathischer Dosierung.

In der Zwischenzeit hält Jaz die Dose mit dem Meerschweinchen hoch. »Wer nimmt das Tier mit zurück zu Gretel? Vielleicht könnt ihr sie noch weiter ausquetschen. Sie hat uns sicher noch nicht alles erzählt, was sie weiß. Red, Asher und ich gehen mit Hans zurück zum Flohtox-Kartell.«

»Ein toller Ort für ein Kind«, entfährt es Fear schnippisch. »Ich nehme ihn mit zurück in Snows Schloss. Dann kann er sich ausschlafen.«

Jaz sieht sie an, als würde er ihr nicht mal das Meerschweinchen anvertrauen. »Nein.«

»Gut, dann nimm ihn mit in diese Drogenhölle, damit wirst du sicher Vater des Jahres.«

Jaz stockt, scheint offenbar nachzudenken.

Ich verlagere Ashers Gewicht, um dann eine Hand auf Jaz' Arm zu legen. »Fear ist kein schlechter Mensch. Gib ihr eine Chance. Außerdem überwacht der Spiegel sie besser als –«

Dich, hätte ich beinahe gesagt, räuspere mich dann und ergänze: »Die Würstchentheke im Supermarkt.« Eins der größten Ärgernisse

(nach mir) für Spieglein ist es ja, dass er nichts essen kann, aber dafür verlagert er in letzter Zeit seine Aufmerksamkeit zunehmend auf sein neues Hobby: *Jaz hinterherzustalken*. Natürlich ohne, dass dieser etwas davon bemerkt.

Zunächst sieht Jaz alles andere als überzeugt aus. Doch dann nickt er.

Insgeheim bin ich froh, Fear damit los zu sein, nur ein minimal schlechtes Gewissen bleibt zurück, da wir damit Asher abgeben, streng genommen.

Bevor wir uns weiter aufteilen können, räuspert sich Rapunzel. »Äh, Snow, wolltest du Red nicht noch etwas sagen?«

Eine Stunde später in Snows Schloss
~Cinder~

Cinder hält es keine Sekunde mehr aus. Gemeinsam mit Rose und Pain sitzt sie in der Abenddämmerung am Rand des beleuchteten Brunnens. So als würde es sie ununterbrochen jucken, kratzt sie sich über die Fingerknöchel, dreht ihre Hände hin und her und kann gar nicht mehr damit aufhören. Hauptsächlich schuld an Cinders Ruhelosigkeit ist Pan, der sich immer noch in Banes Gewalt befindet. Neben ihr hat sich Rose auf der Picknickdecke zu einer Kugel zusammengerollt. Wie kann sie in diesem Moment nur ein Nickerchen machen?

Ein Kuckuck schreit irgendwo und zerrt dann weiter an ihrem Nervenkostüm. Etwas entfernt sitzt Pain im Gras und arbeitet an einem Blumenkranz. An ihrem Knöchel blinkt die Fußfessel im selben Rhythmus wie die Hexe vor sich hin summt. Muss eine

neue Einstellung von Spieglein sein. Im Gegensatz zu ihr wirkt Pain glücklich. Auf irgendeine Weise erinnert die Hexe Cinder an eine gealterte Barbiepuppe. Wie sie da so im Gras sitzt, überschlank, mit weichen blonden Locken, die sich im Wind bauschen.

In diesem Moment plumpst etwas aus der Baumkrone direkt über Pain. Doch die Hexe fängt das plüschige Ding geistesgegenwärtig auf, bremst damit seinen Fall.

»Oh, hallo, wer bist du denn?«

Ein niedlicher Schnabel öffnet sich inmitten von einem Knäuel an Flaumfedern. Für einen schrecklichen Moment glaubt Cinder, die Hexe wolle das Küken fressen, aber einen Herzschlag später, versteht sie, dass Pain nur beruhigend auf den Babyvogel einredet. »Hast du Hunger? Soll Tante Pain nach einem Wurm für dich suchen?« Pain setzt sich mit der freien Hand ihren Gänseblümchenkranz auf, kitzelt dann mit der letzten Blume das Küken am Kinn. »Hat dich deine Mama aus dem Nest geworfen?« Sie wirft einen Blick nach oben. »Sieht ganz so aus. Du bist ein Kuckuck, nicht wahr? Deine Ziehmama wird bemerkt haben, dass du ihr untergeschoben wurdest. Wahrscheinlich glaubst du jetzt, dass dich niemand mehr lieb hat.« Die Hexe schnalzt mit der Zunge. »Sorg dich nicht. Tante Pain lässt dich nicht im Stich.«

Fasziniert beobachtet Cinder, wie sich Pain dem Küken gegenüber gebärdet. In diesem Augenblick weiß sie es. Weiß, dass sie handeln muss. Wofür sonst hat sie Krav Maga gelernt und weiß, wo Snow ihr Dynamit lagert?

Keine zwanzig Minuten später steht sie vor Banes Höhle. Der Schein aus der Taschenlampe ihres Smartphones wandert über

den Höhleneingang. Die freie Hand zur Faust geballt, reckt sie das Kinn. Mit Schuhcreme hat sie sich zwei schwarze Streifen auf die Wangen gemalt und eine Tarnjacke über das blaue Sommerkleid geworfen. Ihre Kampfansage. Die Hexe soll gar nicht erst glauben, dass sie in Frieden kommt.

»Klopf, klopf!« Nicht, dass es etwas gäbe, das sie hier anfassen wollen würde. Ihren Sicherheitsabstand zum Höhleneingang wird sie auch nicht aufgeben.

Stille. Sie wartet zwei Herzschläge, zückt dann das Feuerzeug.

»Wer ist da?«, ruft Bane.

»Das werde ich dir gleich Wort für Wort erklären!«, ruft Cinder zurück. »Damit auch du es verstehst. Und jetzt zeig dich, Hexe!«

Etwas rumpelt, dann taucht die Hexe im Höhleneingang auf. Hinter ihr her stolpert Pan. Seine Mütze sitzt schief auf dem rotbraunen Haar und irgendwie wirkt sein Gesicht schmutzig und gleichzeitig aschfahl.

In einer hochmütigen Geste klatscht Bane in die Hände. »Na, welchen geistigen Tiefflieger haben wir denn hier? Bei allen Seeungeheuern, was ist das niedlich! Cinder in Kampfmontur. Ist das Asche in deinem Gesicht? Ich kann nicht mehr.« Sie tut so, als müsse sie sich den Bauch halten vor Lachen. Von irgendwoher meint sie, Illusion kichern zu hören.

Aber Cinder hat nicht vor, sich einschüchtern zu lassen. Nicht mehr, von niemandem.

»Sollen wir jetzt vor dir zittern, Prinzessin?«

»Eigentlich nur du, Bane«, meint Cinder gelassen.

Zwei Stunden zuvor auf einer Kreuzung im Märchenwald

~Red~

»Was?«, schreie ich. »Warum hast du mir das nicht früher gesagt?«

Sanft nimmt mir Jaz Asher ab und ich bin dankbar dafür, denn ich brauche jetzt wirklich beide Hände, um Snow den Hals umzudrehen. Verkorkste Kindheit und Hexentrauma hin oder her. »Auf die Gefahr hin, mich zu wiederholen: Warum erzählst du mir erst jetzt, dass Jasemin mit mir sprechen will? Und dass sie erwähnt hat, dass es um Ever geht?«

Natürlich ist sich Snow keinerlei Schuld bewusst.

»Was soll schon sein? Vielleicht will sie ihm Chiasamen abkaufen oder etwas in der Art.«

»Okay …« Ich hole Luft. »Ich weiß, dass du damals so blöd warst, in diesen Apfel zu beißen, dich hast totschnüren und ins Koma kämmen lassen, aber danach hab ich dich nie wieder so naiv erlebt, wie du jetzt gerade tust. Das nimmst du dir doch nicht mal selber ab! Du bist lediglich zu egoistisch und wolltest zuerst deine eigene Mission durchziehen, ohne an Ever und mich zu denken!«

Sie öffnet den Mund, schließt ihn dann aber gleich wieder. Wirkt irgendwie ertappt.

Genugtuung durchflutet mich, lässt mich die Augen zusammenkneifen. Leider habe ich keine Zeit, sie weiter ungespitzt in den Boden zu rammen. Also mache ich mich daran, mein Handy aus der Innentasche meines Capes zu fischen. Ohne noch einmal aufzublicken, rufe ich Facetime auf und wähle Jasemins Nummer.

Trotz der späten Uhrzeit hebt sie nach dem ersten Klingeln ab. »Ach, dass du dich noch meldest, hätte ich fast nicht mehr geglaubt.«

Ich stutze zunächst. Denn Jasemin hat sich ein braunes Handtuch um den Kopf geschlungen und trägt dazu eine blassgrüne Gesichtsmaske, die an den Rändern bereits ausgehärtet ist und abbröckelt wie Rexias Zuckerguss.

»Ist das ein Alien?«, haucht Hans, der hinter mich getreten ist.

Jasemin schiebt sich eine Gurkenmaske in den Mund. Sie wirkt ungefähr zehnmal entspannter als ich. »Oh, wen haben wir denn da? Ist das dein neuer Freund?«

»Nein«, presse ich hervor. »Das ist Hans im Glück.«

»Na, so ein Glück aber auch«, kichert die Prinzessin. Natürlich stimmt mich das nur umso misstrauischer. Da ich sie sonst nur aufbrausend kenne, muss wirklich etwas vorgefallen sein, was Jasemin nicht daran zweifeln lässt, dass sie uns in der Hand hat. Dass sie diesen Krieg gewinnen wird.

Mein Magen macht einen Satz wie auf einer Achterbahn. Irgendwie weiß ich, dass es gleich noch schlimmer kommen wird. Vermutlich wird das hier später als schlimmster Tag meines Lebens in meine Tagebücher eingehen.

»Zurück zum Grund meines Anrufs«, sage ich. »Snow meint, du willst mit mir über Ever reden. Wie kommt das?«

»Tja, wie kommt das?«, fragt Jasemin gedehnt zurück. Wieder fischt sie sich eine Gurkenscheibe aus dem Gesicht und lässt sich dann quälend lange Zeit, zu kauen, bis sie das Gemüse schließlich hinunterschluckt.

Am liebsten würde ich ihr genauso langsam den Hals umdrehen.

Mittlerweile haben sich sämtliche meiner Freunde hinter mir versammelt, um sich Jasemin anzusehen. Selbst die Hexen.

Jasemin winkt uns zu. »Oh, hallo neue Freunde von Red. Schade, dass sie mir nie jemanden vorstellt.«

»Meine Freunde – Jasemin. Hexen – Jasemin. Jasemin, dass hier sind zwei Hexen und meine Freunde. Reicht dir das?«, knurre ich in mein Smartphone. Mein Bildschirm flackert kurz, weshalb ich vermute, dass sich Spieglein soeben in diese Unterhaltung eingehackt hat.

Jasemin tut so, als müsse sie sich das durch den Kopf gehen lassen. »Eine rhetorische Frage, wie mir scheint. Aber gut, zurück zum Thema: Ich habe etwas, das dir gehört.«

Wir halten alle die Luft an. Nur Rexia niest.

»Dein Freund Ever befindet sich aktuell in meiner Gewalt.« Sie sagt es so sachlich, als hätte sie eine neue Nagellackfarbe entdeckt und mit nach Hause genommen.

Ich wusste es.

»Er wird hängen. Morgen, wenn die Sonne am höchsten steht. Außer ihr übergebt mir freiwillig den Märchenwald. Ich habe lange genug nur über nutzlose Sandkörner regiert. Es ist Zeit, mich zur Königin des Märchenwalds zu krönen.«

»Aber«, stottert Cinder, »wir haben doch gar keine offizielle Regentin im Märchenwald. Nur viele Schlösser mit Ländereien und jeweils eigenem Hofstaat.«

»Dennoch ist es doch irgendwie so, dass eure Freundin Snow als inoffizielle Herrscherin angesehen wird. Sie habe ich vor zu beerben und das sogar offiziell!«

Panik flammt in mir auf. Das kann nicht sein. Evers Leben gegen den Märchenwald? Klingt ein bisschen wie ein schlecht gemachter Kinofilm.

Meine Stimme fühlt sich fremd an, als ich mich sagen höre: »Ich will einen Beweis, dass du ihn hast.«

»Soll ich dir einen Finger von ihm schicken? Oder ein Ohr?«

»Nein«, sage ich schnell, »ein Foto reicht.«

»Bekommst du. Denk solange schon mal über mein Angebot nach.« Im Hintergrund scheint etwas zu zerbrechen, denn es scheppert gewaltig. Jasemin dreht sich um. Für eine halbe Sekunde hüpft ein kreischender Affe durchs Bild, der mit Obst um sich wirft. »Aladin! Dein verblödeter Affe verwüstet meinen Spa-Bereich!«

Meine Ohren klingeln. Seit sie zugegeben hat, Ever in ihrer Gewalt zu haben, fühle ich mich wie betäubt und meine Gedanken rasen. Kann Jasemin wirklich Ever gefangen genommen haben oder ist das ein Trick?

Dann wendet sich Jasemin wieder mir zu. »Wie gesagt: denk einfach über mein Angebot nach.«

Bevor ich etwas erwidern kann, wird der Bildschirm komplett schwarz.

»Nein, oder? Sie tut nur so, richtig?« Ich werfe meinen Freunden einen Blick zu. Beleuchte die Szenerie mit meiner Smartphone-Taschenlampe. Es muss einfach so sein. Nur durch die Fenster von Rexias Hütte dringt noch Licht und von den Smartphone-Bildschirmen, die einige von uns in den Händen halten.

»Ich weiß nicht«, meint Jaz schulterzuckend. »Warten wir auf das Beweisfoto, würde ich sagen.«

Und da passiert es. Asher bewegt sich halb im Schlaf in den Armen seines Vaters und tritt ihm die Dose mit dem Meerschwein aus der Hand. Sie schlägt auf dem Boden auf, der Deckel löst sich. Quiekend schnellt das Meerschweinchen daraus hervor. O nein!

Sowohl Snow als auch Rexia fangen gleichzeitig an zu niesen.

»Tut es weg!«

Doch das kleine Tier ist flink.

Rapunzel und ich versuchen, es zu packen. Unglücklicherweise stoße ich mit Hans zusammen, als ich mich danach bücke. Es entwischt, versucht wieder zu Rexia zu gelangen, die inzwischen heiser röchelt.

Snow auch. O verdammt.

Endlich gelingt es Rapunzel, die Keksdose auf das Meerschweinchen zu pressen, wodurch es gefangen ist. Wir hören es protestierend quieken. Sicherlich vermisst es Rexias Unterhose.

Die Hexe und Snow japsen beide, als seien sie kaum noch in der Lage, Sauerstoff in ihre Lungen zu pressen.

Ich packe Jaz am Arm. »Los, wir müssen Snow und Rexia in die Kutsche setzen. Rapunzel: Du bringst sie zu Gretel. Die hat ein Antiallergikum, das sie ihnen spritzen kann. Nimm Fear und Asher mit. Sicher könnt ihr bei ihr übernachten. Spieglein, die Fußfessel. Schnell!« Noch im Sprechen laufe ich los. »Wo steht eure Kutsche?« Nach einem halben Dutzend Schritten kann ich es selbst sehen. Das auf Hochglanz polierte, schneeweiße Gefährt wartet samt Kutscher an der Wegbiegung zu Rexias Hütte. Ich kann nur hoffen, dass Spieglein die Fußfessel schon umprogrammiert hat. Aber da der erwartete Stromschlag ausbleibt, nehme ich an, der Spiegel hat uns nicht nur belauscht, sondern auch verdammt schnell geschaltet. Immerhin etwas.

So schnell ich kann, schiebe ich die beiden niesenden Patientinnen hinein. Der Rotz läuft gerade über Snows Gesicht. Eigentlich sollte ich ein Foto machen, aber ich verkneife es mir. In einer

anderen Situation hätte ich es sicher getan, um ein Erpresserbild in meinem Besitz zu haben, falls sie mich mal wieder an einen Baum kettet oder etwas in der Art.

»Ähem«, räuspert sich der Kutscher.

»Sagen Sie nichts«, unterbreche ich ihn. »Fahren Sie einfach so schnell es geht zu Gretels Grill & Backstube.«

»Ich wollte eigentlich sagen, hier hat jemand ein Paket für Sie abgegeben.« Er hält mir eine quadratische Box entgegen, die in braunes Packpapier eingeschlagen ist.

Ein Paket? Um diese Uhrzeit? Hier, mitten im Nirgendwo? Sofort halte ich in der Bewegung inne, klappe die Kutschentür noch nicht zu. Auf der anderen Seite sehe ich Fear mit Asher hineinklettern.

»Wer genau hat das abgegeben?« Mein Blick fällt auf das Etikett. »An Rotkäppchen. Persönlich.« Eine ungute Vorahnung durchflutet meinen Magen.

Allerdings muss man dem Päckchen zugutehalten, dass es nicht tickt und auch keine lebenden Klapperschlangen zu beinhalten scheint. Dennoch beäuge ich es kritisch.

~Cinder~

»Wenn du Pan nicht innerhalb der nächsten sechzig Sekunden gehen lässt, poste ich dieses Bild hier auf Who knows which witch.« Cinders Stimme klingt fest. Nachdem sie es ausgesprochen hat, scheint der ganze Wald um sie herum innezuhalten.

Sichtlich beeindruckt hebt Pan eine Augenbraue. Sein jungenhaftes Gesicht gewinnt wieder etwas Farbe.

Cinder muss ihre ganze Willenskraft aufbringen, um nicht zurückzulächeln. Denn Gefühle im Angesicht der Hexe zu zeigen, kann sie sich nicht leisten.

Gefühle bedeuten mitunter auch Schwäche, wie sie inzwischen gelernt hat.

Bane atmet tief ein, als sie das Bild auf Cinders Smartphone erkennt. Genauer gesagt, ist es das Standbild eines Videos. »Wo hast du das her?«

»Spieglein hat dein Smartphone gehackt.«

Dafür hat er noch nicht einmal zwei Minuten gebraucht. Das Passwort von Banes Social-Media-Account war »KnittingKitties123«.

»Also?« Cinder schnalzt mit der Zunge. »Steht unser Deal? Ich bin mir ziemlich sicher, dass du nicht willst, dass jemand von deinem abartigen Hobby weiß.«

»Das wagst du nicht!«, faucht Bane.

»Willst du wetten?« Immer noch spielt Cinder die Gelassene. Ihr Pokerface verlangt ihr einiges an Selbstbeherrschung ab. Und ihr wird klar, dass sie so etwas in der Art noch nie für Charming getan hat

und Charming nie für sie. »Ein Klick von mir und die ganze Welt wird erfahren, dass du gerne strickst und von Katzenbabys träumst.«

In Banes Strick-Video singt sie mit ziemlich schräger Stimme davon, dass sie so gerne ein halbes Dutzend Katzenbabys um sich hätte, um sie den ganzen Tag zu knuddeln. Ein Katzenfan. Nicht zu glauben, dass Spieglein diese Schwäche von ihr ausgraben konnte.

Der Blick der Hexe wird stechend.

»Du bist der Teufel, Prinzessin Cinder. Hat dir das schon mal jemand gesagt?«

»Nein. Also? Du hast noch zehn Sekunden.«

»Na und wenn schon. Dann wissen eben gleich alle Hexen, dass ich stricke, singe und Kätzchen gut leiden kann …«

»Sie werden dich auslachen.«

»Ja …« Die Hexe schweigt einen Moment, zieht ihr Kleid mit den silbernen Fäden glatt. »Aber dafür habe ich heute Nacht Pan bei mir und du nicht!« Ihr grimmiger Blick trifft Cinder, der es aber gelingt, sich äußerlich nichts anmerken zu lassen. Scheinbar völlig ungerührt drückt sie auf den Senden-Knopf. »Hochgeladen.«

»Was?« Panik flammt in Banes Augen auf, keine Spur mehr von ihrem Pokerface. Dann greift sie mit zitternden Fingern in ihren Ausschnitt, fischt ihr Smartphone hervor, das sie offenkundig wie Red gern in ihrem BH transportiert.

Doch bevor sie es ganz aufrecht gedreht hat, schnappt Pan es ihr einfach weg und wirft das Telefon Cinder zu: »Fang!«

Ganz genau so, wie sie ihn per Whatsapp-Nachricht angewiesen hat. Gar nicht mal so ungeschickt fängt Cinder das Hexentelefon. Ihr eigenes verstaut sie sicher in ihrer Handtasche. Gleich neben dem Dynamit und den Klebestreifen. »Zu schade, dass du mich hier

draußen nicht erreichst und außerdem zu wenig Hexenkraft übrighast, nicht wahr?«, nuschelt Cinder, während sie mit den Zähnen einen Streifen Klebeband abreißt, um das Dynamit am Hexenhandy festzukleben. »Ist heute nichts mehr mit Wandelmagie.«

»Was machst du da?«, kreischt die Hexe schrill.

»Sie jagt gleich dein Handy in die Luft!«

»Warte, das geht nicht! Damit steuere ich meinen Online-Shop. Stopp, Cinder!«

Ohne aufzublicken, zückt die Prinzessin jetzt ihr Feuerzeug. Nach einer schnellen Bewegung ihrerseits züngelt eine Flamme daraus empor.

»Das wagst du nicht!«

»Was, wenn doch? Deinen Cat Content habe ich auch gewagt zu posten, oder nicht? Das ist das Ende von Banes & Illusion Scary Inc.!«

Bane röchelt irgendetwas von miesen Erziehungsmethoden bei Prinzessinnen heutzutage und beklagt deren offensichtlichen Mangel an Manieren.

»Drei«, sagt Cinder.

Banes Kopf ruckt nach oben.

»Zwei.« Cinder lässt die Flamme noch etwas höher tanzen und hält die Zündschnur des Dynamits gefährlich nahe daran. Das Paket, bestehend aus Handy und Dynamit sieht so zusammengeschnürt beinahe wie eine Bombe aus. Und Cinder wie eine Terroristin.

Pan wirft ihr einen bewundernden Blick zu.

»Eins.«

»Okay, okay, nimm den hübschen Jüngling mit. Ich verzichte auf meinen dritten Wunsch.« Bane schubst Pan durch die unsichtbare Barriere nach draußen, geradewegs in die Arme der Prinzessin.

Ohne Umschweife zieht er Cinder an sich. Hinter seinem Rücken erlischt die Flamme aus dem Feuerzeug. »Wow, du warst einfach klasse. Atemberaubend. Danke!«

Pan findet sie atemberaubend. Cinder beißt sich auf die Unterlippe. Ein leichtes Kribbeln schiebt sich ihre Wirbelsäule hinauf. Pan mag ihre starke Seite. Er ist so ganz anders als Charming.

»Gib es mir, gib es mir sofort zurück, du Hexe!«

Banes Worte überraschen Cinder. Zögerlich löst sie sich aus Pans Umarmung. Ohne seine Körperwärme fühlt sich ihre Brust kalt an im Dunkel der Nacht. »Nein, es bleibt bei mir als Pfand. Wenn du wie abgesprochen morgen zu Snow ins Schloss ziehst, bekommst du es zurück. Jetzt schau nicht so. Du hast das Erpressen angefangen, indem du Pan als Pfand bei dir behalten hast.«

Bane kann sie nur sprachlos anstarren. Doch in der nächsten Sekunde bückt sie sich und fischt eine Hand voll winziger Steinchen vom Boden.

»Willst du uns etwa mit Steinen bewerfen? Wirklich erwachsen von dir.« Kopfschüttelnd wendet sich Cinder ab. Es ist Zeit zu gehen.

»Nein, aber du unterschätzt, wie viel Hexenkraft ich gespeichert habe.« In einer flinken Bewegung entledigt sie sich ihres Gürtels, den sie in derselben Sekunde in ein Lasso verwandelt. Bevor irgendwer reagieren kann, schlingt sich das Seil um Pan, zieht ihn zurück. Gleichzeitig wirft die Hexe die Steinchen in Richtung Cinder, die in einem fast perfekten Halbkreis um sie auf dem Boden aufkommen. Direkt nach ihrer Landung verfärben sie sich grün, schießen dann als riesige Pflanzenstängel nach oben. Erbsen, riesige Erbsenpflanzen, halb so hoch wie Cinder, schirmen sie nun vom Eingang zur Höhle ab. Trennen sie von Pan und der Hexe. Banes Wandelmagie.

»So einfach lasse ich mich nicht von einer gehirnamputierten Prinzessin austricksen!«

Cinder hört sowohl die Hexe als auch Pan ihren Namen schreien. Aber sobald sie bemerkt, wie nah ihr die Erbsen sind, überwiegt ein schallendes Klingeln in ihren Ohren. Sie kann sich nicht rühren, wie hypnotisiert starrt sie die Pflanzen an. Erbsen! Überall!

»Ja, jetzt lachst du nicht mehr so dreist«, gackert die Hexe. In ihrer Hand liegt noch das Seil, das Pan wie einen sich windenden Hund vor ihrer Höhle hält. Die Hände fest an den Körper geschnallt, versucht er sich zu befreien. Doch es ist hoffnungslos.

Die Hexe hat gewonnen. Aus und vorbei. Keinesfalls hätten sie sich auf Bane einlassen dürfen. Bane, die Snow bereits mehr als einmal umgebracht hat. Was wird sie nun mit ihr und Pan anstellen? Pan! Nein, das darf sie nicht zulassen! Seinetwegen ist sie hierhergekommen und sie wird ihn nicht der Hexe überlassen. Niemals!

Cinder gönnt sich noch zwei Atemzüge, bevor sie es wagt. Zweimal durchatmen, bevor sie die Augen zusammenkneift, die Luft anhält, und durch die Barriere an Erbsenpflanzen springt. Mit allem Mut, den sie je hat aufbringen können. Die Blätter und Stängel reiben sich an ihren nackten Knöcheln, aber sie versucht ihren entschlossenen Gesichtsausdruck beizubehalten. Die Guten ins Töpfchen, die Schlechten ins Kröpfchen. Von diesem Albtraum kann sie sich nicht länger beherrschen lassen. Mit diesem Sprung scheint Cinder die Hexe zu überraschen, was ihr die Chance gibt, Pan mit einem heftigen Ruck aus seiner misslichen Lage zu befreien. Die Fesseln lösen sich und er schlüpft aus der Schlinge, entkommt der Hexe, die einfach nur wie versteinert dasteht. Die sich immer noch nicht regt, als Pan und Cinder zusehen, dass sie Land gewinnen.

»Herrin?«, ertönt von irgendwoher Illusions Stimme.

»Illusion«, raunt die Hexe. »Lösch sofort alle Daten auf meinem Smartphone. Die Prinzessinnen dürfen nichts davon in die Finger kriegen!«

»Komm«, flüstert Pan an Cinders Ohr, »lass uns abhauen – weg von den Verrückten hier.« Er greift nach ihrer Hand. Und sie lässt es zu. Lässt zu, dass er sie mit sich zieht. Geradewegs in Richtung des tiefstehenden Monds. Kitsch hin oder her.

~Red~

»Oh, ein Päckchen!« Von hinten neigt sich Rapunzels neugieriges Gesicht über meine Schulter. »Darf ich es aufmachen?«

»Von mir aus«, seufze ich, denn ich möchte mich noch schnell von Asher verabschieden. »Aber sei vorsichtig.« Selbstverständlich verhallt meine Warnung ungehört. Rapunzel hat postwendend ihr aufgeregtes Kleinmädchengesicht aufgesetzt und reißt mit glänzenden Augen Streifen für Streifen des Pappkartons herunter.

»Hey, Asher.« Ich strecke meine Hand durch das offene Fenster, um ihm über den Kopf zu streicheln. Neben ihm kratzt sich Snow wie blöd über die Arme. Rote Pusteln verunstalten ihre Haut. Wer hätte gedacht, dass es eines Tages ein Meerschweinchen sein würde, das sie, die große Snow, bezwingt?

Bei ihrem Anblick entscheidet sich Jaz spontan, die Dose, aus der es immer noch quiekt, dem Kutscher nach oben auf den Kutschbock zu reichen, der sie ihm mit spitzen Fingern abnimmt. Die beiden Schimmel, die er angespannt hat, wiehern nervös. Ganz

offensichtlich ist niemand hier ein besonders großer Meerschweinchenfan. Bis auf Asher selbstverständlich.

»Kommst du nicht mit?«, fragt der Kleine, während er sich über die Augen reibt. Es scheint ihn große Anstrengung zu kosten, wach zu bleiben.

»Nein. Aber wir sehen uns bald wieder«, verspreche ich.

»Wann?«

Ich spiele mit den Spitzen seiner längeren Haarsträhnen. »Nur ein- oder zweimal schlafen. Höchstens dreimal.« Das hoffe ich zumindest. Glücklicherweise kann Asher noch nicht allzu gut zählen.

Der Kleine gähnt.

Jaz ist auf einmal neben mir, will sich ebenfalls verabschieden und ich gönne den beiden ihren Vater-Sohn-Moment. Ziehe mich zurück, gerade rechtzeitig, um zu sehen, wie Rapunzel eine Vase in den Händen wiegt.

»Was da wohl drin ist?«, flüstert sie.

Ich verdrehe mir fast den Hals, um das Etikett zu lesen, das unten angebracht worden ist. Zumindest meine ich, darauf eine Inschrift entdeckt zu haben. Hinter mir höre ich die Kutsche abfahren und ich will schon rufen: »Hey, ihr habt das Salat-Girl vergessen!« Aber da stockt mir der Atem.

Hastig strecke ich meine Hände aus. »Nein, nicht, Rappienz! Nicht öffnen!«

Doch es ist zu spät. Mit einem leisen *Plopp* zieht sie den Deckel ab.

In Großbuchstaben steht unten auf der Vase: »Pandoras Büchse«. Weißer Klebezettel auf dunkelblauer Keramik.

Allerdings hat Rapunzel das wohl nicht gelesen. Oder kennt die Geschichte der Büchse der Pandora schlichtweg nicht. Die Wahrschein-

lichkeit, dass sogar beides zutrifft, schätze ich auf gute siebzig Prozent. Verzweifelt sehe ich so etwas wie Rauch aus der Vase aufsteigen.

Rapunzel verzieht das Gesicht.

»Schnell, verschließ das Ding wieder!«, japse ich.

Aber Rapunzel scheint mich nicht zu hören.

»Ist das die Asche von einem Toten da drin? Habe ich etwa eine Urne geöffnet? O nein, habe ich einen Toten eingeatmet?« Vor Entsetzen lässt sie die Vase fallen. Ohne dass ich etwas daran ändern kann, trifft die Büchse der Pandora auf den Boden, wo sie direkt auf den kleinen Kieselsteinchen zerspringt. Noch mehr grauer Rauch steigt nach oben.

Schnell packe ich mir Rapunzel, reiße sie davon weg. Mit dem Rücken stoße ich gegen Jaz, ziehe auch ihn mit mir. »Das ist übel. Leute, wir müssen abhauen. Schnell! Hans, du auch. Weg da!«

Jaz scheint nichts mehr zu verstehen.

»Aber was ist denn?«

»Rapunzel, das Lauchgemüse, hat die Büchse der Pandora geöffnet. Wenn ich nicht ganz falschliege, hat die jemand an mich geschickt, um sich an mir zu rächen.«

»Was?« Zwar hastet Jaz jetzt neben mir her, ohne sich zu sträuben, wirkt aber noch alles andere als überzeugt von meiner Theorie. »Aber wer könnte dir schaden wollen?«

Spontan fallen mir da ungefähr zwei Dutzend Zeitgenossen ein. Hauptsächlich die, die wir vor ein paar Wochen auf unserer Suche nach den Prinzen verhört haben.

»Bitte holt mich noch mal ganz von vorne ab«, bettelt Rapunzel.

Es ist so stockdunkel, dass ich beinahe hinfalle, weil ich über eine Wurzel stolpere. Dankbar lächle ich Hans an, als er geistesgegen-

wärtig sein Handy auspackt und uns damit den Weg leuchtet. »Hier müssen wir abbiegen.«

Fast klingt er wie das Navi in Cinders Kutsche.

»Ganz von vorn also«, keuche ich. »Kennst du nicht die Geschichte, in der Pandora eine Büchse öffnet? Aus der Büchse strömen schreckliche Krankheiten, die die Bevölkerung dezimieren. Außerdem unerträgliche Erkenntnisse über ihr Leben, die ihnen vorher gar nicht klar waren. Depressionen, Sinnkrisen. So etwas. Einfach alles Übel der Menschheit. Es ist eine Strafe.« Mehr als das bringe ich nicht hervor. Jedenfalls nicht, wenn meine Lunge nicht kollabieren soll. Außerdem kenne ich die Geschichte selbst nur oberflächlich.

Nur wieso hat sie diese Geschichte noch nie gehört? Bildung wird in Prinzessinnenkreisen wohl einfach überschätzt. Aber wir wollen mal nicht unterstellen, dass mit dem Ehering am Finger die Bücher nicht mehr angeguckt werden.

Noch im Laufen checke ich meinen Posteingang. Noch keine Nachricht von Jasemin. Ob sie Ever wirklich hat oder das Ganze nur ein Trick von ihr ist? Sicherlich ist sie immer noch gekränkt wegen unserer verlorenen Freundschaft, in Trauer um ihren Vater und von dem Wunsch besessen, mehr Land zu regieren. Fruchtbares Land. Könnte man sie deshalb als abgrundtief »böse« bezeichnen oder müssen wir diese Definition wirklich auch in ihrem Fall überdenken? Vielleicht sollte ich ihr einen Therapeuten schicken. Ich denke an meine letzte Therapiestunde bei Hases Bruder. Dr. Löffel. Seine nach außen schielenden Augen verfolgen mich immer noch in meinen Albträumen. Also schüttele ich den Kopf, rufe stattdessen Evers Nummer an. Doch ich kann lange nichts

mehr außer meinen eigenen, rasselnden Atem hören, bis die Mailbox anspringt.

»Ich glaube, das ist weit genug«, keucht Rapunzel irgendwann. Sie hat recht.

Jaz scheint das auch zu denken. »Jetzt bleib doch mal stehen, Red! Erklär uns bitte, was das sollte.« Im Gegensatz zu mir klingt er nicht besonders außer Atem.

Bevor ich antworte, muss ich mich an einem Baumstamm abstützen und nach Luft schnappen. Ever geht nicht an sein Handy, Rapunzel hat die Büchse der Pandora geöffnet, wir sind keinen Schritt weiter auf der Suche nach dem verlorenen Kind.

»Jemand, der uns schaden will, muss uns diese Büchse geschickt haben. Der Kutscher sagt, ein gewöhnlicher Bote hätte sie für mich abgegeben. Also wird er uns wahrscheinlich verfolgt haben. Womöglich ist der Plan seines Auftraggebers in etwa folgender: Als die verantwortlichen Büchsenöffner sollen wir – für was auch immer wir da freigelassen haben – zum Sündenbock gemacht werden. Es würde mich nicht wundern, wenn wir dabei beobachtet worden sind.«

»Du übertreibst«, findet Jaz. Er hebt eine Hand, um mich an der Schulter zu berühren, aber als ich zurückzucke, lässt er sie sofort sinken. Enttäuschung blitzt in seinen Augen auf. »Wieso sollte uns jemand verantwortlich machen für eine Seuche oder etwas in der Art? Du weißt doch auch gar nicht, was diese komische Vase genau enthalten hat. Reine Spekulation.«

Das sagt er so leicht. Schweigend denke ich an die Geschichte von Pandora, die Großmutter mir erzählt hat. Eine Geschichte aus einem Land, das wir nur aus Büchern kennen. Griechenland.

In der Geschichte weist Zeus, der höchste griechische Gott, Pandora an, den Menschen eine gewisse Büchse zu schenken und ihnen mitzuteilen, dass sie unter keinen Umständen geöffnet werden dürfe. Doch Pandora öffnet die Büchse, die sie eigentlich ihrem Ehemann überreicht hatte, nach einiger Zeit doch. Daraufhin entweichen aus ihr alle Laster und Untugenden. Von diesem Zeitpunkt an erobert das Schlechte die Welt der Griechen und deren benachbarte Länder. Ein Land namens Europa. Zuvor hatten die Bewohner dort weder Übel, Mühen oder Krankheiten noch den Tod gekannt. Als einzig Positives enthielt die Büchse die Hoffnung, die sich dadurch zum ersten Mal unter den Menschen verbreitete.

Eine grausige und schöne Geschichte zugleich. Das doppelt Gemeine an der Sache war, dass Pandora selbst von Zeus und seinem Sohn Hephaistos erschaffen worden war, eben nur, um diese Büchse zu öffnen. Um den Europäern einen Sündenbock zu liefern. Arme Pandora.

Das ungute Gefühl in meinem Hinterkopf pflichtet mir bei. Was wir eben erlebt haben, war erst der Anfang unserer Pandora-Geschichte. Unserer Pandemie …

Am nächsten Morgen
~Cinder~

Eine halbe Stunde sitzt sie nun schon auf der steinernen Fensterbank im Durchgang zu Snows Gärten und starrt hinaus, eine Tasse Ingwertee in den Händen. Allein. Zum ersten Mal seit zwei Jahren ist sie so richtig allein. Zwar hat sie sich während Charmings

Entführung auch schon allein gefühlt, aber damals war das nicht so ein endgültiges Gefühl gewesen. Nicht so herzzerreißend. So ein Gefühl, sein Happy End für immer verloren zu haben.

Cinder seufzt, hebt den Blick. Gerade rechtzeitig, um eine grüne Mütze hinter einem der Rosenbüsche verschwinden zu sehen. Pan. Beobachtet er sie etwa? Cinder schluckt.

»Hallo? Bist du das, Pan?«

Ganz langsam, wie ein Kind, das Verstecken spielt, streckt er den Kopf aus dem Busch. Ein Zweig hat sich in seinen Haaren verfangen.

Cinder schmunzelt. Hat er die ganze Zeit über schon dort gesessen? Komischerweise findet sie den Gedanken schmeichelhaft und nicht im Geringsten empörend. Vielleicht ist sie doch nicht so allein, wie sie denkt …

Pan hebt beide Schultern.

»Ich wollte nur nach dir sehen. Aber du warst wohl so in deine eigenen Gedanken versunken, da wollte ich dich nicht stören.« Ein Funke an Unsicherheit scheint in seinen Augen aufzublitzen.

Da er offensichtlich eine Reaktion erwartet, lächelt Cinder nur vielsagend. Schließlich ist sie ihm kein bisschen böse. Erleichtert über ihr Verhalten ihm gegenüber senkt Pan die Schultern und kommt auf sie zu. »Guten Morgen übrigens, Prinzessin.«

Nachdem sie gemeinsam in die Küche gezogen sind, drückt Cinder Pan schließlich eine Tasse Kamillentee in die Hand. Seine Lieblingssorte. In der riesigen Schlossküche mit den blau-weißen Kacheln kommt Cinder sich ganz winzig vor. Vielleicht verlorener als im tiefsten Wald.

»Was hast du da draußen gemacht?« Ihre eisblauen Augen mustern ihn. »Also, ich meine, was war dein eigentlicher Plan?«

Bevor er antwortet, senkt Pan den Blick und kratzt sich mit einer Hand im Nacken. »Ich wollte dich aufmuntern, wusste nur noch nicht so recht, wie.«

»Oh.« Geschmeichelt nippt Cinder an ihrem Tee. Ein wenig unbeholfen setzt sie sich auf die Marmor-Arbeitsplatte neben Snows Herd. »Fühlst du dich manchmal auch so, als könntest du nie wieder lachen? So, als hätten alle anderen eine wunderschöne, strahlende Zukunft vor sich, nur du nicht?«

Pan überlegt einen Moment. Lehnt sich neben sie an die Küchenplatte. Er betrachtet sie. Wie sie da sitzt, gewickelt in ihre Tarnjacke, halb zusammengesunken mit dunklen Augenringen. Mehrere Strähnen haben sich aus ihrer Hochsteckfrisur gelöst. Trotzdem ist sie eines der schönsten und anmutigsten Wesen, das er je gesehen hat. Noch schöner als Tinkerfeen und Meerjungfrauen zusammen.

»Ich glaube, dass es für jeden ein Happy End gibt. Für manche kommt es früher und für manche später. Manche genießen auch die Zeit vor dem eigentlichen Happy End am meisten. Die letzten freien Jahre. Aber das Happy End findet dich am Ende immer. Und niemand verliert sein Lachen. Gerade du wirst es nie tun, da bin ich sicher.« Langsam hebt er eine Hand, nimmt eine ihrer Strähnen und schiebt sie zurück in die Haarnadel, die ihr am nächsten ist. Dann hält er inne, aber nicht, weil sie es ihm nicht gestattet hätte, sie weiter zu berühren. Nein, das Gegenteil ist der Fall.

Denn Cinder erstarrt regungslos unter seiner Berührung. Schielt aus dem Augenwinkel zu ihm hinüber. Nein, Pan verharrt in seiner

eigenen Bewegung, weil er nicht möchte, dass dieser Moment jemals endet. Womöglich ahnt er, dass es Cinder genauso geht.

Ihr Herz droht damit, jeden zweiten Takt zu überspringen, ja, geradewegs zu holpern, als sich Pan zu ihr beugt, sich dabei ein wenig strecken muss, da sie immer noch auf der Küchenarbeitsplatte sitzt.

Cinder blinzelt, sitzt wie erstarrt da und kann ihre Augen nicht von ihm lösen. Der süße Duft von Sonnenschein und Haselnüssen steigt ihr in die Nase.

Pans unverkennbarer Geruch.

Unter ihren hämmernden Herzschlägen schließt sie die Augen. Erlaubt sich, sich diesem Moment hinzugeben. Ganz und gar. Es hat etwas Unschuldiges, wie Pan ihr Stück für Stück näherkommt und dabei immer flacher atmet. Bei diesem Anblick weitet sich ihr Herz. Pan. Süßer, kindlicher Pan. Der Junge, der alles positiv sieht. Selbst ihr Leben, ihre Zukunft und vielleicht sogar sie selbst als Person. Gleich ist es soweit. Gleich wird er sie küssen. Seine Lippen werden ihre berühren, sodass niemand mehr wissen wird, wo das Rot seiner Lippen aufhört und ihres beginnt. Vor ihrem geistigen Auge sieht sie die nächsten Minuten bereits vor sich. Sie und Pan, eng umschlungen. Der Gedanke lässt sie ihm förmlich entgegenschweben. Ein winziges bisschen rutscht sie nach vorn. Ihre Unterlippe zittert, bis ihr auffällt, dass ihr Brustkorb es ihren Lippen gleichtut. Sie bebt. Ihr ganzer Körper bebt. Gleich wird er sie erlösen und sie betet, dass der Kuss genauso ausfallen wird, wie sie ihn sich ausmalt.

Aber dann reißt jemand die Tür zur Küche auf. Vor Schreck wirbelt Pan herum, stellt sich dem Eindringling in Kampfposition entgegen.

»Da bist du ja, Cinder. Ich habe überall nach dir gesucht.« Ein atemloser Prinz Charming stolpert herein, muss sich nach zwei Schritten an der Arbeitsplatte abstützen. Seine verschwitzten Haare kleben ihm in der Stirn wie eine hellbraune Schirmmütze.

Cinder starrt ihn an. Je näher er kommt, desto größer wird ihr schlechtes Gewissen. Hier sitzt sie in Snows Küche, im Begriff Pan zu küssen.

»Bitte vergib mir, Liebling. Ich war vorgestern nicht ich selbst, habe mich in meiner Ehre gekränkt gefühlt. Das verstehst du doch sicher…« Erst jetzt scheint Charming den steif an der Spüle stehenden Pan zu bemerken.

»Wer ist das? Robin Hood?«

Cinder rutscht von ihrem Sitzplatz. »Das ist Pan. Peter Pan. Übrigens halte ich es nicht für besonders angebracht, mich immer noch *Liebling* zu nennen.«

Charming stutzt, runzelt dann die Stirn. »Warst du schon immer so schnippisch oder ist das sein Einfluss? Und was für eine Jacke ist das, bitte schön? Himmel, Cinder, was hast du da an?« Mit dem Kinn deutet er auf Cinders Military-Jacke. Gleichzeitig scheint er die Luft solange anhalten zu wollen, bis sie antwortet. Einer seiner Ticks in Stresssituationen.

Selbstverständlich lässt sich Cinder übertrieben lange Zeit, bis sie letztendlich den Mund aufmacht. »Das ist eine Tarnjacke und mein neuestes Lieblings-Accessoire. Gewöhn dich besser daran.«

Ihr Ex-Ehemann stutzt, fährt sich dann mit der Hand durch die dunklen Haare.

Am Rande ihrer Konversation bemerkt Cinder seine offenen Hemdsärmel und seinen verdrehten Gürtel. Er scheint nicht er selbst zu sein.

»Also gut, Cinder. Was soll ich tun, damit du zu mir zurückkehrst? Sag es mir. Vielleicht unser Schloss rosa streichen? Dir einen begehbaren Kleiderschrank bauen lassen? Himmel, ich würde sogar für dich zur Eheberatung gehen! Aber bitte, bitte nimm mich zurück.« In einer ungeschickten Bewegung geht er vor ihr in die Knie. Direkt neben Pan auf den schwarzweißen Kacheln von Snows Küche. Der Welpenblick, mit dem er sie bedenkt, scheint genauestens einstudiert zu sein. »Bitte verzeih mir. Ich brauche dich.«

Cinder schluckt. Was würde Red jetzt an ihrer Stelle tun?

»Erinnerst du dich noch an den Ball, bei dem ich dich zum ersten Mal sah?«, versucht Charming es weiter. Sein Lächeln wird jetzt so breit, dass man eins von Snows Buttermessern zwischen seine Mundwinkel klemmen könnte. »Es war Liebe auf den ersten Blick. Danach habe ich den ganzen Märchenwald umgegraben auf der Suche nach dir. Ich habe einfach nicht aufgehört, dich zu suchen. Niemals aufgegeben. Meine Mission verfolgt, das Mädchen zu finden, dem der Schuh passt. Aber weißt du was: Ich würde heute noch genau dasselbe wieder tun. Nur für dich. Um dich zu bekommen.«

Aus jedem seiner Sätze scheint das Wort *ich* herauszuspringen wie ein Pingpongball. Er war schon immer sehr selbstbezogen und ein Freund großspuriger Übertreibungen. »Erinnerst du dich an unsere Hochzeit? Es war direkt nach der von Snow. Nur unsere war noch pompöser. Wir luden einfach jeden ein, mit uns zu feiern, weil wir so glücklich waren. Erinnerst du dich?«

Bei dem Gedanken an ihre Hochzeit steigen tatsächlich Tränen in Cinders Augen auf. Warum muss sie auch so sentimental sein und bei jeder Vermählung losheulen? Bei ihrer eigenen ganz besonders.

Auch wenn Charming ihr erst kürzlich das Herz gebrochen hat. Das darf doch nicht wahr sein! Sie muss all ihre Selbstbeherrschung heraufbeschwören, um nicht laut aufzuschluchzen.

»Okay«, meint Pan schließlich lahm, nachdem eine Weile niemand mehr etwas gesagt hat. Seit Charmings Rede hat sich sein Gesicht gewitterhimmelgrau verfärbt. »Ich lasse euch dann mal besser allein.«

»Danke dir, Robin. Sehr ritterlich von dir. Cinder und ich haben tatsächlich einiges zu klären.« Charmings Blick ist weiter nur starr auf seine Frau gerichtet. »Meine Ehefrau und ich haben eine Versöhnung zu feiern und mir wäre es recht, wenn das unter vier Augen, ganz privat ablaufen würde.« Er grinst, schaut sich dann in der Küche um.

Unter einem unsicheren Augenaufschlag sieht Cinder Pan an, will ihn eigentlich nicht gehen lassen. Sicherlich kann er das spüren, oder nicht? Dennoch. Zögerlich, ganz langsam, zieht er sich zurück bis zur Tür. »Wenn etwas ist, ruf mich einfach.«

Er wird also in Hörweite bleiben. Irgendwie ein beruhigender Gedanke, findet Cinder. Sie zieht ihre Jacke enger um sich. Schließlich hat sie auch viel für ihn riskiert.

»Cinder? Sieh mich an«, bittet Charming. Nachdem sie nicht reagiert, geht er in die Knie, robbt auf dem Boden näher an sie heran, grapscht schließlich nach ihrer Hand. Cinder zuckt unter der Berührung zusammen. Ein winziges Zucken, von dem sie nicht sicher ist, ob Charming es auch bemerkt hat. Eigentlich will sie ihre Hand schon wieder zurückziehen, andererseits ist sie gespannt, was er noch zu sagen hat. »Du hast mir sehr wehgetan, Charming. Wie konntest du nur? Bei unserer Hochzeit hast du mir

geschworen, dass du mich glücklich machen willst. Dass das dein Lebensziel sein wird.«

»Ich weiß«, gibt er ohne zu zögern zu. Sein Blick gleicht dem eines Labrador-Welpen. »Es war dumm von mir, dich so schlecht zu behandeln – genau wie mich von dir zu trennen natürlich. Eine Kurzschlussreaktion. Aber bitte, bitte lass diesen einen Fehler von vorgestern nicht zwischen uns stehen. Ich habe die Nerven verloren. Schlicht und ergreifend. Aber ein einziger Fehler von mir kann doch nicht alles kaputtmachen, was wir hatten. Unsere Liebe.«

Cinder antwortet nicht darauf. Steht einfach nur da. Dreht schließlich den Kopf zur Seite. Was in aller Geißlein Namen soll sie nur tun?

~Ever~

Die Schatten um ihn herum schrumpfen und selbst hier, außerhalb der direkten Sonneneinstrahlung, ist es noch viel zu heiß. Quälend lange ist es her, seit er zuletzt etwas getrunken hat. Aber nachdem Jasemin verschwunden ist und ihm nur einen einzigen Kelch Wasser dagelassen hat, steht seine Entscheidung fest. Nur einen Schluck Wasser pro Stunde. Mehr nicht. Um so lange wie möglich durchzuhalten. Kein einfaches Unterfangen, sich dazu zu zwingen, nicht alles auf einmal hinunterzustürzen.

Aber vielleicht, mit ganz viel Glück, ist Red schon auf dem Weg zu ihm. Er verzieht das Gesicht. Sicher gemeinsam mit diesem Piraten. Jaz.

Aber selbst wenn, er hat sich geschworen, von nun an alles besser zu machen. Red so zu behandeln, wie sie es verdient. Ohne Eifersucht auf Jaz. Auch wenn es da diese eine Nacht im Monat zwischen den beiden gibt. Die Vollmondnacht.

Die Tür wird aufgestoßen, aber nur einen Spaltbreit, um einen Teller hineinzuschieben, danach sofort wieder geschlossen und fest verriegelt. Essen.

Selbst aufzustehen fällt Ever schwer. Aber nach zwei Schritten schon bemerkt er, dass sogar diese Anstrengung umsonst war. Auf dem Plastikteller liegt nicht mehr als ein Hähnchenschenkel.

»Ich bin Veganer!«, schreit er, während er sich wieder mit dem Rücken zur Wand zu Boden gleiten lässt. Natürlich antwortet ihm niemand. Warum sollten sie sich auch für ihn interessieren? Aber obwohl der Hunger ihn in die Knie zu zwingen scheint, wird er Fleisch niemals anrühren, das schwört er sich.

Niemals.

Ein Falke landet auf dem Fenstersims seiner Gefängniszelle. Zuerst tänzelt er etwas herum, balanciert auf und ab. Dann neigt er den Kopf und betrachtet Ever.

Freisein ist ein hohes Gut, wird ihm bei diesem Anblick klar. Ein hohes Gut, das er selbst leichtfertig verspielt hat. Erneut schweifen seine Gedanken zu Red.

Wenn er nur noch einmal die Chance bekommen würde, mit ihr zu reden. Oder sie zu sehen. Wenn Reds Gesicht das letzte Bild vor seinen Augen sein könnte, bevor er stirbt, würde er auch das akzeptieren. Immerhin würde er sie bei sich haben können. Ein leiser Gedanke schleicht sich in die hintersten Winkel seines Gehirns. Nur was, wenn Jasemin Red vorher sein Geheimnis verrät? Was,

wenn Reds Gesichtsausdruck direkt vor seinem Tod am Galgen puren Abscheu ausdrücken würde?

Kapitel 6

~Cinder~

Eine ganze Weile schon starrt sie auf den dunklen Haarschopf ihres Noch-Ehemanns, der eigentlich ihr Ex-Ehemann ist und doch wieder nicht. Schließlich ist ihre Trennung noch nicht offiziell gemacht worden. Noch sind da keine unterzeichneten Scheidungspapiere. In der Kürze der Zeit sind die noch nicht mal angefordert worden. Es ist alles so schnell gegangen und doch kommen ihr die letzten glücklichen Stunden mit Charming unendlich lange her vor.

Dennoch, er will sie zurück. Wartet in diesem Augenblick geduldig auf ihre Antwort. Doch was will sie?

»Ich bin, um ehrlich zu sein, etwas durcheinander«, gesteht sie. »Du kannst nicht einfach an einem Tag erklären, dass du die Scheidung willst, und am nächsten Tag um Verzeihung bitten. Gib mir etwas Zeit, in Ordnung?« Wie um ihre Worte zu unterstreichen, fährt sie sich mit der Hand, die er nicht festhält, durchs Gesicht, verstrubbelt ihre Haare dabei.

»In Ordnung.« Charming ist offenbar nicht gewillt, seine fröhliche Miene aufzugeben. Allerdings erhebt er sich, lässt nach ein paar Sekunden sogar ihre Hand los. »Natürlich brauchst du mehr Zeit, Schatz. Ich gebe dir so viel, wie du benötigst. Nein, noch mehr

sogar.« Nickend macht er ein paar Schritte rückwärts. »Es tut mir leid, dass ich dich so überfallen habe. Besser, ich lasse dich jetzt allein, dann kannst du in Ruhe über alles nachdenken und die richtige Entscheidung treffen.« Er strahlt sie an, als würden sie beide darüber Bescheid wissen, was die richtige Entscheidung ist.

Aber Cinder weiß es nicht. Ist sich nicht sicher, was sie tun soll. Bei Charmings Worten und durch die Stille, die darauf folgt, stellen sich die kleinen Härchen ihrer Unterarme auf, die sie nun genau betrachtet. Als hinge davon alles ab. Zu mehr ist sie in diesem Augenblick nicht fähig. Seufzend lässt sie ihr Kinn in Richtung Brust sinken. Die einfachste Entscheidung wäre natürlich, zurückzugehen. Zu Charming, zurück in ihr Schloss, in ihr altes Leben. Andererseits mag sie ihr neues Leben. Ihr Training, ihre Wohngemeinschaft mit ihren Freundinnen … und dann ist da auch noch dieses warme, flattrige Gefühl, das sie neuerdings umfängt, wenn Pan ihr nahekommt. So nahe wie vor ein paar Minuten noch. Bei dem Gedanken an ihren Fast-Kuss mit ihm wird Cinder schwindelig. Sie muss sich am Herd abstützen. Seit wann ist ihr Leben eigentlich so kompliziert geworden? So kompliziert wie Reds?

Ein paar Stunden zuvor
~Red~

In meiner Panik wird mir erst jetzt bewusst, dass ich neben meinem hilfreichen Smartphone auch noch das magische Wollknäuel befragen kann. Ohne auf die anderen zu achten, krame ich in den Tiefen

meiner Taschen, ziehe es heraus und wünsche mir, dass es mir den Weg zu Ever zeigen möge.

Mit stummem Entsetzen verfolge ich, wie es sich einer Schlange gleich entrollt, so liegen bleibt, dass es gen Osten zeigt. Genau in Richtung von Jasemins Schloss, bilde ich mir ein.

»Hast du das Wollknäuel gebeten, dir zu zeigen, wo sich Ever aufhält?«, will Jaz mit sanfter Stimme wissen.

Als ich mich umdrehe, sehe ich direkt in seine dunklen Augen. Er ist unbemerkt hinter mich getreten. Mit geweiteten Pupillen sieht er mich an.

»Es ist okay«, flüstert er dann. »Wir befreien ihn.«

Mein Handy vibriert, was mich irgendwie aus dem Konzept bringt und mir gleichzeitig eine Antwort erspart. Mit zittrigen Fingern fische ich es aus meiner Tasche. Eine Nachricht von Jasemin. Als ich sie öffne, bemerke ich, dass sie nur ein einzelnes Foto enthält, beschriftet mit: *Ever heute Nachmittag in meinem besten Gästezimmer.* Das Bild ist anscheinend durch die Gitterstäbe einer Zellentür geschossen worden. Es zeigt einen völlig entkräftet an der Wand lehnenden Ever. Schweiß rinnt ihm über Gesicht und Oberkörper, er hat sich in den Schatten gesetzt, aber es muss trotzdem brütend heiß in diesem Gefängnis sein. Das Gesicht hat Ever dem einzigen Fenster zugewandt, das es dort drinnen gibt. Seine Augen, die tief in den Höhlen versunken zu sein scheinen, fixieren einen Falken, der auf der Fensterbank sitzt.

Sofort fängt meine Hand an zu zittern. Das Smartphone entgleitet meinen Fingern und fällt auf den Laubboden, doch das ist mir egal. Alles um mich herum pulsiert wie das Innere einer Herzkammer.

Ein Schluchzen entfährt mir. Und dann ist da Jaz. Überall um mich. Denn er hat mich in seine Arme gezogen, hält mich fest. Ich lasse es zu. So wie er es zulässt, dass ich sein Hemd mit Rotz und Tränen durchnässe.

Gefühlte Stunden später reicht mir Rapunzel mein Handy. »Hier. Funktioniert noch.«

Dankbar nicke ich, fühle mich aber immer noch wie in Trance.

»Was sollen wir bloß tun?« Wie kann Jasemin von mir verlangen, Evers Leben gegen den Märchenwald zu tauschen? Aber selbst wenn? Würden die restlichen Märchenwald-Bewohner nicht verlangen, Ever, den Werwolf, eher zu opfern, als ihr Land einer neuen Herrscherin auf dem Silbertablett zu servieren? Offenbar kann Ever in dieser Situation nur verlieren. Machen wir uns nichts vor.

Jaz streichelt mir über den Kopf.

»Manchmal ist die Frage eher, wo wir etwas tun sollten, als was. Denn schließlich müssen wir definitiv handeln. Und der einzig logische Ort, wo wir das tun sollten, ist Morgenland. Auf dem Weg dorthin fällt uns sicher ein, was zu tun ist.«

Ich nicke und er fährt fort. »Hans, du hast doch einen Pferdewagen. Kannst du uns zu Jasemins Schloss bringen? Ich bezahle dich auch.«

Hans, dessen Gesicht sich aufhellt (sicher denkt er an die vielen potentiellen Kunden im Morgenland) nickt, ohne zu zögern.

»Gut. Und du, Red, gib mir dein Handy. Ich muss mit Snow und Spieglein sprechen. Sicher finden wir eine Lösung.«

Wortlos reiche ich es ihm. Danach bekomme ich kaum mit, wie wir zu Hans' Wagen laufen. Wie Rapunzel, Jaz und ich uns hinten auf das Stroh legen, das er geladen hat, um die eigentliche Ware zu

vertuschen, die in einer Kiste unter dem Kutschbock versteckt liegt. Natürlich. Allerdings bin ich dankbar für dieses bequeme Nachtlager. Inzwischen ist es schon viel zu spät, beinahe Mitternacht. Wir brauchen Schlaf, auch wenn ich nicht wirklich damit rechne, viel davon abzubekommen. Nicht, wenn ich weiß, dass Ever zur selben Zeit dort draußen irgendwo in einer Zelle sitzt.

Etwas Warmes empfängt mich. Es ist Jaz, der seine Jacke wie eine Decke über mich ausbreitet, mich dann an sich zieht.

Über uns kann ich Millionen von Sternen sehen, so kommt es mir vor. Hier liege ich also. Im Stroh. In Jaz' Armen. Unter dem Sternenhimmel. Spontan kann ich mich nicht entscheiden, ob mir die Situation nur kitschig oder gleichzeitig übertrieben ironisch erscheint. Ever muss aktuell in einem Kerker ausharren und ich kuschle im Stroh mit einem Jaz, der glücklicher als je zuvor wirkt. Meine Nasenspitze zuckt, als mich ein kühler Windhauch streift. Weil er mich für sich alleine hat und das noch nicht mal in einer Vollmondnacht. Wenn ich ihn ansehe, kann ich in seinen Augen die stumme Frage lesen, ob ich ihn liebe. Ihn wohl jemals lieben werde. Seine Gedanken scheinen in letzter Zeit immer häufiger um dieses Thema zu kreisen. Solange ich ihm noch aus dem Weg gegangen bin, schien es für uns beide leichter gewesen zu sein, oder irre ich mich? Diese Nähe bekommt uns am Ende womöglich so gut wie abgelaufener Speisequark im Hochsommer. Dieser Blick von ihm lässt meinen Gaumen nach ganz hinten in meinen Rachen rutschen. Mein Innerstes erkaltet unter seinem warmen Augenaufschlag. Warum muss die Welt so grausam sein? Oder bin nur ich es, weil ich ihm wieder und wieder das Herz brechen muss?

Jaz seufzt, streicht mir dann über die Oberarme, um mich warmzuhalten. Seine künstliche Hand ruht auf meiner Hüfte, fühlt sich beinahe schon vertraut auf meiner Haut an. Auf meiner anderen Seite dreht sich Rappienz unter auffälligem Stöhnen zur Seite, um uns etwas Privatsphäre zu gönnen, wie sie wohl meint. Nur brauche ich die gerade wirklich nicht mit Jaz.

Als er mir eine Haarsträhne hinters Ohr schiebt, streift mich sein Atem an dieser Stelle.

»Schlaf etwas. Wir werden einige Stunden bis Wonderland brauchen.«

Ich bekomme noch mit, wie Rapunzel sich an meinen Rücken kuschelt und Jaz leise mit Spieglein spricht, aber dann entgleite ich schon in eine Welt voller Dunkelheit, Angst und Kerker.

Ich erwache, als es um mich herum rumpelt und ein Pferd wiehert.

»Mist, warum funktioniert das nicht? Wir stecken immer noch fest«, höre ich Jaz von irgendwo weit weg schnaufen.

Dann ist seine Karamellstimme ganz nah an meinem Ohr.

»Hey, schlafende Schönheit. Es wird Zeit, aufzuwachen.«

Ich blinzle. Will eigentlich nicht richtig erwachen, da sich dieser Schwebezustand zwischen Traum und Realität einfach zu schön anfühlt. Butterweich irgendwie. Noch dazu Jaz' Stimme, die mir Komplimente zuflüstert. Warum sollte ich diese Zwischenwelt verlassen? Doch natürlich gleite ich viel zu schnell zurück in die Wirklichkeit. In eine Wirklichkeit ohne Ever. Mit einem Mal ist alles Federleichte aus mir verschwunden. Tonnenschwere Lasten scheinen meinen Magen in Richtung Zehen zu drücken. Ich schlucke, als die Erinnerung einsetzt. Ever befin-

det sich in Jasemins Gewalt und soll heute Mittag hingerichtet werden.

Jaz hebt mich vom Wagen, erklärt mir, dass er Snow informiert hat und dass sie an unserer Stelle mit Cinder nach Wonderland reisen wird. Sie werden das Kind suchen, während wir Ever retten. Mehr von seinem Plan will er mir später erzählen und ich gebe mich damit zufrieden, da der im Wüstensand versunkene Wagen zuerst aus dem Weg geschafft werden muss und ich keine Zeit verlieren will.

Nachdem wir Hans' Wagen mit vereinten Kräften aus dem Sand gehievt haben, verabschieden wir uns von ihm. Ich kann es kaum erwarten, dass er geht, damit Jaz Rapunzel und mich endlich in den Plan einweihen kann, den er mit Spieglein und Snow ausgetüftelt haben muss. Den Plan zu Evers Rettung. Neben mir flicht sich Rapunzel die Haare neu, als wir Hans zum Abschied zuwinken, überspringt dabei allerdings zu viele Strähnen, sodass der Zopf der unordentlichste der Welt zu werden droht.

Am Ende bin ich froh, dass Hans zügig außer Hörweite verschwindet. Auf dem halbwegs befestigten Weg Richtung Märchenwald. Leider verliert sich ebendieser Weg in der anderen Richtung viel zu schnell in der Wüste. Zu allem Überfluss müssen wir jetzt auch noch komplett zu Fuß weiter. Mit nur einer Wasserflasche für uns drei, wie wir schon bald feststellen.

»Also?«, kann ich mich nicht zügeln zu fragen. Weil es unglaublich heiß unter der Wüstensonne an diesem

Morgen ist, muss ich mein Cape ausziehen und die Ärmel hochkrempeln. Auch Rapunzel entledigt sich ihrer Strickjacke und Jaz zieht gleich sein ganzes Shirt aus.

Für einen Moment verweilen meine Augen auf seinen ausgeprägten Brustmuskeln. Nein, Jaz muss sich sicher nicht verstecken.

Da Rapunzel offenbar bei diesem Anblick von akuter Atemnot geplagt wird, verpasse ich ihr einen Stoß in die Rippen. »Augen nach vorn!«

Postwendend läuft sie rot an. Ertappt. Oder soll das ein Sonnenbrand werden? Auch möglich.

Jaz schmunzelt. Offensichtlich freut es ihn, dass ich nicht möchte, dass Rapunzel ihn anstarrt wie einen Festtagsbraten nach dreimonatiger Fastenkur. Wieder schiele ich auf seinen nackten Oberkörper. Ich bemerke, wie er meinen Blick registriert und schaue eilig weg. Sein breites Lächeln ist beinahe nicht zu ertragen.

Natürlich bin ich daraufhin so verwirrt, dass ich in eine Sandkuhle trete, was mich ins Taumeln geraten lässt. Bevor ich jedoch zur Seite kippen kann, packt mich Jaz am Arm. »Vorsicht! Bist du noch nicht richtig wach? Vielleicht sollte ich dich besser tragen.«

Bei dem Gedanken daran, wie er mich auf seinen Armen durch die Wüste trägt, laufen meine Ohren wohl noch röter an, der Hitze in ihnen nach zu urteilen. Einer Hitze, die definitiv nicht von der Sonne kommt. Der Gedanke löst gleichzeitig auch Unbehagen in mir aus. Wie kann ich mir vorstellen, von einem halbnackten Jaz getragen zu werden, wenn Ever gerade in einem Kerker sitzt?

Was bin ich nur für ein Mensch?

Also schüttele ich nur den Kopf, versuche dabei krampfhaft, die Bilder vor meinem geistigen Auge zu verdrängen. Bilder, auf denen mich Jaz auf seine Arme hebt. Ein halbnackter Jaz, der mich in den Sonnenuntergang trägt wie im Märchen.

»Spieglein und ich sind uns einig, dass wir zunächst so tun, als würden wir auf Jasemins Forderungen eingehen, um Ever zu retten«, erklärt er gerade. »Snow wird im Anschluss einen Boten schicken, der eine gefälschte Urkunde überbringt. In der Urkunde wird festgehalten, dass die Hälfte des Märchenwalds an Jasemin überschrieben wird. Aber wenn sie dann einmarschiert, werden wir sie aufhalten.«

Ich schlucke, bin mir nicht ganz sicher, ob dieser Plan wasserdicht genug ist.

»Ja, gut«, pflichtet ihm Rapunzel bei. »Genau das ist der Plan.« Sie nickt heftig, was sofort meinen Argwohn weckt. »Rappienz? Was ist los? Du verschweigst mir doch etwas?«

Falls es möglich ist, läuft ihr Gesicht noch ein bisschen röter an. »Ich weiß nicht, was du meinst. Schau mal dort, ein Kaktus!«

Drohend kneife ich die Augen zusammen. »Ihr beide sagt mir besser sofort, was los ist …« Ich ziehe den Feenzauberstab aus meiner Tasche. Wenn es um Ever geht, hört meine Freundschaft auf. Natürlich weiß ich, dass ich mit dieser brutalen Art nicht besser bin als Snow oder Jasemin. Aber in dieser scheinbar ausweglosen Situation weiß ich mir einfach nicht anders zu helfen. Daher deute ich mit der Spitze direkt auf Rapunzels Nase, ziehe gleichzeitig mit meiner anderen Hand etwas Feenstaub aus dem Lederbeutel in meiner Hosentasche.

~Cinder~

Beim Frühstück versorgt Snow alle Anwesenden mit einem Update. Da nur Spieglein, Cinder und Rose so früh wach sind, hat sie nicht allzu viele Zuhörer. Außerdem weiß man nie, wie viel Rose mitbekommt, da sie immer wieder einnickt.

Um zu verhindern, dass sie in ihrem eigenen Müsli ertrinkt, schiebt sie die Schale etwas weiter von ihr weg.

»Wir müssen sofort aufbrechen. Cinder, du, Spieglein und ich. Und ein bisschen Dynamit. Wir drei. Lautlose Killer sozusagen.« Sehr zufrieden mit ihrer Anordnung, lehnt sich Snow in ihrem Stuhl zurück.

Cinder ist nicht ganz klar, inwiefern Dynamit als *lautloser* Killer durchgeht, aber sie erwidert nichts. Hätte sowieso keinen Zweck, Snow mit vernunftbasierten Argumenten zu kommen.

»Damit erhalten wir sicher alle Antworten, die wir brauchen. Der Rest der Truppe kümmert sich um Jasemin. Oder um die Aufstellung unserer Verteidigung gegen sie.« Mit ihrem Löffel deutet sie nach oben, wo leises Geschnarche durch die Decke rieselt. Snows Ehemann.

»Also gut.« Cinder hat ihren Pfannkuchen nicht angerührt. Die Begegnung mit Charming in der Küche liegt ihr immer noch schwer im Magen.

Knarrend öffnet sich die Tür zum großen Saal.

»Ich weiß, Frauenpower und so«, strahlt Pan, während er auf sie zukommt. Womöglich hat er ihre letzten Gesprächsfetzen belauscht. »Aber ihr braucht doch sicher noch jemanden, der eure Handtaschen trägt!«

Cinders Wangen glühen bei seinem Anblick. »Sehe ich auch so. Pan sollte mitkommen.«

Nachdem er eine Verbeugung angedeutet hat, lässt sich Pan auf den Stuhl neben sie fallen, stibitzt dann etwas von ihrem Pfannkuchen.

»Ganz wie Mylady wünschen.«

Lachend wischt sie ihm die Mütze vom Kopf.

»Du meinst wohl: Vielen Dank, dass ihr Märchenheldinnen so großzügig seid, mich mitzunehmen.«

Durch das viele Gelächter und die kleine Rauferei, die zwischen den beiden daraufhin entbrennt, wacht sogar Rose auf.

»Was ist passiert?«

Als Antwort deutet Snow mit ihrem Löffel zwischen Cinder und Pan hin und her. »Nichts. Schlaf weiter. Du hast nur die präpubertäre Phase dieser beiden Kindsköpfe hier verpasst.«

Rose nickt und schläft wieder ein, den Kopf so weit in den Nacken gelegt, dass sie nachher sicher ihrem Chiropraktiker einen Besuch abstatten muss.

Tatsächlich sind alle anderen zehn Minuten später abmarschbereit. Pan, Cinder und Snow. Spieglein will sich zunächst noch um eine Sondereinstellung bei den Fußfesseln der Hexen kümmern – was immer das heißen mag.

»Wen knöpfen wir uns zuerst vor? Robin Hood oder den verrückten Hutmacher?«, will Pan wissen, nachdem er sich in die Kutsche gequetscht hat. Neben Snows Equipment ist nicht viel Platz auf der Bank, die rückwärts zur Fahrtrichtung angebracht worden ist.

Snow, die hinter ihm her klettert, streichelt einmal liebevoll über den Haufen an Dynamit neben Pan.

»Wer auch immer uns zuerst vor die Flinte läuft.«

Als Pan daraufhin nur blinzelt, zuckt sie mit den Schultern. »Rein metaphorisch gesehen, meine ich.«

Zuletzt schafft es Cinder, die wie Snow in schwarzen Jeans und Tarnjacke steckt, in das Gefährt.

»Hör nicht auf sie. Snow gibt nur gern die starke Powerfrau.«

Die Kutsche fährt los und bei jedem Holpern landet Cinder beinahe auf Pans Schoß. Lachend setzt er sie immer wieder zurück auf ihre Bank. Nur zwischen den Holpern mustert er sie intensiv und fast erwartet Cinder, dass er sie nach Charming fragen wird.

Vielleicht auch danach, ob sie wieder mit ihm zusammen ist. Doch er sagt nichts dergleichen. Lächelt sie nur an und blickt dann und wann in die Ferne. Ob er Neverland wohl schon vermisst? Neverland und das Fliegen?

Irgendwann nickt Cinder ein und wird erst wieder wach, als sie vor einer Brücke zum Stehen kommen. Der Brücke vor Neverland. Dort, wo sie vor drei Wochen die Dreizehnte Fee in den Fluss geschubst haben.

Snow wühlt etwas umständlich in einer Kiste mit Waffen und Dynamit.

»Gut, ich gebe eine Runde Schrumpfkuchen aus.« Unvermittelt klappt sie ein Geheimfach auf und heraus fällt ein geschnürtes Päckchen.

»Schrumpfkuchen, schon wieder …«, murmelt Cinder. »Besser, wir denken dieses Mal daran, die Tür zuerst aufzuschließen, bevor wir das Zeug herunterwürgen.«

Snow verdreht die Augen. »Ja, Mom.«

Ein Windstoß zerrt an ihrem Pferdeschwanz, als sie aus der Kutsche springt. Irgendwie kommt sie damit und mit der sportlichen Kleidung optisch einer Auftragskillerin immer näher, findet Cinder.

Obwohl Cinder beinahe so etwas wie einen Überfall erwartet, gelangen sie ohne irgendwelche Zwischenfälle über die Brücke. Snow hat jedem von ihnen eine Umhängetasche mit Dynamit und allerlei Schnickschnack über die Schulter geworfen. In der Mittagshitze ist das leider alles andere als bequem, aber Cinder möchte nicht meckern, wickelt sich nur die Tarnjacke um die Hüfte. Sobald sie den Kopf nach links dreht, bemerkt sie Pans Blick auf sich. Seine Wangen laufen himbeerrosa an, er fühlt sich wohl von ihr ertappt.

Leider hat Snow nichts für Romantik übrig.

»Die Tür ist offen. Schluss mit den feurigen Blicken, Pan. Hier ist es heiß genug. Gönn Cinder mal eine Pause.«

Vor Schreck verschluckt sich Cinder und beginnt, wie verrückt zu husten.

»Kannst du noch atmen? Oder noch wichtiger: diesen Kuchen schlucken?«, will Snow wissen.

Jedenfalls kann Cinder sie noch mit einem bösen Augenaufschlag durchbohren. Dazu wäre sie allerdings auch noch auf ihrem Sterbebett fähig, da ist sich Cinder sicher.

Gerade noch so, bevor sie zu einer handtellergroßen Snow schrumpft, fasst sie sich an die Brust und gibt vor, Cinders wütende Miene würde sie bis ins Mark treffen.

»Wenn du jetzt stolperst und aus Versehen auf sie trittst, können wir es wie einen Unfall aussehen lassen«, raunt Pan Cinder zu. »Ich würde aussagen, dass es keine Absicht von dir war.«

Statt zu antworten, grinst Cinder nur kurz und wirft sich dann den Schrumpfkuchen ein. Sogar ihre Umhängetasche schrumpft mit. Magie. Märchenhaft.

Komischerweise ist es hinter der Mauer auf der Wonderlandseite viel dunkler als im Märchenwald. Geradezu düster. Der graue Himmel drückt auf die Stimmung der Reisegruppe.

Auf dem Weg zu Robin Hoods Haus verhält sich Snow schweigsam. Viel zu schweigsam. Schaut nur auf ihr Handy, um die Adresse (Baumhaus hinter der Mohnblumenwiese) zu finden. Selbst als sie wieder auf ihre normale Größe heranwachsen und Pan so tut, als würde er die immer noch winzige Snow mit seinem Zeigefinger umschnipsen, sagt sie nichts. Wächst einfach nur zwei Sekunden später selbst und läuft weiter.

»Da drüben.« Pan deutet auf rote Flecken in der Ferne. »Das muss es sein.«

Das muss es sogar ganz sicher sein, denn als die drei näherkommen, sehen sie eindeutige Warnschilder alle paar Meter in den Boden gerammt. Auf dem Weg zwischen zwei Mohnblumenwiesen zu einem Holzhaus direkt unter einem windschiefen Baum passieren sie einen regelrechten Schilderwald. Überall durchgestrichene Prinzessinnen. Auf einem entdeckt Cinder sogar eine Zeichnung von Red (die komischerweise einen Schnurrbart trägt). Doppelt durchgestrichen.

»Kein Durchgang für Prinzessinnen«, liest Snow vor. »Prinzessinnenverbot ... Königstöchter müssen draußen bleiben ... Prinzen haften für ihre Ehefrauen ... No Royal Area ... keine Fisimatenten und Regenten ...«

Cinder betrachtet ein Schild mit noch mehr unschönen Schimpfwörtern für Märchenprinzessinnen, als sie je von Bane gehört hat. »Uh, scheint so, als sei Robin Hood immer noch nicht gut auf Red, Rapunzel und Rose zu sprechen.« Kein Wunder nach

dem Vorfall bei der letzten Hausparty von Tischlein-deck-Dich und der Goldenen Gans.

Selbstverständlich lässt Snow sich davon nicht beeindrucken. Vielleicht denkt sie auch, es seien andere Prinzessinnen gemeint.

Kurz bevor Cinder eine Hand heben kann, hört es sich so an, als würde jemand von innen die Tür verriegeln, vielleicht sogar vernageln.

»Hallo, jemand zu Hause?«

»Nein! Unbekannt verzogen!«, ruft eine männliche Stimme zurück.

Pan schüttelt den Kopf. »Was habt ihr nur mit ihm gemacht?« Vor Belustigung hickst seine Stimme.

Wir gar nichts, will Cinder schon entgegnen, aber Snow ist schon richtig in Fahrt und diese Show will Cinder nicht verpassen.

»Robin, ein Mann knurrt einmal, wenn man ihn beleidigt und dann steht er auf und schlägt zurück. Oder er verzeiht dem Feind. Aber ganz sicher verkriecht er sich nicht hinter einem albernen Schilderwald! Du benimmst dich kindischer als Spieglein!«

»Das habe ich gehört«, brummt Spieglein aus den Tiefen von Snows Tasche.

»Wie würdest du denn reagieren, wenn dich jemand so blamiert? Ihr habt anscheinend keine Ahnung davon, wie sich das anfühlt. Und jetzt haut ab, verblödetes Prinzessinnen-Pack!«

Einmal atmet Cinder tief ein, doch bevor sie etwas sagen kann, ist Pan schon zur Stelle. »Wenn ich mal einen Vorschlag machen dürfte.« Er hebt einen Finger, was Robin Hood vermutlich gar nicht sehen kann, außer er hat irgendwo einen Türspion angebracht. »Wir sind hier sofort wieder weg, wenn du uns freundlicherweise zwei, drei Fragen beantwortest. Andernfalls hast du ein

Problem. Ich möchte dich ja nicht beunruhigen, aber neben mir steht Snow, ihres Zeichens Cupcakes backende Killerprinzessin mit ihrem Hexenzauberstab und Prinzessin Cinder, die neuerdings Krav Maga beherrscht. Sehr effizientes Krav Maga.«

Cinder wirft ihm einen Blick zu. In der Hütte wird es seltsamerweise still. Unheilvoll still.

»Dann her mit den Fragen«, gibt Hood letztendlich auf.

Froh, auch mal zu Wort zu kommen, legt Cinder direkt los. »Wir sind auf der Suche nach dem verlorenen Kind.«

»Ja, davon habe ich auf einem Blog gelesen. Nichts Neues für mich.«

Cinder blinzelt irritiert, hebt dann beide Schultern, um Snow zu verdeutlichen, dass das ganz sicher nicht ihr Blog war.

Aber Snow wirft sich nur genervt die Haare über die Schulter. »Hast du denn Eltern sowohl aus Neverland als auch aus dem Märchenwald?«

»Ihr wollt also andeuten, dass ihr denkt, ich sei das verlorene Kind? Nein, ganz sicher nicht. Meine Eltern stammen aus dem Märchenwald. Ganz und gar. Keine Ahnung, woher das Gerücht kommt, ich sei halb Neverländer. Wahrscheinlich verwechseln mich die Leute mit diesem Vogel, Peter Pan!«

Daraufhin beginnt Pan auffällig zu husten.

»Große Güte, ihr krepiert mir doch hoffentlich nicht vor meiner Hütte. Morgen ist mein Nicht-Geburtstag und da –«

»Jaja«, fällt ihm Snow ins Wort. »Verschone uns mit diesem Wonderland-Wahnsinn. Fällt dir zufällig noch was zum Thema achter Zwerg ein?«

»Fällt dir zufällig ein, wie du diese Frage noch freundlicher formulieren könntest? Dieser verrohte Tonfall! Da sollte man doch

meinen, Prinzessinnen hätten Gouvernanten und Erzieher, die mit ihnen gehobene Konversation üben, oder habt ihr die alle entlassen?«

Wieder beginnt Pan nach Hoods Worten auffällig zu husten.

»Ich kann nur sagen, dass ich Gerüchte gehört habe und euch den Rat mitgeben möchte, dass nicht immer alles so ist, wie es auf den ersten Blick scheint. Und damit auf Wiedersehen.«

Snow fletscht die Zähne. »Wow, hast du den Spruch aus einem Glückskeks?«

»Nein, aber alle Glückskekse haben ihre Sprüche von mir.« Hoods Stimme klingt selbstgefällig. »Ich glaube, ich sagte bereits: auf Wiedersehen, wirklich, es ist halb zwei, da muss ich standardmäßig ein paar Strafanzeigen onlinestellen, und wenn ihr nicht auf meiner Liste stehen wollt … Ihr versteht schon. Damit will ich sagen: Runter von meinem Rasen!«

Cinder zuckt mit den Schultern. Den Umgang mit verbitterten Märchenfiguren ist sie mittlerweile gewöhnt.

»Immer kommen sie einem mit nervigen Reimen oder blödsinnigen Andeutungen.«

»Willkommen in meiner Welt!«, schreit Robin Hood durch die immer noch geschlossene Tür.

»Choleriker«, seufzt Pan. »Gibt es nicht Pillen dagegen, die das wenigstens vorübergehend eindämmen?« Er sieht Cinder an und sie grinst. Wie selbstverständlich greift er nach ihrer Hand und sie lässt es zu. »Zeit zu gehen, Prinzessinnen.«

Seite an Seite laufen sie den Weg zurück, auf dem sie hergekommen sind. Gemeinsam mit Snow, die ihre Stirn in angestrengte Falten legt. Danach in Richtung Wald, der zum Schloss führt, wo sich der Hutmacher meist herumtreibt.

Irgendwann hält es Snow nicht mehr aus.

»Muss ich mir das jetzt die ganze Zeit über anschauen?« Sie schielt auf Pans und Cinders ineinander verschränkte Hände. »Löst bei mir irgendwie Brechreiz aus.«

»Deine Frisur bei mir auch«, erwidert Cinder.

~Red~

*N*achdem Rapunzel einen Ohnmachtsanfall vorgetäuscht hat, um mir nicht auf meine Frage antworten zu müssen, hat zumindest das Wollknäuel ganze Arbeit geleistet. Uns zuverlässig zum Ziel geleitet, besser als jede Navi-App, die in Wonderland sowieso nicht richtig funktioniert. Später, nach Evers Rettung, werde ich mir Rappienz dann in aller Ruhe vorknöpfen.

Schon von Weitem wird uns klar, dass irgendetwas im Hof von Jasemins Palast vor sich gehen muss. Eine Art Fest vielleicht. Zumindest lässt das die Versammlung vermute n, die sich dort unseren Augen präsentiert. Menschen mit cappuccinofarbener Haut tummeln sich in bunten Gewändern auf dem Platz, strömen aus allen Gassen wie Regenbogenfische aus ihren Unterwasserhöhlen.

Obwohl die Farben leuchten und kleine Kinder zwischen den Erwachsenen umherspringen, wird mir auf einmal entsetzlich übel. Der Anblick der Menge weckt meine schlimmsten Befürchtungen. Denn im Prinzip kann es nur drei Gründe für diese Menschenversammlung geben. Ein Fest, eine Krönung oder eine Exekution. Wobei ich mir beinahe sicher bin, dass es heute nichts zu feiern gibt.

Ich schlucke. Meine Turnschuhe füllen sich mit immer mehr Sandkörnern. Meine Jeans musste ich schon lange hochkrempeln, genau wie die Ärmel meines T-Shirts.

Neben mir hat Rapunzel Mühe, ihren ewig langen Zopf so zu halten, dass er nicht ihren verschwitzten Nacken berührt. Auf meiner anderen Seite schleppt sich Jaz durch die Wüste. Er trägt unsere einzige Wasserflasche, die wir uns teilen. Seine nackte Brust glänzt in der Wüstensonne. Nur noch eine Stunde etwa, bis die Sonne am höchsten steht, schätze ich. Bis Jasemin Ever töten wird. Zumindest hat sie es so angekündigt.

Wir brauchen keine Worte, um uns zu verständigen. Sowohl Rapunzel als auch Jaz ist klar, dass wir uns unauffällig zwischen den Menschen bewegen müssen. Mit ihnen soweit verschmelzen, dass wir keinerlei Aufmerksamkeit auf uns ziehen, solange wir uns bis nach ganz vorn durchkämpfen, um nachzusehen, was dort vor sich geht. Ob sich meine schlimmsten Befürchtungen bewahrheiten werden?

Seit Rapunzel ihre Begeisterung für Detektivarbeit entdeckt hat, ist sie erstaunlich vernünftig geworden. Jedenfalls, wenn es um einen echten Fall wie diesen geht. Um die Suche nach Ever. Deshalb habe ich keine Bedenken dabei, wenn sie uns auf unserer Rettungsmission begleitet. Sie ist clever genug, um nichts Unbedachtes zu tun, was Evers Leben gefährden könnte.

Als ich die nächste Menschenreihe durchbreche, sind endlich nicht mehr so viele Köpfe im Weg und ich kann einen Blick auf das Spektakel erhaschen. Auf den Grund, weswegen sich all diese Schaulustigen auf dem großen Platz im Hof vor dem Palast versammelt haben. Für den Anblick, der sich mir bietet,

sucht mein Gehirn wie von selbst nach passenden Worten: verstörend, beängstigend, atemberaubend gruselig. Die Szenerie hat etwas von einem Kinofilm. Einem Film, der auf einem Drama basiert, so viel steht fest. Auf einem aus löchrigen Holzlatten errichteten Podium steht Prinzessin Jasemin, einen Schritt hinter ihr wartet Aladin, der mit den Füßen wippt, als wolle er gerade genauso wenig hier sein wie ich. Hinter dem berühmtesten Ehepaar des Morgenlands ragt ein Galgen in den Mittagshimmel. Auf dem Querbalken hat sich ein Papagei niedergelassen, der damit beschäftigt ist, sein Federkleid zur putzen. Rechts direkt neben Jasemin kniet ein ausgemergelter Ever mit auf den Rücken gefesselten Händen. Er trägt nichts als eine cremefarbene Leinenshorts. Eingefallene Wangen und tiefliegende Augen komplementieren das Bild eines Schauspielers, der gleich zum Galgen geführt werden soll. Nur leider ist hier alles echt. Keine Schminke in seinem Gesicht, keine Galgenattrappe. Seine Schultern zittern, ganz so, als durchlebe er gerade eine Halluzination. So ausgetrocknet und an der Klippe zum Wahnsinn scheint er sich zu befinden. Dabei kann er nicht viel länger als vierzig Stunden in der Gewalt der Prinzessin gewesen sein. Was die Wüstenhitze in so kurzer Zeit bei einem Einwohner des Märchenwalds anrichten kann …

Bisher haben mich seine Augen noch nicht gefunden. Ever weiß nicht, dass ich hier bin. Bemerkt noch nicht den Hoffnungsschimmer, der heranrollt, und einen Moment befürchte ich, er könne gleich umkippen, wenn er keine Rettung für sich sieht. Am liebsten möchte ich winken, aber ich will die Aufmerksamkeit der Prinzessin nicht auf diese Weise wecken. Stattdessen ducke ich

mich hinter einen Beduinen, der ein Kapuzineräffchen auf der Schulter trägt.

Nach ungefähr zwei Minuten, in denen ich beinahe lautlos mit Jaz kommuniziert habe, was jetzt zu tun ist, erhebt Jasemin die Stimme. So volltönend, dass sämtliche Gespräche des Publikums verstummen. Sie braucht nicht mal ein Mikrophon. Die Akustik und ihr eigenes Selbstvertrauen sind ihr genug.

»Geliebte Untertanen, es ist mir eine Freude, dass ihr so zahlreich erschienen seid am Tag meiner Krönung.«

Ihre Krönung. Das heißt dann wohl, heute lässt sie sich offiziell zur Königin ausrufen? Okay, das ergibt Sinn. Schließlich ist der König bereits eine Zeit lang tot.

»Ihr alle habt erfahren, dass die Prinzessinnen des Märchenwalds schuld am Tod des Sultans, meines Vaters und eures geliebten Königs sind.«

Nach diesem so emotional von ihr vorgetragenen Statement klopft mein Herz schneller in meiner Brust, als gut für mich ist. Wenn ich jetzt noch durch die Dehydrierung umkippe, war's das. Schnell werfe ich einen zweiten Blick auf Ever. Seine Augen wirken glasig auf mich. Selbst aus dieser Entfernung von vielleicht hundert Fußlängen.

Schräg hinter mir stöhnt Rapunzel und murmelt irgendetwas von *Dramaqueen*.

»Heute Abend werden sie dafür bezahlen!« Jasemin reckt eine Faust in die Luft, woraufhin ihr Volk in Jubel ausbricht. Eine Sekunde lang bin ich verwirrt, bis ich begreife, was sie damit meint. Wir sollen bezahlen. Meine Freundinnen und ich. Trotz der Hitze habe ich plötzlich das Gefühl, Schüttelfrost zu bekommen.

Jaz ergreift meine Hand, was zwar lieb gemeint ist, mich aber noch emotionaler werden lässt. Um nicht in Tränen auszubrechen, beiße ich mir auf die Lippen.

»Alles wird gut«, wispert er mir zu. Komischerweise habe ich den Eindruck, in seinen Augen mehr Sorge um mich als um Ever lesen zu können.

Inzwischen hat sich Jasemin die Hand auf die Brust gelegt. Mich wundert beinahe, dass sie unter ihrem Tüll und all den Goldbehängen nicht zu schwitzen scheint.

Ihr goldenes Kleid und die massiven Ketten müssen zudem tonnenschwer wiegen. Im Gegensatz zu ihr könnte ich damit nicht zwei Schritte gehen. Die goldenen Reifen, die alle paar Handlängen um Jasemins Haarzopf gewickelt sind, könnte man allerdings gut als Schlagringe verwenden. Mich juckt es bei dem Gedanken, dort hinaufzustürmen und sie mit ihrem eigenen Zopf zu vermöbeln.

»Du hast den Feenzauberstab«, höre ich erneut Jaz' Stimme an meinem Ohr. »Wir brauchen nur noch die perfekte Position, von der aus wir zuschlagen können.« Doch seine Worte bringt selbst er nur stockend hervor. Zu viele Menschen, zu viele Wachen um uns herum. Wenn wir nicht aufpassen, überwältigen sie uns, das ist sicher. Wenn wir doch nur irgendwie weiter nach oben gelangen könnten. Ich betrachte die funkelnden, ebenfalls goldenen Dächer des Palasts. Schwierig. Aber vielleicht könnten wir … Ich stupse Jaz und Rapunzel an, bedeute ihnen, mir zu folgen.

~Cinder~

»Rose hat angerufen. Sie trifft Asher und die Hexen später bei Gretel«, informiert Cinder Snow und Pan.

»Wahnsinn«, brummt Snow. »Die News des Tages.«

»Sie befürchtet, dass die Hexen irgendwelche krummen Dinger drehen könnten.« Warum Snow diese Nachricht so verstimmt aufnimmt? Vielleicht weil ihr die Neuigkeit, dass sie selbst zur Hälfte Hexe sein könnte, immer noch schwer im Magen liegt?

Pan kratzt sich am Kinn. »Finde ich gar nicht schlecht, wenn die Hexen beaufsichtigt werden. Nicht, dass die Unsinn anstellen oder es mit ihrem Flohtox übertreiben.«

Inzwischen kennt Pan die Märchenland-Hexen wirklich gut, findet Cinder. Da kann sie nur zustimmen.

»Am Ende verjüngen die sich bei Gretel bis zur Schmerzgrenze und adoptieren zehn Meerschweinchen, die wir dann im Schloss beaufsichtigen müssen.« Ja, besser, Rose behält sie im Auge. Wenn sie es schafft, wach zu bleiben, versteht sich. Ihre Schlaferitis scheint dieser Tage noch erbarmungsloser zuzuschlagen als sonst. Beinahe achtzehn Stunden pro Tag schläft sie.

Der Wind kurz vor den ersten Baumreihen pfeift über den Weg. Die Mohnblumen rechts und links des Trampelpfads biegen sich, bis die Blüten fast waagrecht stehen.

Doch dann, im Wald, umfängt sie eine beinahe magische Ruhe. Eine Schlange wickelt sich um einen Baumstamm nahe des Weges, aber sonst ist weder eine Bewegung noch ein Geräusch auszumachen. Dennoch fühlt sich Cinder beobachtet. Aber dieses Mal lässt

sich die Grinsekatze nicht blicken. Keine Spinne und auch keine Nagetiere, die unter der Fuchtel der Herzkönigin stehen.

Den Anstieg zum Berg meistern die Prinzessinnen an diesem Tag schneller als beim vorherigen Mal. Cinder sieht ihn nicht einmal mehr als Hindernis an. Nur ihre Schultertaschen, die damit drohen, sie beim Anstieg für jeden Schritt, den sie tun, zwei Schritte zurückzuziehen, müssen sie dann und wann zurechtrücken. Mit gestrafftem Rücken wirft Snow einen Blick zurück auf den Wald, meint dort zwischen den Bäumen gerade noch zwei Katzenohren zu erkennen, die durchsichtig werden und dann gänzlich verschwinden. Ein paar Schritte hinter ihr stolpert Cinder auf den letzten Metern, die sie vom höchsten Punkt des Hügels trennen. Blitzschnell packt Snow ihren Arm, hält sie fest.

Cinder blinzelt. Das ist vermutlich das Netteste, was Snow je für sie getan hat. Auch Pan findet auf Anhieb nicht direkt seine Sprache wieder.

Der Wind weht einige Strähnen von Cinders Haar in ihr Gesicht. Sofort kitzelt es sie an der Nase. Aber sie unterbricht den Blickkontakt zu Snow nicht. Bis der Moment verstreicht und sie einfach mit der Hilfe ihrer Freundin auf die Hügelkuppe klettert.

»Danke.«

Snow dreht den Kopf zur Seite. »Weiter jetzt. Genug getrödelt.«

Hinter ihr verdreht Cinder die Augen. Pan, der versucht, ein Lachen zu unterdrücken, nimmt ihre Hand.

»Komm, da vorne ist schon das Schloss.«

Er hat recht und Cinder will keinen Streit.

»Sieh an«, ertönt eine Stimme nicht weit entfernt.

Alle wenden den Kopf in Richtung des Seitenweges, von dem die Stimme kommt.

»Gretel.« Cinder hält in ihrer Bewegung inne. »Hallo.«

»Was bitte machst du denn hier, wenn ich fragen darf?« Snow kneift die Augen zusammen. Wieder ganz die Alte.

»Auch sehr schön, dich zu sehen, Schneewittchen.«

»Glaube ich dir nicht. Außer, ich kann dir irgendwie von Nutzen sein. Ist es nicht so? Du tust doch nichts, ohne ein Geschäft zu wittern.«

»Oder zu twittern«, raunt Cinder Pan zu, der darauf eine Hand zum Gruß hebt und sich ein Grinsen nicht verkneifen kann.

Cinder lächelt ihn an, kann nicht umhin, den rötlich glitzernden Schimmer zu bewundern, den die Sonne auf seinen Haarschopf malt.

»Oh, ihr habt Peter Pan bei euch?« Gretel macht tatsächlich große Augen. Ihr Business-Hosenanzug strafft sich, sobald sie den Rücken durchdrückt. »Na, da hätte ich aber nicht drauf gewettet.«

Cinder fährt sich mit einer Hand über die Nasenspitze. »Ich schließe mich Snows Frage an. Was machst du hier?«

»Börsengeschäfte.« Gretel deutet mit dem Daumen über ihre Schulter.

Fragende Gesichter.

»Na, die Aktienbörse«, beginnt Gretel zu erklären, »liegt gleich dort hinten. Sagt nicht, ihr wusstet nicht, dass die in Wonderland ist? Ich meine, wo sonst sollten sich durchgeknallte Aktienhändler aufhalten und den Hexensabbat feiern?«

Pan hustet. »Im Ernst jetzt?«

»Ich weiß, was du denkst, und deine Annahme ist genau richtig. Nur Verrückte dort. Bewerfen sich gegenseitig mit Tackern und Smartphones, wenn ihre Aktien sinken. Aber man kann an der Börse auch gute Geschäfte machen, wenn man auf die richtigen Papiere setzt.«

Ganz die moderne Geschäftsfrau, nickt Gretel, bevor sie mit finsterem Blick hinzufügt: »Nur Investmentbanker sind wahre Kreaturen aus der Hölle. Die hat der Teufel geschickt. Schlimmer als Hexen.«

Cinder lächelt. Gretel muss es ja wissen. »Sag mal, hast du zufällig den Verrückten Hutmacher unterwegs getroffen? Wir sind auf der Suche nach ihm.«

»Der Hutmacher? Hat der heute nicht wieder Nicht-Geburtstag und eine Nachmittags-Teeparty anberaumt? Müsste in seinem Irrgarten sitzen.«

Aha. Also alles wie immer. Cinder tauscht einen Blick mit Pan.

»Oho, ihr beide also«, schmunzelt Gretel, fährt sich dann mit einer Hand durch die kurzen, blonden Haare.

»Na, wie standen denn die Aktien, dass das passieren würde? Aber durchaus interessant. Nur: Was sagt ein gewisser Prinz Charming zu eurer Verbindung?«

Augenblicklich huscht ein dunkler Schatten über Cinders Gesicht. »Ich weiß nicht, was du meinst, liebe Gretel. Hast du nicht noch ein paar Meerschweinchen zu striegeln oder sind das alles nichtfilzende Spezialzüchtungen?«

Nur Pan lächelt plötzlich vor sich hin, als hätte er soeben den großen Wurf an der Börse gemacht. Zu Cinders Erleichterung hält er jedoch den Mund.

»Genau. Danke übrigens, dass ihr Nummer vierundneunzig zurückgebracht habt, oder wie ihr ihn getauft habt: Karl-Friedrich. War eine willkommene Überraschung gestern Abend. Ach, wo wir gerade dabei sind: Habt ihr und eure Verbündeten schon Erfolge vorzuweisen? Was das verlorene Kind angeht und den achten Zwerg?«

Snow strafft die Schultern. »Durchaus, und wenn wir alles im Sack haben, erfährst du es als Erste.«

»Das verlorene Kind im Sack also, ja?« Gretel schmunzelt. »Wenn ihr euch da mal nicht verrechnet habt.« Ihr Blick streift Pan, fixiert dann wieder Cinder. »Freut euch mal nicht zu früh auf den Besuch beim Hutmacher. Heute ist Job-Rotations-Tag.«

Snow hustet, als hätte sie einen Frosch im Hals, der ihr die Stimmbänder verknotet. »Wie bitte?«

Aber Gretel winkt nur, zupft dann zum Abschied am Kragen ihres Blazers.

»Man sieht sich. Meine Geschäfte warten nicht auf mich. Obwohl es die liebe Rexia und ihre Hexenfreunde in diesem Moment tatsächlich tun.« Und damit lässt sie Pan, Snow und Cinder stehen.

»Fantastisch«, denkt Cinder. »Also wieder zum Irrgarten.« Sie hatten noch nicht mal Zeit, mit ihr über den Plan zu reden, den sich Rose ausgedacht hat. Aber die wird sicher schon bei Gretels Haus auf sie warten und ihr den Vorschlag unterbreiten.

Dieses Mal spielen zwei Braunbären mit einem Pinguin Minigolf auf dem Rasen vor dem Schloss. Mit ihren Tatzen umklammern die Bären Zuckerstangen, die sie als Schläger einsetzen, um die Christbaumkugeln zu treffen. Überall liegen Stiefel im Gras, die sie offensichtlich als Löcher benutzen.

Cinder hebt eine Augenbraue, befindet aber dann, dass sie schon weitaus seltsamere Dinge gesehen hat.

Neben ihr lässt Pan die Schultern kreisen. »Ah, ich fühle mich beinahe wie zu Hause.«

»Willkommen in Wonderland«, brummt Snow.

Im Vorbeigehen meint Cinder, ein leises Flüstern aus den Kellerräumen wahrzunehmen, das von einer Maus stammen könnte, tut es aber mit einem Schulterzucken ab. Heute wird ausnahmsweise einmal kein Besuch bei der Königin nötig sein.

Snows Umhängetasche vibriert. Sie zieht ihre Puderdose heraus. »Spieglein, was gibt es?«

»Snow, schön dich zu sehen!« Der Spiegel klingt etwas außer Atem.

Pan gluckst beim Anblick des Spiegelgesichts in der Puderdose. »Na, ist die Luft so knapp? Ist das sprichwörtliche Surfen im Internet eigentlich anstrengend?«

Spieglein starrt ihn an. »Was für eine erstaunlich dumme Frage vom zweitschönsten Mann Neverlands.«

Zuerst scheint Pan sich nicht recht entscheiden zu können, ob er eher beleidigt oder geschmeichelt sein soll, zuckt dann aber lediglich mit den Schultern.

»Was denn? Du bist doch hier die moderne Suchmaschine und Spion in einem.«

»Whistleblower«, korrigiert Spieglein.

Noch bevor er ausgesprochen hat, stöhnt Snow, streicht sich eine Strähne hinters Ohr. »Bitte, komm zur Sache.«

Der Spiegel mustert Pan von oben bis unten. »Äh, nein. Lieber nicht. Da musst du mir schon jemand anderen vorsetzen.«

»Die Information, Whistleblower. Her mit der Information!«

»Kein Grund, laut zu werden, Erbsenzählerin.«

Dafür fängt er sich böse Blicke sowohl von Cinder als auch von Pan ein. »Also gut, Folgendes: Red und ihr Gefolge stehen kurz davor, in Jasemins Krönungszeremonie zu platzen, die mit der

Exekution von Ever beginnen soll. Sie hat ihn tatsächlich in ihrer Gewalt. Der Galgen steht schon.«

»Was?«, japst Cinder.

Allerdings übergeht Spieglein diesen Einwand, erklärt lediglich vollkommen sachlich die Lage, in der sich Red, Jaz, Rapunzel und Ever befinden. »Darüber hinaus ... gibt es ein kleines Problem mit den Hexen. Ja, schlimme Sache.« Er verzieht die Lippen, als sei mindestens eine handtellergroße Riesenspinne über seinen Bildschirm gekrabbelt.

»Ever soll gehängt werden? Warum? Nur, weil Jasemin den halben Märchenwald geschenkt haben will?«, hakt Pan nach. »Das ist doch Wahnsinn.«

»Auf den ersten Blick sieht das ganz so aus«, bestätigt Spieglein.

Für eine kurze Weile schweigen alle.

»Nun ja«, ergreift letzten Endes Snow das Wort. »Es gibt nichts, was wir von hier aus tun könnten. Spieglein, kannst du Red unterstützen? Vielleicht kann sie deine Hilfe gebrauchen?«

»Vielleicht? Ganz sicher sogar!« Spieglein würde sich jetzt mit stolzgeschwellter Brust aufrichten, wenn er den dazu nötigen Körper hätte, da hegt Cinder keine Zweifel.

»Und was immer die Hexen im Schilde führen: Unterbinde es. Egal, wie.«

Eine Christbaumkugel kullert zwischen Snow und Cinder über den Rasen. Ein Pinguin stürzt gackernd hinterher. Mit seiner Zuckerstange boxt er Pan in den Bauch, der dadurch in die Knie geht. »Uff.« Aus seiner gebückten Haltung starrt er nach hinten zu den Gitterstäben am Kellerfenster.

»Ich glaube, wir werden beobachtet.«

»Ja, wie auch immer. Snow, du hast Banes Zauberstab. Benutze ihn weise. Ich bin dann mal weg. Nächster Halt: Morgenland und gestörte Prinzessin.«

Das ist allen nur recht.

»Zauberstab raus«, ermutigt Cinder ihre Freundin, nickt dann in Richtung der Hecken, die wie ein Labyrinth angeordnet sind.

Nach ein paar weiteren geflüsterten Worten mit Snow haut Spieglein tatsächlich ab.

»Gut.« Snow starrt auf den Hexenzauberstab. »Den Zauberstab benutze ich allerdings nur im Notfall. Er büßt sonst zu schnell an Energie ein.«

Vermutlich ist Cinder die Einzige, die sich mit dieser Antwort nicht ganz zufriedengibt. Stattdessen schielt sie immer wieder zwischen Snow und Pan hin und her. Ob da noch mehr dahintersteckt? »Gibt es etwas, über das du reden willst, Snow?«

»Nein, und wenn, wäre jetzt nicht der richtige Zeitpunkt, Bloggerprinzessin.«

Cinder atmet tief ein. Allerdings bleibt ihr nicht viel Zeit zum Nachdenken, ob sie darauf überhaupt etwas entgegnen soll, da sie bereits mit vereinten Kräften ins Labyrinth geschoben wird. Äußerst widerstrebend versteht sich. Jedoch ist sich Cinder sicher, dass Snow und Pan dafür später bezahlen werden. Warum müssen die beiden sie immer noch bevormunden? Cinder ist schon seit Wochen kein hohles Püppchen mehr. Das muss selbst Snow bemerkt haben. Niemand kann ihr seinen Willen aufzwingen. Kann nicht, darf nicht, wird nicht.

Eine Weile wandern sie zu dritt durch das Labyrinth.

»Kannst du nicht den Zauberstab heben und Lumos sagen?«, kann sich Cinder nicht verkneifen zu fragen.

Wortlos, aber mit zusammengekniffenen Augen, zieht Snow ihren Spiegel hervor. »Spieglein, kannst du uns bitte lotsen? Wir finden den Weg nicht mehr.«

Spieglein erscheint leicht angesäuert über diese triviale Aufgabe. Dennoch ist er zurück. »Eigentlich habe ich ja Wichtigeres zu tun. Aber bitte.«

In den folgenden Minuten gibt er allerdings nicht viel mehr von sich als: »An der nächsten Kreuzung rechts abbiegen, piep.«

Snow verdreht die Augen, gibt aber keinen Kommentar zu Spiegleins aufmüpfiger Navi-Perfomance ab.

»Oh.« Cinder hat einen Blick auf ihr Smartphone geworfen. »Eine Nachricht von Fear. Woher hat sie bloß meine Nummer?«

Spieglein hustet.

Aha. Wahrscheinlich dachte er, es sei nützlich, sie alle zu vernetzen. Nützlich für ihn.

»Sieht so aus, als hätten sie ein paar hundert Meerschweinchen freigelassen.«

Bei dem Wort *Meerschweinchen* zuckt Snow zusammen.

Cinder dreht den Kopf hin und her.

»So, wie es auf den Bildern aussieht, verwüsten die Tierchen gerade Gretels Grill & Backstube. Oh, hier kommt ein Video.«

»Ich sagte ja, die Hexen haben sich in Schwierigkeiten gebracht. Gretel hätte sie mal lieber nicht allein mit ihrem Streichelzoo gelassen«, kommt es aus dem Taschenspiegel.

Auf Fears Video kann man ein paar kreischende Hexen erkennen – ob vor Freude oder vor Entsetzen kreischend, ist nicht so ganz klar – und jede Menge wuscheliger Tierchen, die sich wie eine Flutwelle über Gretels Laden ergießen.

Und ein glücklicher kleiner Asher in der Mitte. Asher …

Snow niest. »Da bekommt man ja schon vom Zusehen einen Allergieschub.«

Wie muss es da erst der armen Rexia ergehen? Ob Rose bei ihrem Plan daran denkt, der Hexe eine von Gretels berühmten Allergiespritzen zu verabreichen?

Mit einem Schmunzeln auf den Lippen steckt Cinder ihr Smartphone zurück in die Tasche. Der Gurt schneidet in ihre Nackenmuskulatur. Vielleicht sollte sie an der nächsten Weggabelung einen Teil von Snows Dynamit in die Büsche werfen, um sich etwas Erleichterung zu verschaffen.

Doch dann lichtet sich vor ihnen bereits das Labyrinth und sie finden sich auf dem Platz genau in der Mitte wieder. Dem Treffpunkt von Alice, ihrem Hasen und dem Hutmacher. Wie erwartet, sitzen alle drei an ihrer Teetafel, beschreiben in großen Gesten eine Geschichte, die sie sich gegenseitig erzählen, wie es scheint. Dabei lassen sie eine Wasserpfeife kreisen, auf der ein Schmetterling sitzt. Gerade legt Alice den Kopf in den Nacken, um eine beachtliche Menge Rauch auszupusten. Das blaue Kleid, das sie trägt, ist an der Schulter angesengt, qualmt sogar noch. »Ihr schon wieder.«

»Zwei Mäuse, sie sind hier, um Fragen zu stellen«, ruft der Hutmacher.

Der Hase leert den Rest Tee aus seiner Tasse in die Zuckerdose. »Oder sie wollen dich dieses Mal ganz umlegen.«

»Ähm, also eigentlich wollen wir nur reden. Okay, gut, ein oder zwei Fragen an euch richten«, stellt Cinder klar.

Daraufhin beginnt der Hase, den Hutmacher mit zwei echten Mäusen zu bewerfen, die gerade aus der Zuckerdose krabbeln.

Hinter der Teegesellschaft kehren mehrere Bedienstete zerbrochenes Geschirr zusammen. Ein weiterer Diener rollt einem Servierwagen heran, beladen mit Windbeuteln und mehr Geschirr.

Cinder seufzt. Das hier wird kein Spaziergang.

»Wir sollten ihnen nicht trauen.« Alice reicht die Wasserpfeife an den Hutmacher weiter, der es gerade geschafft hat, beide Mäuse aus seinem Hut zu pulen.

»Bei ihrem letzten Besuch haben sie dich k. o. geschlagen, erinnerst du dich?« Die Mäuse landen im Turban eines Bediensteten. Diese Uniform erinnert Cinder an den rosa Bademantel ihrer Stiefmutter. Auch der Turban ähnelt dem Handtuch, das sich ihre Stiefmutter nach dem Duschen um die Haare zu wickeln pflegte.

Verrückt.

»Ein Missverständnis«, versucht Snow, Alice' Argument mit einer Handbewegung abzutun. »Wirklich keine Absicht.«

Wenn das hier ihre diplomatische Seite sein soll, hat Snow in der Tat noch Luft nach oben.

Cinder überlegt. »Wie können wir euch beweisen, dass wir in Frieden kommen?«

Alle drei Teetafelbesetzer schielen zur Wasserpfeife.

»Ach so. Friedenspfeife?«

Der Hase nickt. Eine Maus, über und über mit klebrigem Zucker bedeckt, taucht aus einer Porzellantasse hervor und hebt einen Daumen.

Im Gegensatz zu Alice ist der Hutmacher weiterhin bester Laune. »Bei dir scheint doch noch nicht alles verloren zu sein, Prinzesschen.«

Nur Alice starrt Cinder mit bohrenden Blicken an, so als durchlebe sie wieder und immer wieder ihre letzte Begegnung, bei der

Cinder den Hutmacher mit ihrem Selfiestick niedergestreckt hat. Auf irgendeine Weise vermisst Cinder die alte durchgeknallte, aber wenigstens fröhliche Alice. Die war zwar nervig, aber hatte ihr immerhin nicht diese spitzen Schuldgefühle quasi in jede einzelne Gehirnwindung gepflanzt. »Es tut mir leid, okay? Ich hätte dem Hutmacher nicht eins überbraten sollen«, entschuldigt sie sich schließlich. »Das war falsch.«

Alice nickt, offenbar eine Spur milder gestimmt.

Cinders Blick wandert nach links in Richtung Schachbrett. Heute stehen nur fünf lebensgroße Figuren darauf. Eine davon scheint eine Schlange zu sein. »Pflegt ihr immer noch euer Hobby?«

Der Hutmacher nickt ernst. »Ja, alles Verbrecher, die ihre Strafe absitzen. Beziehungsweise abspielen. Als nächsten Kandidaten für die Schnapp-sie-und-schach-sie-Liste haben wir –«

»Okay, Schluss mit dem Unsinn.« Snow, die schon seit einer Weile mit der Fußspitze auf den Rindenmulchboden tappt, ist mit ihrer Geduld augenscheinlich am Ende. »Ihr könnt später noch eure aktuellsten Grade an Wahnsinn vergleichen oder wer von euch der Kindischste ist. Nicht, dass das kein interessanter Wettstreit werden könnte, schließlich haben wir Cinder und Peter Pan dabei, aber nein: Jetzt muss mal die Erwachsene sprechen.« Dafür kassiert sie einen bitterbösen Blick von Cinder. Nachher, wenn sie das verlorene Kind gefunden haben, ist Snow so was von dran!

»Gut.« Pan macht einen Schritt nach vorn, ganz offensichtlich in dem Bemühen, die Spannung aus der Situation zu nehmen. Natürlich wirkt das in etwa so deeskalierend wie eine von Snows Dynamitstangen in Banes Händen.

Sowohl Cinder als auch Alice knirschen mit den Zähnen.

Bevor sich jedoch eine von ihnen auf Snow stürzen kann, schnalzt Pan mit der Zunge und sichert sich damit zumindest vorübergehend ihre Aufmerksamkeit.

»Wir haben lediglich zwei Fragen vorbereitet und dann sind wir auch schon wieder weg.«

»Oho! Der Grünschnabel hat Fragen vorbereitet«, kichert der Hutmacher, beugt sich dabei zu Alice hinüber. »Ob er auch seine Hausaufgaben gemacht hat?«

Vor Lachen fällt Alice geradewegs rückwärts vom Stuhl.

Pan schaut etwas verstimmt drein. »Mann, in eurem Realitätsverlust möchte ich mal Urlaub machen.«

»Ihr leidet so dermaßen daran«, pflichtet ihm Snow kopfschüttelnd bei. »Es ist fast schon kriminell.«

Der Hutmacher hebt den Zeigefinger, als wolle er Pan belehren.

»Da muss ich dich korrigieren: Wir leiden nicht an Realitätsverlust, wir genießen ihn.«

Der Kleinste unter den drei Bediensteten hustet, wendet sich dann aber sofort wieder ab. Kann man ihm nicht verdenken. Immer noch wackelt sein Turban, so als könne er nicht aufhören, den Kopf zu schütteln.

Cinder blinzelt, reißt sich aber dann blitzschnell zusammen. Gleichzeitig findet Alice ihre Contenance wieder, taucht unter dem Tisch auf und hat ihren Lachanfall halbwegs im Griff.

»Ihr wolltet also etwas fragen. Machen wir doch ein Spiel daraus. Wir rauchen Wasserpfeife und ihr dürft jeder eine ernsthafte Frage stellen, aber nur, solange ihr Rauch im Mund habt.« Unterschwellig macht Alice damit klar, dass diese Art von Fragen bei ihr in der

Beliebtheitsskala ungefähr auf einer Stufe mit Blähungen stehen. Von Kühen. Vor ihr in der Supermarktschlange.

Cinder lässt sich seufzend auf einen der Polsterstühle am Tisch fallen. Pan folgt ihrem Beispiel.

»Mit Rauch im Mund? Na gut. Fangen wir an.«

Nur Snow verschränkt die Arme. »Ohne mich. Ihr zwei macht das schon.« Sie klopft Pan auf die Schulter, der augenblicklich samt Stuhl etwas tiefer im Rindenmulchboden versinkt. »Sind ja nur zwei Fragen.«

Cinder atmet rasselnd ein. Wunderbare Einstellung. Da der Hase ihr jetzt die Wasserpfeife reicht, soll sie allem Anschein nach auch noch anfangen. Ab diesem Zeitpunkt gibt es kein Zurück. Also bleibt nichts anderes zu tun, als sich den langen Schlauch zu greifen und einen tiefen Zug zu nehmen. Apfeltabak. Der Rauch schmeckt nach fruchtigem Sommer, ein bisschen nach Kindheit und Apfelkaugummi. Konzentriert versucht sie, die Frage zu formulieren.

»Wisst ihr, wo sich das verlorene Kind und der achte Zwerg aufhalten?« Sie spricht es so schnell, kann aber doch nicht verhindern, dass aller Rauch ihrem Mund entweicht. Gefolgt von einem ausgewachsenen Hustenanfall.

Sobald sie sich ausgehustet hat, beobachtet sie gespannt die Reaktion des Hutmachers und Alice.

»Ja«, sagen beide wie aus einem Mund.

»Wie? Mehr sagt ihr beide nicht –«

»Eh, eh, äh! Nur eine Frage haben wir vereinbart!« Der Hase hüpft mitten auf den Tisch und zieht seine Uhr. Anscheinend hat er sich soeben selbst zum Schiedsrichter erklärt. »Halbzeit. Jetzt ist Pan an der Reihe.«

Verrückte, überall Verrückte …

»Na gut«, brummt Pan, nimmt dann einen Zug. »Wo genau finden wir das verlorene Kind und den achten Zwerg?« Dann ist der Rauch auch schon ausgestoßen. Entweicht in den immer dunkler werdenden Nachthimmel.

Alice und der Hutmacher wechseln einen Blick. Dann, wieder voll synchron, sagen sie: »Hier.«

»Wie, hier?« Vor lauter Aufregung bekommt Cinder Schnappatmung.

Alice deutet auf die Wasserpfeife. »Kein Rauch, keine Antwort. Du kennst die Regeln.«

Schnaubend reißt Cinder Pan den Schlauch aus der Hand und zieht daran.

»Regel Nummer zwei«, erklärt der Hutmacher, »nur eine Frage pro Person.«

Als Reaktion darauf entweicht der Rauch Cinders Hals, als sei er auf der Flucht. »Hättest du mir das nicht gleich sagen können?«

Erneut wechseln der Hutmacher und Alice einen Blick.

»Wer möchte Tee?«, fragt der Hutmacher eine Sekunde später gut gelaunt.

»Ich!« Der Hase wirft seine leere Tasse hinter sich, wo sie gegen den Servierwagen prallt und zerschellt. Dann greift er nach einer neuen.

Cinder stützt ihre Stirn auf ihre geballte Faust. Sie muss nachdenken. Beide sind hier? In Wonderland oder hier im Labyrinth? Die Gedanken drohen, ihr Gehirn zu verknoten. Also hebt sie den Kopf wieder und lässt ihren Blick über die Lichtung schweifen. Sie sind beide hier?

Pan beugt sich zu ihr. »Wir brauchen mehr Antworten.«

Das ist auch Cinder klar. Gerade will sie Alice bitten, ihr einen Gefallen zu tun, wobei ihr im selben Moment bewusst wird, dass das blonde Mädchen sich eher morgen für einen Studiengang Philosophie einschreibt, als einen Finger für ihre Mit-Wonderländer Schrägstrich Märchenwaldnachbarn zu rühren, da schnippt Pan mit den Fingern.

»Snow hatte noch keine Frage.«

»Wir wollen ein neues Spiel«, beginnt Alice sofort zu verhandeln, wobei ihre Stimme wie die eines bockigen Kleinkindes klingt.

Ohne mit der Wimper zu zucken, geht Pan darauf ein. »Deal. Snow schlägt Alice im Sackhüpfen und dafür bekommt sie eine eindeutige Antwort.«

Hinter ihm atmet Snow krächzend ein.

»Sackhüpfen? Bist du noch bei Trost?« Mit ihrem feurigen Blick scheint sie Pan in Brand setzen zu wollen, was ihr natürlich nicht gelingt.

»Auf die Schnelle fiel mir nichts Besseres ein.«

Die Einzige, die sich zu freuen scheint, ist Alice. Sie klatscht in die Hände, das Gesicht fast schon verzerrt vor Begeisterung.

»Dann ist es abgemacht. Sackhüpfen. Wenn ich gewinne, bedient mich Snow einen Tag lang. Freu mich schon drauf. Also gut: Bringt uns zwei Kartoffelsäcke!«

»Was?«, japst Snow.

Der pummelige Diener im pinken Bademantel hoppelt los. Mit schwankendem Turban.

Irgendwie kann Cinder Alice gut verstehen. Sie lebt in ihrer Fantasiewelt und hasst bösartige Personen, die sie mit Vorliebe bestraft. Sicherlich ist sie bei Snow noch nicht ganz sicher, wie sie

sie einschätzen soll, und fängt daher mit kleinen Bestrafungen an. An sich ja nicht schlecht, findet Cinder.

In der Zwischenzeit packt sich Snow Pan.

»Du hast besser einen wasserdichten Plan, damit ich hier nicht im Bademantel ende!« Ihre Stimme klingt gepresst.

Ganz sachte entfernt Cinder Snows Finger von Pans Kragen. Einen nach dem anderen.

»Ruhig bleiben. Uns fällt schon etwas ein. Schließlich sind wir alle scharf auf die Antwort.«

Keine Frage. Also findet sich Snow keine drei Minuten später an der Startlinie wieder. In einem Sack Kartoffeln. Nur ohne die Kartoffeln. Leider auch ohne Smartphone und Puderdose. Der Hutmacher hat darauf bestanden, dass Spieglein nicht gerufen werden darf, um zu navigieren.

»Wenn ich pfeife, hüpft ihr los. Einmal durchs Labyrinth«, informiert sie der Hase. »Wer zuerst am anderen Ende herauskommt, gewinnt.«

»Ist das nicht ein wenig unfair?«, wirft Cinder ein. »Snow kennt sich in diesem Labyrinth nicht so gut aus wie Alice.«

Alle starren sie an. Letztlich zuckt der Hase mit den weißen Schultern.

»Gut, Schneeweißchen bekommt eine Minute Vorsprung.«

»Schneewittchen«, korrigiert Cinder automatisch.

»Nein, die bekommt nichts«, entgegnet der Hase.

Weil sie darauf nichts erwidern könnte, ohne die Situation für Snow noch schlimmer zu machen, schweigt Cinder. Dann soll es so sein. Gedankenverloren streicht sie mit einer Hand über die Hecke. Ihre Finger zupfen an den winzigen Blättern. Sie brauchen einen

Trick, um zu gewinnen. Nur welchen? Wie würden Hase und Igel es machen?

»Los!«, schreit der Hase, worauf Snow zusammenzuckt, Cinder einen letzten gequälten Blick zuwirft und dann loshüpft.

»Gut so, Snow!«, ruft Pan ihr hinterher. »Tu es fürs Team. Hopp-hopp.«

Cinder ist sich sicher, dass Snow jetzt am liebsten zurückgehüpft käme, um Pan zu erwürgen, aber sie schüttelt sich nur beinahe unmerklich und verschwindet dann samt Sack in der Dunkelheit des Labyrinths.

Aber Cinder glaubt fest, dass sie sich um Snow keine Sorgen machen muss. Schließlich hat sie ihren Zauberstab und mindestens drei Messer dabei. Falls etwas in diesem Labyrinth lauert, sollte derjenige lieber Angst vor Snow haben als umgekehrt. Snow muss gewinnen oder sie selbst muss herausfinden, was mit »Hier« gemeint war, als es um das verlorene Kind und den achten Zwerg ging. Wo genau? Und wer? Wer ist hier? Cinder sieht sich um.

»Eine Minute ist vorbei. Go, Alice«, ruft der Hase, woraufhin Alice vor Freude quietschend loshüpft. Sogar ihr Gelächter wird sofort vom Labyrinth verschluckt. Wonderland hat durchaus etwas Gruseliges an sich.

»Das wird jetzt lustig«, gluckst der Hutmacher neben ihr.

»Wieso?«

»Na, heute ist Austauschtag.«

Cinder blinzelt. »Austauschtag?«

»Genau. Man könnte auch sagen: Job-Rotations-Tag.«

Immer noch ist Cinder nicht viel schlauer als vorher.

»Und das bedeutet?«

»Na, dass alle Tiere aus dem Labyrinth mit den Tieren im Wald tauschen. Hast du nicht die Flamingos gesehen?«

»Ähm, nein.«

»Das liegt daran, dass sie mit den Braunbären Plätze getauscht haben.«

Moment, wenn alle Tiere aus dem Wald heute im Labyrinth umhergeistern …

Kapitel 7

~Snow~

»Hallo«, sagt eine Stimme aus dem Dunklen, als Snow um die nächste Ecke hüpft. Schweiß läuft ihr bereits über die Schläfen bis in den Nacken hinab. »Ach nee. Die lila Miezekatze. Als hätte ich es geahnt.«

»Ich muss doch sehr bitten«, empört sich die Grinsekatze, als sie sich materialisiert. Vor dem unnatürlich dunkler werdenden Himmel im Labyrinth umgibt sie ein leicht schimmernder Rauch, wie Snow ihn nur vom Mond kennt. Leichtfüßig balanciert die Katze auf der Hecke neben der hopsenden Prinzessin her. »Ich weiß, wen ihr sucht.«

»Und ich weiß, was ich nicht suche«, herrscht Snow sie an. »Nervtötende Katzen, die zu viel reden.«

»Nein, im Ernst. Ich habe vielleicht die Antworten, die du brauchst.«

»Ja, das kenne ich schon. Du sprichst in Rätseln und danach habe ich weniger Ahnung als zuvor.« Langsam geht Snow die Luft aus. Hüpfen und gleichzeitig sprechen erfordert eine ausgefeilte Atemtechnik.

»Du hüpfst in eine Sackgasse«, erklärt die Katze.

»Ich habe Dynamit dabei«, sagt Snow. Keine zwei Sekunden später prallt sie fast gegen das Ende einer Hecke. Sackgasse. Tatsächlich.

»Da links würde es aber schneller gehen.«

Für eine halbe Sekunde erlaubt sich Snow innezuhalten. »Also gut.« Sie biegt links ab.

Die Katze folgt mit trippelnden Schritten oben auf der Hecke, muss nur ab und zu eine Lücke überspringen, sobald eine Hecke endet.

»Sprich weiter, Miezekatze.«

»Keine Ahnung, wen du damit meinst, Snowtorius B.I.G. – denn ich heiße Grinsekatze.«

»Woher kennst du meinen alten Spitznamen?«, keucht Snow.

»Langsam solltest du dich mal entscheiden, welche Frage du zuerst stellen willst.«

Dafür braucht Snow nicht lange zu überlegen. »Ich will wissen, wo das verdammte verlorene Kind steckt, um Jasemin endlich dem Erdboden gleichzumachen!«

»Ein guter Plan«, lobt die Katze, nickt kurz darauf zufrieden. »Dabei irgendwie auch nobel. Schließlich würdest du damit allen Ländern einen Gefallen tun. Niemand möchte einen cholerischen Herrscher aus dem Wüstenstaat … Nur schade, dass du nicht die Prinzessin bist, die nach Rosen duftet.«

»Wie? Liegt es an mir oder redest du wirres Zeug?«

»Aber egal«, fährt die Katze übergangslos fort. »Heute ist Austauschtag und ich nehme die Prinzessin, die ich kriegen kann.«

»Das heißt, du wirst uns unterstützen? Obwohl ich nicht deine Lieblingsprinzessin bin?« Den letzten Satz schnaubt Snow.

»Korrekt. Hier links abbiegen.«

Snow tut, wie ihr geheißen, stolpert allerdings nach ein paar Metern über etwas Weiches am Boden, weswegen sie der Länge nach auf den Boden klatscht und dabei aus dem Sack herausrutscht.

»Oh, das ist schlecht«, kommentiert die Katze, sobald sich Snow wieder aufgerappelt hat.

»Was ist schlecht?«

»Dass du das Pyranthocorn aufgeweckt hast, natürlich.« Die Grinsekatze setzt sich auf die Hinterbeine, beugt sich dann etwas nach vorn, damit sie genau verfolgen kann, was auf dem Boden vor sich geht.

»Das was, bitte?«, japst Snow, rappelt sich dann etwas umständlich auf. Direkt hinter ihr faucht irgendetwas, dann ertönt das Geräusch aufeinanderbeißender Haifischzähne oder etwas in der Art.

Langsam, ganz langsam dreht Snow sich um. Ihre Ebenholzhaare verfangen sich dabei in einem dürren Ast, der aus der Hecke ragt. Doch sie reißt einfach an der Strähne, um sich zu befreien. Gibt kommentarlos ihre schönen Haare auf. Als sie erkennt, was da im Dunkeln auf sie lauert, ist ihr erster Impuls, zu schreien, allerdings beherrscht sie sich im letzten Moment und beißt stattdessen die Zähne aufeinander. Als das Ungetüm zum Sprung ansetzt und nach vorne schnellt, kann sie nicht an sich halten. Snow entfährt ein Schrei, den man sicher noch bis zum Märchenwald hören kann.

~Cinder~

Gerade als Pan einen Arm um sie gelegt hat, um sie zu beruhigen, hören sie den markerschütternden Schrei aus dem Labyrinth.

Sofort reißt Cinder die Augen auf.

»Snow. Das war Snow!«

»Okay, wir gehen rein.« Ohne Zeit zu verlieren, wühlt Pan in seiner Tasche, fördert einen Dolch zutage, den er in der rechten Hand balanciert. Seine Linke schaltet die Taschenlampenfunktion seines Handys ein.

»Hey, das ist gegen die Regeln«, beschwert sich der Hutmacher.

»Nein, es ist gegen die Regeln, dass wir dieses schwachsinnige Spiel durchziehen, wenn im Labyrinth Monster ihr Unwesen treiben. Bei allen Teetassen, unsere Freundin ist da drin und wird gerade angegriffen, wie es klingt. Vielleicht wird auch Alice von den Monstern da drin bedroht.«

»Monster? Die kommen leider nie zum Tee.« Der Hutmacher lässt den Kopf hängen, aber keiner achtet mehr auf ihn. Sowohl Pan als auch Cinder betreten das Labyrinth, Pan immer zwei Schritte vor ihr, wobei er sich so breit macht, als wolle er sie mit seinem Körper vor allen Monstern abschirmen. Nur blöd, dass Cinder auf diese Weise überhaupt nichts erkennen kann. Nur grünen Stoff auf Pans Rücken.

Wieder ein schriller Schrei von einer Stelle ein paar Meter weiter rechts. Pan hebt den Arm, um die Hecke vor sich mit der Klinge zu zerteilen, doch da schießen zwei Wurzeln wie Arme aus der Hecke, umklammern die Waffe und reißen sie Pan aus der Hand. Ungläubig sieht er zu, wie sich die Wurzeln samt Dolch in die Hecke zurückziehen.

»Okay, dann außen herum.«

Cinder hat ihn bereits gepackt und zieht ihn zurück zur letzten Weggabelung. »Hier rein.«

Im Laufen schnappt sich Pan ihre Hand und übernimmt wieder die Führung. Das Licht seines Smartphones ist nicht hell genug, um mehr als nur ein paar Meter Weg vor ihnen zu beleuchten. Jederzeit könnte sich etwas auf sie stürzen. Etwas, das sie ebenso zum Schreien bringen könnte wie Snow. Obwohl die Hecke etwas gegen scharfe Schneidewerkzeuge zu haben scheint, zieht Cinder einen Dolch mit goldenem Griff aus ihrer Tasche. Möglich, dass sie damit nicht durch die Hecke kommt, aber Monster wird sie damit schon beeindrucken können. Zur Sicherheit hat sie auch noch ihren Selfiestick dabei.

Kaum sind sie um die nächste Ecke gebogen, treffen sie endlich auf Snow, die gerade ihren Sack auf ein braunes Ding wirft und gleichzeitig mit ihrem Hexen-Zauberstab droht.

»Weg mit dir!«

Cinder scheint es so, als sei das kein richtiger Zauberspruch, aber wahrscheinlich ist Snow einfach zu nervös. Beim Anblick des Monsters, das unter dem Sack hervorkriecht, atmet Cinder einmal tief ein. Sie blinzelt, kann ihren Blick allerdings nicht von dem Monster lösen. Was ist das bloß? Von hinten wirkt es wie ein Hund mit Fischschwanz. Als es jedoch den Kopf dreht und dabei eine Reihe an spitzen Piranhazähnen entblößt, erinnert es Cinder mehr an einen Hai. Nur das goldene Horn auf seinem Kopf lässt sich nicht recht zuordnen. Als hätte man einen Piranha mit einem Hund und einem Einhorn gekreuzt.

»Was für eine abscheuliche Kreatur ist das?«, will jetzt auch Pan wissen.

»Schon mal in den Spiegel geschaut?«, fragt das Monster mit kratziger Stimme zurück.

»Ein Pyranthocorn«, erklärt eine Stimme von ganz oben auf einer der Heckenwände. Es ist die Grinsekatze. Sie nickt Cinder zu. »Gut, damit ist alles geklärt. Ich lasse euch dann mal allein. Wir sehen uns an der Grenze wieder und reden dort.« Die Katze winkt mit ihrem buschigen Schwanz und ist keine halbe Sekunde später verschwunden. Hat sich wortwörtlich in Luft aufgelöst.

»Ihr beleidigt Pyra, ihr tretet Pyra, ihr zermatscht Pyras Eier!« Die Stimme des Pyranthocorns erinnert Cinder an einen Kamm, den man über eine Herdplatte zieht. Tatsächlich scheint ihr Schwanz immer noch auf einem Nest mit Eiern zu liegen.

Augenblicklich nimmt Cinder ihre Krav-Maga-Grundstellung ein. Wirbelt den Dolch einmal um ihre Faust.

»Jetzt wäre ein Zauberspruch hilfreich, Snow.«

»Käfig, Cage –« bevor Snow das dritte Wort nennen kann, holt das Monster aus und schlägt ihr mit seinem Flossenschwanz den Zauberstab aus der Hand.

Einfach so.

Das ist jetzt irgendwie schlecht, denkt Cinder.

»Ich werde euch in Stücke reißen, aufschlitzen, vierteilen …« Das Monster, das offenbar Pyra heißt, verliert sich in der Aufzählung von diversen Todesarten.

»Und jetzt?«, wispert Cinder. »Weglaufen?«

»Nein«, widerspricht Snow sofort. »Das Biest droht doch nur und ich will die Wette mit Alice nicht verlieren. Oder hast du Lust, sie einen Tag lang zu bedienen?«

Das sieht Cinder ein. »Okay, aber was dann? Dynamit? Habt ihr Messer?«

Pan kramt bereits aufgeregt in seiner Tasche.

Snow wirft gleich die ganze Umhängetasche nach dem Monster, was wohl ihr – beziehungsweise Pan – zusätzliche Sekunden verschaffen soll. Dabei fallen ein halbes Dutzend Dynamitstangen aus den Seitenfächern der Tasche. Das macht Pyra natürlich nur umso wütender. Geschickt duckt sich das Monster, faucht dann in Snows Richtung: »Meine Eier! Lass meine Babys in Ruhe! Das wirst du bereuen, Mädchen. Bei dir werde ich mir ganz viel Zeit nehmen und dann –«

»Klappe!«, schreit Pan. Einen Dolch hoch erhoben geht er auf die Kreatur zu, doch die schert sich nicht um ihn, setzt zum Angriff gegen Snow an. Geifer tropft aus ihren Mundwinkeln. Mit Schrecken erkennt Cinder, dass Pan nicht schnell genug bei ihr sein kann, Snow nicht wird retten können. Pan ist einfach zu weit weg.

»Pyra, stopp!« Das Gesicht des Hutmachers erscheint über der Hecke rechts von Cinder. Anscheinend sitzt er auf den Schultern von jemandem. »Das haben wir doch besprochen. Heute ist Job-Rotations-Tag!«

Das Monster hält inne, auf einmal mit einem schuldbewussten Ausdruck im Gesicht.

»Ja, denk dran!«, brummt eine Stimme unter ihm.

»Alice?« Cinder hebt eine Augenbraue. Alice ist hier und nicht auf der Zielgeraden? Immerhin scheinen die beiden Wonderland-Bewohner das Monster im Griff zu haben.

»Gut«, gibt Pyra schließlich klein bei. »Pyra wird eine brave Schildkröte sein und sich ganz seriös verhalten. Aber die da dürfen sich nicht mehr meinem Nest nähern!«

Der Hutmacher nickt. »Brave Pyra. Deinen Eiern wird nichts geschehen. Konfuzius sagt: Nur wenn man einen Tag lang unter dem Panzer eines anderen gelebt hat ...«

»Ist das euer Ernst?« Snow interessiert offenbar nicht, was Konfuzius sagt. Sie wird nun richtig laut. »Ihr haltet Monster in diesem Labyrinth –«

»Austausch-Monster«, korrigiert der Hutmacher, muss sich dann aber ducken, weil Snow eine Stange Dynamit nach ihm wirft. Er taumelt, genau wie Alice, auf deren Schultern er sitzt, wie Cinder annimmt, dann fallen beide nach hinten.

»Jedes Mal, wenn ihr hier seid, gibt es Verletzte«, beschwert sich Alice. Ihre Stimme klingt so, als stecke sie mit dem Kopf voran im Rindenmulch.

»Wir verschwinden sofort, wenn ihr uns sagt, wo wir das verlorene Kind und den achten Zwerg finden.«

»Na, hier. Sagten wir doch schon. Den achten Zwerg findet ihr genau hier. Sowie den Ursprung des verlorenen Kindes.« Sowohl Hutmacher als auch Alice kommen um die Ecke der Hecke geschlichen, klopfen sich den Schmutz von Schultern und Knien.

»Ist das wieder so ein Job-Rotations-Quatsch?«, will Cinder wissen.

»Nein. Ihr müsst nur die Augen aufmachen und die richtigen Fragen stellen.«

»Jaja, bitte verschone uns mit deinen Konfuzius-Weisheiten oder kommst du uns gleich noch mit dem schlauen Spruch: Nichts ist, wie es auf den ersten Blick scheint – weil wenn ja, muss ich dir leider den Hals umdrehen.«

»Moment mal, mit wem habt ihr beide und der Hase denn den Job getauscht?«, will Snow unvermittelt wissen.

Alice deutet auf den Hutmacher und dann auf einen Fleck irgendwo hinter sich, wo man einen weißen Schimmer mit zwei Langohren zwischen den Blättern der Hecke ausmachen kann. »Na

miteinander.« Alle gucken blöd. »Keine Zeit, keine Zeit«, fügt Alice dann lahm hinzu.

Snow schnaubt. »Du bist der Hase? Das ist der schlechteste Austausch, den ich je –«

Blitzschnell hebt Cinder beide Hände. »Okay, zurück zum Wesentlichen. Wer ist hier das verlorene Kind oder hat mit ihm den Platz getauscht oder sonst irgendeinen Unsinn angestellt?«

Alice schielt zu Pan und dann wieder zu Cinder, sagt aber nichts.

»Ach, jetzt ist hier wieder stille Post angesagt«, beschwert sich Snow, »aber eben noch konntet ihr zumindest ansatzweise verraten, wer mit wem den Märchenjob getauscht hat?«

Langsam spürt Cinder eine ganze Welle an Kopfschmerzen von diesem unsinnigen Hin und Her auf sich zurollen.

»Alles hat seinen Ursprung hier, in Wonderland. Das, wonach ihr sucht«, informiert sie schließlich der Hutmacher. Die Hände nach vorn gestreckt, erinnert er irgendwie an einen Prediger.

»Ähem.« Jemand räuspert sich. Es ist eine oder einer der Bediensteten, der da um die Ecke in den Gang tritt. Unter dem rosa Turban kann man das nicht so einfach sagen.

»Noch jemand mit Identitätsproblem?«, brummt Snow. »Langsam wird's hier echt eng.«

»Nein, nicht ganz«, antwortet eine weibliche Stimme. »Ich möchte euch lediglich meine Hilfe anbieten. Gegen einen Handel, versteht sich.«

»Leute?« Auf einmal kiekst Cinders Stimme auf ungewöhnlich hohem Niveau. »Ist das nicht die … die …«

»Ist sie es oder ist sie es nicht«, säuselt die ziemlich kleine Bedienstete. »Oder könnte sie es doch sein?«

Sobald Snow versteht, auf welche Fährte Cinder gestoßen ist, rümpft sie die Nase. »Ihr habt nicht wirklich die Herzkönigin mit einer Bediensteten Plätze tauschen lassen? So verrückt könnt nicht mal ihr sein.« Für einen Moment hält Snow inne. »Trägt sie da eine elektronische Fußfessel unter ihrem Bademantel?«

Der Hutmacher zuckt mit den Schultern. »Haben wir uns bei euch abgeschaut.«

Die Herzkönigin läuft also frei herum, mitten durchs Labyrinth, nur durch eine Fußfessel gezähmt.

»Als Gehirn und allgemeine Logik verteilt wurden, habt ihr das doch auch gegen Schwachsinn getauscht!«, kann sich Cinder nicht verkneifen, zu erwähnen. Von diesem offensichtlichen Mangel an Intelligenz mal ganz abgesehen.

Die Herzkönigin rückt sich den Turban gerade. Eine rote Locke lugt hinter ihrem linken Ohr hervor. »Zurück zu dem Handel, den ich euch vorschlagen möchte.« Cinders Ausbruch ignoriert sie geflissentlich.

Jetzt lauschen alle Anwesenden ihren Worten.

»Wenn ihr mich mit in den Märchenwald nehmt, kann ich euch bei eurer Suche helfen.«

»Hört, hört«, schnaubt Snow.

Still für sich denkt sich Cinder, dass sie das nur tun wird, wenn die Hölle mit dem Himmel den Job tauscht, sagt aber nichts.

»Wie genau könntest gerade du uns denn helfen?«, versucht Pan, das Gespräch am Laufen zu halten. Er steht so dicht bei ihr, dass sein Oberarm Cinders Schulter berührt. Die Bewegung lässt sie zusammenfahren. Komischerweise beginnt ihre Schulter zu kribbeln und beinahe dreht sich alles so schnell um sie herum, dass ihr schwindelig wird.

»Cinder?« Pan umfasst ihre Taille. »Alles in Ordnung?«

Er ist ihr so nah, so unwahrscheinlich.

»Ist es hier so stickig oder bin ich das?«, krächzt sie.

»Siehst du, Cinder meint auch, die ganze Sache stinkt zum Himmel«, belehrt Snow die Ex-Königin.

»Würde ich sicher, wenn ich nicht heute Morgen erst meine Unterhose getauscht –«

»Schluss mit diesen Tausch-Anekdoten!«

»Von mir aus. Allerdings musst du zugeben, dass sich meine Gabe, mit Tieren zu sprechen, als durchaus hilfreich erweisen kann. Nicht wahr? Außerdem kann ich euch helfen, den achten Zwerg zu finden.«

Snow kneift die Augen zusammen. Das scheint ihr nicht zu gefallen.

»Irgendwas ist doch komisch an dir und dieser Deal verursacht einen ausgewachsenen Brechreiz meinerseits.«

Der Turban der Herzkönigin gerät in gefährliche Schieflage, als sie den Kopf zur Seite neigt. »Ihr braucht mich. Und ich bleibe jetzt solange hier stehen, bis ihr das einseht.«

Das Monster gähnt. Alle anderen schauen nur blöd.

»*Auf gar keinen Fall*«, formt Snow lautlos mit den Lippen.

Nur mit Grauen denkt Cinder daran, wie es wäre, nicht nur Bane, sondern auch die Herzkönigin am Hals zu haben.

»Ich kann mit Tieren sprechen.«

Snow hebt eine Augenbraue. »Aber nicht alle Tiere wollen mit dir sprechen.«

Das Pyranthocorn gluckst. »Pyra spricht zu allen!«

»Ja, leider.« Cinder sieht alles andere als glücklich über diesen Umstand aus.

»Um aller Golems Willen, jetzt nehmt diese winzige Königin einfach mit. Ein Bösewicht mehr oder weniger, was soll's?«, beschwert sich Alice. Keine Zeit, keine Zeit.

~Red~

So unauffällig wie möglich schleichen Jaz, Rapunzel und ich zu einer der Treppen, die auf die Ummauerung des Marktes führen. Der Sand in meinen Schuhen reibt sich langsam bis unter meine Haut. Die Hitze brennt in meinem Nacken und in meinem Inneren.

Natürlich werden alle Aufgänge bewacht.

Ein junger Wachmann mit Turban und Säbeln am Gürtel bemüht sich, uns zu ignorieren. Wobei er über uns hinwegsieht, als seien wir drei Hunde, die seit Wochen kein Bad mehr genommen hätten. Rapunzel wirft mir einen Blick zu und ich nicke. Langsam wird sie echt gut in dieser Detektivsache. Anhand ihres Gesichtsausdrucks kann ich voraussehen, was sie vorhat.

»Ähem.« Rapunzel bedenkt den Wachmann mit einem unschuldigen Augenaufschlag. »Können Sie mir helfen? Ich glaube, irgendein Tier ist mir in den Nacken gekrabbelt.«

Der Wachmann blinzelt eine Spur irritiert. Sein Zehntagebart zuckt, als er die Lippen aufeinanderpresst. Allerdings strahlt ihn Rapunzel so intensiv an, dass es beinahe unmöglich ist, ihrem Charme zu widerstehen. Ich kann praktisch zusehen, wie seine Abwehrhaltung Stück für Stück bröckelt.

»Da hinten in meinem Nacken, sehen Sie?« Rapunzel hebt ihre Haare, dreht sich dann mit dem Rücken zu ihm. Ein verführeri-

scher Duft nach Mandarinen und Vanille strömt mir in die Nase, aber jetzt, da die Aufmerksamkeit der Wache auf meine Freundin gerichtet ist, packe ich Jaz am Arm und schleiche mit ihm die Treppe hinauf. Von hier oben wird Jasemin uns anhören, mit uns verhandeln und notfalls kann ich Ever mit dem Feenzauberstab retten, so hoffe ich jedenfalls.

Die Stufen sind aus massiven Sandsteinquadern geschlagen. In der Mitte jeweils abgerundet, wie von tausenden und abertausenden Schuhen rundgetreten. Natürlich stolpere ich über eine der höheren Stufen, bleibe hängen und stürze. Aber dann ist da plötzlich Jaz, der mich auffängt. Mich für meinen Geschmack etwas länger hält als nötig.

»Beruhige deine Nerven«, haucht er an meiner Schläfe. »Wir bekommen das hin. Wir retten Ever. Er wird nicht sterben. Nicht heute.«

Jaz scheint sich da sehr sicher zu sein. Nur, wie sollen wir das alles schaffen?

Was, höre ich die bohrende Frage in meinem Inneren, *wenn das alles ein Hinterhalt ist?*

Allem Anschein nach bemerkt Jaz meine Zweifel. Denn er seufzt, zieht mich dann enger an sich, bevor er uns beide in eine Nische hinter dem Treppenaufgang schiebt. Im Schatten ist es etwas kühler, was wahrscheinlich auch meine Gänsehaut erklärt. Nur: Ist die plötzliche Kühle auch für mein stolperndes Herz verantwortlich? Es hüpft in Jaz' Nähe, als hätte es ein paar Stromschläge verpasst bekommen. Sofort schelte ich mich dafür.

Das darf nicht sein. Ist nicht echt. Außerdem habe ich mich für Ever entschieden!

»Hör mal«, beginnt er. Doch ich schüttele automatisch den Kopf. Denn plötzlich spukt zu viel Jaz darin herum, wo ich meine Gedanken doch auf Ever konzentrieren sollte.

»Sieh mich an.« Jaz' Hände umfassen meine Schultern. Sanft. Zu vertraut. Gleichzeitig haftet eine gewisse Intensität daran. Aber ich kann ihn jetzt nicht ansehen, kann nicht in seine dunklen Augen blicken und all meine Schutzwälle fallen lassen. Was würde es bringen? Dem Stockholm-Syndrom wieder alle Türen öffnen? Mit Schrecken spüre ich seine Hände, die über meine Wangenknochen streicheln.

»Ich verspreche dir, ich werde immer da sein, wenn du mich brauchst. Solange ich lebe. Ich habe dir schon einmal versprochen, dass ich dich glücklich machen werde. Selbst wenn das heißt, dass ich Ever zurückbringen muss.«

Mein Herz scheint wieder einmal mehrere Takte auszusetzen. Jaz glaubt noch immer an uns.

Schritte sind zu hören. Nun reiße ich die Augen doch auf. Jemand kommt, wird uns sicher gleich entdecken.

Aber dafür hat Jaz eine Lösung. Mit seinem freien Oberkörper drängt er mich gegen die Wand.

Nein! Ich will schreien, ihn schubsen. Warum muss er mir das *Auf-Abstand-zu-ihm-Gehen* nur so schwer machen? Aber natürlich weiß ich, dass seine reflexartige Reaktion die einzig richtige in unserer gegenwärtigen Situation darstellt.

Gleichzeitig erhebt Jasemin unten im Hof die Stimme, aber darauf kann ich mich aktuell nicht konzentrieren.

Die Schritte kommen näher. Jaz drückt sich noch enger an mich, sodass meine Wange an seinen Hals gepresst wird. Ich schnaube.

»Ernsthaft, Red? Du wirst doch jetzt nicht schreien? Denk an Ever.«

Das würde ich ja gern. Aber interessant, dass gerade Jaz das vorschlägt.

»Tu so, als würdest du mich küssen«, fordert er mich auf.

Beinahe bin ich versucht, ihn zu ohrfeigen. Hat er diese Idee aus einem kitschigen Liebesroman? Führt er gerade eine Parodie sämtlicher Herzschmerz-Schmonzetten auf?

Bevor ich ihn anpflaumen kann, legt er meine Arme um seinen Hals, was mich nach Luft schnappen lässt. Es geht alles so schnell. Dann dreht er seinen Kopf, bis seine Lippen meine Wangen streifen, dort zum Liegen kommen. Vom Gang aus muss es so aussehen, als würden wir uns küssen. Zudem verstecken wir uns im Schatten, den die hölzerne Überdachung wirft.

»Jaz«, hauche ich. »Ich kann dich nicht küssen.« Meine Gedanken drehen sich wie auf einem Jahrmarkt, worauf ich die Tatsache schiebe, dass ich hier unzusammenhängendes Zeug rede.

»Das ist wirklich komisch, da ich weiß, dass du mich liebst. Red, ich mache es dir bereits sehr einfach. Man kann mehr als eine wahre Liebe im Leben haben. Und ich würde Ever als deine zweite Liebe akzeptieren.« Seine Stimme ist kaum mehr als ein Wispern.

Sofort weiß ich, auf was er hinauswill: den Fluch, der auf mir lastet. Wenn ich neben Jaz einschlafe, sterbe ich nicht. Obwohl ich finde, dass wir noch nicht abschließend geklärt haben, ob das wirklich ein Wahrer-Liebe-Fluch ist. Für ihn jedoch anscheinend Beweis genug, dass ich ihn liebe.

Allerdings ist eine Sache klar: Ich werde mein Happy End mit Ever niemals gefährden.

Die Schritte verklingen. Die Wachen sind weitergezogen. Dem Himmel sei Dank.

Jaz schweigt. Zeigt nicht einmal durch eine Veränderung seiner Haltung eine Reaktion.

Irgendwann löst er sich von mir. Im Hintergrund höre ich die Geräusche der Menschenmenge unter uns und dazwischen Jasemins Stimme, die eine Hasspredigt über den Platz schmettert.

»Sie schneiden uns von ihren Ressourcen ab. Sie ersticken fast an Bäumen und verweigern uns Holzlieferungen, schieben das auf die schlecht ausgebauten Straßen in der Wüste!«

Das alles nehme ich wie durch einen Schleier wahr.

Letztlich spüre ich nur einen pochenden Schmerz hinter meiner Schläfe. Begleitet von dem sich wiederholenden Mantra: *Ich muss Ever retten. Ich muss Ever retten.*

Fast, als hätte er meine Gedanken erraten, wobei das in meiner momentanen Situation nicht allzu schwierig ist, fährt sich Jaz durch seine dunklen Haare und nimmt dann meine Hand. Irgendwie ist mir selbst ein kleiner Protest dagegen inzwischen zu viel. Es ist zu heiß und ich bin innerlich zu zerrissen. Genauso fühlt es sich an. Langsam drehe ich durch, glaube ich. In etwa so wie der Hutmacher. Sehe mich schon mit Teekannen schmeißen.

Wir suchen uns einen Platz hinter einer Säule gegenüber des Podests, auf dem Ever kniet. Aus sechs Metern Höhe starre ich auf seinen Kopf. Jasemin steht noch immer wild gestikulierend daneben. Inzwischen ist im Publikum stellenweise Unruhe ausgebrochen. Verlangen diese Menschen etwa danach, dass etwas passiert? Wollen sie Ever hängen sehen? Ich erlebe einen Moment der völligen Lähmung, sehe, was dort unten vor sich geht. Meine Zunge will sich

nicht bewegen, dabei muss ich doch etwas sagen, etwas tun! Ich kann nicht glauben, dass die Menge da unten wirklich einen Unschuldigen hinrichten will.

Doch tief in mir weiß ich, dass Menschen Monster sein können. Dass jeder jedem ein Messer in den Rücken stechen kann. Dass manchmal die Prinzessinnen die wahren Monster sind. Ich mustere die aufgebrachte Jasemin, die einmal, noch gar nicht lange her, so unbedingt meine Freundin sein wollte. Damals. Als sie uns noch nicht für alles Übel in der Welt verantwortlich gemacht hat. Und für den Tod ihres Vaters.

»Zu allem Überfluss«, erhebt Jasemin erneut das Wort, »öffnen die dämlichen Prinzessinnen des Märchenwalds auch noch die Büchse der Pandora! Wie dumm muss man sein! In ihrem Land ist bereits eine neue Krankheit ausgebrochen. Die Bewohner leiden an einer Sinnkrise. Wirklich, irgendjemand muss diese Anführerinnen des Landes vor sich selbst schützen. Ich sage: Wir sperren die Prinzessinnen in ein Irrenhaus!«

In der Menschenmenge da unten setzt Jubel ein und mir klappt der Mund auf. Das kann nicht wahr sein. Sicherlich ist das eine Fehlinformation. Hastig angle ich nach meinem Smartphone, scrolle die News durch. Tatsächlich lese ich dort mehrere Schlagzeilen: »Nach Öffnung der Büchse von Pandora: allgemeine Unsicherheit.«

»Buchwurmbefall im Westen des Märchenwalds.«

»Nach Erkenntnis der Büchse von Pandora: Sinnkrise in der Bevölkerung. Sind wir alle nur Hirngespinste?«

Die Büchse, die Rapunzel geöffnet hat … Was zum Henker war darin und wer hat sie mir geschickt? Kein Zweifel, um diese Büchse muss es sich handeln. Und um einen perfiden Plan, der dahintersteckt. Denn nachdem ich zwei und zwei zusammengezählt habe, trifft mich die Erkenntnis wie ein Selfiestick: Irgendwer hat sich an der griechischen Sage der Pandora orientiert und ein Paket an mich gesendet, das die Übel der Menschheit enthält. Damit ich zum Sündenbock mutiere, sobald ich das Geschenk öffne. Gerissen irgendwie und zugleich poetisch. Nur wer hasst mich so sehr, dass er mir das antun würde? Ich muss eine Liste aufstellen. Das sind mehr als nur eine Handvoll Leute. Nein, zuerst muss ich Ever in Sicherheit bringen und danach im Märchenwald retten, was noch zu retten ist.

~Cinder~

Zurück im Märchenwald kann Cinder es immer noch nicht fassen. Tatsächlich läuft neben ihr mit federnden Schritten die Herzkönigin her. Bademantel und Turban hat sie abgelegt, trägt ein schlichtes, schwarzes Kleid samt Perlenhalskette.

Als hätten sie keine Probleme und auch keinen aufziehenden Krieg im Nacken, pfeift die Königin dabei vor sich hin. Ungefähr auf Höhe von Cinders Schulter hüpft ihr roter Haarschopf auf und ab. Kerzengerade Haltung, als hätte sie nie im Kerker gesessen oder Hilfsarbeiten für Alice und den Hutmacher erledigt. Trotz ihrer Fußfessel beschließt Cinder, sie keine Sekunde aus den Augen zu lassen. Da wäre ihr Pyra als neue Reisebegleitung fast lieber gewesen.

Demonstrativ greift Cinder mit einer Hand in ihre Umhängetasche, wo sie eine Stange Dynamit umklammert; lässt das Ganze als offene Drohung so stehen. Mehr ist auch nicht nötig, findet sie.

Gemeinsam überqueren sie die Brücke über den Fluss, in dem die Dreizehnte Fee ihr Ende fand. Immer noch kann Cinder die im Wasser versinkenden Neonfingernägel der Fee vor sich sehen. Dieses Mal wird niemand über die Brüstung geworfen, obwohl Cinder stark in Versuchung kommt und auch das Glitzern in Snows Augen bemerkt.

Eine Libelle landet auf der Schulter der Königin, zuckt ein bisschen. Kurz darauf, gerade als Snow als Erste in die Kutsche steigt, nickt die Königin.

»Wir müssen uns beeilen. Es wird eng für eure Freunde im Morgenland und für den Frieden zwischen den Ländern.« Eine Spur verträumt sieht sie der Libelle hinterher. Gepriesen seien die Fertigkeiten der Herzkönigin.

Das Ruckeln der Kutsche lässt Cinder schläfrig werden.

Aber dann ist da Pan, der sich einen Spaß daraus macht, sie zum Lachen zu bringen. Was auch irgendwie funktioniert. Er sitzt ihr direkt gegenüber, gibt den Kasper, lässt seine Armmuskeln wie ein Bodybuilder spielen. Komischerweise entledigt er sich irgendwann seines Shirts.

Als er oberkörperfrei vor ihr sitzt, schluckt Cinder. Immer noch präsentiert Pan stolz seinen Bizeps. Bis zu dem Moment, in dem die Kutsche über einen Stein fährt, was ihn genau in Richtung Cinder katapultiert. Instinktiv breitet sie die Arme aus, um ihn aufzufangen. Am Ende weiß keiner von beiden, wer erstaunter über diesen Umstand ist. Sie oder Pan, der in ihren Armen halb auf ihr liegt.

»Danke, dass du mich gerettet hast«, flüstert er beinahe andächtig und Cinders Herz weitet sich bei seinen Worten. Pan …

Mit einem erschrockenen Seufzer wacht Cinder auf, braucht ein paar Sekunden, um zu begreifen, dass sie das alles nur geträumt hat. So lebensecht kamen ihr die letzten Minuten vor. So real, wie sich selten ein Traum bisher angefühlt hat.

Langsam, ganz langsam hebt sie den Kopf, um einen Blick auf Pan zu werfen, der ebenfalls in der Kutsche eingeschlafen ist. Lehnt ihr gegenüber auf der Bank, halb zusammengesunken. Vielleicht zum ersten Mal, seit sie ihn kennt, lässt sie sich Zeit, ihn zu betrachten, nimmt ihn jetzt erst bewusst wahr. Ihre Nasenflügel beben dabei und gleichzeitig rutscht ein zartes, warmes Gefühl in ihren Bauch, breitet samtige Flügel aus, um ihre Magenwand zu streicheln. Tatsächlich sieht sie Peter Pan in diesem Moment mit anderen Augen. Spitzbübische Gesichtszüge, eine kleine Nase und breite Schultern. Sogar schlafend versprüht er Witz und Humor. Seine rotbraunen Haare sind eine Winzigkeit länger als die von Charming und wirken irgendwie wilder.

Als würde er ihren Blick bemerken, blinzelt Pan und wacht dann langsam auf.

»Ah, Cinder, du bist wach. Fantastisch.« Er sieht sich in der Kutsche um. Ein erleichterter Ausdruck huscht über sein Gesicht, als er registriert, dass sowohl Snow als auch die Herzkönigin friedlich schlummern. Wobei friedlich bei den beiden wohl relativ zu sehen ist. »Weißt du, ich habe nachgedacht. Also im Prinzip habe ich mir überlegt … nun ja … Vielleicht kann ich dir helfen, deine Phobie endgültig loszuwerden. Ich meine, das ist das Mindeste, was ich tun kann, nachdem du dich bei Bane so für mich eingesetzt hast.« Langsam schiebt er eine Hand in seine Hosentasche, zieht dann eine leere Erbsenhülle hervor. »Bitte schrei jetzt nicht, sie ist leer.

Siehst du? Schritt eins deiner Erbsen-Therapie.« Strahlend hebt er den Kopf, sieht sie unverwandt an.

Da heben sich auch ihre Mundwinkel. In diesem Augenblick im Inneren der Kutsche, wo alle außer ihr und Pan schlafen, hat sie das Gefühl, ihn bisher tausendmal gesehen zu haben, hundertmal von ihm berührt worden zu sein, aber erst jetzt seine wahre innere Schönheit zu erkennen. Warum hat sie nicht schon früher bemerkt, welche Traummannqualitäten in ihm stecken? Dazu noch die Qualitäten, die er für sie persönlich vorzuweisen hat. Er will sie therapieren! Warum hat sie nicht schon vor Wochen die Anziehungskraft verspürt, die von ihm ausgeht und die nur für sie bestimmt zu sein scheint? Oder gab es diese Spannung schon immer und sie hat sie – im Schatten von Charming – nicht zugelassen? Nein. Verschlossen ist das richtige Wort. Bisher hat sie sich vor dieser Anziehungskraft verschlossen. Ihre Augen gleiten über Pans Gesicht. Am liebsten möchte sie ihm die wirren Haare beiseitestreichen, ihn zu einem überfälligen Friseurbesuch schleppen, auf seinen Schoß kriechen. Nicht unbedingt in dieser Reihenfolge, aber so in der Art. Heilige Piratenmutter, woher kommen diese rosaroten Gedanken bloß? Eilig setzt sie sich ein wenig aufrechter in ihren Sitz, drückt die Schulterblätter zurück.

Sicherlich ist sie befangen von diesem Traum, der sie auch noch in der Realität verfolgt. Sie beeinflusst. Ihr Gefühle vorgaukelt, die nicht echt sein können. Außerdem ist da auch noch Charming, mit dem sie verheiratet ist und der sie zurückwill. Hat er nicht eine zweite Chance verdient? Wenn man mal länger als drei Sekunden darüber nachdenkt? Jedenfalls wäre er überhaupt nicht glücklich, zu wissen, dass Cinder sich so schnell dem Nächsten zuwendet.

»Sehr gern, Pan. Lieb, dass du dir das mit der Therapie für mich ausgedacht hast.« Ihr Atemrhythmus stolpert und ihr Magen hebt sich eine Winzigkeit. Nein, dieser Anflug von Bauchkribbeln ist unangebracht. Cinder bohrt ihre Fingernägel in die Handballen, bis sie fast abbrechen. Der Schmerz lässt sie klarer denken und genau deswegen umarmt sie ihn. Heißt ihn willkommen. Den Schmerz.

Besser als an Pan zu denken, der in letzter Zeit immer ein warmes Lächeln für sie übrighat, auch wenn sie ihn angeblafft hat. Pan, der kein klassischer Schönling ist, aber charmant und aufrichtig. Verflucht, auch diese Gedanken führen sie in die falsche Richtung. Dieses Mal atmet sie schnaubend ein, stellt gerade noch fest, dass das ebenso unbedacht war. Aber da ist es schon zu spät. Das Geräusch unterbricht Pans geflüsterten Monolog über die Erbsenschale. Er blinzelt, hebt dann den Kopf, worauf sein Blick den ihren trifft. Sobald er bemerkt, dass Cinder ihn beobachtet hat, heben sich seine Mundwinkel.

Wie versteinert sitzt sie da. Noch ein wenig steifer, als es sonst die Herzkönigin tut. Ihre Handballen brennen. Pans Lächeln löst etwas in ihr, öffnet den Zugang zu Gefühlen, die sie in sich verschlossen hatte. Ein warmes Gefühl strömt in ihre Körpermitte. Der Drang, auch diese letzte kleine Distanz zwischen ihnen zu überwinden, ist fast übermächtig. Wenn sie es nicht besser wüsste, würde sie sagen, er hätte sie verhext. Oder vielleicht mit einem Liebestrank für sich gewonnen, so wie Jaz es bei Red getan hat. Unwillkürlich erschauert Cinder.

»Hey«, flüstert Pan, »alles okay? Frierst du?« Ohne eine Antwort abzuwarten, angelt er nach Cinders Jacke, die sie im Gepäcknetz verstaut hat, und legt sie ihr um die Schultern. Sein Duft nach

Wald, Sonnenschein und irgendwie auch nach frisch gewaschener Wäsche steigt in ihre Nase. Komischerweise wünscht sie sich plötzlich, der Duft würde bleiben. Nicht wieder verschwinden, sobald sich Pan zurückzieht.

Natürlich sind Gedanken wie dieser blanker Unsinn. Ein Teil von ihr weiß das sehr wohl. Der andere Teil will sich an Pan schmiegen und seinen Duft einatmen.

»Gut, vielleicht fahren wir mit der nächsten Sitzung der Therapie ein andermal fort. Kann ich noch etwas für dich tun?«, erkundigt er sich. »Du siehst irgendwie besorgt aus. Keine Angst, zusammen sind wir stark gegen Jasemin. Wir schaffen das.«

Wieder explodiert ein Heißluftballon in Cinders Innerem. Gleichzeitig fragt ihr Gehirn, welchen Gefühlen sie sich da bloß hingibt.

Es ist zu viel für sie und gleichzeitig nicht genug.

»Oder warum bist du auf einmal so blass?«

»Ich … äh«, stottert Cinder, »habe gerade eine echte Erbsenpflanze gesehen. Da draußen.« Tolle Ausrede, wirklich.

Pan legt den Kopf in den Nacken und lacht, scheint ihr tatsächlich zu glauben. »Du und deine Erbsen-Phobie.«

»Machst du dich über mich lustig?« Cinder wirft einen Seitenblick auf Snow und die Herzkönigin. Beide schlafen noch oder tun jedenfalls so, als ob.

»Nein, eigentlich finde ich das irgendwie niedlich. Aber weißt du, was?« Pan sieht ihr mit seinem typisch warmen und offenen Blick in die Augen. Direkt in Cinders Seele, so scheint es. »Meine Therapie wird so erfolgreich sein, dass du deine Erbsen-Phobie schon bald nicht mehr als Ausrede benutzen kannst.«

»Ach, ist das so? Und wie stellst du dir deine weiteren Therapiestunden so vor? Wirst du mit einer Erbsenstaude hinter mir herrennen, bis ich aufhöre zu schreien?«

Pans Augen blitzen. »Eine witzige Vorstellung. Aber nein, mir schwebt da eine sanftere Methode vor.« Er beugt sich zu Cinder, streift mit seiner Hand wie zufällig ihr Knie.

Sie muss sich zusammenreißen, um nicht zu zucken.

»Natürlich nur, wenn du das willst«, fügt er letztendlich hinzu.

Allein dieses Angebot und die Vorstellung, mit ihm alleine Zeit zu verbringen, lassen Cinders Nerven flattern. Pan und sie. Er ganz nah bei ihr. Noch näher als jetzt. Für einen Moment schließt sie die Augen, gibt sich dieser süßen Vorstellung hin. Wie fantastisch könnte das sein, wenn nur Charming nicht wäre. O Charming … Was werden die Leute denken? Andererseits: Sollte sie nicht einfach tun, was ihr Herz ihr sagt? Charming und ihr Prinzessinnenstatus sind schließlich nicht alles, oder?

Gerade als sie den Mund öffnen und Pan sagen will, dass sie sich schon sehr auf seine Therapie freut, räkelt sich die Herzkönigin, richtet sich kerzengerade direkt neben Pan auf.

»Ach, Cinder, willst du uns nicht allen endlich von deiner Versöhnung mit Charming erzählen? War er gestern nicht bei dir im Schloss? Gut gemacht, Kleines. Ohne ihn bist du letzten Endes auch keine echte Prinzessin mehr.«

Cinder presst ihre Lippen so fest aufeinander, dass ihre Zähne sicher bald Löcher hineinbohren werden. Verfluchte Herzkönigin und ihre tierischen Spione.

Es ist komisch, wie ein realistischer Traum alles verändern kann. Zum wiederholten Mal fragt sich Cinder, ob ihr Unterbewusstsein

ihr damit etwas mitteilen wollte. Bisher ist sie jedes Mal vor ihm zurückgewichen, wenn er sie mit diesem warmen Blick bedacht hat, in dem ein Hauch Bewunderung lag.

Nur kommt diese Einsicht zu spät.

Aus dem Augenwinkel schielt Cinder in Richtung Pan, der bereits seit einer halben Stunde wie erstarrt dasitzt und aus dem Kutschenfenster starrt. Eine Spur blasser als sonst und verkrampft, seit die Herzkönigin eine mögliche Versöhnung mit Charming angedeutet hat. Was natürlich nicht stimmt. Aber Cinder fühlt sich genau wie Pan viel zu gelähmt, um dieses Missverständnis aufzuklären, das vielleicht gar keines ist. Schließlich ist sie noch verheiratet und Charming ihr klassisches Happy End. Das Chaos in ihrem Kopf droht sie zu erdrücken, wenn sie ihren Gedanken nicht sofort Luft macht. Auf der anderen Seite hat sie wenig Lust darauf, ihre Gefühlswelt vor der Herzkönigin auszubreiten. Ganz davon abgesehen, dass Snow sie sowieso nicht ernst nehmen, geschweige denn ihr helfen könnte, sobald sie darüber sprechen würde. Nein, Cinder kann nur verlieren, egal, was sie tut. Also schweigt sie. Kann lediglich darauf hoffen, dass sie später eine ruhige Minute findet, um alleine mit Pan zu reden. Irgendwo anders als in dieser verfluchten, viel zu engen Kutsche.

Pan seufzt, winkelt einen Ellenbogen an, um sich damit am Fensterrahmen abzustützen. Sein aufgerollter T-Shirt-Ärmel rutscht dabei weiter hoch und entblößt einen Teil von einem Tattoo. Cinders Augen folgen dem grünen Muster. Ist das eine Dornenranke, die sich unter seinem Ärmel entlangschlängelt? Sie kann es nicht sagen. Komisch, dass ihr das noch nie an ihm aufgefallen ist. Fast könnte man meinen, sie sähe ihn erst seit ihrem Traum so richtig.

Mit aufmerksamen Augen, die er sonst nur für sie hatte. Am Ende wird es wohl darauf hinauslaufen, denn Liebe ist keine Einbahnstraße. Die Ironie daran ist nur, dass er beinahe im selben Moment beschlossen hat, sie zu ignorieren, wie Cinder sich dieser Erkenntnis endlich geöffnet hat. Damit dreht sich ihr Verhältnis herum und sie sind keinen Schritt weiter, quälen sich genauso wie zuvor.

Ob er die ganze Zeit gehofft hat, sie würde sich für immer von Charming trennen?

Das Talent für schlechtes Timing ist der Herzkönigin sicher in die Wiege gelegt worden! Und während sie noch gedanklich vor sich hin flucht, läuft vor ihren Augen immer wieder dieselbe Szene ab. Die rosarote, zuckersüße, mit Herzschmerz garnierte Dauerschleife eines Wunschtraums. Wie Pan eine Hand an ihre Wange legt und sie küsst.

Kapitel 8

~Red~

Als um mich herum alles verschwimmt, will ich mich an der Säule abstützen, verfehle sie aber. Jaz packt mich und verhindert meinen Sturz. Innerhalb weniger Sekunden wird mir klar, wie weitreichend die Konsequenzen der Öffnung der Büchse der Pandora sein werden. Die Bevölkerung glaubt, sie sei nicht echt. Natürlich verunsichert sie das. Die Nachricht, dass wir nur aus Märchen für echte Menschen entsprungene Fantasiefiguren sind. So wie es in allen gängigen Nachrichtenportalen beschrieben wird. Mich irritiert das komischerweise nicht so sehr. Ich finde, ich bin immer noch ich selbst. So, wie vor und nach dieser Nachricht. Himmel, ja, es ist nur eine Nachricht! Wie oft wurde schon behauptet, das Internet wird abgeschaltet? Aber warum sind dann so viele andere völlig verzweifelt deswegen? Was hat das bitte zu bedeuten?

»Du darfst jetzt nicht aufgeben«, weist mich Jaz an. »Konzentrier dich.«

Er spricht es aus und nichts könnte wahrer sein. Ich muss mich auf Ever konzentrieren und auf den Plan.

»Spieglein, Spieglein in meiner Hand«, murmle ich in Richtung meines ausgeschalteten Handydisplays. »Wir brauchen gleich

ein Ablenkungsmanöver in diesem Land.« Ich zögere. »Und einen Fluchtwagen.«

Kaum eine Sekunde später taucht Spiegleins Gesicht auf. Er bläst die Backen auf, tut etwa so, als würde ich ihn um etwas Unmögliches bitten, nickt dann aber. Ohne auch nur ein einziges Wort verschwindet er wieder. Immerhin scheint er verstanden zu haben. Sicherlich hat er mir schon eine Weile nachspioniert, der kleine Whistleblower.

Unter uns schimpft die Prinzessin weiter, verdammt den Märchenwald und alle seine Bewohner mit ihm. Aber das ist nun egal. Hier wird es enden. Hier und jetzt. Also presse ich einmal fest die Augen zusammen, bevor ich mich aufrichte. Meine Hand streift über den kühlen Stein der Säule, will den Kontakt noch nicht ganz lösen.

»Jasemin!«, hebe ich meine Stimme. »Du kannst mit dem Theater aufhören. Wir sind hier, um dir ein Angebot zu unterbreiten.«

Augenblicklich verstummt die Menge unter mir und selbst Jasemin klappt den Mund zu. Sie und ihr ganzes Volk drehen die Köpfe in meine Richtung. Gleichzeitig. Wie hunderte ferngesteuerte Spielfiguren.

Eine Bewegung unten an der Mauer lässt mich kurz innehalten. Vier Wachen schieben sich an Rapunzel vorbei, ohne dass die sie aufhalten kann. Hatte ich auch nicht anders erwartet.

Jaz scheint das ebenfalls bemerkt zu haben.

»Sieh an, sieh an. Red gibt sich die Ehre«, höhnt Jasemin derweil von der Bühne aus, doch ab jetzt habe ich nur noch Augen für Ever. Mein Ever, der neben ihr kniet und mich aus aufgerissenen Augen anstarrt. Trotz der Hitze und seiner Lage scheint er in diesem Moment wieder Herr seiner Sinne zu sein. Gut so. Einen ohnmächtigen Ever

außer Landes zu schaffen, würde sich viel schwieriger gestalten. Dennoch wirkt er dehydriert, hat sicher seit Langem kein Wasser mehr bekommen.

»Dass du überhaupt noch Zeit hast, hier aufzutauchen, nachdem du den Märchenwald so allumfassend ins Chaos gestürzt hast«, richtet die Prinzessin ihre Worte nun direkt an mich. »Oder bist du hier, um deinen Kreuzzug gegen uns fortzuführen? War dir eine Büchse der Pandora noch nicht genug?«

Unwillkürlich frage ich mich, ob sie es war, die die Büchse an mich versendet hat. Aber diesem Mysterium muss ich später nachgehen. Nicht jetzt. Nicht, solange mich fünfzehn Meter Luftraum von meiner großen Liebe trennen. Ich betrachte ihn genauer. Schweiß steht auf Evers Stirn, einzelne Perlen fließen als Rinnsal seine Schläfen hinab, während er langsam den Kopf schüttelt, wie, um mir zu verstehen zu geben, dass ich abhauen, mein eigenes Leben retten soll. Doch dafür, so fürchte ich, ist es längst zu spät. Niemand wird uns mehr so einfach ziehen lassen. Mit oder ohne Ever.

Neben mir wirft Jaz nervöse Blicke über meine Schulter in Richtung der Treppe. Ich verlasse mich darauf, dass er die Lage im Griff hat und mich rechtzeitig vorwarnen wird. Denn ich möchte auf keinen Fall vor Jasemin Schwäche zeigen. Und mich nach potentiellen Verfolgern umzuschauen, würde eine Schwäche darstellen, mit der ich die Prinzessin erfreuen könnte.

»Verhandele mit ihr«, wispert Jaz.

Selbstverständlich ist mir bewusst, dass es Zeit dafür ist. Nur warum ist es jetzt Jaz, der nervös wirkt? Ich dagegen fühle mich von Atemzug zu Atemzug gefasster. »Ich habe ein Angebot für dich. So, wie du es verlangt hast. Wir übertragen dir ein Viertel des Märchen-

walds im Tausch gegen Evers Leben.« Als ich meine Stimme erhebe, versuche ich sie kraftvoll klingen zu lassen, so als ob mich Evers Lage nicht in meinen Grundfesten erschüttern würde. Meine Angst, ihn zu verlieren, nicht in jeder meiner Poren aufschreien würde, als gäbe es kein Morgen.

Jasemin legt den Kopf in den Nacken. Lacht dumpf auf, wie ich es früher schon einmal bei ihrem Vater gesehen habe. Nichts Weibliches liegt mehr darin. Nur Hochmut und eine Spur männliches Besitzdenken.

»Ein Viertel? Mehr ist dir das Leben deines Liebsten nicht wert? Mir hast du meinen Vater genommen. Für immer! Und dafür nehme ich dir diesen kleinen Werwolf. Ebenfalls für immer.«

Ihre Wut auf mich kann man aus jedem ihrer Worte heraushören.

»Gut, du bekommst ein Drittel. Wie klingt das?«

»Ich will alles. Wie klingt das?«

»Geradezu unmöglich.«

Ich tausche einen Blick mit Ever. Was, wenn wir diese Debatte nicht gewinnen können? Sollen wir ihr alles geben und hoffen, dass sie uns nicht mit einem Trick an unser Wort bindet? Das Biest ist gerissen und kennt alle Märchen. Clevere Teufelspakte sind nichts gegen Jasemin und ihre Methoden.

»Dann besiegelst du das Todesurteil für dein Happy End.« Jasemin hebt einen Arm, eine Geste in Richtung ihrer Untergebenen. Sofort setzen sich zwei Wachen in Bewegung, die bisher im hinteren Teil der Bühne gewartet haben, und packen sich Ever. An den Armen schleppen sie ihn zum Galgen, halten ihn unter den Achseln gepackt. Dann schnappt sich einer von ihnen den Strick, legt Ever in einer groben Bewegung die Schlinge um den Hals.

Hastig schnappe ich nach Luft. »Halt! In Ordnung. Der ganze Märchenwald soll dir gehören. Jeder einzelne Quadratzentimeter.«

»Hört ihr das?«, wendet sich die Prinzessin begeisterungsheischend an ihr Volk. »Wir werden Holz haben, Unmengen an Bäumen und Ackerland. Niemand von euch wird je wieder hungern müssen!«

Jubel brandet auf. Tatsächlich fallen mir auf einmal die unterernährten Kinder in der Menge auf. Zudem Menschen, auf deren dürren Leibern Kleider schlackern, die mehr Lumpen als Tücher sind. Dieses Land, Morgenland, kann seine Bewohner nicht ernähren, wird mir schlagartig klar. Im Schatten von Neverland und Märchenwald hatten die Morgenländer nie genug Essen. Warum ist mir das früher nie aufgefallen? Das Wüstenland kann nicht genug Nahrungsmittel produzieren. Harte Realität. Allerdings hätte Jasemin ja auch um Hilfe bitten können, finde ich. Oder mache ich mir da etwas vor?

Bitten Prinzessinnen etwa um Hilfe?, murmelt mein Unterbewusstsein. In der Regel eher nicht. Zumindest nicht diejenigen, die als Prinzessinnen geboren wurden wie meine Freundinnen Rose und Snow.

»Bringt den Vertrag!«, donnert Jasemin jetzt. Ein kleiner Junge in weißer Baumwollrobe und mit kaffeebrauner Haut eilt herbei, eine Pergamentrolle in der ausgestreckten Hand. »Hiermit übertrage ich, Red Riding Hood aus dem Märchenwald, im Namen von Prinzessin Snowwhite, ebenfalls aus dem Märchenwald und dessen quasi offizielle Anführerin ...« Jasemin kritzelt mit der Feder unsere Namen. Scheint einen vorausgefüllten Vertrag zu personalisieren. »... den kompletten Märchenwald samt aller Ländereien und

Bewohner an Prinzessin Jasemin aus dem Morgenland, was Letztere zur Alleinherrscherin über Morgenland und Märchenwald macht. Dem neuen Reich Morgenwald. Dafür erhalten sie den Werwolf Ever aus dem Märchenwald zurück. Sollte der Vertrag angefochten werden, soll es der Tod dieser drei sein.«

Was? Ich schnappe nach Luft. Soll das heißen, Ever, Snow und ich sterben, wenn wir den Vertrag brechen?

»Ab heute sollen beide Länder vereint unter dem Namen Morgenwald sein, einig unter Königin Jasemin!«

Erneuter Jubel im Publikum. Vereinzelt werden bunte Stofftaschentücher durch die Luft geworfen.

Wie bitte? Habe ich da gerade richtig gehört? Soll das heißen, sie lässt sich hier und jetzt zur Königin beider Länder krönen? Diese Frau ist verrückt! Tatsächlich eilen zwei weitere kleine Jungs in feinen Roben herbei, die ein riesiges Samtkissen zwischen sich balancieren. Auf dem roten Stoff thront eine ausladende Krone. Jasemin scheint Gefallen an Bräuchen aus dem Märchenwald zu finden. Das Ding wirkt wie eine exakte Kopie von Prinz Philips Krone, wenn man genau hinsieht. Nur viel größer.

Ever starrt sie ebenso überrascht an wie ich. Damit scheint auch er nicht gerechnet zu haben. Dieses Miststück hat das alles genau geplant! Neben mir atmet Jaz tief ein. Was sollen wir jetzt nur tun?

»So. Es ist an der Zeit, dass du den Vertrag unterzeichnest!« Jasemin rollt die Pergamentrolle zusammen, wedelt dann damit in meine Richtung. »Los, zück deinen Zauberstab und besiegle ihn mit Magie.«

Wieder schnappe ich nach Luft. Diesmal dumpf, als könne es niemals genug Sauerstoff für meine Lunge geben. Woher weiß sie,

dass ich den Feenzauberstab besitze? Ich starre Ever an, der mir schuldbewusst entgegensieht. Jasemin muss es aus ihm herausgepresst haben.

Und dann wird mir klar, dass nicht Jasemin es ist, die diesen Vertrag mit einer unbrechbaren Klausel versehen wird, sondern ich. In ihrem Namen. Sie hat uns ausgetrickst. Dadurch werden wir den Vertrag nicht wie geplant wieder lösen können. Falls doch, wird es nicht nur mein Leben kosten. Alles, wovor ich Angst hatte, tritt genau jetzt ein. Nur bin ich es und nicht sie, die alle unsere Hoffnungen zerstört, heil aus der Sache herauszukommen.

Doch da Ever immer noch gefesselt mit einem Strick um den Hals auf der Plattform steht, bleibt mir nichts anderes übrig, als es zu tun. Wir alle wissen es. Wie dumm von uns, die Prinzessin des Morgenlands zu unterschätzen.

Als ich den Feenzauberstab hervorziehe, zittern meine Hände. Jaz steht ganz steif da, so als suche er fieberhaft nach einer anderen Lösung. Aber hier gibt es nur eine einzige. Nur einen Weg für uns. Meine andere Hand kramt den Beutel mit dem Feenstaub hervor. In der Hoffnung, dass der Vertrag dann auch nur halb gilt, streue ich nur ungefähr die Hälfte der Menge an Feenstaub darüber, als Pan mir während unseres Trainings geraten hat. Aber natürlich ist das nicht mehr als eine kindische Hoffnung. Geradezu winzig. In Anbetracht der riesigen Verantwortung, die ich mir damit auflade.

Wenn wir mal der Wahrheit ins Gesicht sehen, flüstert die Stimme in meinem Unterbewusstsein, *nur wenn ihr drei Selbstmord begeht, kann der Märchenwald wieder zum Märchenwald werden. Die Entscheidung liegt letztendlich bei dir. Brich den Vertrag und das Land ist frei.* Wenn es doch so einfach wäre. Aber nachdem ich den Vertrag

besiegelt habe, steht nicht nur meines, sondern auch Snows und Evers Leben auf dem Spiel, sollten wir uns dazu entscheiden, ebendiesen Vertrag zu brechen.

»Los«, befiehlt Jasemin. »Hör auf zu zögern oder brauchst du eine gesonderte Aufforderung? Vielleicht sind die Beine deines Liebsten, die einen Meter über dem Boden baumeln, Ansporn genug?« Sie nickt in Richtung ihrer Henker.

Nein, die brauche ich nicht. Mir bleibt nichts anderes übrig, als schweren Herzens meinen Arm mit dem Zauberstab auszustrecken. »Ich, Rotkäppchen, genannt Red aus dem Märchenwald, besiegle diesen Vertrag mit Magie. Im Namen von Prinzessin Snowwhite übergeben wir dir den Märchenwald.« Ich stocke, aber das scheint genug für Jasemins Ohren zu sein.

»Allerbestens!« Sie klatscht in die Hände, während mein Herz schwer wie ein Sack Zuckerrüben wird.

Von rechts sehe ich einen kreischenden Schatten heranhüpfen. Alles geht auf einmal viel zu schnell. Gerade noch so kann ich zurückzucken, aber es ist zu spät. Ein Äffchen springt mich an, entreißt mir den Zauberstab. Bevor ich auch nur blinzeln kann, hüpft es gackernd weiter über die Mauer und von da aus aufs Dach, wo es hinter den Giebeln verschwindet. Ich reiße die Augen auf. Der Feenzauberstab ist weg. Entrissen von Aladins Affen. Das alles ist nichts als ein abgekartetes Spiel, geht mir auf. Eine gut geplante Scharade.

Immerhin lösen die Wachen unten gerade Evers Fesseln, weswegen ich den Zauberstab sofort wieder vergesse.

»Damit ihr eure neue Königin nicht in schlechter Erinnerung behaltet, lasse ich dich und deinen Liebsten gehen, kleine Red. Mein Geschenk an dich zur Feier meiner Krönung.«

Irgendetwas kommt mir seltsam an dieser plötzlichen Großzügigkeit vor. Vielleicht ist es auch die Tatsache, dass immer mehr Wachen den Gang entlang auf uns zukommen. Im Gleichschritt. Rapunzel kann ich nirgends mehr entdecken. Ist offensichtlich untergetaucht. Gut für sie.

Unten wird Jasemin gerade die Krone gereicht. Aber sie hält inne. Dreht sich so, dass sie mich direkt ansieht.

»Und nun sag mir, welcher der beiden hübschen Jungs ist dein Liebster? Wer kommt mit dir und wer bleibt bei mir?«

Mein Herz setzt zwei Takte lang aus, als ich ihr perfides Spiel durchschaue. Ich balle meine Hände zu Fäusten. Das kann sie nicht ernst meinen. Nur einen von beiden wird sie gehen lassen. Ever oder Jaz.

~Cinder~

Gemurmel weckt Cinder aus ihrem traumlosen Nickerchen. Zunächst braucht sie eine Sekunde, um zu begreifen, wo sie sich befindet. Aber dann setzt die Erinnerung mit einem Schlag ein.

Wieder Gemurmel. Spiegleins Stimme, die dumpf aus Snows Umhängetasche dringt.

»Hey.« Sie rüttelt ihre Freundin an der Schulter, doch es ist die Herzkönigin, die erwacht.

»Hol den Spiegel raus«, wispert sie. Niemand außer den beiden sieht zu, denn sowohl Pan als auch Snow hängen mit zurückgelegten Köpfen auf den Bänken der Kutsche. Mit steifen Fingern angelt Cinder nach Snows Smartphone.

Spieglein brabbelt irgendetwas, sagt jedoch gleich darauf gar nichts mehr. Ist offenbar schon wieder fort. Cinder starrt auf das Handy in ihrer Hand. Wie eine nicht enden wollende Twitternachricht ziehen sich in grüner Schrift die immer gleichen, sich wiederholenden drei Sätze über Snows ausgeschaltetes Handydisplay. Beinahe kommt sich Cinder vor wie in der Matrix. »Sie kommt. Die Königin bringt den Krieg. Nur das verlorene Kind kann sie stoppen.«

Verblüfft lauscht ihm Cinder, bis sie ihn vor Ungeduld schüttelt. »Schluss damit. Spieglein, was soll das? Bist du auf der Tastatur eingeschlafen?«

»W… Was?« Spiegleins Gesicht taucht flackernd auf und der Text verschwindet. »Nein, ich habe Hooks Facebook-Account nicht gehackt. Das war ich nicht!« Sobald er Cinder erkennt und vollkommen wach ist, stutzt er. Schuldbewusst senkt er den Blick. »Oh, du bist es.«

Bevor sie darauf eingehen kann, ziert Cinders Gesicht ein wissendes Lächeln. »Keine Sorge, von mir erfährt Jaz nichts. Geht mich auch nichts an. Aber du hast gerade im Schlaf gesprochen und getextet. Das interessiert mich!«

Neugierig lehnt sich die Herzkönigin nach vorn.

Cinder registriert es, macht aber keine Anstalten, den Taschenspiegel so zu neigen, damit auch die Königin einen Blick auf ihn werfen kann.

»Weiß nicht, was du meinst, Bloggerprinzessin. Ich muss auch schon wieder los. Red braucht mich. Verdammt, ich muss eingenickt sein und dann gerade jetzt, wo sie den Wolf retten will.«

»Lass Red mal eine Minute allein machen. Ich bin sicher, sie hat alles im Griff.« Cinder seufzt, wiederholt dann den Inhalt seines letzten Texts.

»Klingelt es jetzt bei dir?«, kann sich die Herzkönigin anscheinend nicht verkneifen zu fragen.

»Ja, liegt das an der schlechten Verbindung oder klingt deine Stimme echt so?«

Am liebsten möchte Cinder beide durchschütteln, bis ihre Zähne aufeinanderschlagen wie Würfel auf einem Casinotisch, beherrscht sich dann aber. Allerdings stellt sie sich insgeheim vor, wie sie sowohl Spieglein als auch der Herzkönigin eine Ohrfeige verpasst. Allein der Gedanke daran tut gut.

Pan gähnt, rutscht dann auf seiner Bank nach vorn. »Was ist denn hier los?«

Auch das noch. Bei seinem Anblick läuft Cinder auf einmal rot an. Warum auch immer. Eine vollkommen unangemessene Reaktion, findet sie, kann aber dennoch nichts daran ändern.

»Spieglein hat gerade im Schlaf erzählt, dass die Königin kommt. Und dass nur das verlorene Kind sie stoppen kann.«

»Wie? Die ist doch schon da?« Pan verzieht das Gesicht und deutet in Richtung der Herzkönigin.

Spieglein lacht über ihn. »Deine Gutgläubigkeit ist wie immer erfrischend.« Fast hat Cinder das Gefühl, als ob der Spiegel noch eine Beleidigung hinzufügen will, sie aber im letzten Moment hinunterschluckt.

»Sagt mal, könnt ihr euch auch leiser gegenseitig runtermachen?«, brummt Snow, dreht sich dann so, dass sie allen den Rücken zuwendet.

Cinder seufzt. »Okay, noch mal für alle: Spieglein hier, unser hyperaktives, elektronisches Frettchen –«

Pan hebt einen Zeigefinger. »Dressiertes Frettchen.«

»Das heißt domestiziert«, belehrt ihn die Herzkönigin.

Gut, warum auch einfach mal zum Punkt kommen? Das ist in dieser Runde eindeutig zu viel verlangt.

»Wie auch immer. Im Ernst jetzt: Spieglein muss Jasemin meinen. Sie wird gerade zur Königin gekrönt worden sein. Vielleicht hat Spieglein irgendeine Twitternachricht im Schlaf reinbekommen.« Bestimmt hackt er auch noch im Koma hunderte Webseiten und screent sämtliche Social-Media-Plattformen. Genau das würde Red jetzt sicher auch an ihrer Stelle sagen. »Die Moral der Geschichte: Königin Jasemin ist auf dem Weg zu uns. Der Krieg hat begonnen.«

»Ich überprüfe das mal kurz«, murmelt Spieglein und verschwindet.

Im selben Moment saust durch einen Spalt oberhalb der Kutschentür ein winziger Vogel herein und setzt sich auf die Schulter der Herzkönigin.

»Waaas?« Auf einmal ist Snow doch hellwach, zieht ihr Smartphone hervor und scrollt durch die Nachrichtenseite. »Hier steht nichts bei Märchenspiegel-online. Nur etwas von einer Pandemie, ausgelöst von der Büchse der Pandora?« Sie legt ihre Stirn in ein kompliziertes Faltenmuster. »Red soll schuld sein. Märchenwaldbewohner sind von einer Buchwurmkrankheit befallen und stecken in einer Sinnkrise, da alle nach und nach realisieren, dass es nach ihren Happy Ends nicht mehr für sie weitergeht. Schlagzeile: *Sind wir alle nur Erfindungen von echten Menschen?*« Sie blinzelt, stoppt dann das Scrollen durch die Nachrichtenseite. »Verrückt. Wie kann das sein? Und wenn ja: Wäre das so schlimm? Wir sind und waren doch immer wir?«

Pan hebt eine Augenbraue. »Fake-News?«

»Um diesen Sinnkrise-Quatsch kümmern wir uns später«, bestimmt Cinder. »Ich sehe das wie Snow. Wir sind wir, egal, was die Presse sagt, und gerade haben wir echt andere Probleme. Das Wichtigste zuerst.«

Snows Mundwinkel zuckt. »Dein Beauty-Youtube-Kanal?«

»Immer diese Luftnot nach deinen unerreichten Gassenhauern.« Cinder legt die Hand auf ihre Brust, als hätte sie Atemprobleme. Sobald sie sich allerdings von Pan beobachtet fühlt, lässt sie die Hände sinken. »Nein. Prinzessin Ich-will-euer-Land-Jasemin natürlich. Reds List scheint nicht funktioniert zu haben …«

»Ach so.«

Die Herzkönigin legt die Fingerspitzen aneinander. »Du meinst, es beginnt?«

Cinder nickt. »Uns läuft die Zeit davon. Und sie ist jetzt Königin.«

In diesem Augenblick erscheint Spieglein wieder in der Puderdose. Ein ziemlich außer Atem wirkender Spieglein. »Ich hatte recht. Selbst im Schlaf habe ich recht!«

Abwartend neigt Cinder den Kopf, sagt aber nichts. Manchmal muss man den Spiegel einfach weiterreden lassen. »Jasemin hat Red übers Ohr gehauen. Aladin hat gewittert, dass seine Frau ausgefuchster ist als ein morgenländischer Trickdieb.«

»Sieh an. Die nächste Ehekrise«, murmelt Snow.

In der Kutsche scheint die Temperatur auf Eisköniginnen-Palast-Niveau abzusinken.

»Jedenfalls«, fährt Spieglein fort. »Reds Plan, Jasemin auszutricksen, scheint gescheitert zu sein. Der Märchenwald gehört Jasemin. Komplett. Zu einhundert Prozent.«

Alle schlucken.

Snows Gesicht verfärbt sich gewitterwolkengrau. »Das kann nicht sein. Niemals!«

»Ich muss wieder los, Red braucht mich. Und Rapunzel stellt gerade etwas wirklich Strohdummes an.«

Sobald Cinders Hand mit dem Smartphone zu zittern anfängt, umschlingt Pan ihr Handgelenk. »Keine Sorge. Wir bekommen das wieder hin. Wir halten zusammen, in Ordnung?« Sein zaghaftes Lächeln soll ihr sicher Mut machen, doch Pans Berührung und dieser warme Ausdruck auf seinem Gesicht stürzen Cinder in einen Strudel an Emotionen. Ihre aufgewühlte Stimmung durch all die schlechten Neuigkeiten helfen ihr auch nicht gerade dabei, sich in seiner Nähe zu entspannen.

»Ja, oder Jasemin fällt hier ein, schlachtet alle Widerstandskämpfer ab und genießt dann die frischen Erdbeeren, die hier wachsen«, schlägt die Herzkönigin vor. »Dieses Land gehört nun ihr.«

»Nicht hilfreich«, faucht Snow sie an.

Eine Weile schweigen alle. Cinder beobachtet, wie sich Snows Gesichtsmuskeln in regelmäßigen Abständen an- und wieder abspannen. Der Vogel auf der Schulter der Herzkönigin reibt seinen Kopf an ihrer Schläfe. Jeder überlegt für sich, wie man das Jasemin-Problem in den Griff bekommen könnte; den Krieg verhindern kann, der so viel Leid mit sich bringen wird. Wahrscheinlich wird nicht nur Cinder in diesem Augenblick die ganze Dramatik ihrer Situation bewusst. Wenn sie nichts unternehmen, wird es niemand tun. Dutzende, wenn nicht hunderte Märchenwaldbewohner werden sterben oder unter Jasemins Herrschaft leiden.

Letztendlich seufzt Cinder, beschließt dann, mehr über die Büchse der Pandora herauszufinden. Die Legende des alten Griechenlands kennt sie, nur was hat dieser Unheilsbringer im Märchenwald verloren und falls die Gerüchte stimmen: Warum hat Red sie geöffnet? Nach ein paar Minuten hat sie alle Nachrichtenquellen auf ihrem Smartphone ausgewertet. Wie es scheint, hat Red diese ominöse Büchse geöffnet. Darin sind sich alle Nachrichtenagenturen einig. Eine Art Erkenntnis, wie damals bei den Griechen, soll ihr mitsamt einer Krankheit entwichen sein. Buchwurmbefall. Alle Infizierten leiden an Würmern in ihrem Darm. Allein der Gedanke daran dreht Cinder den Magen um. Allerdings nicht so sehr wie die Tatsache, die auch immer mehr in ihr Bewusstsein kriecht wie eine giftige Schlange: Sie selbst ist nur eine Märchenfigur, die nach ihrem Happy End nichts mehr zu tun hat. Sie, Cinderella, ist kein echter Mensch. Nur erdacht, um Menschen zu unterhalten. Die Erkenntnis trifft sie mit der Wucht eines Orca-Wals, der zurück ins Wasser platscht. Eine Erkenntnis, wie damals bei den Griechen: dass sie selbst kein perfektes Leben führt, jedenfalls nicht so, wie sie immer gedacht hat. Sie ist nicht mehr als eine nutzlose Buchfigur, wird nie etwas anderes sein.

~Red~

Natürlich liebe ich Ever. Keine Frage. Aber wie könnte ich Jaz einfach hier zurücklassen? Jaz, der mich bis in diese Falle, diese Wüstenhölle begleitet hat. Der sich in letzter Zeit irrsinnig bemüht,

den Vorfall mit dem Liebestrank wiedergutzumachen. Ich kann keinen von beiden hierlassen.

»Es ist okay«, raunt mir Jaz zu. »Nimm Ever und hau ab. Ich bleibe.«

Überrascht mustere ich ihn. Er würde das so einfach hinnehmen?

»Du kümmerst dich doch solange um Asher?« Eigentlich ist es keine Frage, sondern eine Feststellung von Jaz. Eine dunkle Haarsträhne rutscht ihm ins Gesicht. Er schiebt sie zurück, wischt sich gleichzeitig die Schweißperlen von der Stirn. Er braucht es nicht laut auszusprechen. An seinen Augen kann ich den fehlenden Satz, der zwischen uns steht, ablesen. »Ich würde alles für dich tun.«

Mein Magen schrumpft auf die Größe einer Erdnuss. Schweiß rinnt mir in Sturzbächen über den Nacken. Eigentlich will ich so vieles sagen, aber dann nicke ich nur. »Ich hole dich hier raus, sobald ich kann.«

Jaz nickt ebenfalls, sieht so sicher aus, dass ich mein Versprechen wahrmache. Wenn ich doch nur ebenso fest daran glauben könnte.

Ich habe das Gefühl, er würde jetzt nichts lieber tun, als mein Gesicht in beide Hände nehmen und mich zum Abschied küssen. Und das Komische daran ist: Ich würde es ihm erlauben. Heute schon. Denn es wäre, wie einem zum Tode Verurteilten seinen letzten Wunsch zu gewähren. Wirklich seltsam finde ich nur, dass ich mir genau jetzt eine Umarmung von ihm wünschen würde. Aber bevor diese merkwürdigen Gedanken mein Innerstes noch mehr durcheinanderwirbeln, drehe ich mich auf dem Absatz um, als müsse ich mich mit Gewalt von ihm lösen. Ich bin mir fast sicher, dass es Jaz auffällt. Dass er mir ansieht, welche Gefühle in

mir toben. Schlimm finde ich das eigentlich nicht. Gerade er kann Hoffnung in seiner Lage mehr als nur gebrauchen.

Jede einzelne Wache macht mir Platz, als ich den Weg nach unten zur Bühne nehme. Als ich einen Blick zurückwerfe, bemerke ich, wie sie enger um Jaz zusammenrücken. Ein besonders großer und schlanker Wachmann, vielleicht ihr Anführer, legt ihm eine Hand auf die Schulter. Der Anblick schmerzt.

Dagegen steht Jaz bloß regungslos da. Ohne einen Muskel zu rühren. Schaut nur mich an. Die Luft scheint zwischen uns zu flirren.

Aber dann sehe ich nichts als Ever. Nur Ever in allen seinen Facetten, als ich auf ihn zurenne.

Glasige Augen starren mir aus seinem Gesicht entgegen. Doch je näher ich komme, je schneller ich renne, desto weicher werden seine Gesichtszüge rund um den Knebel. Die Wachen schneiden bereits seine Fesseln durch, denn es ist klar, wen ich wähle. »Gib mir Ever, Jasemin. Oder ich vergesse mich!«

Aus der Kehle meiner früheren Prinzessinnenfreundin dringt ein irrer Laut, der entfernt an ein Lachen erinnert. Die neue Königin Jasemin richtet sich auf.

»So soll es sein. Geht. Lauft, lauft schon, ihr kleinen Bürger von Morgenwald. Verbreitet die Kunde von eurer neuen Königin. Aber vergesst nicht, dass es euer Leben kostet, wenn ihr mich betrügt. Deins und Snows und das von deinem niedlichen Hipster-Wolf hier. Genau wie das von deinem herzallerliebsten Piraten, der jetzt mir gehört.«

Sie schreckt also noch nicht mal davor zurück, Jaz' Leben zu bedrohen. Gut, wundert mich inzwischen nicht mehr.

In einer aggressiven Geste fletscht die Königin die Zähne, wie es ein ausgehungerter Vampir tun würde. Spitze Zähne in einem

puppenhaften Gesicht. Hat sie vielleicht schon länger ein Auge auf Jaz geworfen? Eigentlich auf alles, was mir gehört? Ich schlucke den Gedanken hinunter, da ich mich gerade wirklich nicht darauf konzentrieren kann.

Mit zwei Sätzen bin ich auf der Bühne, drücke mich wie beim Bocksprung ab und lande in der Hocke. Zuerst kümmere ich mich um Ever, dann werde ich mich mit dem Rest der unangenehmen Wahrheiten beschäftigen, die derzeit mein Leben beherrschen.

Gerade rechtzeitig kann Ever die Arme ausstrecken, um mich aufzufangen. Ich versuche, nicht allzu viel Kraft in meine Umarmung zu legen, was mir allerdingst nicht so wirklich gelingt. Zu dringend muss ich seine Haut auf meiner fühlen, seinen Herzschlag spüren, seinen Geruch einatmen. Obwohl ich um seinen dehydrierten Zustand weiß. Ich brauche diese Umarmung so sehr. Wahrscheinlich noch mehr als er.

Sobald ich in seinen Armen liege, schließe ich die Augen, seufze erleichtert. Am liebsten möchte ich mir vorstellen, mit ihm allein im Märchenwald zu sein. Dass uns keine Menschen beobachten, sondern nur Tiere – und schlimmstenfalls der Whistleblower.

Leider taugen meine Imaginationskräfte nicht viel. Unglücklicherweise tut mir auch niemand den Gefallen, sich in Luft aufzulösen.

Eine Wache auf einem fliegenden Teppich umkreist uns. Filmt Ever und mich und hält dann die Kamera auf Jasemin, die sich die Krone auf ihrem Haupt zurechtrückt. Offensichtlich sind wir gerade live im Fernsehen. Verdammt. Auch das noch. Wie sollen wir nun von hier wegkommen? Zu Fuß durch die Wüste? Mit einem entkräfteten Ever?

»Ach, Red«, murmelt er an meinem Ohr. Seine Stimme klingt heiser. Ein schrecklicher Verdacht keimt in mir auf. Ob Jasemin ihn gefoltert hat? Wie sonst soll sie all die Informationen aus ihm herausgepresst haben? Vielleicht schafft er es nicht mal lebendig aus der Wüste heraus.

Unsere Flucht ist quasi schon vorüber, bevor sie angefangen hat. Genauso gut könnten wir mit Jaz im Morgenland bleiben. Allerdings werde ich vor Jasemin niemals Schwäche zeigen. Egal, wie hart es kommt, ich werde Ever hoch erhobenen Hauptes aus dieser Stadt schleifen. So viel steht fest. Vielleicht finden wir auf dem Weg durch die Wüste auch wieder mit Rapunzel zusammen.

»Du bist tatsächlich gekommen.«

Überrascht neige ich den Kopf. »Hast du etwa daran gezweifelt?«

»Nein.« Für mehr reicht seine Stimme offenbar nicht aus.

»Lass uns gehen.« Ich greife nach seiner Hand, bringe es nicht über mich, zu erklären, dass vor den Toren der Stadt um Jasemins Palast niemand auf uns wartet. Dass wir keinen Zauberstab mehr haben und nur noch eine halbvolle Flasche Wasser. Wenn wir Jasemins Hof verlassen, sind wir auf uns allein gestellt.

Wir setzen uns in Bewegung. Erst einen Schritt. Dann zwei. Wie erwartet stützt sich Ever halb auf mich, was jede meiner Bewegungen in der Hitze noch kraftraubender macht als sowieso schon. Aber egal. Auch diese Herausforderung werde ich meistern. Das Kinn hoch erhoben, schleppe ich Ever an Jasemin vorbei. Ihre Wachen lassen uns ziehen.

»Es tut mir so leid«, flüstert Ever wieder und wieder mit seiner kratzigen Stimme. »Ich hätte dich nicht verlassen sollen. Kannst du mir das verzeihen?«

Jedes Mal versichere ich ihm, dass ich das kann. Dass wir das alles wieder hinkriegen. Nach Hause kommen, den Krieg verhindern, seinen Job im Käsetagesblatt zurückergattern. Alles, was ihm irgendwie helfen könnte, durchzuhalten. Damit er den Glauben an uns nicht verliert.

Schon bald kann ich Jasemin in unserem Rücken gackern hören. Ever und ich werden immer langsamer. Alles dreht sich und ich habe das Gefühl, der Boden kommt uns entgegen. Oder gehe ich immer weiter in die Knie? Vielleicht liegt es an mir. Ich brauche eine Pause. Nachdem ich stehen geblieben bin, werfe ich einen Blick zurück. Wir haben weniger Strecke hinter uns gebracht, als ich angenommen hatte. Erst ungefähr ein Drittel des Wegs bis zum Stadttorbogen. Verflucht, das schaffen wir niemals. Und wo bitte steckt Rapunzel? Die ganze Stadt scheint uns nachzugaffen, aber nirgends kann ich Rappienz' Gesicht erspähen.

Mit zitternden Händen ziehe ich meine Wasserflasche aus der Umhängetasche. Leider entgleitet sie meinen Fingern, was eigentlich nicht anders zu erwarten war. Beinahe halte ich den Atem an, aus Angst, das Plastik könnte aufplatzen und die für mich so wertvolle Flüssigkeit verloren gehen.

Glücklicherweise geschieht nichts dergleichen. Sie schlägt auf, bleibt aber heil, rollt nur ein kleines Stückchen über den Sand, der überall den Steinboden bedeckt. Erleichtert will ich sie schon aufheben, gehe vorsichtig in die Knie und hoffe, dass Ever neben mir die Balance nicht verliert, da erscheint ein Fuß in meinem Blickfeld. Ohne zu zögern, tritt der Besitzer des Fußes meine Wasserflasche einfach weg. Geradewegs hinein in die Menge. Gelächter ertönt überall um mich herum. Sie ist weg. Unser Wasservorrat ist damit

verloren. Für einen Moment schließe ich die Augen. Kann es noch schlimmer kommen?

Jetzt lacht auch Jasemin hinter mir über mein Missgeschick. Was mich nur noch wütender werden lässt. Was bitte sollen wir jetzt tun? Den langen Marsch durch die Wüste ohne Wasser antreten? Das wäre ein Himmelfahrtskommando. Schließlich kann Ever kaum laufen. Nachdem ich mich mehrere Sekunden lang umgesehen habe, greife ich in meine Tasche.

»Spieglein, Spieglein in meiner Hand, schick uns Rettung in dieses Land.« Nichts passiert. »Und zeig mir, wo Rapunzel steckt«, füge ich hinzu. Keine Reaktion. Ich schüttle das Handy. Nichts geschieht. Letztlich wähle ich in meiner Verzweiflung Spiegleins Nummer. Besetzt. Es ertönt tatsächlich das Besetztzeichen. Gerade jetzt ist der Whistleblower beschäftigt? Ich glaube es ja nicht!

Mitten in meinen Überlegungen beginnt Evers Atem zu rasseln. Er legt den Kopf in den Nacken. Irgendwo in der Luft summt etwas. Nein, es surrt eher wie eine Drohne.

Ich drehe mich um.

»Da«, haucht Ever. »Ist das eine Fata Morgana?«

»Nein. Ich sehe es auch.« Ein fliegender Teppich stürzt aus einem offenen Fenster des Palasts, der hinter der Henkersplattform aufragt, genau auf uns zu. Auf dem Teppich, die goldenen Bommel zum Steuern fest in der Hand, kniet Rapunzel und um ihren Hals schmiegt sich … die Grinsekatze? Wahrscheinlich ist das doch eine Fata Morgana. Mein Hirn leidet bestimmt schon unter akutem Flüssigkeitsentzug.

Aber nein, das merkwürdige Gespann kommt immer näher. Die Grinsekatze faucht, als Rapunzel den Teppich so tief lenkt, dass

sie einige Kopftücher und Turbane davonwischt. Leute kreischen, während Wachen Säbel ziehen.

»Hey, ihr da«, ruft uns Rapunzel zu. »Die Katze hier ist infiziert. Habt ihr sicher schon gehört. Weg mit euch.«

Alle stutzen, nehmen dann aber tatsächlich die Beine in die Hand. Nur Ever und ich bleiben stehen.

Dann ist Rapunzel mitsamt Teppich und fauchender Miezekatze bei uns. Das Fell gesträubt tut sie so, als würde sie eine Pfote zum Gruß nach unten beugen.

»Was steht ihr da noch so rum, springt auf!« Das muss mir Rapunzel nicht zweimal sagen. Mit ihrer Hilfe manövriere ich den fast bewusstlosen Ever auf den Perserteppich, der wie ein Pferd in der Luft vor sich hin trippelt. Danach zieht Rapunzel mich auch nach oben.

»O Mann«, stöhnt Ever. »Hätte nicht gedacht, dass du auch mal *mich* retten musst.«

Ich schiebe mir ein paar Haarsträhnen hinter die Ohren, versuche mich dann an Rapunzels Schulter festzuhalten und gleichzeitig meinen Griff um Evers Hüfte nicht zu lockern. Selbstverständlich verlagert die Katze ihr Gewicht so, dass sich ihr Po nun genau auf meiner Hand platziert.

»Bitte lass uns daraus keine Ehekrise machen. Nicht so wie bei Cinder und Charming.«

Ever gluckst.

Ein Ruck fährt durch den Teppich, bevor er eine Art Raketenstart hinlegt. Da ich seitlich auf ihm zwischen Ever und Rapunzel knie, komme ich mir beinahe wie auf einem viel zu schnellen Skateboard vor. Köpfe verschwimmen unter uns.

»Ja, flieht nur. Zittert vor Angst vor mir!«, schreit uns Jasemin hinterher. Aber ihr Gezeter kümmert mich nicht mehr. »Warte, Rappienz! Jaz ist noch da hinten auf der Mauer!«

»Ist das dein Ernst? Ich kehre nicht wegen einem Piraten um, der dich unter Drogen gesetzt hat!«

»Bitte. Tu es für mich.«

Als Rapunzel nicht reagiert, nehme ich meine Hand von ihrer Schulter, packe stattdessen das Teppichende mit dem Bommel und reiße es nach rechts. Der Teppich schlingert, aber mir gelingt es, sowohl mein Gleichgewicht als auch Ever zu halten.

Nur die Grinsekatze rutscht beinahe von Rapunzels Schultern, fährt die Klauen aus und schlägt sie in das Fleisch meiner Freundin. Rapunzels Schrei hallt von den Mauern des Markts wider.

Aber ich kann nicht innehalten, drehe eilig unser Gefährt und sause auf die ungefähre Stelle zu, an der ich Jaz vermute. Tatsächlich beugen sowohl er als auch seine Wachen sich mit großen Augen über die Mauer. Blitzschnell lasse ich den Perser auf sie zusausen, halte dann nur drei Meter direkt vor Jaz' Gesicht an. Von irgendwoher bilde ich mir ein, Monstergebrüll zu hören.

Der Teppich taumelt, aber ich habe alles im Griff, zucke nicht einmal. Da wir jetzt vollkommen ruhig in der Luft schweben, erlaube ich mir, Ever loszulassen. Stattdessen packe ich mir die Grinsekatze am buschigen Schwanz und wedle mit ihr vor den Augen der Wachen herum.

»Die Katze ist infiziert. Wenn ihr keine Buchwürmer wollt, sucht euch besser dringend einen Mundschutz!«

Meine Worte wirken. Allesamt weichen sie zurück, schlagen sich ihre weißen Umhänge wie Schals vors Gesicht. Nur Jaz durchschaut

meinen Trick, klettert bereits über die Brüstung und springt auf den Teppich, ohne dass ich ihn dazu auffordern muss. Seine Augen leuchten dabei genauso wie meine. Auf unsere eigene Art haben wir Jasemin doch noch ein Schnippchen geschlagen.

Nur sind wir nicht nah genug dran.

Oder Jaz hat Angst über den schmalen Teppich zu fliegen statt darauf zu landen. Mit Schrecken verfolge ich, wie er nur mit halbem Oberkörper aufkommt, dann abrutscht. Die Katze faucht, aber ich kann mich nicht schnell genug zu Jaz drehen. Für einen schrecklichen Moment glaube ich, dass er in der nächsten Sekunde nach unten in die Tiefe stürzen wird.

Aber ganz plötzlich packen zwei Hände Jaz' gesundes rechtes Handgelenk. Halten ihn eine quälend lange Sekunde und ziehen ihn dann nach oben über den Teppichrand. Es ist Ever, dem die Hände gehören und der da neben mir auf dem Bauch liegt. Schnell setze ich die Katze zurück auf Rapunzels Schulter, helfe dann Ever dabei, Jaz sicher heraufzuziehen. Als er endlich neben mir kniet, falle ich ihm erleichtert um den Hals.

»Ja, manchmal muss man auch über den Teppichrand hinaussehen«, bemerkt die Katze.

»Ihr Dummköpfe!«, kreischt Jasemin. Offenbar meint sie damit ihre Wachmänner. In ihr Geschrei stimmt das Äffchen ein. »Her mit dem Zauberstab. Wie benutzt man das Ding?«

Als ich einen Blick zurückwerfe, sehe ich wie Jasemin mit dem Feenzauberstab wedelt. »Hokuspokus, ich brauche ein Lasso für den Piraten.« Natürlich passiert nichts.

»So einfach ist Magie leider nicht!«, lasse ich mich dazu hinreißen zu rufen. »Der Stab reagiert nur bei Leuten mit hohem IQ.«

Jasemin guckt blöd.

»Genau. Arbeitet nur mit intelligenten Menschen zusammen!«, setzt Rapunzel noch einen drauf.

Mir geht auf, dass Jasemin absolut keine Ahnung von der Magie des Feenzauberstabs hat und ich daher bei der Vertragsbesiegelung einfach hätte schummeln können. Womöglich hat sie nicht einmal gesehen, wie ich den Feenstaub benutzt habe. Verdammt. Aber selbst wenn ich keine echte Magie gewebt hätte, wahrscheinlich würde sie uns persönlich umbringen, wenn wir es wagen, den geschlossenen Vertrag zu brechen.

Immerhin verfolgt uns niemand. Kein anderer fliegender Teppich ist in Sicht. Dem Himmel sei Dank.

»Reizt das Monster nicht auch noch«, kichert Jaz. Doch seine Freude übertönt seinen Vorwurf. Er drückt mich. Hält dann sowohl mich als auch Ever fest, als Rapunzel den ersten Gang einlegt und wir nach vorn schießen. Und dafür kann ich ihn einfach nur lieben.

~Cinder~

Kaum hat die Kutsche angehalten, springt Cinder auch schon heraus, was nicht nur ihrer vollen Blase geschuldet ist, sondern vor allem der unangenehmen Enge in dem Gefährt. Die frische Luft um sie herum schmeckt nach Freiheit. Endlich ist da mehr Raum zwischen ihr und Pan.

Nach ein paar Minuten hat sie sich wieder im Griff. Ein Blick zurück zur Kutsche zeigt, dass alle die Pause nutzen, um ihre Beine zu strecken. Sie begegnet dem Blick der Herzkönigin. An irgend-

wen oder irgendwas erinnert sie dieser Ausdruck in ihrem Gesicht. Dem Gesicht der Königin. Aber sie kommt nicht sofort darauf. Und da ihr bei länger andauernden Betrachtungen der Königin immer ein eisiger Schauer über die Nackenmuskulatur fährt, wendet sie sich eilig ab. Damit niemand auf die Idee kommt, mit ihr ein Gespräch anzufangen, greift sie in ihre Tasche und holt ihre Kopfhörer hervor, die sie mit ihrem Handy verbindet, aber dann doch vorerst nur um ihren Hals legt, anstatt sie direkt zu benutzen. Irgendwie fühlen sie sich schwerer an als sonst. Oder ihre Wahrnehmung hat langsam einen Knacks abbekommen. Wer könnte es ihr auch verübeln? Oder ist es die sprichwörtliche Last der Verantwortung, die auf ihre Schultern drückt?

Wie aufs Stichwort kommt Pan auf sie zugesteuert. Oh, oh.

Entschlossenheit zeigt sich auf seinem Gesicht und durch seine geballten Fäusten. Ist er etwa immer noch verstimmt, weil er glaubt, sie würde zu Charming zurückkehren?

Mit angehaltenem Atem wartet Cinder darauf, dass er etwas sagt. Doch Pan bleibt lediglich vor ihr stehen, fährt sich dann über die Brust.

Eine Weile betrachtet sie sein grünes Shirt, das über seinem Oberkörper spannt. Pan ist nicht gerade knallhart trainiert wie Jaz, aber man kann die Muskeln erahnen, die unter einer Schicht Babyspeck schlummern. Er ist breit gebaut, aber nicht definiert. Schlank, aber nicht dünn oder muskulös. Der Anblick lässt Cinders Herz höherschlagen. Pan ist süß und so wahnsinnig anziehend wie Kürbiskuchen.

Auch wenn sie jetzt etwas zu sagen gehabt hätte, nichts wäre ihr über die Lippen gekommen.

»Ähm …« Unschlüssig kratzt er sich im Nacken, sucht anscheinend nach den passenden Worten. »Ich wollte mich entschuldigen, dass ich so grummelig war auf der Fahrt hierher. Ich weiß auch nicht, was ich mir gedacht habe … Natürlich bist du verheiratet.« Seine Stimme beginnt zu kieksen. »Mit Charming.«

Auf diese Ansprache hin sackt Cinders Herz zwei Etagen tiefer. Wie niedlich er ist. Jetzt entschuldigt er sich auch noch bei ihr! Das hätte sie ganz sicher nicht erwartet.

»Du brauchst dich nicht zu entschuldigen. Ich weiß auch noch gar nicht, ob ich zu Charming zurückgehe.«

Kaum hat sie es ausgesprochen, hellen sich Pans Gesichtszüge auf. Ganz so wie bei einem Farbenblinden, der zum allerersten Mal in seinem Leben alle Spektren des Regenbogens wahrnehmen kann. Er öffnet den Mund, schließt ihn aber gleich wieder. Nickt infolge dieser unerwarteten Eröffnung lediglich.

Ganz zaghaft hebt Cinder ihre linke Hand, lässt sie in Richtung von Pans Oberarm wandern. Dort, wo das Tattoo beginnt.

Pan hält den Atem an, lässt ihre Finger nicht aus den Augen, die langsam näherkommen. Seine Augen scheinen eine Spur glasig zu werden. Irgendwie entrückt, aber voller Vorfreude.

Aber dann, ganz plötzlich reißt etwas Cinder zurück. Um ihren Hals zieht sich eine Art Strick zu. Viel zu spät wird ihr klar, dass es die Kopfhörer sind, die sie da zu erwürgen versuchen. Wie von Geisterhand haben sich die Schnüre um ihren Hals gewickelt und zugezogen. »Hmpf!« Sie röchelt, zerrt an den weißen Schnüren. Doch vergeblich. Mit schreckgeweiteten Augen fängt Pan sie auf, als ihre Knie nachgeben. Ihr Gesichtsfeld verkleinert sich, ihre Beine zucken, bis alles um sie herum schwarz wird.

»Nein«, schreit Pan. »Verdammte Kopfhörer!«

Zum Schluss entweicht ihrer Kehle nicht mal mehr ein Keuchen. Aber dann ändert sich wie von Geisterhand die Perspektive. Wie aus weiter Ferne kann Cinder die Szene betrachten. So als würde sie über ihrem Körper schweben.

Voller Verzweiflung reißt Pan an den Schnüren, beißt sogar hinein. Schließlich schafft er es tatsächlich, die Kabel zu lösen und mitsamt den Ohrstöpseln fortzuwerfen.

»Cinder?« Er rüttelt an ihrer Schulter, was zu seinem Missfallen keine Reaktion hervorruft. »Nein, nein, nein!«

Snow und die Herzkönigin nähern sich, Snow schlägt sich eine Hand vor den Mund. »Ist sie tot?«

Kreischend flattert der Minivogel, der bis jetzt auf der Schulter der Herzkönigin gesessen hat, davon, stößt sich so hart von der Schulter der Königin ab, dass sie zusammenzuckt.

Pan rauft sich die Haare beinahe so wie die Marktweiber, wenn sie einen Krug zerbrochen haben.

»Cinder, nein!« Seine Stimme klingt zorniger. »Du darfst nicht tot sein!« Er nimmt ihr Gesicht in beide Hände, starrt auf ihre geschlossenen Augen hinunter. »Tu mir das nicht an!«

Keuchend lässt Snow ihre Hand sinken. »Ist sie von den Kopfhörern erwürgt worden?«

Pan nickt, wobei sein Kinn so tief auf seine Brust rutscht, als wolle er nie wieder den Kopf heben.

»Aber, aber ... das sind nicht Cinders. Ihre Kopfhörer haben so eine komische rosa Schleife an der Stelle, an der sie zusammengehalten werden.«

Was auch immer sie sagen würde, Pan hat wohl nicht die Absicht zu reagieren, starrt nur weiter die leblose Gestalt am Boden an, streicht über ihre Wange.

»Das ... das ist ja wie damals bei mir und dem Gürtel«, schwafelt Snow weiter. »Das ... ja, doch, das sieht mir ganz nach Banes Handschrift aus!«

Damit erlangt sie doch noch Pans Aufmerksamkeit. Ganz langsam blickt er zwischen Snow und Cinder hin und her. »Du meinst, das ist Banes Werk?«

Snow überlegt einen Moment. »Ja, sie muss diese verzauberten Utensilien in Cinders Tasche fallen gelassen haben, als sie sie gestern umarmt hat. Dieses Miststück!«

»Moment.« Pans Augen wirken gehetzt, wie zwei Hummeln in seinen Augenhöhlen. »Damals bei dir ... wie hat Prinz Philip dich von den Toten zurückgeholt?«

Natürlich weiß er es und daher spricht er es keine halbe Sekunde später gemeinsam mit Snow aus: »Durch einen Kuss.«

Er zögert keine Sekunde, dreht sich zu ihr. Beide Hände an die bleichen Wangen der vermeintlich Toten gelegt, fahren seine Daumen ihre Kieferknochen nach. So hatte er sich ihren ersten Kuss vermutlich nicht vorgestellt. Als Nächstes senkt er seine Lippen auf ihre, bemerkt dabei nicht, wie Snow ihren Hexenzauberstab zückt und leise »Leben, life, vie«, wispert. Als sie den Blick der Herzkönigin bemerkt, fügt sie ebenso leise hinzu: »Nur zur Sicherheit.«

Doch es passiert nichts. Einfach nichts.

Eine einzelne Träne entgleitet Pans Augenwinkel. Es hat nicht funktioniert. Es wird keine Zukunft für Pan und Cinder geben. Nie mehr. Snow legt ihm in einer beinahe mitfühlenden Geste

eine Hand auf die Schulter, kann dabei offensichtlich ihre eigenen Tränen kaum stoppen.

Wieder und wieder schluchzt er ihren Namen, schaukelt dabei vor und zurück, was ihn nicht weniger verrückt wirken lässt als die Herzkönigin. »Cinder. Cinder!«

Ein Geräusch lässt ihn aufsehen. Pan ist aus seiner Trance gerissen, starrt auf Cinder herab, die jetzt hustet.

Aber Snow lächelt. Beinahe eine Spur nostalgisch. Noch während sie deutlich hörbar ausatmet, streicht sie sich eine Haarsträhne zurück. »Wie damals bei mir.«

Cinder lebt. Kaum zu fassen. Pan zieht sie in seine Arme, noch bevor sie ihre Augen ganz aufgeschlagen hat. »Was ist passiert?«

»Du wärst fast an Banes verzauberten Kopfhörern gestorben. Gut, dass ihr mich dabeihabt«, informiert Snow sie in ihrer ganz eigenen, hilfreichen Art.

»Oh. Ja, mich hat etwas gewürgt.« Mehr sagt sie nicht. Sieht dann Pan lange an. »Ich hatte einen Traum.« Sie zögert, wagt es kaum den nächsten Satz zu formulieren. »In dem Traum hast du mich geküsst.«

»Ist nicht wahr«, meint die Herzkönigin von irgendwoher hinter Pan. Da sie so klein ist, kann Cinder sie jedoch nicht entdecken.

Pan fährt sich mit der Zunge über eine Seite seiner Oberlippe. »Oh, wäre das denn so schlimm?«

Cinder lächelt. »Nein, gar nicht.«

»So im Sinne von: im Gegenteil?«

»Vielleicht.« Auch Cinder lässt sich zu einem verschmitzten Lächeln hinreißen. Irgendwo außerhalb ihrer Sichtweite ertönen Würgegeräusche. In Stereo.

~Red~

Gut gelaunt wie immer navigiert uns Spieglein zu Snows aktuellem Aufenthaltsort. Sarkasmus Ende.

»Wäre das dann alles?«, mault er aus Rapunzels Taschenspiegel.

»Over and out«, bestätigt die Spiegelbesitzerin heiter. »Wie landet man das Ding noch mal?«

Einen Augenblick lang setzt mein Herzschlag aus. Große Frau Holle, bitte lass uns nicht abstürzen.

»Kleiner Scherz. Hab doch noch das Handbuch im Kopf.« Rapunzel grinst, klopft sich dann mit der Faust gegen den Schädel. Schreck lass nach.

Der Teppich trudelt ein bisschen, während wir tiefer über die Baumwipfel sinken. Hastig greife ich ein und packe das rechte Ende des Teppichs. »Pass auf, Rappienz!«

»Hallo, der ist noch auf Autopilot. Jetzt mal nicht die Nerven verlieren.«

»Nerven, Verstand, Hungergefühl … hab ich alles schon lange hinter mir gelassen. Ungefähr hinter der zweiundneunzigsten Wüstendüne.«

Tatsächlich sinken wir langsam auf einen Weg hinunter, der zu einer ganz kleinen Lichtung führt, an dessen Rand Lavendel durch Grashalme hervorblinzelt. Irgendetwas ist komisch an der Szene, die sich uns dort unten bietet. Etwas entfernt von ihrer Kutsche stehen Snow und die Herzkönigin nahe bei Pan, der eine etwas benebelt wirkende Cinder in den Armen hält.

Ein bisschen erinnern die beiden an Ever und mich, wie ich ihn aktuell an mich gezogen habe.

Die Grinsekatze faucht beim Anblick der Königin, worauf Rapunzel sie tätschelt.

»Gutes Kätzchen.« An mich gewandt fügt sie hinzu: »Sieht aus, als würden sie für ein Theaterstück proben. Romeo und Julia oder so. Was meinst du?«

Jaz knurrt. »Was will die Herzkönigin denn hier?«

Offensichtlich bin ich die Einzige, die keine Zeit für Kindereien hat. Gleich nach der Landung kann ich nicht anders, als zu meinen Freunden rüberzuschreien: »Habt ihr Wasser dabei?«

»Ja, in der Kutsche.« Snow deutet hinter sich.

Wasser. Mit diesem Ziel vor Augen rutsche ich vom Perserteppich, ignoriere Rapunzels Geplapper sowie Jaz' böse Blicke in Richtung der Königin und schleppe Ever die letzten paar Meter bis zur Kutsche. Wir schaffen das. Zwar klebt mir vor Durst der Gaumen am Rachen fest, aber mich wird nichts mehr aufhalten. Die Aussicht, dass ich Ever gleich mit Wasser versorgen kann, treibt mich zusätzlich an.

Später weiß ich nicht mehr, wie ich das alles hinbekommen habe. Aber keine zwei Minuten später leert Ever eine halbe Wasserflasche. Da er völlig übermüdet aussieht, lege ich ihn auf eine Sitzbank in der Kutsche; verspreche, bald wieder bei ihm zu sein. Eigentlich will ich mich so schnell nicht wieder von ihm trennen. Andererseits weiß ich, dass ich jetzt nicht egoistisch sein darf. Zu viel steht auf dem Spiel. Beim Herausschlüpfen aus der Kutsche schnappe ich mir selbst eine Wasserflasche. Meine Kehle saugt die Flüssigkeit dankbar auf und erst jetzt bemerke ich, wie nahe am Verdursten ich eigentlich war.

»Snow«, herrsche ich als Nächstes meine Freundin an. Als ich auf sie zusprinte, berühren meine Füße kaum den Waldboden. Viel-

leicht auch eine Nachwirkung von unserem Flug auf diesem störrischen Stück geknüpfter Wolle. »Was ist hier los?«

»Ach, hier wäre nur fast jemand gestorben«, meint die Herzkönigin achselzuckend.

Sowohl Rapunzel als auch die Grinsekatze lassen die Königin nicht aus den Augen. Fast habe ich das Gefühl, dass die beiden etwas planen. Einen Anschlag mit Tomaten vielleicht. Nur Jaz steht steif daneben, scheint irgendwie nach Luft zu ringen. Mit zusammengekniffenen Augen mustere ich alle nach und nach, bis sie das Schweigen schließlich nicht mehr aushalten.

»Bane muss Cinder Kopfhörer in die Tasche geschmuggelt haben, die mit ihrer tödlichen Wandel-Magie behaftet waren. Das Kabel hat sie erwürgt. Aber Pan hat sie wieder wachgeküsst.«

Während Pans Brust nach Snows Erklärung vor Stolz anschwillt, tauscht Snow mit der Herzkönigin einen Blick. Ja, wie auch immer. Ich beschließe, dass ich gar nicht wissen will, was die beiden da an Geheimnissen teilen. Manchmal ist es besser, nur die wesentlichen Aspekte der Wahrheit zu kennen.

»Ja, ja, der Wahre-Liebe-Kuss«, seufzt Jaz, greift gleichzeitig nach meiner Hand. Eine Spur Nostalgie schwingt in seiner Stimme mit.

Aus dem Augenwinkel bemerke ich, wie sich die Herzkönigin versteift, dann mit ihrer Igelnase zuckt.

»Als ob. Prinzessin Snowwhite hatte sich damals lediglich verschluckt, war infolgedessen in Ohnmacht gefallen. Ähnlich wie es hier bei Miss Kichererbse der Fall war.«

Pan bedenkt die Königin mit einem mörderischen Blick, aber für Streit haben wir jetzt keine Zeit.

»Könnt ihr euch bitte eine Sekunde auf das Wesentliche fokussieren?« Blinzelnd starren sie mich an. Jaz, Pan, Cinder, Rapunzel, Snow und die Herzkönigin. Selbst die Grinsekatze. »Bei allen sieben Geißlein, ihr habt echt die Aufmerksamkeitsspanne eines Goldfischs. Jasemin hat sich soeben dieses Land einverleibt. Wir stehen offiziell im neu ausgerufenen Morgenwald. Zu allem Unglück können wir den Vertrag nicht brechen, sonst sterben Ever, Snow und ich. Rapunzel und Jaz haben euch doch sicher berichtet, was geschehen ist? Außerdem geht hier eine Pandemie um, die nicht nur eine körperliche Krankheit bei den Bewohnern auslöst, sondern auch eine tiefe Sinnkrise. Davon müsst ihr auch gehört haben.« Wir alle haben es. Zudem nagt an uns allen die Theorie, nein, die Gewissheit, dass wir zu nichts nutze sind nach unseren Happy Ends. Nur erfundene Buchfiguren in einem von echten Menschen ausgedachten Märchenreich. Aber diesen Gedanken wische ich fort. Bis nach ganz hinten in den letzten Winkel meines Hirns. Dafür ist die Zeit noch nicht gekommen. Später, sehr viel später werde ich mich damit befassen. Ein Problem nach dem anderen.

»Ja. Wissen wir.« Snow nickt. »Die Lage ist dramatisch und damit meine ich keinen Schmink-Unfall.«

Dramatisch. So wahr.

Schließlich, nach längerem Schweigen unserer Runde, während dem nur ein Specht zu hören ist (und leises Schnarchen aus der Kutsche), starre ich die Grinsekatze an, die mit hocherhobenem Schwanz um Rapunzels Beine streift.

»Wie bist du eigentlich ins Morgenland gekommen?«, will ich von der Katze wissen.

»Geritten.«

»Geritten?«

»Ja, auf Pyras Rücken. Monster können wahnsinnig schnell laufen, weißt du?«

Zischend atmet Snow ein. »Pyra? Du meinst das Pyranthocorn aus Wonderland? Das Monster?«

Ich atme tief ein. Ein Monster also. Und natürlich hat Snow es bereits persönlich kennengelernt. Monster finden untereinander eben immer zueinander. Altes Märchengesetz. »Aber wo ist das Pyranthocorn jetzt?«

Die Katze lässt sich auf den Hinterbeinen nieder und beginnt, sich die Pfote zu lecken. »Hat sich unterwegs unsterblich in einen Sandwurm verliebt und ist in der Wüste geblieben. Deswegen musste ich die letzten eineinhalb Kilometer zu Fuß zu Jasemins Palast laufen. Verdammt, war der Sand heiß.«

Wir schauen alle ein wenig dumm.

Irgendwann zuckt Pan mit den Schultern. »Okay. Pyranthocorn ... Monster ... was auch immer. Wir müssen Jasemin stoppen. Aber hier an dieser Kreuzung werden wir nicht viel ausrichten können.«

Cinder, die immer noch an ihm klebt, hebt den Kopf. »Er hat recht. Lasst uns den Widerstand neu formieren. Wir haben Magie und genug Mitstreiter. Am besten, wir fahren zurück, so schnell es geht, und schmieden einen Plan.«

Was für einen Plan bitte, wenn nur unser Tod uns retten kann?

Neben ihr nickt Rapunzel eifrig, der Teppich weicht ihr nicht von der Seite. Fast wie ein Regenschirm schwebt er über ihr. »Korrekt. Die beste Strategie.«

In letzter Zeit muss sie zu viele Detektivbücher gelesen haben.

Snow kickt einen Stein über den Boden, bückt sich dann und sammelt mit spitzen Fingern Banes herumliegende Kopfhörer ein. »Von mir aus. Aber ich fliege auf jeden Fall den Perser.«

Der Teppich erzittert. Zuckt dann vor ihr zurück. Oh, ich weiß genau, wie er sich fühlt.

»Abgemacht.« Jaz drückt meine Hand. »Ihr fliegt. Red und ich nehmen die Kutsche.«

Fantastisch. Ever, Jaz und ich allein in einem winzigen, geschlossenen Raum. Ohne es verhindern zu können, zerquetsche ich beinahe Jaz' Finger. Aber er tut so, als sei überhaupt nichts.

Die Herzkönigin richtet sich kerzengerade auf. »Ich fahre lieber bei euch mit. Wegen meiner Flugangst.«

Das wird ja immer besser!

Auch Jaz fällt praktisch das Gesicht auf die Schuhe.

Irgendetwas missfällt mir an dieser blinzelnden Art, mit der die Königin uns beide mustert.

»Weniger Drama, mehr Widerstand«, wispert mir Rapunzel zu.

Offensichtlich muss ich mich auf einmal von Rappienz belehren lassen.

Aber genauso kommt es und ich sehe keine Chance, das Unheil abzuwenden. Denn Snow, Rapunzel, Cinder und Pan schlagen sich praktisch darum, wer vorne auf dem Perser sitzen darf, und mir ist unsere Zeit zu kostbar.

»Okay. Da ihr zuerst da sein werdet: Behaltet auf jeden Fall Bane im Auge. Vermutlich ist es besser, wenn wir sie aus unserer Mission raushalten, nach der Sache mit Cinder und Pan.«

»Für Bane lassen wir uns schon etwas einfallen«, verspricht Rapunzel. Ihre strohblonden Haare hat sie sich wie einen Handtaschengurt einmal quer über Schulter und Brust geschlungen.

Sobald wir losgefahren sind, bemerke ich die Blicke der Herzkönigin. Sie bemüht sich ganz offensichtlich, nicht zu mir, sondern aus dem Fenster zu schauen, was ihr aber nicht durchgehend gelingt. Sie knibbelt an ihrem Daumennagel, ein Taschentuch in ihrer geschlossenen Faust.

Nur ist ihre Aufmerksamkeit das Letzte, was ich derzeit gebrauchen kann. Also streichle ich nur über Evers Kopf, der auf meinem Schoß liegt und die ganze Zeit über tief schlummert.

Neben Jaz wirkt die Königin zerbrechlich. So winzig und ihre Haut neben seiner Bräune wie durchscheinendes Papier. Als sie eine Falte an ihrem Kleid glättet, berührt sie aus Versehen Jaz' Knie. Mitten in der Bewegung erstarrt sie. Nur ganz kurz, aber mir entgeht es nicht. Was geht hier vor? Steht sie etwa auf ihn? Nein, das kann nicht sein. Vom Alter her könnte sie seine Mutter sein … Unwillkürlich klappt mein Mund auf. O nein, nein, nein. Bei allen Königstöchtern! Mir kommt ein schrecklicher Verdacht. Selbst meine Finger halten in ihrer ausdauernden Streichbewegung inne, als meine Augen hektisch zwischen ihr und Jaz hin und her huschen. So hektisch, dass ich davon Kopfschmerzen bekomme.

Kann es sein? Ich halte den Atem an. Meine Finger verharren über Evers Kopf in der Luft. Beinahe verzweifelt suche ich nach Anzeichen, die meiner Theorie widersprechen. Finde aber nichts. Wenn sein Vater von dunkler Hautfarbe war … angestrengt starre ich auf seine Bräune … vielleicht ein Indianer aus Neverland …

Schreck, lass nach! Um meine Atmung wieder zu normalisieren, lege ich den Kopf in den Nacken. An das Holz der Kutsche. Soll ich es ansprechen oder weiter darauf hoffen, dass ich falschliege?

Mein Handy vibriert. Es ist Fear. Gut, sie kann mich ablenken.

»Hi, Fear«, flüstere ich. »Wir sind auf dem Weg zu Snows Schloss. Geht es Asher gut?«

»Schön und ja.« Auskunftsfreudig wie immer. »Kann ich mit Jaz sprechen? Asher möchte gerne seine Stimme hören, aber er geht nicht an sein Handy.«

Wahrscheinlich ist sein Akku leer. Aber warum nicht? Achselzuckend reiche ich mein Smartphone an Jaz weiter. »Asher für dich.« Unsere Finger berühren sich, als er das Telefon entgegennimmt, was ihn zum Lächeln und mich zum Schlucken bringt. Leider kann ich nicht verhindern, dass meine Augen sofort wieder die Königin fixieren. Sie erwidert meinen Blick, nickt dann.

Bestimmt sehe ich aus wie ein panischer Grashüpfer beim Anblick einer Amsel.

Ihr Miniaturmund mit dem verwischten Lippenstift formt lautlos die Worte: »Du weißt es.«

Zaghaft, beinahe unmerklich, nicke ich. Auf meinem Schoß dreht sich Ever weiter zu mir, schmiegt sich an mich. Mir schnürt es fast die Kehle zu. Wirklich, ich brauche eine Atempause.

Unnötig zu erwähnen, dass ich die nicht bekomme. Obwohl ich mir vorstelle, wie es wäre, mich unsichtbar machen zu können, so wie die Grinsekatze, oder mich wie Ever auf der Bank zusammenzurollen. Da lehnt sich die Königin schon nach vorn. »Sag es nicht. Sprich es nicht an.«

Ich lehne mich ebenfalls nach vorn. »Dann sag du es ihm.«

Wie kann das überhaupt sein, dass er keine Ahnung hat, wer seine Mutter ist? Mir kommt ein Gedanke.

»Du hast ihn verzaubert. Lass den Zauber fallen. Sofort!« Genau weiß ich es auch nicht, warum ich auf einmal so dringend die Wahrheit für Jaz will. Vielleicht, um mich für seine Hilfe in der letzten Zeit zu revanchieren.

Inzwischen beobachtet Jaz uns. Die Stirn in Falten gelegt, während er mit Asher am Telefon plaudert. Zwanglos, aber doch eine Hand auf das Mikrofon gelegt.

Irre. Damit wäre die Herzkönigin Ashers Großmutter.

»Er weiß es.« Schärfe liegt in der Stimme der Königin.

Wie bitte? Dann ... ignoriert er sie? Unter gesenkten Lidern beobachte ich ihn. Tatsächlich sitzt er reichlich steif da, während er telefoniert. Hat er vorhin nicht auch angespannt gewirkt, als er der Königin auf der Lichtung gegenüberstand? Es ist das erste Mal, dass ich die beiden zusammen sehe. Schließlich saß die Herzkönigin die ganze Zeit über in ihrem Verlies und das einzige Mal, als Jaz und ich gemeinsam in Wonderland waren, hat er mich mitten im Labyrinth aufgesucht, um mir eine Szene zu machen. Dort kann sie uns höchstens gehört haben. Obwohl ... dieses Biest hört ja sowieso alles, was ihr ihre kleinen Tierfreunde weitertratschen. Witzig, dass sie diese Fähigkeit zeigt, wohingegen Snow und Cinder sie verloren zu haben scheinen.

Jedenfalls: Spielt mir Jaz etwas vor oder die Königin? Das ist hier ganz offensichtlich die Frage. Wäre ja nicht das erste Mal, dass mich die Herzkönigin reinlegt.

Ich schlucke, nehme meinen ganzen Mut zusammen. Denn ich will es wissen. Und zwar jetzt. Genau in dem Moment, in dem Jaz

das Gespräch beendet, richte ich mich auf. Sein Blick gleitet überrascht über mich, wobei sich seine Pupillen weiten. Wie ich, wenn ich ein saftiges Stück Kuchen sehe.

»Wie sieht euer Verwandtschaftsverhältnis jetzt genau aus? Hat irgendwer eine Geburtsurkunde dabei?«

Jaz erstarrt. Die gerade noch geweiteten Pupillen ziehen sich zusammen, sodass man sie in seinen dunklen Augen kaum mehr erkennen kann. Widersprechen tut er mir jedenfalls nicht und das ist mir Antwort genug.

Stöhnend lehne ich mich in meinem Sitz zurück, schließe die Augen.

»Deshalb erzähle ich das niemandem«, höre ich Jaz' Stimme.

Ich zucke zusammen. »Genau genommen hast du mir gegenüber behauptet, deine Eltern seien tot.«

Sofort wirkt er betroffen. »Das tut mir leid. Aber meine Mutter ist wirklich für mich gestorben.«

Die Herzkönigin hebt eine Augenbraue. »Wegen dieser alten Sache bist du also immer noch sauer?«

»Ich war noch ein Kind.«

»Das ist verdammt lange her.«

Jaz funkelt sie böse an, sagt aber nichts.

Wir passieren ein Feld, auf dem Arbeiter stehen, die Heugabeln wütend in den Himmel gereckt. Die Szene lässt mich genauer hinschauen. Manche der Bauern liegen sich in den Armen und heulen. Ganz in der Nähe jammert eine Frau, die mich stark an Frau Holle erinnert, etwas davon, dass sie nicht echt sei.

O nein. Verdammte Sinnkrise! Ich beiße mir auf die Lippen. Das geht noch eine Weile so weiter. Ab und zu sehen wir auf dem

Weg zum Schloss depressive Gestalten am Straßenrand. Jedes Mal schrumpft mein Herz etwas mehr in sich zusammen. Verfluchte Büchse!

Die Kutsche ruckelt, als wir in den königlichen Schlosshof einfahren.

»Mutter, du entschuldigst mich? Ich muss los und um ein Zimmer für dich bitten, das so weit weg wie möglich von meinem liegt.« Er nickt der Herzkönigin zu, bevor er aus der Kutsche springt, die noch nicht mal richtig zum Stehen gekommen ist. Warum nur habe ich das Gefühl, dass der Streit mit seiner Mutter das entscheidende Trauma seiner Kindheit darstellt? Er hat einfach kein Glück mit den Frauen in seinem Leben …

Mit offenem Mund starre ich die Königin an, die wiederum auf ihre gefalteten Hände blickt. Ein Spatz kommt hereingeflogen, setzt sich auf ihre Schulter. Da, wo sie eben noch gezuckt hat, hebt sich in ihrem Gesicht ein Wangenknochen. Sie bewegt die Lippen, als würde sie ein Gespräch mit dem Vogel führen.

Wirklich, diese Frau ist so was von seltsam …

Eine Weile, nachdem sie samt Vogel verschwunden ist, starre ich ihr noch nach. Bis Ever sich regt.

Nicht zu fassen: Jaz ist der Sohn der Herzkönigin.

Ich blinzle, bin mir bewusst, dass ich mich jetzt zusammenreißen muss.

»Red?« Evers Augen wirken verklebt.

Lächelnd streiche ich ihm die Haare aus der Stirn. »Wie fühlst du dich?«

»Wie von einem Riesen zertrampelt. Nein, eher gefressen und dann wieder hervorgewürgt.«

»Mir gefallen deine bildhaften Vergleiche. Du solltest als Journalist arbeiten.«

Er lächelt, was ich erwidere und ihm dann die Wasserflasche reiche. »Kannst du aufstehen?«

»Verlass dich drauf.« Er richtet sich auf, zieht mich an sich und drückt mir einen Kuss auf die Schläfe. »Ich bin so froh, wieder bei dir zu sein, Red.«

Wie froh ich erst bin, dass ich ihn wiederhabe! Schweigend drücke ich mich an ihn, genieße seinen Duft nach Sonnenschein und das Gefühl von seiner Haut auf meiner. Was ihm genau zugestoßen ist bei Jasemin, will ich dennoch erfahren. Haarklein.

Und Gnade der neuen Königin dieses Landes, wenn sie ihn gefoltert hat!

~Cinder~

Mit einer zusammengerollten Modezeitschrift schlägt Snow auf den Tisch. »Ich sage: Wir trauen keinen Hexen mehr.«

Pain bedenkt sie mit einem bitterbösen Blick, bleckt sogar für einen kurzen Moment die Zähne.

Unter einem ausgiebigen Seufzer streckt sich Fear, bevor sie sich auf ihrem Ebenholzstuhl zurücklehnt. Die Bewegung erinnert Cinder an Katzenyoga. »Ist das dein Ernst? Misst du da nicht mit zweierlei Maß?«

»Wie ist das jetzt gemeint?«

»Na, bist du nicht zur Hälfte auch Hexe?«

Beinahe erwartet Cinder, dass Snow einmal quer über den Tisch springt, um Fear zu erwürgen. Doch sie fährt sich lediglich mit der Zunge über ihre spitzen Eckzähne.

»Das ist noch nicht vollständig erwiesen.«

»Jedes Gerücht ist mit einem Fünkchen Wahrheit behaftet.« Der zufriedene Ausdruck im Gesicht der Hexe treibt selbst Cinder in den Wahnsinn. »Außerdem, wie viele Beweise willst du denn noch?« Fear lässt ihren Blick über die Versammlung am Esstisch schweifen. Drei Hexen sitzen drei Prinzessinnen gegenüber. Unglücklicherweise sind die Prinzen sowie sämtliche Angestellte in tiefe Depressionen versunken und daher unabkömmlich. Zwei Köche haben Bücherwürmer. Nichts zu machen. Und Rose schläft im Hundekorb in der Ecke gleich neben der Tür. »Rexia ist deine Tante, du hast eine Meerschweinchenallergie wie sie und kannst den Hexenzauberstab in Perfektion benutzen. Außerdem ist dein Gemüt, sagen wir mal so: einer Hexe würdig.«

»Schluss damit«, unterbricht Cinder Fears Ansprache, die Snow mit jeder Sekunde mehr zum Kochen bringt und Rexia in Verlegenheit. »Aktuell haben wir dringendere Themen. Unsere geliebte Heimat ist offiziell zu Morgenwald erklärt worden und der Vertrag kann nur gelöst werden, wenn Snow, Red und Ever sterben. Was unternehmen wir?«

Rapunzel hebt eine Hand, als wolle sie sich melden.

»Genau genommen haben wir noch ein zweites, dringendes Problem.« Sie macht eine bedeutungsschwere Pause, zieht am Kragen ihres FBI-Shirts, in das sie vor der Versammlung geschlüpft ist und sich damit unübersehbar wichtig vorkommt, obwohl es lediglich einer bekannten Modemarke entsprungen ist: Breimark. Cinder

legt den Kopf schief, weiß aber natürlich, auf was ihre Freundin anspielt. Während sie ihre Gedanken weiter ausführt, löst Rapunzel ihren Zopf, entknotet ihn mit langsamen Bewegungen.

»Warum hat uns die Magie der Büchse nicht so hart getroffen wie alle anderen?«

Bedächtig tippt sich Cinder ans Kinn. »Vielleicht hat uns irgendetwas geschützt.«

»Oder irgendwer.«

Fear richtet sich wieder auf. »Tatsächlich ist laut meinen Informationen keine einzige Hexe betroffen.«

Mit diesem Satz hat sie die Aufmerksamkeit aller am Tisch. Vom Hundekorb her ertönt leises Schnarchen.

Nur Rapunzel nickt. »Das ergibt Sinn, denn ihr hattet schon vorher kein Happy End und tiefer als ihr kann man sowieso nicht in einer Sinnkrise versinken. Schaut euch doch an. Und dann diese exzessive Verwendung von Flohtox – ein stummer Schrei nach Hilfe.«

Das entlockt allen drei Hexen ein synchrones Schnauben. Die Blicke von Cinder und Rapunzel wandern zu Snow. »Wenn ihr wieder etwas über meine angebliche Hexenabstammung sagen wollt …« Ihre Drohung bleibt unvollendet in der Luft zwischen ihnen hängen.

»Vielleicht sollten diejenigen, die die Büchse öffnen, verschont bleiben? War das nicht auch der Sinn in der griechischen Geschichte? Damit sie als Sündenböcke herhalten können?«

Snow lässt sich mit einer Pobacke auf dem Tisch nieder. »Pandora war von den Göttern erschaffen worden, nur zum Zweck, die Büchse zu öffnen, um das Unheil über die Menschen hereinbrechen zu lassen. Sie war das Werkzeug, dem man die Schuld zuschieben sollte.«

Das klingt logisch in Cinders Ohren. »Aber wie erklärst du dir, dass auch wir sowie Asher, Jaz und Pan nicht infiziert wurden?«

Bei Jaz' Namen zuckt Fear zusammen. Aber nicht so, als hege sie noch Gefühle für ihn, sondern so, als wisse sie etwas.

»Spuck es aus«, befiehlt Cinder. Die Stirn in eine einzige vertikale Falte gelegt, fixiert sie die Hexe.

Zuerst schweigt Fear, betrachtet ihre Fingerknöchel. »Ich denke, Jaz ist nicht infiziert, da seine Mutter ebenfalls eine Märchenantagonistin oder wie ich es sagen würde: eine Antiheldin ist. Und die sind schließlich nicht infiziert.«

Vor Überraschung rutscht Snow vom Tisch. »Was?«

»Wer?«, japst Cinder.

»Das muss er euch selbst sagen.«

Snow schnipst mit den Fingern. »Kann ihn mal jemand anrufen? Spieglein? Background-Check, sofort!«

»Zu Diensten!«, ertönt sofort Spiegleins Stimme aus dem goldenen Spiegel an der Wand hinter dem Tisch.

»Ist ja gut!«, stöhnt Fear. »Es ist die Herzkönigin.«

»Na bitte, geht doch.« Snow setzt eine erfreute Miene auf. »Moment mal, die Herzkönigin?« Ihr klappt der Mund auf. Genau wie Cinder und Rapunzel, die sogar ihre Haare vergisst, sich nach vorne lehnt und damit einen Teil ihres Zopfs in ihr Rührei taucht.

»Wenn wir uns mal auf das Wesentliche konzentrieren«, führt Fear ihre Gedanken weiter aus, »wer von uns ist nicht infiziert, sollte es aber sein?« Sie mustert Cinder, bevor sie hinzufügt: »Cinder und Pan. Alle anderen sind mindestens zur Hälfte Märchenantagonist, Asher sogar zu Dreiviertel, oder haben die Büchse geöffnet.«

»Nein, streng genommen hat Red die Büchse nicht geöffnet und wie erklärst du dir, dass Rose nicht infiziert ist?«, hält Cinder dagegen.

»Red, Cinder, Pan und Rose also …« Nachdenklich massiert sich Fear mit einer Hand die Stirn. »Was haben diese vier gemeinsam?«

Bei der Erwähnung von Pans Namen in Zusammenhang mit ihr, fühlt Cinder Hitze in ihrem Nacken aufsteigen, senkt daraufhin den Kopf.

»Na ja«, meint Snow, »Pan kennen wir noch nicht so lange. Er ist erst seit Kurzem mit uns auf dieser Mission.«

Rapunzel horcht auf. »Vielleicht ist es genau das. Wir, der Kern des Widerstands, sind nicht betroffen.«

Cinder schüttelt den Kopf. »Unsere Ehemänner schon.«

»Dann muss es um eure letzte Mission gehen, vermute ich.« Pains Stimme scheint mit ihrer zwar leisen, aber dennoch eindringlichen Art in die Wirbelsäulen der Prinzessinnen zu kriechen. Das muss es sein.

Spieglein, der bisher alles stumm verfolgt hat, räuspert sich. »Falls ihr meine Analyse hören wollt: Jemand hat euch gezielt ausgewählt. Irgendwer will euch schaden, euch alles in die Schuhe schieben. Oder euch besonders intensiv leiden lassen. Es muss jemand sein, dessen Zorn ihr auf euch gezogen habt, als ihr nach euren Prinzen gesucht habt.«

Na, das schränkt den Personenkreis ja deutlich ein, denkt Cinder.

Auch Snow verdreht die Augen. »Sollen wir eine Liste aufstellen?«

In diesem Moment fliegt die Tür auf. Red, flankiert von Jaz und der Herzkönigin, spaziert herein. Alle drei versprühen in etwa die gute Laune von Kanalarbeitern, die vor Kurzem einen verstopften Abfluss mit bloßen Händen freischaufeln mussten.

Kapitel 9

~Red~

Ich bin mir Jaz' schlecht gelaunter Präsenz hinter mir durchaus bewusst. Und der meiner Freundinnen sowie der drei Hexen, die uns von Snows Abendbrottafel anstarren. Trotzdem hängen meine Gedanken Ever nach, der zu Tode erschöpft in unserem abgedunkelten Zimmer liegt. Wenn ich doch nur mehr für ihn tun könnte. Am liebsten möchte ich mich zu ihm kuscheln und die Bettdecke über unser beider Köpfe ziehen. Aber dieses Verhalten passt nicht zu mir, wäre auch unangemessen in unserer aktuellen Situation. Die Bevölkerung braucht uns und ich werde alles tun, ja, kämpfen, um ein Happy End für den Märchenwald zu erreichen. Später, wenn er fit genug ist, muss er mir alles von Jasemin erzählen.

»Wir haben schon auf euch gewartet. Was hat euch aufgehalten?«, fragt Snow zur Begrüßung.

Ich beschließe, nicht darauf einzugehen.

»Familienprobleme?« Snow sieht zwischen Jaz und der Herzkönigin hin und her, deutet sogar mit ihrem Zeigefinger auf die zwei. Sie weiß es.

Ich reiße die Augen auf.

Hinter mir höre ich Jaz knurren: »Fear. Warum musstest du das weitererzählen? Du hast es versprochen.«

Die Hexe zuckt mit den Schultern. »Es war aus ermittlungstaktischen Gründen relevant.«

»Ich erwürge dich gleich aus ermittlungstaktischen Gründen«, bellt Jaz sie an. »Das ist dann auch total relevant für unser aller Wohlergehen!«

Eigentlich bin ich da voll und ganz seiner Meinung, dennoch lege ich meine Hand auf seinen Unterarm. Die Berührung lässt ihn stocken. Hält er da gerade den Atem an, als er langsam von meiner Hand zu mir aufblickt? Ich halte seinem Blick stand, mit dem er mich bedenkt, tauche tief in seine dunklen Augen. Etwas flackert darin und dann verstehe ich. Jaz ist nicht nur unsicher in Bezug auf Frauen, sondern auch von Selbsthass seiner Abstammung wegen gequält. Vielleicht glaubt er ja deshalb, dass er nicht liebeswert ist und daher mit Liebestränken nachhelfen muss? Kaum merklich schüttele ich den Kopf. Für meine Hobbypsychologen-Theorien fehlt mir die Zeit. Damit werde ich mich später beschäftigen. Vielleicht sollte ich irgendwann darüber mit ihm sprechen. Sein Selbstbewusstsein stärken.

»Was ich gerade eigentlich sagen wollte …« Fear lehnt sich nach vorne über den Tisch. Die Geste hat etwas Verschwörerisches an sich. »Ich habe eine Idee, wie wir Jasemin austricksen können.«

Wirklich? Jetzt bin ich aber gespannt. Hinter mir kommt Pan herein, gefolgt von der Grinsekatze. Beide balancieren je ein Getränketablett. Die Katze ihres auf dem Rücken, wobei sie es mit ihrem buschigen Schwanz festhält. Fear macht eine Geste Richtung Pan.

»Im weitesten Sinne haben mich unser Goldjunge hier und Cinder auf die Idee gebracht.«

Pan und Cinder? Was für eine Idee soll das sein? Erwachsenwerden für Anfänger?

Ich schnaube, was Fear mit einem Fingerzeig quittiert, der mich dazu auffordert, die Klappe zu halten. Was auch immer. »Raus damit. Was für eine Idee ist das?«

»Nicht so voreilig. Zuerst müssen wir uns einig sein, welches Opfer wir gewillt sind, zu bringen.«

Die Entwicklung dieses Gesprächs missfällt mir von Sekunde zu Sekunde mehr. Warum nur keimt in mir das Gefühl auf, dass wir uns damit auf sehr dünnes Eis begeben?

An meiner Stelle reckt Jaz die Brust. »Jedes Opfer! Ich würde alles tun, um Red und ihr Land zu retten.«

Ich eigentlich auch. Oder belüge ich mich gerade selbst damit? Ist »ich würde alles tun« nur zu einer Floskel verkommen?

Fear winkt ab. »Dich hat keiner gefragt. Es geht um Snow, Red und Ever.«

Mein Kopf ruckt bei dieser Bemerkung nach oben. »Moment mal, du willst uns doch nicht etwa opfern, um den Vertrag zu brechen?«

»Das kannst du nicht ernst meinen!«, empört sich Jaz ebenfalls.

Die Hexe lacht. »Ich liebe euch und euren schrägen Humor, wirklich. Außerdem seid ihr so vorhersehbar wie mein Gemüsegarten. Wie auch immer, jetzt muss ich meinen Sohn aufwecken. Die Details erkläre ich euch später.«

Damit erhebt sie sich, wirft ihre Röcke zurück und rauscht praktisch aus dem Esszimmer, ganz, als sei sie hier die Königin im Schloss. Bane kann noch so viel von ihr lernen.

Ganz am Ende des Raums reißt Snow ihre Zeitschrift in der Mitte durch. »Fear hat echt Nerven.«

Da hat sie nicht ganz Unrecht. Mit einem Seufzer lasse ich mich neben Rapunzel auf einen freien Stuhl fallen. Jaz folgt mir und die Herzkönigin setzt sich auf Fears freien Platz. Pan und die Katze verteilen derweil Getränke. Snows Angestellte müssen alle an der Sinnkrise leiden. Den Kutscher hat es nach unserer Ankunft auch erwischt. Ist postwendend in eine tiefe Depression gefallen. Hat irgendetwas gejammert von: »*Kein Sinn mehr.*« Und: »*Nur Tinte auf Papier.*«

Ich schlucke, möchte nicht weiter an diesen Pandora-Virus denken.

Im Anschluss daran wollen die Hexen ein Nickerchen machen, um Kräfte zu sammeln und Snow und Rapunzel möchten nach ihren Ehemännern sehen. Nur Pan, Cinder, die Herzkönigin, Jaz und ich bleiben zurück. Bis Fear auftaucht und unser plötzlich so schweigsames Treffen aufrüttelt. Nur leider will sie mit ihrem Plan warten, bis Snow und Rapunzel zurückkommen. Also warten wir.

»Schluss mit dem Trübsalblasen wegen Jasemin. Neues Thema bitte«, beschließt Cinder freimütig. »Wie geht es Ever?« Ich senke den Kopf. »Nicht gut. Hitzschlag oder zumindest eine heftige Dehydrierung. Hat sich eben übergeben.«

»Oh, wirst du dann heute Nacht bei ihm schlafen oder bei Jaz?« Die Art, wie sie mich danach fragt, erinnert mich an Asher. Frei heraus wie ein Kind.

Für diese Entscheidung bleiben mir noch mindestens vier Stunden, möchte ich sagen, schweige aber.

Unter gesenkten Lidern schiele ich in Richtung Jaz, der mich vage anlächelt. Komischerweise ungefähr genauso wie seine Mutter. Wenn ich es nicht besser wüsste, würde ich sagen, die Herzkönigin shippt uns. Möchte, dass ich mit ihrem Sohn zusammenkomme.

Nur warum? Meine Augenbrauen zucken unkontrolliert bei diesem Gedanken.

Pan, der sich einen Stuhl herangezogen hat, um neben Cinder zu sitzen, pustet sich eine Haarsträhne aus der Stirn. »Kannst du wirklich nur neben Jaz oder Ever schlafen? Ginge nicht zum Beispiel auch deine Mutter oder eine gute Freundin?«

Wieder schlucke ich. »Nein, es muss meine wahre Liebe neben mir liegen.« Das zuzugeben, fällt mir schwer. Schwerer als schwer. Ein paar Sekunden lang herrscht Stille im Raum. Selbst die Königin und Fear beobachten mich und Jaz mit Argusaugen, während ich mich auf die Grinsekatze konzentriere, die wie bei einer Modenschau auf dem Tisch auf und ab stolziert, den Schwanz wie eine Landesflagge emporgereckt.

»Wer sagt das?«, hakt Pan irgendwann nach.

»Sie.« Ich deute auf die Herzkönigin. »Das ist wie mit dem Wahre-Liebe-Kuss von Prinz Cedric für Rose oder Snow und Prinz Philips Kuss ... Moment mal!« Ich unterbreche mich selbst und reiße die Augen auf. »Du, du ... du«, beginne ich zu stottern. Gleichzeitig wedele ich wie ein gestörter Fensterwischer in Richtung der Königin. »DU hast mich belogen!« Schärfe liegt in meiner Stimme, als mir das ganze Ausmaß ihrer Lüge aufgeht. »Vorhin auf der Lichtung, da hast du erklärt, dass Snows Leben auch von einem anderen hätte gerettet werden können. Das bedeutet, du glaubst nicht an die wahre Liebe und ihre Magie! Warum willst du mir dann weismachen, ich bräuchte Jaz oder Ever nachts bei mir, um nicht draufzugehen?« Meine Stimme kiekst, als ich mich so in Rage rede.

Natürlich zeigt die Königin keine körperliche Regung auf meine Anschuldigung hin. Nur fällt mir auf, dass ihre Haut noch ein

wenig blasser wird, wenn das überhaupt möglich ist. Und das ist das Schuldeingeständnis, das ich brauche. Ich bin auf sie hereingefallen. Auf die billigen Tricks der Herzkönigin. Nicht zu glauben! Vor lauter Frust und Anspannung lege ich den Kopf in den Nacken und lache laut los. Wirklich, ich kann das alles nicht fassen. Was für eine Lüge! Was für eine Blamage! Dumm wie ich bin, habe ich ihr auch noch geglaubt!

»Du brauchst einen Psychiater«, diagnostiziert die Grinsekatze. Sie hat sich direkt vor mir auf die Hinterbeine gesetzt. »Oder jemand muss dir den Bauch kraulen.« Sie grinst, aber ich ignoriere sie.

Danach starre ich die Königin solange aus zusammengekniffenen Augen an, bis sie mit den Schultern zuckt und mir endlich eine Antwort liefert.

»Ich habe es für meinen Sohn getan.«

»Was?«, japsen Jaz und ich gleichzeitig.

»Warum sonst sollte ich diese Lüge verbreiten? Natürlich, weil ich wusste, dass Jaz dich liebt. Das hat mir ungefähr jeder Maikäfer erzählt, der aus Neverland kam. Und ich wollte ihm dabei helfen, dich zu erobern.«

Das Wort »Wiedergutmachung« schwebt in der Luft. Sie wollte ihrem Sohn helfen, vielleicht auch eine alte Schuld ihm gegenüber loswerden. Ich runzle die Stirn.

»Mutter«, knurrt Jaz. »Ich ertrage dich und deine Lügen keine Sekunde länger! Das ist mit Abstand das Schlimmste, was du mir je angetan hast. Ja, noch schlimmer als mich zurückzulassen, um im Bergwerk zu arbeiten.«

»Wir brauchten Geld damals und du wolltest dich sowieso den verlorenen Jungs anschließen.«

»Das. Ist. So. Nicht. Korrekt«, presst Jaz hervor. Und damit springt er auf. Sein Stuhl kippt hintenüber, aber ihn interessiert das scheinbar alles gar nicht. Ich bemerke, dass er vermeidet, mich anzusehen. Wut verzerrt sein Gesicht, bevor er sich von mir wegdreht und zur Tür stapft. Jeder seiner Schritte lässt die Gläser auf dem Tisch klirren.

»Wie konntest du das deinem Sohn antun?« Nicht ich bin es, die die Königin anfaucht, obwohl das auch meine Worte hätten sein können. Aber es ist Fear, die ihr die Frage, die mehr eine Anschuldigung ist, ins Gesicht spuckt. »Hat er nicht schon genug gelitten?«

Die Herzkönigin hebt eine Augenbraue. »Gut, wir haben alle Fehler gemacht.« Beide drehen den Kopf und fixieren mich.

»Was seht ihr mich an?«, protestiere ich. Warum bloß habe ich das Gefühl, als neustes Feindbild der beiden herhalten zu müssen? *Ich habe Jaz nichts getan*, möchte ich sagen, schließe den Mund allerdings wieder, bevor die Worte den Weg zu meinen Lippen gefunden haben. Es ist wahr. »Fear hat ihm ebenso das Herz gebrochen«, nuschle ich daher nur leise, blicke nach unten auf die Pfoten der Grinsekatze, die sich gerade ausgiebig streckt.

Fear seufzt, lehnt sich dann ganz nah zu mir herüber. Pan und Cinder schnappen sich die Katze.

»Wir lassen euch dann mal alleine«, meint Pan, wobei er die um sich schlagende Katze auf Armeslänge vor sich hält. »Das sieht nach einem echt privaten Gesprächsthema aus.« Schweiß steht auf seiner Stirn. Kann es sein, dass ihm unser Gespräch unangenehm ist? Oder hat er auf einmal einen feinen Sinn für Privatsphäre entwickelt? Ist mir zwar ziemlich neu, dass die irgendwer hier respektiert, aber umso besser. Dankbar nicke ich ihm zu.

So bin ich plötzlich allein mit Fear und der Herzkönigin.

Als Erste nimmt Fear das Gespräch wieder auf. Ihre perfekt manikürten Finger tippen auf den Ebenholztisch. »Geben wir es einfach zu. Wir alle drei haben Mist gebaut und Jaz hängen lassen.«

»Armer James«, stimmt ihr die Herzkönigin nickend zu.

Schon will ich etwas einwenden, lasse es dann allerdings im letzten Moment sein. Die beiden haben ihn verlassen, als er sie am dringendsten brauchte. Als er ein Kind war und als frisch gebackener Vater. Aber im Grunde genommen habe auch ich ihn verlassen und mit seinen Gefühlen gespielt. Nicht zu leugnen. Wahrscheinlich sind wir genau die drei Personen, die schuld daran sein werden, dass Jaz nie wieder einer Frau vertraut. Stöhnend starre ich zur Decke. Wo bin ich da nur hineingeraten? Ein handfestes Piratendrama der anderen Art!

Die Herzkönigin starrt unablässig auf Fears tippende Finger. »Folgendes: Ich möchte das wiedergutmachen. Nein, ich will, dass wir das wiedergutmachen. Alle drei. Was wir ihm angetan haben. Glaubt ihr nicht, Jaz hat das verdient?«

»Was genau jetzt?«, hake ich nach.

»Glück, Zufriedenheit, Liebe – nenn es, wie du willst.«

Fears Finger verharren regungslos über der Tischplatte. »Wie ist dein Plan?«

»Red sagt Jaz, wir hätten uns eben geirrt. Nur er und Ever sind ihre wahren Lieben und können nachts ihr Bett teilen. Niemand sonst.«

Wie sich das anhört! Ich schäme mich in Grund und Boden!

Fears Nase zuckt. »Das klingt lachhaft. Warum sollte er –«

»Nein, es ist mein Ernst. Wir sagen, wir haben uns geirrt. Es ist ein Wahre-Liebe-Fluch. Keine von uns lässt Ever gegenüber ein

Wort verlauten. Cinder und Pan auch nicht. Ich rede mit ihnen und werde mein Anliegen deutlich machen.« Die Herzkönigin lässt ihre Fingerknöchel knacken.

Um Frau Holles willen, für so einen Quatsch haben wir keine Zeit. Das ist ja schlimmer als in *Märchenwald – Tag und Nacht.* Diese Serie.

Beide Frauen mustern mich.

»Bist du dabei?«, will die Königin wissen. »Bitte.«

Wow, sie hat *Bitte* gesagt.

»Für meinen Sohn. Er braucht dich. Was ist so schlimm daran, einmal im Monat neben ihm einzuschlafen?«

Ich verdrehe die Augen. »Nicht schlimm, allerdings müsste ich Ever belügen.«

»Jaz ist ein Gentleman. Letzten Endes wird er dich eh nicht anrühren. Wenn du es nicht willst, ist es wie mit einem Welpen im selben Bett zu schlafen. Und wen hättest du sonst zur Auswahl? Cinder? Asher? Oder deine Freunde Hase und Igel?«

Die Erwähnung letzterer lässt mich mit den Zähnen knirschen.

Als ich lange gar nichts mehr sage, beißt sich Fear auf die Lippe, nickt dann leicht.

»Erinnerst du dich noch an den Gefallen, den du mir schuldest? Von unserer ersten Begegnung in meiner Hütte? Dafür, dass ich euch gehen ließ?«

»Wenn du jetzt sagst, du willst das erstgeborene Kind von Jaz und mir –«

Fear winkt ab. »Ach, bitte, ich habe bereits mehr als genug Kinder.«

»Du hast eins.«

»Eins, von dem du weißt.«

Diese Diskussion ermüdet mich.

»Jedenfalls«, fährt Fear fort, »dieser eine Gefallen, an den du dich sicherlich noch erinnerst: Ich will, dass du ihn jetzt einlöst.«

O nein. Erschöpft lasse ich meine Stirn auf die Tischplatte sinken. Bitte lass sie nicht das sagen, was ich denke.

»Der Gefallen sieht wie folgt aus: Du tust genau das, was die Königin vorschlägt. Weiterhin verbringst du eine Nacht im Monat mit Jaz und zu Ever kein Sterbenswort. Zu niemandem.«

»Keine Zeit für so was«, nuschle ich.

»Doch. Sag ja und es ist vollendet. Dann bist du den Gefallen mir gegenüber los.« So liebreizend hat die Hexe noch nie geklungen. Warum ist ihr das so wichtig? Schuldgefühle?

Nach ungefähr einer halben Ewigkeit hebe ich den Kopf. Meine Haare hängen mir verwuschelt vor den Augen, nehmen mir die Sicht.

»Okay«, gebe ich nach. »Aber wenn Ever das rausfindet, erklärt ihr ihm das.«

Beide nicken überaus eifrig, was mich die Augen zusammenkneifen lässt.

Immerhin kann ich kurze Zeit später alle zusammentrommeln (zumindest diejenigen von uns, die nicht an der Pandora-Krise leiden und durchgehend jammern).

Also sitzt der harte Kern des Widerstands eng gequetscht um den Tisch herum, selbst Ever, der sich eine Packung Eis auf die Stirn drückt und rechts von mir Platz genommen hat. Jaz links von mir. Rexia und Pain tragen je eine Schlammmaske im Gesicht, was sie

noch gruseliger wirken lässt. Anscheinend haben sie einen Abstecher in den Spa-Bereich eingelegt. Eine wahre Geisterbahn also an diesem Esstisch.

Erwartungsvoll starren wir alle Fear an, die sich vor den Fenstern aufgebaut hat. Hinter ihr berührt die Sonne bereits die Baumwipfel. Die Hände auf dem Rücken gefaltet, blickt die Hexe zunächst lange auf die Tischplatte, bis sie letztendlich den Kopf hebt.

»Vorhin kam mir ein relativ verrückter Gedanke, wie wir Jasemin austricksen können.«

»Verrückt zweifle ich bei ihr auch nicht an«, raunt mir Ever zu, was mich schmunzeln lässt.

Allerdings lachen wir im nächsten Moment schon nicht mehr, als Fear fortfährt. »Snow, Ever und Red müssen sterben.«

»Wie war das?«, keucht Snow.

»Natürlich nicht wirklich. Wir nehmen die Kopfhörer von Cinder oder einen vergifteten Apfel von Bane. Wenn man diese Gegenstände, die von Wandelmagie erfüllt sind, vom Patienten wieder entfernt, lebt er wieder. Gerade du müsstest das doch am besten wissen, Snow.« Wir schweigen. »Hast du nicht den Kamm und den Gürtel von Bane irgendwo im Keller aufgehoben, Snow?«, wirft Rapunzel in die Stille ein.

Fear lächelt, als sie sieht, wie Snow nickt.

»Fantastisch. Statt des Apfels nehmen wir die Kopfhörer. Dann also Kamm, Gürtel, Kopfhörer. Drei tödliche Gegenstände für drei von euch, die uns tot mehr nutzen als lebendig.«

Jaz schnaubt. »Du bist verrückt. Es gibt keine Garantie –«

»Die gibt es nie. Aber es ist unsere einzige Chance. Für alle hier.« Fear breitet ihre Arme aus, was wohl den ganzen Märchenwald miteinschließen soll.

Das ist Wahnsinn. Quasi Selbstmord. Im sprichwörtlichen Sinne. Nur will mir partout keine bessere Lösung einfallen. Wäre Totstellen eine Option? Nein, sicher nicht. Schließlich wurde der Vertrag mit dem Feenzauberstab besiegelt. Tricksen würde nicht funktionieren. Außer eben, man stirbt korrekterweise und kehrt dann wieder von den Toten zurück.

Neben mir springt Jaz auf, die Hände zu Fäusten geballt. »Wenn du Red anrührst, nein, wenn du auch nur daran denkst, sie zu vergiften oder zu erwürgen, dann schwöre ich dir -«

Sanft lege ich ihm eine Hand auf den Unterarm.

»Es ist unsere einzige Chance.« Mein Entschluss steht fest. Es ist das Beste, was ich für mein Land tun kann. Immerhin stehen die Chancen gut, dass ich überlebe. Außerdem habe ich ja nicht umsonst an der Menge des Feenstaubs gespart, als ich den Vertrag besiegelt habe. Da muss doch ein Schlupfloch wie dieses drin sein.

Auf Evers anderer Seite nickt Snow. »Ich bin dabei. Niemand nimmt mir mein Happy End weg.«

Kurze Zeit später lässt Ever den Eisbeutel sinken. »Natürlich könnt ihr auf mich zählen. Kriegen wir hin, nicht wahr? Vielleicht bin ich endlich mal zu etwas nutze.«

Beim bloßen Gedanken daran, dass er bald wie tot daliegen wird, schnürt sich mir die Kehle zu. Meine große Liebe, mein Seelenverwandter. Nein, das bekomme ich gar nicht hin.

Etwas Rauschendes dringt an meine Ohren. Lärm, wenn man genau hinhört. Von Menschen verursachter Lärm. Formiert sich da etwa eine Meute vor Snows Schloss? Ein Mob? Wir alle horchen auf, bis auf Ever springen wir sofort an die Fensterfront. Tatsächlich, dort unten strömen etwa zweihundert wütende Märchenwald-

bewohner in den Innenhof. Sie schwenken Fäuste, Mistgabeln oder was auch immer … ist das der neue Hinterwerk-Wischmopp mit LED-Beleuchtung? – wie auch immer: Der Mob sieht wütend aus. Hat so ein Mob ja durchaus so an sich.

Snow neigt den Kopf. »Hört ihr das?«

Wir hören alle hin. Mir wird ganz anders, als ich verstehe, was sie da unten immer wieder rufen: »Tod den verwöhnten Gören!«

»Red und Rapunzel sollen bezahlen. Tod den Büchsen-Öffnern!« »Tod den Bewilligern von Morgenwald!«

»Gebt sie uns oder wir holen sie uns!«

O nein. Rappienz greift nach meiner Hand. Auf einmal ist sie nicht mehr die begeisterte Detektivin, sondern nur Rapunzel, meine verängstigte Freundin.

»Es tut mir so leid, Red. Ich hätte die Büchse niemals öffnen dürfen.«

»Das ist nicht deine Schuld«, versuche ich sie zu beruhigen, drücke ihre Hand.

Die Grinsekatze, die die gerade noch um Rose' Füße gestrichen ist, springt auf Rapunzels Schulter, wo sie sich wie ein Schal um ihren Hals legt. Ihr Schnurren scheint Rapunzel ein Stück weit zu entspannen.

Unten greifen die ersten Beteiligten die Schlosstür an. Sie hämmern dagegen, bis einer der Bediensteten öffnet, nach draußen geht und sich ihnen anschließt. Mehr und mehr Personal betritt den Innenhof und reiht sich ein. Alle fordern, dass Rapunzel, Snow und ich der Menge übergeben werden sollen.

Asher schluchzt. »Was wollen die von uns?«

»Verriegeln wir die Türen, sofort!«, ruft Jaz und spurtet los. Mit fliegenden Fingern verschließt er die Tür zum Esszimmer, unserem

Kommandoraum. Dann dreht er sich zu Snow um. »Bitte sag mir, dass du die giftigen Artefakte irgendwo hier in einer Kiste aufbewahrst. Wir müssen den Trick sofort anwenden, vielleicht gelingt es uns damit, die Bevölkerung zu besänftigen. Wenn Märchenwald erst wieder Märchenwald ist …«

»Wie gesagt, die sind im Keller«, informiert ihn Snow, als hätte sie es mit einem geistig zurückgebliebenen Waschbären zu tun.

Jaz entgleisen die Gesichtszüge. »Das darf doch alles nicht wahr sein!« Jetzt erinnert er mich ein bisschen an Rumpelstilzchen.

Ich drehe mich wieder zum Fenster. Die Menge dort unten … sie sind nicht sie selbst. So viel ist sicher. Mehr Zombies als Menschen mit logisch funktionierenden Gehirnen. Unter ihnen entdecke ich Sterntaler, Schneeweißchen und Rosenrot, ja, selbst die goldene Gans und Tischlein. Ganz hinten schließt sich soeben Prinzessin Swanley mitsamt ihren zwölf Kindern dem wütenden Pack an. Und ist das da hinten links unter dem Rock von Goldmarie nicht Hase mit seinem gestreiften Stirnband? Mein Herz fühlt sich schwer wie ein Kohleklumpen an. Sie alle wollen unseren Tod, sind auf einmal gegen mich. Natürlich weiß ich, dass das die Auswirkungen der Büchse sind, aber dennoch trocknet der Anblick meine Kehle aus. Neben mir ergreift Ever meine Hand. Sobald ich den Kopf hebe und sein Blick auf meinen trifft, weiß ich, dass ich nicht allein bin mit dem Problem dort unten vor unserer Haustür. Dass es noch Ever gibt und damit Hoffnung.

Er zieht mich an sich und ich genieße das Gefühl seines ausgewaschenen Shirts auf meiner Haut. Atme seinen Duft ein. »Wir schaffen das. Du hast mich, Red. Es gibt keinen Grund, zu verzweifeln.« Die beruhigenden Worte, die er mir zuflüstert, ziehen meine

Gedanken aus dem Sumpf der Horrorszenarien, die ich mir bereits ausgemalt hatte. Wie Hase und die Gans mich zum Frühstück verspeisen, beispielsweise.

»Hey.« Mit seinem Daumen hebt er mein Kinn an. Genau ab diesem Moment glaube ich seinen Worten tatsächlich. Dass es Hoffnung gibt. Denn seine Augen strahlen nichts anderes aus.

Mit einem sanften Lächeln kommt er mir immer näher und mit jedem Zentimeter, den sich seine Lippen meinen nähern, beschleunigt sich mein Herzschlag. Würde mein Herz für Menschen hörbare Töne aussenden, würde es jetzt sicher jedes Morsegerät überholen.

Und dann küsst mich Ever vor allen Anwesenden, presst seine Lippen mit so viel Leidenschaft auf meine, wie ich es von ihm gar nicht gewohnt bin. Doch es ist mir egal, was die anderen im Raum denken. Sicher sind Jaz, Fear und die Herzkönigin nicht gerade erfreut über diesen Kuss. Aber selbst, wenn. Das ist meine Sache. Mein Happy End. Zumindest das Happy End, das ich mir ausgesucht habe. Kann ja auch sein, dass das hier unsere letzten Minuten miteinander sind. Unser letzter Kuss. Nein, daran mag ich nicht denken. Lieber an die Hoffnung, die ich von Evers Augen ablesen kann. Seufzend schmiege ich mich noch enger an ihn. Mit jeder Sekunde verliere ich mich mehr in diesem Kuss. Sehe komischerweise immer wieder Bilder unserer ersten Begegnung vor mir aufblitzen. Ever, wie er einen Chiasamen-Müsliriegel mit mir teilt. Nachts neben mir in einem Zelt schläft. Mich von Jaz' Schiff rettet. Wie wir beide an der Grenze zu Morgenland stehen und auf eine Nachricht von Jasemin warten. Dabei kommt es mir so vor, als wäre Ever schon mein halbes Leben lang an meiner Seite und nicht nur einen knappen Monat. Einen Monat ... etwas klingelt in meinem Hinterkopf. Bald, bald

ist wieder Vollmond! Doch bevor ich diesen Gedanken ganz zu Ende gefasst habe, kreischen um uns herum plötzlich alle auf. Erschrocken fahren Ever und ich auseinander, wenden uns wieder der Fensterfront zu. Die Menge unter uns durchfährt in diesem Augenblick ein Ruck, bis alle ungefähr im Gleichschritt nach links taumeln. Von rechts muss sich ihnen etwas nähern, nur was? Ich presse meine Nase ans Fensterglas, drehe dann meinen Kopf. Zuerst sehe ich nur Schlossmauern und Wald. Aber dann … kleine braune Punkte, die immer näher kommen, über zwei Wege zwischen dem Brunnen und einem Andenkenladen voller Geschenkartikel mit Snows Gesicht darauf auf den Schlosshof zuflitzen.

»Sind das Meerschweinchen?«, krächzt Asher.

Wir alle schauen ziemlich blöd drein, glotzen wie doof aus dem Fenster. Asher liegt richtig. Da draußen ergießen sich zweihundert Meerschweinchen wie Ratten, die gerade ein Schiff verlassen, über den Hof. Als hätte jemand einen Lastwagen voll mit Meerschweinchen ausgeleert. Hm …

Die Märchenfiguren kreischen und weichen zurück, einige stolpern, werden von den pelzigen Tierchen überrannt. Ich kann sehen, wie Hase auf einem Bein hüpft und schreit: »Die kitzeln!«

»Hoffentlich tun sie das!«, knurre ich.

Fear nickt zufrieden. »Oja, und wie das Meerschweinchen sind.«

Überrascht sehe ich sie an. »Hast du heute Nachmittag mit Gretel geplaudert?«

Fear lächelt mich nur eine Spur überlegen an, aber Asher zupft an meinem Ärmel. »Mami hat Gretel gesagt, dass wir Verstärkung brauchen und dass sie und der Spiegel das Gesundheitsamt rufen, wenn sie uns nicht hilft.«

»Wegen zu viel Meerschweinchenhaaren in ihren Assitoastern«, ergänzt die Hexe.

Gar nicht mal so unclever. Bewundernd nicke ich. Asher scheint sehr stolz auf das neue Wort zu sein, das er gelernt hat. Gesundheitsamt.

»Gern geschehen«, kommt es von Spieglein hinter mir. Natürlich muss er vorhin bei der Meerschweinchenrückgabe dabei gewesen sein, zumindest kurzzeitig, wegen der Aktualisierung von Fears Fußfessel.

»Außerdem könnte es sein, dass ich ihr eben per Mail mitgeteilt habe, dass wir den achten Zwerg hier bei uns für sie haben. Oder ein Bild von ihm, je nachdem.«

Was? Aber den haben wir doch gar nicht. Ungläubig starre ich Spieglein an. Natürlich erklärt er nichts weiter, lächelt nur genauso überlegen wie Fear. Ich kneife die Augen zusammen. Haben die beiden sich etwa miteinander verbündet?

Ever legt einen Arm um meine Schulter, was mich gerade so davon abhält, die beiden zur Rede zu stellen.

»Zurück zum Wesentlichen«, herrscht Snow uns an. Wer kommt mit mir in den Keller, um Kamm und Gürtel zu holen? Spieglein, wo haben die Angestellten die Kopfhörer verstaut?«

Snows Sammelleidenschaft für durchgeknallte magische Gegenstände erweist sich gerade zum ersten Mal als hilfreich.

Aber es stimmt, wir müssen schnell handeln, bevor die ganze Bude gestürmt wird.

Der Mob wird nicht lange brauchen, um sich neu zu formieren. Uns allen ist das klar. Vermutlich ist Jasemin nicht mehr die Einzige, die ein paar von uns durchaus gerne hängen sehen würde.

»Die Kopfhörer wurden in den Kellerraum geräumt, in dem sich auch die anderen Artefakte befinden.«

»Wäre nicht schlecht, das Zeug mal zu beschriften«, raune ich Snow zu, die mich allerdings ignoriert.

»Ich begleite dich«, bietet Pan an. »Legen wir los.«

Überrascht dreht Cinder den Kopf in seine Richtung. »Dann komme ich auch mit.«

»Leute, ihr solltet euch besser beeilen, mit der Artefaktbeschaffung«, empfiehlt Jaz vom Fenster her. »Sieht so aus, als kommen sie rein, um die Mädels zu holen.«

Rapunzel erstarrt, woraufhin die Katze ihr Ohr leckt.

Kapitel 10

~Cinder~

Pan lächelt Cinder an, und obwohl ihre Situation nicht gerade zum Lachen ist, kann sie nicht anders, als zurückzulächeln. Wenn er sie auf diese Weise so intensiv ansieht, erwärmt sich ihr Herz wie ein Marshmallow über dem Lagerfeuer. Komische Sache. Allerdings kann sie diesen Umstand seit heute genießen.

In der Zwischenzeit eilt Snow in Richtung Tür, bleibt aber kurz davor stehen und verschiebt einen Kerzenleuchter auf einer Kommode. Die Kommode schiebt sich zur Seite und gibt den Blick auf ein schwarzes Loch frei, so hoch wie ein Kleinkind. Der Eingang zu einem Tunnel. Einem Geheimgang.

»Der hier führt direkt in die Vorratskammer der Küche. Von dort ist es nicht weit bis in den Keller.«

Pan nickt, hält Cinder dann seine Hand hin. »Kommst du mit mir, meine Schöne?«

Gerade, als sie nicken will, hört sie von draußen die Rufe.

»Cinder? Bist du da drin? Komm raus zu mir. Ich rette dich vor diesen Verräterinnen!«

Sie zuckt zusammen. Charming. Ihr Noch-Ehemann steht draußen im Hof, eingereiht bei den Zombiebewohnern und schreit nach ihr.

Pan runzelt die Stirn, schluckt dann schwer.

Cinders Augenlider flattern, als Charming gar nicht mehr aufhören will, ihren Namen zu brüllen. Was will er hier? Kann er sie nicht in Ruhe lassen? Natürlich sind ihre Freundinnen keine Verräterinnen. Ganz sicher wird sie nicht zu ihm nach unten kommen. Selbst wenn Charming infiziert sein sollte: Er wird es überleben. Sie werden ihn einfach in Ruhe lassen, den Zombieprinz, so wie sie es mit Snows, Rose' und Rapunzels Ehemann getan haben. Sicherlich finden sie am Ende eine Lösung für dieses Problem.

Bevor sie sich rührt, starrt Cinder eine Millisekunde zu Boden. Aber letztendlich hebt sie den Kopf und gleichzeitig beide Mundwinkel.

»Ich liebe es, wenn du lächelst«, flüstert Pan ihr zu.

Sie greift nach seiner Hand und lässt sich von ihm zum Tunnel ziehen. Nicht einen Wimpernschlag lang bereut sie ihre Entscheidung. Im Gegenteil: Diese wenigen Schritte in Richtung dieser dunklen Öffnung fühlen sich an, als würde sie wie ein kleines Kind durch Pfützen hüpfen. Frei und voller Energie.

Nachdem sie durch die Öffnung gekrochen ist, hilft er ihr auf der anderen Seite auf die Beine. Cinder streicht sich eine verirrte Haarsträhne hinters Ohr, sieht sich um. Auf einmal ergreift sie doch ein eher beklemmendes Gefühl, trotz Pans Hand in ihrer. Ein kühler Windzug weht über ihren Nacken. Der Tunnel um sie herum ist stockdunkel, aber Snow leuchtet ihnen mit ihrem Handy den Weg.

»Das wird ein Kinderspiel.«

Wird es nicht.

~Red~

Ich starre auf Rapunzels Finger, die unablässig ihre Hände kneten, immer wieder über ihre Daumennägel streichen.

In einer besänftigenden Geste streicht ihr die Katze mit dem lila Schwanz über die Wange. Auch das scheint ihre Nerven nicht zu beruhigen.

»Ach, Kätzchen, gehst du mir etwa fremd?« Rose kommt mit einem sanften Lächeln auf Rapunzel zu und nimmt ihr die Katze von den Schultern. »Rapunzel muss erstmal ihre Gedanken sortieren. Komm, ich kraule dich ein wenig hinter den Ohren.«

Die Grinsekatze schnurrt. Beide haben so ziemlich als Einzige die Ruhe weg.

Draußen krakeelt Charming immer noch etwas von wegen, dass Cinder zu ihm gehört, was ich irgendwie ziemlich peinlich finde.

Ich beobachte Jaz, der emsig daran arbeitet, zwei Stühle unter die Türklinken zu klemmen. Genau zur richtigen Zeit. Denn gar nicht lange darauf hören wir Schritte vor der Tür den Gang entlangpoltern. Infizierte schlagen mit Stöcken gegen die Wände und brüllen dabei wie blöd.

»Das hat jetzt ein bisschen was von *The Walking Dead*«, bemerkt Rose.

Mit einer schnellen Bewegung fahre ich mir über die Nase. »Immerhin sind sie noch am Leben.«

Dennoch kann man der Situation eine gewisse Bedrohlichkeit nicht absprechen. Hämmernde Fäuste an den Flügeltüren. Bei jedem der Schläge zuckt Rapunzel zusammen, bis sie sich langsam

an den wiederkehrenden Lärm gewöhnt. Wahrscheinlich fragt sie sich, ob ihr Ehemann, Prinz Adrian, unter den Zombies ist, die auf der anderen Seite der Tür nach ihrem Tod brüllen. Obwohl ich weiß, dass sie inzwischen auch ohne Prinz gut klarkommt, lege ich ihr einen Arm um die Schulter. Sie schmiegt sich an mich.

»Deine nächste Bewährungsprobe, kleiner Sherlock«, murmle ich ihr zu. Hoffentlich kann sie es so sehen. Lediglich als eine weitere Herausforderung. Einen neuen Fall für Detective Rappienz, so wie sie sich in letzter Zeit selbst gern sieht.

Plötzlich ist Jaz an meiner Seite. »Keine Angst, ich werde dich beschützen. Solange ich lebe, werden sie dich nicht kriegen.« Bei seinen Worten richtet er sich zu seiner vollen Größe auf, reckt sogar die doch ziemlich beeindruckenden Brustmuskeln. Davon bin ich überzeugt. Tatsächlich thematisiert er Evers und meinen Kuss überhaupt nicht. Irgendwie auch nicht verwunderlich, da er geschworen hat, dass es ihm nichts ausmacht, dass ich zwei wahre Lieben in meinem Leben habe. Nicht bloß ihn allein. Nur Fear und die Herzkönigin werfen mir immer noch bitterböse Blicke zu. Aber da kann ich jetzt auch nichts machen. Nur weil ich als ihre Wiedergutmachung für Jaz herhalten soll ... Bei dem bloßen Gedanken daran beginnt meine Nase zu jucken, weshalb ich mir mit einer Hand darüberfahre.

Wieder erklärt mir Jaz in seiner selbstbewussten Art, dass er jedem die Arme abreißt, der sich mir ungefragt nähert oder etwas in der Art. Doch ich höre ihm schon gar nicht mehr zu, sondern suche den Raum nach Ever ab. Entdecke ihn schließlich am Esstisch auf einem Stuhl, im Gesicht so blass wie Elfenbein und so aufrecht wie ein Fragezeichen. Er sieht mich nur an, nickt dann beinahe

unmerklich. Seine Kiefermuskeln mahlen dabei. Ich weiß, was er denkt. In seiner momentanen Situation ist er zu schwach, um mich zu beschützen.

Falls jemand wie ich Schutz braucht. Schließlich bin ich es gewohnt, mich selbst zu retten. Brauche keinen Protector, niemanden, der für mich Arme ausreißt und kein Schnick und kein Schnack.

»Wir könnten alle durch den Tunnel in den Keller gehen«, schlägt Rose schließlich vor. »Um uns vor den Zombies zu retten.«

»Nur im Notfall, wenn die Tür nicht standhält«, halte ich dagegen. »Unten im Vorratsraum ist zu wenig Platz und der Weg zum Keller nicht sicher.«

Dort, wo die anderen jetzt sind.

Etwas kracht gegen die Türen, vermutlich ein Stuhl, gefolgt von einer Vase oder etwas Ähnlichem, das nun da draußen in Scherben zu Boden hagelt.

»Was genau definierst du als Notfall?«, will die Katze mit gespitzten Ohren wissen.

~Cinder~

Geradeso passen sie zu dritt in den Vorratsraum, der mit Konserven, Flaschen und Gemüsekisten vollgestopft ist. Eine Chiasamen-Kilopackung wackelt, nachdem Snow gegen eins der Regale gestolpert ist. Ebendiese braune Packung droht damit, auf ihren Kopf zu fallen, aber Cinder streckt eine Hand aus und schiebt sie weiter nach hinten in die Ablage mit der Aufschrift: »Veganes Zeug

für Hipster-Gäste«. Pans Schulter stößt gegen ihre, aber sie zuckt nicht zurück. Lächelt sogar, obwohl die Situation eigentlich ihre Nervenenden brennen lässt wie eine Zündschnur.

Snow lauscht. »Hört ihr etwas?«

Nein. Hier unten scheint niemand von den Infizierten zu lauern. So hat es zumindest den Anschein.

Snow legt die Fingerspitzen ihrer linken Hand an den Türrahmen, drückt mit der anderen auf die Klinke.

Sie ist es auch, die sich als Erste in den Flur vorwagt.

Pan hält Cinder zurück, späht erst selbst in den Flur. Nach links und nach rechts, bevor er ihre Hand nimmt.

»Es ist sicher.« In seinen rötlich schimmernden Haaren haben sich Fäden eines Spinnennetzes verfangen, die Cinder sofort entfernt, ohne einen Ton zu sagen.

In den gemauerten Gang fällt nicht besonders viel Licht. Snow biegt nach rechts in einen anderen ab. Den erkennt Cinder wieder, da es der ist, der zum Fitnessraum führt. Ihre Finger streichen über die goldenen Bilderrahmen der Zwerge, während Pan sie weiterzieht. Seine Armmuskeln spannen sich unter seinem Shirt wie vor einem Ringkampf.

Die Zwerge! Cinder ist versucht, stehen zu bleiben. Der achte Zwerg! Spieglein hat gesagt, er weiß, wer es ist. Dass sie ihn gefunden haben. Aber wen meint er und wer hat ihn aufgespürt?

Pan bemerkt ihr Zögern. »Was ist los?«

Cinder nickt in Richtung der sieben Bilder und des fehlenden achten. Pan folgt ihrem Blick, scheint kurz darauf zu verstehen.

In Cinders Gehirn arbeitet es. Das hier ist so mysteriös, aber irgendetwas sagt ihr, dass alles zusammenhängt wie ein Puzzle. Dass

alle Puzzleteile wichtig sind, um die Wahrheit zusammenzusetzen und ein Happy End zu erreichen. Der achte Zwerg, die Büchse der Pandora, Jasemins Feldzug, das verlorene Kind. Nur wie?

»Kommt schon, kommt schon, kommt schon!«, treibt Snow sie an. Gerade hat sie eine Tür aufgedrückt, winkt Cinder und Pan zu sich.

Es ist ein Lagerraum, der doch wie ein Museum wirkt. Ungefähr so groß wie Fears Wohnzimmer. Cinder blinzelt, sobald sie den Raum betritt. Aus einem schmalen Kellerfenster strömt Sonnenlicht herein. Kleine Staubfussel fliegen durch die Luft und glitzern dort, wo das Licht auf sie trifft.

»Gut, Snow. Wo ist das Zeug?«

Sie dreht sich zu Pan um. »Ist das eine Fangfrage? Ich war seit Monaten nicht mehr hier unten. Wollte die Sachen bloß aufheben, um sie meinen Kindern als Warnung zeigen zu können. Wenn ich irgendwann mal welche haben sollte.«

Cinder findet es ein wenig merkwürdig, sich Snow mit Kindern vorzustellen. Snows Kinder … könnten gruselig werden.

»Meine Angestellten schleppen hier ständig irgendwelches Zeug rein und raus, aber normalerweise beschriften sie die Kartons, also sucht einfach. Ich fange hier drüben an.« Ohne ein weiteres Wort dreht sie sich um. Pan tut es ihr gleich, gräbt sich nach einem kurzen Achselzucken für Cinder durch ein Regal mit kleinen Holzkästchen.

»Edelsteine, Ringe, Broschen …« Er wühlt weiter, öffnet eine Schachtel nach der anderen. Nur Cinder überlegt. Sollten die giftigen Artefakte im letzten Kästchen in diesem Raum sein, dauert das viel zu lange. Eine Stunde. Vielleicht mehr.

»Snow, warte.« Ihre Freundin hält inne. »Ich habe eine Idee, wie es schneller gehen könnte.«

Auch Pan hält inne und sieht in etwa so überrascht aus wie Snow. Kann sie den beiden nicht mal verdenken.

»Der Zauberstab.« Sie nickt in Richtung von Snows Gürtel, durch den sie den Hexenzauberstab geschoben hat.

Snow zögert und Cinder beginnt zu verstehen. »Seit du gehört hast, dass deine Mutter eine Hexe war, willst du ihn nicht mehr benutzen.«

Zuerst reagiert Snow nicht, starrt nur zu Boden. Am Ende nickt sie stumm.

Also liegt Cinder richtig mit ihrer Vermutung.

»Ich könnte es mal mit dem Stab probieren«, bietet Pan an. »Vielleicht klappt es auch bei mir.«

»Das ist kein feenstaubbetriebener Zauberstab«, motzt ihn Snow an.

»Entschuldigung?« Ein wenig hilflos sieht Pan Cinder an, hebt dann beide Schultern. Mit Snow zu verhandeln, kann sich durchaus anstrengend gestalten.

»Snow, du hast es bereits getan und es ändert nichts«, versucht sie es vorsichtig bei ihr. »Es ändert nichts, gar nichts.«

Nichts an dem, was du bist, hängt in der Luft zwischen ihnen.

Ganz langsam führt Snow eine Hand an den Gürtel, zieht den Zauberstab hervor.

»Finde, find, trouver«, spricht sie ungewohnt stockend aus.

Stolz zeigt sich auf Cinders Gesicht, als sie nickt.

Snow schwingt den Stab. »Zeig mir, was ich suche.«

Nichts geschieht.

Dann, als Cinder schon scharf einatmet, klappert etwas. Ganz hinten in der Ecke. Eine Schachtel, gar nicht so klein, vibriert.

»Da. Schnell!« Mit zwei Sprüngen ist Pan am entsprechenden Regal, reißt den Deckel ab. Auf einmal leuchten seine Augen, sein Gesicht schimmert golden, angestrahlt von dem letzten Rest Licht, das hereindringt. »Das ist es.« Er senkt den Arm, neigt das Kästchen nach vorn, sodass alle einen Blick hineinwerfen können. Ein vergoldeter Kamm liegt inmitten eines eingerollten, braunen Gürtels mit goldener Schnalle, daneben die weißen Kopfhörer, fein säuberlich verschnürt. Vergiftete Märchenartefakte. Jackpot.

»Ah, hier bist du, Liebes.«

Beim Klang dieser Stimme wirbelt Cinder herum. Auf einmal steht Prinz Charming im Türrahmen. Strahlt seine Ehefrau an. Schweiß bricht auf Cinders Stirn aus, doch er scheint ihren Schrecken nicht zu registrieren.

»Ich habe dich überall gesucht.«

Asher umfasst meine Finger. »Ich werde dich auch immer beschützen. Jetzt und wenn ich groß bin noch viel mehr.«

Ich lächle auf ihn hinab. »Ich finde, du bist eigentlich schon ganz schön groß.«

Daraufhin wird sein Lächeln noch ein wenig breiter. Unter Piraten aufzuwachsen, macht einen schon ganz schön groß. Und reif. Asher reckt das Kinn und präsentiert mir seinen Bizeps, was mich

zum Lachen bringt. Kichernd beginne ich, ihn zu kitzeln, bis er sich vor Lachen windet.

Dieser unbeschwerte Moment wird zerschlagen, als die Türen ein weiteres Mal unter den Faustschlägen der Infizierten erzittern. Wieder und wieder brüllen sie ihre Forderungen heraus. Trotzig recke ich mein Kinn. Sollen sie mich doch holen kommen. Dann wäre es endlich vorbei. Aber dann denke ich an unseren Plan und daran, dass er nicht scheitern darf, um diejenigen zu retten, die ich liebe.

Ein Flüstern nahe der Fenster erweckt meine Aufmerksamkeit. Es sind die Hexen, die tuscheln. An Rexias Kinn blättert die die dunkle Gesichtsmaske ab. Sieht nicht gerade appetitlich aus.

»Was ist los, Fear?«

Die Hexe dreht den Kopf seitlich, bis sie meinen Blick erwidert. »Wir haben eine Idee.«

Ach, wirklich? Irgendwie kann ich mir denken, was jetzt kommt. Pain und Rexia lösen sich ebenfalls aus dem Hexenkreis, überlassen allerdings Fear das Wort.

»Wenn ihr uns erlaubt, unsere Zauberkraft einzusetzen, könnten wir die Menge dort draußen ablenken. Um uns etwas mehr Zeit zu verschaffen.«

Ja, klar – und damit unser eigenes Grab schaufeln. Mir ist Banes Anschlag auf Cinders Leben noch in all seinen schillernden Farben im Gedächtnis. Jedenfalls das, was mir davon berichtet wurde. Wie aufs Stichwort erscheint Spieglein im runden Wandspiegel mir direkt gegenüber. Sein Gesichtsausdruck drückt ungefähr das aus, was ich denke.

Wieder poltert jemand gegen die Tür. Dieses Mal hört es sich so an, als würde sich dieser Jemand mit seinem vollen Körpergewicht dagegenwerfen.

»Snow! Komm raus und ergib dich in deine rechtmäßige Strafe. Du bist die Anführerin. Sicher steckst du hinter alldem!« Es ist Prinz Philips Stimme und auf einmal bin ich noch erleichterter, dass Snow nicht hier ist. Das mitanzuhören, wäre wohl kein Vergnügen für sie. Ihr eigener Ehemann!

Rapunzel beginnt zu schluchzen. Sicher erwartet sie, dass auch ihr Ehemann unterwegs ist, um ihren Tod zu fordern oder etwas in der Art.

Spieglein und ich tauschen einen Blick. Es ist gefährlich, könnte schlimm für uns ausgehen. Aber welche Optionen haben wir?

Der Spiegel neigt den Kopf. Sicherlich wägt er die Risiken ab. Sein oberstes Gebot ist Snows Sicherheit.

»Eine zeitlich begrenzte Lockerung der Magie-Blockierung?«, schlage ich daher vorsichtig vor. »Spieglein, wäre so etwas möglich?«

Es würde uns Zeit verschaffen. Zeit, die wir brauchen, um zu sterben und wieder zurückzukommen. Fear will mich sowieso nicht tot sehen, sondern lieber als Jaz' Lebenspartnerin.

Spieglein nickt und beinahe halte ich den Atem an.

»Moment mal.« Jaz macht einen Schritt auf Fear zu. »Wie ist euer Plan? Wollt ihr die Bürger da draußen in Schwäne verwandeln?« Als Nächstes wendet er sich Pain zu. »Oder in Paarhufer?«

Rexia zwirbelt an ihren rotbraunen Locken. Seufzt dann, wie es eine Großmutter tun würde, deren Enkel mit Läusen auf dem Kopf nach Hause gekommen ist.

»Nein, die beiden können in diesem Fall nicht viel ausrichten, aber ich kann den Bürgern einreden, wegzugehen. Mit Flüstermagie.«

»Bei so vielen auf einmal?«, hakt Spieglein nach. »Da draußen stehen ungefähr zweihundert Mann.«

Rexia zögert. »Könnte in der Tat schwierig werden.«

Die vegane Hexe hat also Bedenken. Ist leider auch zu sehr umoperiert, um noch gruselig zu wirken. Selbst die Gesichtsmaske macht die OPs nur unzureichend wett. Spieglein dagegen scheint sich jedes Mal bei Rexias hautgestrafftem Anblick zu gruseln. Ich verdrehe die Augen. Moderne Hexen sind einfach nicht alltagstauglich. Haben nur Flohtox im Kopf und ihr WKWH.

Moment mal! Das bringt mich auf eine Idee.

~Cinder~

Charming«, haucht Cinder, unfähig, in dieser Situation mehr herauszubekommen als dieses eine Wort.

»Ist er infiziert?«, flüstert Snow Pan zu. »Er randaliert gar nicht.«

»Ja, sehe ich. Vielleicht ist er immun?«

»Gegen die Büchse der Pandora?« Snow kneift ein Auge zu. »Unwahrscheinlich.«

Aber Charming scheint weder durchgedreht zu sein noch in einer Sinnkrise zu stecken. Mit einer verwegenen Geste streicht er sich die Haare aus der Stirn. Seine schmale Krone sitzt schief auf seinem Kopf wie ein verrutschter Heiligenschein. »Was macht ihr hier drin?«

»Wir suchen nach Waffen«, beeilt sich Pan, zu sagen. Offensichtlich will er den Plan nicht preisgeben. Gar nicht so dumm. Vielleicht hätte Charming sonst am Ende noch bei Snows Tötung mitgeholfen. Leiden konnte er sie schließlich noch nie.

In seiner selbstbewussten Art streckt Charming Cinder eine Hand entgegen. »Du musst keine Angst mehr haben. Ich beschütze

dich.« Mit der anderen Hand deutet er auf das Schwert, das er am Gürtel trägt. »Schau, ich besitze genug Waffen.«

Cinders Backenzähne reiben aufeinander. O ja, so sieht er sich gern. Geht vollkommen auf in der Rolle des edlen Ritters. Am liebsten würde sie ihn ohrfeigen.

»Uns läuft die Zeit davon«, raunt Snow ihr zu. »Lass uns gehen.«

»Ihr könnt ruhig gehen, aber Cinder kommt mit mir. Nicht wahr, Schatz?«

Cinder zögert, weiß nicht, wie sie der Situation entfliehen soll. Krav Maga hat sie auf Momente wie diesen nicht vorbereitet.

Was jetzt?

Sie fühlt Pans Blick auf sich, der offensichtlich auf ihre Entscheidung wartet.

»Mach schon, Liebling.« Ungeduld liegt in Charmings Stimme. Zusätzlich beginnt er, mit der Hand zu wedeln. »Wir wissen doch beide, was das Beste für dich ist und wie du dich entscheiden wirst. Letztendlich siegt immer die wahre Liebe.«

Und da weiß Cinder, was zu tun ist. Ihre Nasenflügel beben, als sie ihre Augen zuerst auf Charming und dann auf Pan richtet.

»Die Zeiten ändern sich, Charming. Du hast mich nie für das respektiert, was ich bin. Ich bin nicht mehr dein armes, kleines Mädchen aus der Asche, das dir überallhin folgt. Ich bin erwachsen geworden und wir zwei sind fertig miteinander.« Damit greift sie nach Pans Hand, zieht ihn mit sich. Vorbei an Prinz Charming, dessen Schwertarm kraftlos an seiner Seite baumelt. Mitten im Türrahmen vergisst sie nicht, die Schulter des Prinzen zu streifen, sodass er zurücktaumelt. Die Augen vor Schock geweitet.

»Das ist nicht dein Ernst, Liebling! Warte doch mal!« Seine Stimme klingt so hoch und in Panik wie die einer Sirene. Fast hat Cinder Angst, er könnte damit die Zombies auf den Plan rufen.

Aber vorerst haben sie Glück. Nichts geschieht.

Cinder und Pan hasten den Gang mit Snow als Schlusslicht entlang. Hinter ihnen poltern Charmings Schritte über den Steinboden. Als er nahe genug zu ihnen aufschließt, packt er Pan an der Schulter.

»Was soll das? Was hast du mit ihr gemacht? Ist das irgendein Zauber? Wie man hört, könnt ihr Neverland-Männer das Herz einer Frau nur mit einem Liebestrank gewinnen. Na, sag schon, Peter Pan. Was hast du ihr verabreicht?«

Pan atmet tief ein. Versucht damit offensichtlich, seinen Ärger wegzuatmen. Will sich wohl nicht vor Cinder mit ihrem Mann schlagen. Aber Cinder schon.

»Das nimmst du zurück!« Cinder holt aus. Mit ein paar gezielten Schlägen trifft sie seine ungeschützte Mitte. Genau auf die Zwölf.

»Uff. Oh.« Charming geht in die Knie, hält sich die Hände vor seine empfindsamste Körperstelle. »Warum?«

Cinder atmet tief ein, stellt sich über ihn, die Hände in die Hüfte gestemmt.

»Es gibt viele Gründe. Nummer eins: Du bist ein selbstsüchtiger Arsch.«

~Red~

»Das ist euer Plan?« Kann ich jetzt nicht so ganz fassen. Klingt mir mehr nach Wahnsinn als nach einer Strategie.

»Du musst zugeben, nur ein kluger Geist kann so etwas ersinnen«, meint Pain.

Ich schüttle den Kopf. »Ein durchgeknallter Geist.«

»Nicht durchgeknallter als euer Massenselbstmord für Jasemin.«

Punkt für Pain.

»Also, legen wir los?«, fragt Rexia gut gelaunt. Sie lässt schon mal die Fingerknöchel knacken.

Ich fasse mir an die Stirn. Das ist Wahnsinn. Aber was haben wir schon zu verlieren? Die Grinsekatze streicht mir um die Knöchel. Grinst sie etwa ihr unergründliches Grinsen?

»Nur ein Flamingo mit zwei Flügeln kann über einen einäugigen Papagei richten«, säuselt die Katze.

Ich schnaube. Plötzlich habe ich das Gefühl, dass wir mittlerweile die größere Zahl an Irren in unserem Land beherbergen. Aber was soll's. Einer für alle und alle für einen. Auch die Irren.

Alle starren mich an, so als hätte ich hier das Kommando. Also lasse ich meine Hand sinken. »Nun leg schon los, Spieglein.«

Der Spiegel nickt. Es piept.

»Geladen und entsichert«, verkündet er wenige Sekunden später.

Bühne frei für Rexias Magie.

Ich lausche. Auf der anderen Seite der Türen piept es ebenfalls. Eine Hopephone-Melodie erklingt und mehrere der Mainstream-Smartphone-Klingeltöne. Für ein paar Sekunden ist alles still.

Nur Rexia legt zwei Finger an ihre Schläfe, schließt die Augen und beginnt leise zu murmeln.

Draußen ruft jemand: »Sie sind Richtung Süden geflohen.«

»Kann das sein?«

»Fake-News!«, protestiert ein anderer.

Eine weibliche Stimme, die mir sehr nach der pessimistischen Pechmarie klingt, schnalzt mit der Zunge. »Das ergibt Sinn. Sicher versucht Peter Pan, sie außer Landes zu schmuggeln.«

»Ja, das denke ich auch!«, pflichtet ihr die Stimme von Hase bei.

Wir alle spitzen die Ohren. Nur zwei Herzschläge später höre ich, wie sich die ersten Infizierten entfernen. Es funktioniert. Spiegleins gefälschte Meldungen von Sichtungen von uns und Rexias Flüstermagie bei Pechmarie und Hase. Wie ein gut aufeinander eingestimmtes Orchester spielen sie zusammen. Zum ersten Mal an diesem Tag fühle ich mich federleicht. Wir sind fast am Ziel.

»Los, los«, herrscht Rexia die anderen an, die noch völlig fasziniert auf die Tür starren. »Das hält nicht ewig vor.«

Natürlich nicht. Wäre auch zu schön, um wahr zu sein.

»Wir brauchen ein Video. Oder noch besser: eine Live-Übertragung von eurem Tod.«

Ich starre Rexia an, die in die Hände klatscht.

Wenn sie es so ausspricht, hört es sich ganz einfach an. Vielleicht auch wie eins der Top Events des Jahres. Wie das Finale von *Date my Swan*. Dieser TV-Show. Ich rolle mit den Augen. Gut, machen wir einen Live-Stream von meinem bevorstehenden Tod. Am besten gleich mit Countdown und Konfettiregen.

»Hey!« Eine keuchende Snow quetscht sich aus dem Loch in der Wand. »Ihr glaubt nicht, was passiert ist.«

Da bin ich ausnahmsweise mal ihrer Meinung. Mit dem Daumen deute ich auf die Tür hinter mir. »Du sicher auch nicht, was hier gerade abging.«

»Cinder hat Charming verprügelt. So richtig, meine ich.« Snow strahlt, als wäre das schon lange überfällig gewesen. Oder so, als hätte sie gerade den ersten Preis im *Back-dein-Happy-End*-Magazin für die besten Buttercremetörtchen erhalten.

Ich hebe beide Augenbrauen. Nicht schlecht, Cinder.

Ebendiese kriecht jetzt neben Snow heraus, gefolgt von Pan, der offensichtlich nicht aufhören kann, zu kichern.

»Ihr hättet das sehen sollen«, japst er, bekommt kaum noch Luft vor Lachen. »Cinder so: zack, bäm, bäng!« Kaum steht er auf den Beinen, vollführt er ein paar seltsame, zackige Armbewegungen. Verströmt damit eine gewisse unfreiwillige Komik.

»Ja, kann's mir vorstellen.«

»Gut, zurück zum Geschäftlichen.« Wieder ist es Rexia, die in die Hände klatscht und alles vorantreibt. »Lassen wir die drei jetzt über die Klinge springen oder nicht?«

Ich schlucke. Exakt so hätte ich es vielleicht nicht formuliert.

»Hexensicherung eingeleitet«, brummt Spieglein und ich habe das unbestimmte Gefühl, das etwas zischend in den Fußfesseln der Hexen einrastet. Aber wahrscheinlich bilde ich mir das nur ein.

»Ich frage nur, weil die Flüstermagie nicht lange anhalten wird und meine Fähigkeiten doch etwas eingerostet sind nach der langen Pause. Kann ich nicht beliebig oft wiederholen, bis wir einen Zeitpunkt gefunden haben, wo es euch besser passt.«

Zwar rütteln mich ihre Worte auf, machen mich aber auch gleichzeitig wütend. Einfühlungsvermögen scheint in Hexen-

kreisen offenbar nicht gerade den gleichen Stellenwert wie Flohtox zu besitzen.

Offensichtlich ist Snow da ganz meiner Meinung. »Wie sprichst du bitte mit uns? Bettelst du da gerade nach einem Stromstoß oder wie soll ich das verstehen?«

Ein paar Fetzen Gesichtsmaske blättern von Rexias Kinn und rieseln lautlos zu Boden.

Ganz sachte legt Rapunzel Snow eine Hand auf die Schulter. »Bitte. Wir haben doch darüber gesprochen. In diesem Krieg sind wir Verbündete. Kämpfen miteinander, nicht gegeneinander.« Snow schnaubt, nickt dann aber zustimmend. »Ich weiß.«

»Machen wir das jetzt einfach so oder proben wir das zuerst noch mal?«, will Snow wenig später wissen. Ich schaue sie verständnislos an.

»Nach einem Mal Sterben habe ich, glaube ich, genug, danke.«

»Nein, ich meine, mit den Kameraeinstellungen.«

Genervt werfe ich die Hände in die Luft. »Rapunzel nimmt einen Livestream auf und lädt Jasemin dazu ein. Jaz hilft ihr und passt auf, dass alles im Kasten ist. Ihr sagt ihr, wir haben uns für unser Land geopfert, und damit kann sie ihren blöden Vertrag zerreißen.« Ich überlege einen Moment. »Spieglein, kannst du nicht offiziell hinzufügen, dass der Vertrag mit unserem Tod ungültig geworden ist? Ein paar juristische Paragraphen einwerfen … Bei dir klingt das immer so …«

»Klug, erhaben, weltmännisch?«

»Nein, erwachsen.«

Der Spiegel blinzelt. Aber alle scheinen einverstanden zu sein.

»Ich will den Gürtel! Das war rückblickend noch die angenehmste Art über die Klippe zu springen«, bestimmt Snow. Ich hatte ganz vergessen, wie viel Erfahrung sie schon im Sterben hat. Ob man umso zynischer und schlechter gelaunt wird, je öfter man den Löffel abgibt? Da könnte ein latenter Zusammenhang bestehen, vermute ich jetzt einfach mal.

»Träumst du? Jetzt wähl schon das Teil, das dich umbringen soll.« Snow schubst mich, sodass ich fast gegen Ever taumle, der neben mich getreten ist. So blass, wie er aussieht, könnte er jetzt schon als lebender Toter durchgehen. Kaum habe ich das zu Ende gedacht, dringt von draußen Tumult an unsere Ohren. Sofort sprintet Rapunzel ans Fenster.

»O nein. Die Zombies kommen zurück! Beeilt euch!«

»Ja«, mault Snow. »Wir bemühen uns schon, schneller zu sterben. Der Allgemeinheit zuliebe! Nicht, dass du eine Ahnung hättest, was man da durchmacht.«

Rapunzel schweigt.

»Ich nehme die Kopfhörer«, sage ich schnell, bevor es noch Streit gibt, wer hier schneller oder langsamer stirbt als ursprünglich geplant.

»Gut.« Snow reicht mir Banes Kopfhörer und damit bekommt Ever den Kamm. »Damit bliebe der für dich.« Oh, daran habe ich gar nicht gedacht, dass Ever somit der Kamm zugeteilt wird. Aber er zuckt nur mit den Schultern. Ist ihm wohl auch schon gleich, ob ihn ein Mädchenkamm tötet, anstelle von einem männlichen Artefakt.

»Am besten, wir legen uns auf den Boden. Sonst schlagen wir uns doch nur die Köpfe auf dem Boden auf, wenn wir sterben«,

bestimmt Snow. Da dieser Vorschlag sicher aus praktischer Erfahrung gemacht wurde, erwidere ich nichts, lege mich nach kurzem Zögern einfach in die Mitte zwischen Snow und Ever.

Ever beißt sich auf die Lippe, will mir ganz offensichtlich noch etwas sagen, verkneift es sich aber. Ich schenke ihm ein Lächeln. Ist ja nicht so, als hätten wir nach dieser Aktion nicht noch genug Zeit zum Reden. Oder nicht? Es ist ja kein endgültiger Abschied. Kein richtiger Selbstmord wie bei Romeo und Julia. Ein leiser Zweifel nagt sich in mein Bewusstsein. Herzschlag für Herzschlag.

Nach einem kurzen Lockern ihrer Schultern bringt Rapunzel die Kamera in Position.

Jaz schaut ihr über die Schulter. An der Wand rechts von uns lehnen mit etwas Abstand die Hexen, gemeinsam mit der Herzkönigin. Über meinem Kopf kniet Asher. Links neben Jaz halten sich Cinder und Pan fest umklammert. Daneben Rose und die Grinsekatze, beide mit zusammengekniffenem Mund.

Egal. Ich muss mich nicht verabschieden. Schließlich bin ich gleich wieder zurück. Nur warum fühlt sich das Ganze bloß so endgültig an? Unwillkürlich greife ich nach Evers Hand.

Er drückt sie. »Mach dir keine Sorgen. Heute Abend mache ich all das wieder gut, was ich dir angetan habe, und wir werden für immer zusammen sein. Falls du mir verzeihst, dass ich vorgestern weggelaufen bin, meine ich.« Sein Lächeln treibt mir nun doch die Tränen in die Augen. Dann nicke ich. Soll das etwa mein Happy End sein?

So ganz am Ende doch noch? Endlich meins? Meine eigene Geschichte?

Faustschläge donnern gegen die Tür. »Sie sind hier drin. Das war nicht mehr als ein Trick. Kommt, brechen wir die Tür auf!«

Spieglein murmelt etwas, das sich anhört wie. »Bastarde ... haben die Handys geortet.«

»Los, los!« Von ihrem Platz an der Wand wedelt Fear mit beiden Händen, als wolle sie einen üblen Geruch in meine Richtung scheuchen. »Liegt da nicht so untätig rum.«

Verstehe schon. Besser heute sterben als gestern.

»In der Zwischenzeit könntest du mal zu den Meerschweinchen sprechen oder Stubenfliegen oder irgendetwas, was den Mob da draußen aufhält«, befiehlt Fear weiter in ihrer herrischen Art. Ich brauche einen Moment, um zu begreifen, dass sie damit die Herzkönigin meint.

Ich blinzle. »Okay, gut. Wir legen einfach das Zeug an, ja? Gleichzeitig. Ihr filmt und nachdem die Übertragung durch ist, befreit ihr uns von dem giftigen Schrott.«

Alle nicken. Sehen mich tatsächlich so an, als hätte ich sie im Griff. Könnte ich mich dran gewöhnen.

Meine Finger spielen mit den Kopfhörern, wickeln die Schnüre um meinen Zeigefinger.

»Du machst das gut«, flüstert mir Ever zu. »Gleich ist es vorbei. Damit sind wir unserer Zukunft einen Schritt näher. Einer Zukunft ohne Jasemin.«

Er hat ja recht. Dennoch hat seine Weisheit etwas Bittersüßes an sich.

Rapunzel hebt eine Hand. »Soll ich Jasemin anschreiben und sie über den Livestream benachrichtigen?«

»Ja, mach mal und wenn sie nicht online ist, ruf sie an.« Snows Stimme klingt hohl. Ob sie auch Angst hat?

»Sie ist online.« Rapunzels Mundwinkel heben sich. »Wenn niemand etwas einzuwenden hat, starte ich den Stream. Kurz und

schmerzlos.« Niemand hat etwas dagegen. Nur die Infizierten, die sich vor der Tür einen Wolf brüllen, an der Tür kratzen wie Zombies, scheinen andere Pläne zu haben.

Pain räuspert sich. »Ich würde den Hasenohren-Filter empfehlen. Die Stimmverzerrung bietet unglaublich viel Anonymität.«

»Das ist kein Erpresservideo«, knurrt Snow die Hexe an.

Irgendwie rührend, dass sich Pain um Rapunzel sorgt. Sie vor Jasemin schützen will. Rappienz scheint ihr kleiner Liebling zu sein.

»Gut, Jasemin ist informiert, dass wir ihr etwas Wichtiges zeigen müssen, das unseren Vertrag betrifft. Wir gehen live in 3 … 2 … 1.«

Stille. Rapunzel schwenkt ihr Handy einmal über uns. »Hallo Jasemin, wie du vielleicht durch den Hipster-Filter erkennen kannst, haben wir uns entschieden, den Vertrag zu lösen. Ja, richtig gehört. Snow, Red und Ever opfern ihr Leben für den Märchenwald.«

»Jetzt wäre ein Selfiestick gar nicht schlecht«, meint Cinder.

»Den hast du doch eben zerbrochen, als du Charming eins übergebraten hast«, meint Pan leise.

Cinder lächelt ihn verliebt an und da weiß ich, dass ich das Richtige tue, etwas wage. Weil es sich lohnt, für die große Liebe alles zu riskieren. Für Ever und meine Freunde. Also fackle ich nicht lange und lege mir die verhexten Kopfhörer um den Hals. Snow hebt ihre Hüfte, um sich den Gürtel umzulegen, und Ever kämmt sich die Haare mit dem Kamm. Doch plötzlich klappert etwas.

»Autsch!«, flucht Ever.

Ich drehe meinen Kopf. »Alles okay?«

»Ja, ich hab den Kamm nur fallen gelassen und mich danach an ihm gestochen. Geht gleich weiter.«

Auf meiner anderen Seite beginnt Snow, zu japsen. Eine Sekunde später zieht sich etwas um meinen Hals zu. Es braucht einen Augenblick, bis ich begreife, dass sich die Schnüre wie bei einer Würgeschlange bei jedem meiner Atemzüge enger um meinen Hals legen, mir die Luft nehmen. Am Rande meines Gesichtsfelds bemerke ich, wie sich Cinder eine Hand vor den Mund schlägt. Genau dasselbe hat sie vorhin selbst noch erlebt. Muss furchtbar sein, mitanzusehen, wie das Leben aus zwei ihrer besten Freundinnen weicht.

Gleichzeitig registriere ich, wie Rapunzel alles für Jasemin kommentiert. Die selbsternannte Königin von Morgenwald wohnt dem Spektakel offenbar schweigend bei. Nur gut, dass sie so wenig Ahnung von Märchenwald-Magie hat.

Irgendwann beginnen meine Beine, unkontrolliert zu zittern. Gleichzeitig kann ich meine Lunge kaum noch mit Sauerstoff füllen. Rapunzel erzählt irgendetwas von unserem großen Opfer, aber ich verstehe keine zusammenhängenden Wörter mehr. Beinahe fasziniert schaue ich mir selbst beim Sterben zu. Wie bei einer klinischen Studie.

An meinem Kopf spüre ich Ashers Hände, der mich an den Schläfen streichelt. Eine Träne kullert aus seinem Augenwinkel und tropft auf meinen Haaransatz.

Aber dann wird mein Blickfeld immer kleiner. Zieht sich zu wie bei einem sich schließenden Fernrohr. Nur irgendwie total verschwommen. Am Ende erkenne ich immer weniger Sonnenschein. Vielleicht denken deshalb so viele Menschen, sie würden ins Licht gehen, doch eigentlich entfernt es sich von mir. Mehr und mehr. Bis es in unerreichbare Ferne rückt.

Und dann bin ich weg.

Als ich beim nächsten Mal aufwache, würgt Snow neben mir auf allen Vieren. Kurz habe ich Angst, sie würde sich auf mich übergeben, aber ich habe Glück. So weit kommt es nicht. Ich blicke auf.

»Jasemin tobt vor Zorn und hat, wie du vorhergesagt hast, in ihrer Wut den Vertrag zerrissen«, freut sich Rapunzel, die sich mit Cinder in den Armen liegt.

Ein zarter Anflug von Erleichterung macht sich in meinem Magen breit. Dieser wahnsinnige Plan hat tatsächlich funktioniert. Mit einer Hand massiere ich mir den Hals. Jaz umklammert die Teufelskopfhörer, wirft sie dann zur Seite. Sicherlich war er es, der mich davon befreit hat. Nur irritiert mich seine bleiche Gesichtsfarbe.

»Ever, hast du das gehört?« Voller Freude drehe ich mich zu ihm. Da er nicht reagiert, rüttle ich an seiner Schulter. »Ever!«

Wieder keine Reaktion. Seine Brust bewegt sich nicht. Ich versuche es noch einmal und immer wieder. Um mich ist es vollkommen still geworden. Nur die Herzkönigin flüstert mit irgendwelchen Tieren.

Wieder und wieder schreie ich Evers Namen. Bis Tränen über meine Wangen laufen und ich noch lauter kreische als die Infizierten vor der Tür, die offensichtlich gerade erneut von Meerschweinchen angegriffen werden. Ich verstehe es einfach nicht. Der Kamm ist doch weg?

»Ever!«

»Shh.« Jaz legt mir eine Hand auf die Schulter.

»Wag es ja nicht, mich zu Shhchen!«, fahre ich ihn an. »Warum wacht er nicht auf?« Natürlich registriere ich, dass ich mich wie eine Heulboje anhöre, kann aber rein gar nichts dagegen tun.

Als Nächstes nähert sich mir Cinder. Nimmt mich in den Arm. Einfach so. »Es tut mir leid. Snow und ich haben uns beraten. Wir glauben, weil das Gift durch den Kratzer in seinen Blutkreislauf gelangt ist, als er sich am Kamm verletzt hat, wacht er nicht mehr auf. Das Gift ist bereits in seinem Blut. Wir bekommen es nicht mehr da raus, selbst ein Arzt könnte das nicht bewerkstelligen.«

»Das heißt, er ist tot?« Ich wage kaum, es auszusprechen, will es andererseits aber so sehr wissen.

»So was in der Art, denke ich. Vielleicht auch irgendwas Magisches? Ein hundertjähriger Schlaf?«

Pain räuspert sich. »Er ist tot, sieh es ein.«

Ich spüre deutlich, wie mein Gehirn die Worte filtert, sie dreht und umdeutet und mir einreden will, dass das alles nicht passiert. Mein Verstand verweigert sich dem, was man mir einreden will. Ever kann nicht tot sein, er kann nicht! Gerade war er doch noch da! Es kommt mir vor, als wäre ein Gesetz gebrochen worden, das größer ist als alles, was wir kennen. Ein Fehler ist passiert, den die Welt bemerken und wieder geraderücken muss. Ever wird aufwachen, das ist unsere Geschichte, er hat keine Wahl!

Das kann es nicht gewesen sein.

Ich schaue einmal in die Runde der Freunde und Hexen, sehe ratlose Gesichter, Betroffenheit, Hilflosigkeit. Diese Mienen sagen mir, dass es kein Fehler ist, dass das Schicksal zugeschlagen hat. Aber das kann ich nicht akzeptieren. Ich beuge mich über Ever und dann presse ich meine Lippen auf seine. So wie damals Prinz Adrian Rapunzel von ihrem Fluch erlöst hat. Gleich wird sich Ever unter meiner Berührung regen, ich werde spüren, wie er Luft in seine Lunge zieht, wie er ganz plötzlich meinen Kuss erwidert.

Aber nichts passiert. Auch nach drei Küssen nicht. Ever liegt einfach nur da. Jemand spricht mich an, sagt meinen Namen, ich weiß nicht, wer es ist. Dann greifen Hände nach mir, wollen mich von ihm wegziehen. Ich schreie und reiße mich los, schreie meine hilflose Wut heraus.

Diesmal heulen Asher und ich im selben Rhythmus. Warum? Warum nur ist das Schicksal so grausam zu mir? Ich kann nicht mehr, kann nicht mehr, kann nicht mehr!

Wieder legt mir jemand eine Hand auf die Schulter. Es ist Jaz. »Ich weiß, das ist hart.«

Irgendwo in dem Chaos meiner Gefühle weiß ich, dass es keine richtigen Worte gibt in so einem Moment, aber das ist zu viel für mich.

»Was weißt du schon?«, würge ich heraus. »Dir kann doch nichts Besseres passieren, wo du jetzt freie Bahn bei mir hast. Jede Nacht mein Bett teilen kannst. Aber weißt du was: Ich werde dich nie lieben! Weil ich immer nur Ever lieben werde, tot oder lebendig!« Meine Worte sind grausam, ich weiß es. Viel zu hart und übertrieben unangemessen. In diesem Moment höre ich mich wie Fears schrecklichste Seite an, nein, es ist noch schlimmer. Aber nun ist es raus, unwiderruflich. Unter der unangenehmen Wahrheit zuckt Jaz zusammen. Meine Worte treffen ihn wie ein Marmorblock. Ich kann es an seinen eingefrorenen Gesichtszügen erkennen. Wahrscheinlich bin ich nicht die Einzige, in der an diesem Nachmittag etwas zerbrochen ist. Genau genommen nicht nur etwas, sondern meine ganze Zukunft.

Dann packt er sich Asher, ohne ein Wort zu sagen, dreht sich um und stürmt auf das Loch in der Wand zu.

»Warte, Daddy, was machst du?«, protestiert der Kleine. Doch da sind sie auch schon in die Dunkelheit eingetaucht. Fort. Einfach so. Ich starre ihnen nach. Jaz' geschockter Blick und Ashers kleine Hände, die sich mir entgegenstrecken, gehen mir nicht aus dem Kopf. Aber das tonnenschwere Gewicht auf mir zieht mich wieder in den Abgrund, lässt mich neben dem leblosen Ever zusammenbrechen.

»Nein, nein, nein! Nicht Ever!«

Die Trauer droht, mich zu erdrücken. Es ist zu viel. Zu viel für eine Person. Ich weigere mich, es zu glauben. Nein, nein, nein!

Nachdem ich mich wieder halbwegs im Griff habe, versuche ich es als Nächstes mit Mund-zu-Mund-Beatmung.

Mehrere Minuten vergehen. Niemand hält mich auf oder sagt ein Wort. Nur Rose und Rapunzel weinen mit mir. Es klappt nicht. Will einfach nicht funktionieren. Egal, wie sehr ich es mir wünsche, dass er wieder atmet. Verfluchtes Gift. Vor Wut greife ich mir den Kamm und schleudere ihn gegen die Tür, wo er wie ein Wurfstern im Ebenholz stecken bleibt.

Ever ist tot. Nichts ergibt mehr einen Sinn.

~Cinder~

Red ist so weggetreten, dass sie nicht einmal bemerkt, wie die Infizierten die Tür aufbrechen. Aber sie haben nicht mit den drei Hexen gerechnet, die sich ihnen entgegenstellen und »Buh!« rufen. Unglaublicherweise laufen die Infizierten tatsächlich schreiend weg.

Ob das am Flohtox liegt oder an der Angst vor ihrer Magie? Oder an den Gesichtsmasken von Rexia und Pain?

Anscheinend sehr zufrieden mit sich schließt Rexia die Tür. Vielleicht gefällt ihr das Gefühl, gebraucht zu werden, überlegt Cinder.

»Da bist du!« Die Stimme fährt durch ihre Haare und krabbelt dann ihre Wirbelsäule hinab. Charmings Stimme.

»Gut, dass ich dich gefunden habe, du kommst jetzt mit mir, Liebling. Keine Sorge, ich bin dir nicht böse. Offensichtlich wurdest du einer Gehirnwäsche unterzogen. Von diesem Neverländer.« Er verzieht den Mund zu einer Grimasse, rückt sich dann die Krone zurecht. »Hier bist du nicht sicher.«

Völlig überrumpelt runzelt Cinder die Stirn. »Charming, wir hatten das doch geklärt.«

»Nein, Liebling, du stehst lediglich unter dem Einfluss der Büchse der Pandora.« Obwohl Cinder zurückweicht, streckt er eine Hand nach ihr aus.

»Lass sie los«, knurrt Pan.

Hinter ihm übertönt Reds Geheule beinahe seine Stimme.

Unglücklicherweise ist Charming sehr flink. Haut Pan einfach eine rein.

»So, das ist damit wohl geklärt.« Er umfasst Cinders Handgelenk und zieht sie ohne Umschweife mit sich.

»Lass das! Charming, was erlaubst du dir?«

»Ich erlaube mir, meine Ehefrau nach Hause zu holen.«

»Pfoten weg – und warum bist du eigentlich nicht infiziert, sondern so normal?« Cinder sträubt sich, lehnt sich mit ihrem ganzen Gewicht zurück. Ihr Glück mal wieder mit Charmings

Nicht-Infizierung ... Hätte es ihn nicht einfach treffen können wie jeden normalen Märchenwaldbewohner? Dann würde er jetzt auf der anderen Seite der Tür neben Prinz Philip stehen.

Gerade bückt sich Charming, um durch das Loch in der Wand zu verschwinden, wird aber urplötzlich zurückgeworfen.

Gretel kommt aus der Öffnung gekrochen, hat ganz offensichtlich gerade den Prinzen von der Flucht abgehalten und geschubst.

Wie in Trance greift sich Cinder den Kerzenständer und brät damit ihrem Ehemann eins über.

Der Prinz geht zu Boden, steht nicht wieder auf.

Ein wenig erstaunt starrt sie zu ihm nach unten. Ist das wirklich gerade geschehen?

»Da hat sich das Krav Maga doch ausgezahlt«, meint Pan.

Er tritt neben sie und legt ihr einen Arm um die Schultern.

Ihnen gegenüber hebt Gretel eine Faust und Pan hält dagegen.

»Ihr habt ja echt alle die gleiche Nase, total krass!« Gretel hat die Hexen entdeckt.

»Natürlich. Pinocchios Vater ist Chirurg.« Alle drehen sich zur Herzkönigin um. Die Allwissende. »Was?«, fügt sie hinzu, als sie die Blicke der anderen bemerkt. »Ich hatte in den letzten Monaten viel Zeit, mich mit Witchpedia zu beschäftigen.«

So ist das also.

Gretel fährt sich mit einer Hand durch die blonden Igelhaare. »Und wer bitte ist das? Bei allen Kurzhaar-Rosetten, ist das die Herzkönigin? Sagt mal, in welche Art von Sekte bin ich hier eigentlich reingeraten? Oder macht ihr gerade eine Geisterbahn auf?«

Cinder hofft sehr, dass mit Kurzhaar-Rosetten eine Meerschweinchen-Rasse gemeint ist.

Da niemand etwas sagt, fühlt sich Gretel anscheinend bestätigt. »Verstehe schon. Nehmt ihr Mitgliedsbeiträge oder reicht meine Anwesenheit aus?«

»Sie ist Jaz' Mutter«, erklärt Cinder schließlich lahm. »Die Herzkönigin. James Hook ist ihr Sohn.« Sie kann es selbst immer noch nicht begreifen.

»Kein Scherz?« Gretel öffnet und schließt den Mund. »Aber wer würde denn mit ihr …«

Fear verdreht die Augen, kann das Geschwätz von Gretel sicher auch nicht länger ertragen.

»Zähl zwei und zwei zusammen, Gretel. Seine Hautfarbe und die dunklen Haare. Jaz' Vater ist Indianer.«

Gretel blinzelt. »Was? Neverland-Indianer?«

Die Herzkönigin steht wie erstarrt an der Wand. Mehr wie eine Wachsfigur als wie ein lebendiges Wesen. Das ist Antwort genug.

»Mooooment mal«, murmelt Spieglein. »Jaz' Vater kommt aus Neverland?«

Gleichzeitig wirbelt Rexia zur Herzkönigin herum.

»Du sagtest, du kommst ursprünglich aus dem Märchenwald.«

Cinder klappt der Mund auf, als bei ihr der Groschen fällt. Eltern aus Neverland und Märchenwald! Großer Froschkönig, was, wenn Jaz das verlorene Kind ist?

Die Herzkönigin winkt ab. »Hört auf damit. Selbst wenn mein Sohn euer prophezeiter Goldjunge ist: Der Krieg ist vorbei.« Allerdings hört sie sich alles andere als überzeugt an.

Spieglein schnaubt. »Ja, genau. Jasemin wird jetzt einfach aufgeben und mit Stricken als neues Hobby anfangen! Ach … geht ja nicht! Keine grünen Wiesen, keine Schafe, keine Wolle in Morgen-

land. Sie wird kommen, sich alles nehmen, bis zum letzten magischen Wollknäuel, und dabei ihr leeres Rachekonto ein bisschen mit toten Märchenfiguren auffüllen. Wir brauchen das verlorene Kind!«

Cinder überlegt. Kann das sein? Ist Jaz wirklich das ominöse verlorene Kind? So lange haben sie nach ihm gesucht, obwohl er die ganze Zeit bei ihnen gewesen ist! Falls er es ist – nein: schon immer war –, dann ist er nun doppelt verloren. Denn vor fünf Minuten hat er ihnen den Rücken gekehrt und ist getürmt.

Derweil rattert Spieglein die Fakten herunter: »Er ist ungefähr im richtigen Alter, hat Eltern aus Neverland und dem Märchenwald. Vielleicht kommt der Name *verlorenes Kind* daher, dass ihn seine Mutter verließ oder weil er als Einziger von den verlorenen Jungs erwachsen geworden ist.«

Klingt einleuchtend, findet Cinder.

»Und nun ist er tot, nicht wahr?«, ruft in diesem Moment eine Stimme vom Hof. Eine eindringliche Stimme, die Cinder sehr wohl bekannt ist. Das kann doch nie und nimmer sein! Nein, nein, das darf nicht sein!

Doch sie ist es. Noch bevor Cinder ganz ans Fenster gestürzt ist, kann sie sie sehen. Denn die Dreizehnte Fee schwebt ein paar Meter über dem Boden. Macht sich nicht mal die Mühe, zu stehen oder ganz nach oben zu schweben. Lässig schwirrt sie wie eine übergroße Hummel über dem Chaos im Hof herum.

»Sagt, hat euch mein Geschenk gefallen?«

~Red~

Ich kann an nichts anderes mehr denken. Die Infizierten sind mir egal, genau wie die totgeglaubte Dreizehnte Fee, die weniger tot ist, als wir angenommen hatten.

Unten im Hof verhöhnt sie mich und meine Freunde.

Cinder brüllt zurück und die Fee antwortet. Eine Weile geht das so hin und her, aber ich bekomme nur die Hälfte mit. Streiche unablässig über Evers Wangen und Stirn. Rose vergießt etwa genauso viele Tränen wie ich, aber das ist nur ein geringer Trost.

»Eure gerechte Strafe scheint euch ja ereilt zu haben.« Der gehässige Unterton in der Stimme der Fee lässt mich aufhorchen. Sie weiß etwas und genießt, dass wir es nicht wissen. »Ich kann nicht behaupten, dass mich das nicht freut. Endlich wissen alle, wer die wahren Bösen in dieser Welt sind. Prinzessinnen!«

»Die Büchse«, japst Rapunzel. »Sie war es!«

»Korrekt. Bemerkt ihr jetzt erst, dass sie meine Handschrift trägt?«

Ja, irgendwie schon.

»Eure Strafe für das, was ihr mir angetan habt! Ihr habt mich nicht umsonst in den Fluss geworfen. Dass ihr meinen Feenstab gestohlen habt! Dafür will ich euch leiden sehen!«

Leide ich etwa noch nicht genug? Ever ist tot.

»Pah!«, kreischt Spieglein. »Du niederträchtiges Insekt! Tragt mich ans Fenster, damit ich sie von Angesicht zu Angesicht sehen kann!« Sicherlich will er nur irgendetwas in ihrer Nähe finden, das er hacken kann. Rapunzel ist so freundlich und erinnert ihn, dass er auch in die Fensterscheiben springen kann. In alles, was spiegelt.

»Hat jemand mal eine Fliegenklatsche?«, will Gretel wissen. Vor Lachen klopft sie mit der flachen Hand gegen die Steinwand. Etwas rumpelt. Nur am Rande bemerke ich, wie sich ein Teil der Wand nach innen schiebt, hebe dann doch den Blick, um zu erfahren, was vor sich geht. Obwohl es meine Trauer stört. Gretel sieht genauso überrascht drein wie alle anderen. Zum Vorschein kommt eine Art Tresor. Noch ein Geheimfach. Alle außer mir drehen den Kopf, wohl gespannt, was es darin zu entdecken gibt.

»Plunder«, erklärt Gretel. »Wirklich hilfreich.«

»Noch mehr magische Artefakte?«, murmelt Spieglein.

Snow eilt zur Wandöffnung. »Wer hat das versteckt? Meine Mutter?«

»Oder Stiefmutter«, murmelt der Spiegel.

Etwas poltert zu Boden. Ein Bild im goldenen Rahmen. Ich kann hören, wie Cinder einatmet.

»Das Bild. Der Rahmen! Sieht genauso aus wie die unten im Keller.«

»Wusste ich es doch!«, freut sich Spieglein. »Das ist das verlorene Bild mit dem Gesicht des achten Zwergs!«

Genervt drehe ich mich halb zu Gretel und der Öffnung in der Wand um. Können sie nicht alle mal mit dem Unsinn aufhören? Das ist doch jetzt total nebensächlich. Wer bitte will das noch wissen?

»Wer? Wer?« Rapunzel versucht, über Snows Schulter zu spähen. »Oh, große Frau Holle, das darf nicht wahr sein! Das ist der achte Zwerg?«

Aber mir ist völlig egal, wer es ist. Wenn sie nur endlich alle die Klappe halten würden. Träne um Träne tropft aus meinen Augen-

winkeln auf Evers Wangen, die sich unter meinen Fingern immer kälter anfühlen.

Rapunzel wirbelt herum. »*Du* bist der achte Zwerg?«

Ich weiß nicht, wen sie meint. Wem sie sich zuwendet. Ist mir auch egal. Nichts ist mehr wichtig. Das verlorene Kind ist jetzt erst recht verloren, falls es sich dabei wirklich um Jaz handelt, und damit sind wir es alle. Jasemin wird uns nach dieser List tot sehen wollen. Die Zombies ebenso. Ever ist sowieso schon nicht mehr unter uns. Mein Ever.

Ever ist tot. Jaz ist fort und ich bin verloren.

Danksagung

Wie immer gilt der letzte Teil meines Buches denjenigen, die gewöhnlich in recht großem Maß daran beteiligt waren, dass dieses Buch den Weg in euer Regal fand. Also zuerst euch, meinen Lesern, die es tatsächlich geschafft haben, bis hierher zu lesen und im günstigsten Fall auch noch den Humor in diesem Buch verstanden haben. Ihr seid die Besten!

Aber es gibt noch mehr Personen, denen ich namentlich danken möchte.

Zunächst wäre da meine Verlegerin Astrid vom Drachenmond Verlag, die das Cover für dieses Buch ganz euphorisch erstellen ließ, ehe ich auch nur das erste Kapitel fertig hatte. Mal sehen, wie schnell du mit den nächsten beiden Bänden bist. Ich nehme noch Wetten an! Astrid, du bist einfach die Beste! Danke für viele tolle Stunden in der Drachenhöhle, viele gute Ratschläge und die Autorenwochenenden bei dir. Ich liebe es mit einem Dutzend Drachenautoren zu frühstücken. Drachenpower!

Ein kerni-ger (haha!) Dank geht an die Designerin der unglaublich schönen Buchcover der gesamten Hipster-Märchen-Reihe. Talentierte Autorin von Kernstaub (genannt: Kerni) und unglaubliche Coverdesignerin auch noch, wie geht das?!

Ein riesengroßes Dankeschön geht an die Künstlerin Andrea Grautstück für die Illustrationen von Gretel sowie dem Bild von Cinder und Pan. Ich bin verzaubert!

An dieser Stelle muss ich auch meiner Kollegin Annika danken, die mich durch ihre lebhaften Beschreibungen ihrer Meerschweinchenzucht (200 Meerschweinchen in ihrem Carport) und ihren Assitoaster-Besuchen dazu inspiriert hat, ihr die Rolle der Gretel auf den Leib zu schneidern. Du bist Gretel und Gretel ist du! (Vielleicht sollte Gretel im nächsten Band ebenfalls an Schönheitswettbewerben für Meerschweinchen teilnehmen.)

Ebenso danke ich meinen Testlesern Amélie, Henni, Marie und Rebecca, die mir ausgesprochen hilfreiche Anmerkungen geliefert haben. Durch euch ist dieses Buch noch viel besser geworden. Ihr seid spitze, Mädels!

Einen lieben, lieben Dank auch an Isabell Schmitt-Egner, Autorenfreundin und Lektorin dieses Buches, in Fachkreisen (=von mir) auch »Brain« genannt. Du bist einfach unbeschreiblich! Ich liebe unsere stundenlangen Telefonate, Schreiburlaube, deine Tipps und die Buchweizen-Rezepte! Und all den Spaß, den wir hatten, als wir Meerschweinchenrassen gegoogelt haben oder uns witzige Outtake-Szenen für Bane und Charming ausgedacht haben. Danke, Brain!

Ein riesiges, fettes Dankeschön ebenso an meine geniale Korrektorin Lillith Korn. So süß, wie du dich immer auf meine Manuskripte freust und dich dann über Tage weglachst.

Außerdem möchte ich mich bei meiner Familie und meinen besten Freunden für ihre Unterstützung bedanken, die sie mir zukommen lassen. Ihr lest meine Bücher oder ihr habt es fest vor. (Verstehe schon!) Aber ihr ertragt mich und lasst mich eure Kühlschränke leer futtern und versorgt mich mit dem Wichtigsten für mich: Kaffee! Danke, ich liebe euch.

Dann noch einen Dank an meine NaNoWriYeah-Schreibgruppe. Ihr seid so inspirierend und ich liebe unsere Schreibchallenges am Abend.

Ebenfalls meinen Dank verdient hat sich mein Chef Marco, der mir ohne zu zögern eine 90%-Stelle anbot, damit ich mehr Zeit zum Schreiben habe. Mein Marketingjob und mein ganzes Team ist einfach klasse! Was würde ich ohne dieses kreative Umfeld in meinem Alltag tun?

Zum Schluss geht mein letzter Dank an meine Leser, die mir auf Instagram folgen. Die mich mit ihren lieben Kommentaren regelmäßig bestärken und mich (fast nie) an mir zweifeln lassen. Wegen euch lebe ich das glücklichste Leben ever!

Julianna Grohe
Räuberherz
ISBN: 978-3-95991-277-8, kartoniert, EUR 12,90

Als wäre sie in eine schräge Version von »Die Schöne und das Biest« geraten, findet sich Ella in der Villa eines reichen Mannes wieder. Statt jedoch mit tollen Kleidern und Schmuck verwöhnt zu werden, soll sie putzen, während ihr Entführer eine Traumfrau nach der anderen mit nach Hause bringt. Welches Geheimnis verbirgt er? Weshalb sind manchmal Stimmen im Haus zu hören, obwohl niemand in der Nähe ist? Und warum gibt es diese seltsamen elektrischen Schläge, wenn sie aus Versehen seine Haut berührt?
Ella ahnt, dass seine Hartherzigkeit nichts als Fassade ist …
doch was wird sie dahinter finden?
Vielleicht etwas viel Gefährlicheres?

»Verdammt! Kochen, putzen, waschen, bügeln –
und das alles für diesen super-arroganten Schönling?
Ein Traum. Genau so hab ich mir den Rest meines Lebens vorgestellt …«

Prolog

Das Mädchen, das er ausgewählt hatte, stapfte in der Dämmerung mit gesenktem Kopf die Straße entlang, die Kapuze der schwarzen Jacke tief ins Gesicht gezogen.

Endlich. Er wusste, sie war perfekt für seinen Plan: nichtssagend, ordentlich, zuverlässig, hartnäckig, leidensfähig und vor allem ... allein.

Sie würde nicht schwach werden – und dann würde er es hoffentlich auch nicht.

Als das Mädchen um die Ecke gebogen kam, war er mit einem Satz ins Gebüsch gesprungen. Er war stark und schnell – sie würde keine Chance haben, ihm zu entkommen. Kein Normalsterblicher hatte das. Aber seine Stärke war zugleich seine größte Schwäche. Verursacht durch diesen unbezähmbaren Hunger, der ihn zum Rauben zwang. Ohne Rücksicht auf Verluste.

Bitterer Selbsthass durchströmte ihn, erfüllte ihn mit Dunkelheit, nahm ihm die Luft zum Atmen, während sein Herz vor gespannter Aufregung schneller pumpte. Er krallte seine Hand um einen Ast, als wollte er jemanden würgen.

Am liebsten hätte er der Kleinen zugerufen: »Verschwinde von hier! Renn so schnell du kannst, bevor es zu spät ist! Lauf um dein Leben!« Aber er blieb stumm und biss die Zähne zusammen. Weil er keine andere Wahl hatte.

Doch wenn er Erfolg haben und das neue Medikament wirken würde, könnte das alles bald der Vergangenheit angehören.

Dann wäre er endlich frei.

Und das Mädchen ebenso, denn dann würde er es nicht mehr brauchen.

Raschelnd wirbelte eine Bö das trockene Laub auf. Ein Straßenschild ganz in der Nähe bewegte sich quietschend im Herbstwind. Das Mädchen wischte sich eine dunkle Haarsträhne aus dem Gesicht.

Er wusste, dass sie freundlich war. Dieser düstere Grufti-Look passte überhaupt nicht zu ihr.

Er hatte sie beobachtet, genau studiert. Seit Tagen schon. Er musste sichergehen, denn einen Fehler durfte er sich nicht erlauben.

Morgen. Morgen war Halloween. Da würden all die gruseligen, gefährlich aussehenden Gestalten durch die Stadt geistern.

Doch niemand wusste, dass er die gefährlichste von allen war. Verdammt dazu, ein Ungeheuer zu sein.

Wenn er raubte.

Gothic-Girl

Beim ersten Mal, als ich den Schatten in der Dämmerung sah, dachte ich mir noch nichts Böses dabei. Es war sicher nur ein seltsam gewachsener Busch, der da auf der Anhöhe stand, wo kein Laternenlicht mehr hinreichte. Nichts, was mich ängstigen sollte, schließlich war ich kein kleines Kind mehr, sondern schon beinahe siebzehn Jahre alt – und in gefühlten Jahren sogar deutlich älter. Aber trotzdem überkam mich beim Anblick der dunklen Silhouette ein ungutes Gefühl.

Fröstelnd zog ich den Reißverschluss meiner zerschlissenen Jacke weiter nach oben, während der Herbstnebel die Häuser und Bäume von Brookville langsam, aber unaufhörlich verhüllte.

Obwohl ich mich nicht fürchten wollte, beschleunigten sich wie von allein meine Schritte, bis ich endlich die richtige Auffahrt erreichte. Ich versteckte mich hinter einem Baumstamm und wartete ab, ob mir jemand folgte. Aber da war niemand. Und dennoch ziepte es unruhig in meinem Magen.

Dass ich so schreckhaft war, lag bestimmt daran, dass morgen Halloween war und alle Leute schon eifrig ihre Häuser schmückten, um einander das Gruseln zu lehren. Ein bisschen freute ich mich sogar auf die beleuchteten Kürbisse, Skelette und Spinnennetze.

Eilig huschte ich durch das raschelnde Herbstlaub zur Hintertür.

»Kack, verdammter!«, fluchte ich, als ich auf den bröckeligen Steinstufen zur Veranda stolperte. Ohne Licht konnte man kaum etwas erkennen.

Mit Schwung warf ich mich gegen die unverschlossene Tür, von der die Farbe schon zum größten Teil abgeblättert war, bis sie sich mit einem lautstarken Knarzen öffnete. Ich schlüpfte hinein, drückte sie wieder zu und schob rasch den Riegel vor. Endlich zu Hause.

Sofern man diese verlassene Ruine ein Zuhause nennen konnte. Irgendeinen Erbschaftsstreit gab es da, hatte ich gehört, weshalb in dem Gebäude seit einigen Jahren niemand mehr wohnte – zumindest so lange, bis ich hier einfach eingezogen war.

Damit ganz sicher niemand hereinkommen konnte, schob ich zusätzlich einen gusseisernen Beistelltisch vor die Tür und ließ dann meinen Rucksack von der Schulter rutschen. Dabei fiel der dicke Wälzer aus der Bibliothek heraus, in dem ich draußen bis zum Einbruch der Dämmerung gelesen hatte. Geliehene Bücher kosteten zum Glück nichts.

Ich schlurfte in das ehemalige Wohnzimmer und zündete die Laterne an, die einen schwachen Lichtschein auf das Lager warf, das ich hier aufgeschlagen hatte. Viel besaß ich ja nicht. Dann schüttete ich mir den letzten Rest Cornflakes in eine Schüssel.

Es gab keine Milch dazu, aber das machte mir nichts aus. Auf Luxus konnte ich gut verzichten, solange ich nur nicht wieder zu meinem Vater zurückmusste. Nur … wie es weitergehen sollte, wenn der Winter kam, wusste ich nicht.

Nachdem ich auch den letzten Krümel aus der Schüssel geleckt hatte, nahm ich das Buch wieder zur Hand. Tauchte ein in eine andere Welt, eine Welt, die mir half durchzuhalten, die mir half, der Wirklichkeit zu entfliehen und die unheimlichen Geräusche des alten Hauses auszublenden.

Ich liebte Romane. Durch sie entstanden die wunderbarsten Geschichten, Gedanken und Bilder in meinem Kopf.

Erst als meine Augen vom Lesen bei Kerzenlicht tränten, legte ich das Buch beiseite, zog mein Nachthemd an und kroch in den Schlafsack. Dann löschte ich das Licht und machte mich auf eine weitere harte Nacht gefasst, denn eine Isomatte war auf Dauer kein Matratzenersatz und in der Dunkelheit ließen sich die quälenden Gedanken nicht mehr vertreiben.

Ich dachte an die Schule, die ich übernächstes Jahr unbedingt erfolgreich beenden musste, an meine Großeltern, bei denen ich aufgewachsen war, und an meinen unberechenbaren Vater, der mich vor drei Wochen beinahe erwürgt hätte.

Ich schüttelte mich, um all die Bilder aus meinem Kopf zu verbannen, und überlegte stattdessen, wie ich mir etwas zu essen beschaffen könnte.

Als mein Wecker in der Früh klingelte, kroch ich mühsam aus dem Schlafsack. Montag. Jeder Knochen tat mir weh.

Alles wie gehabt, dachte ich gequält.

Wenn ich auch nur ansatzweise geahnt hätte, dass sich am heutigen Tag mein ganzes Leben ändern sollte, wäre ich nicht zur Schule gegangen, sondern hätte so schnell wie möglich das Weite gesucht. Wäre in eine andere Stadt gezogen, in ein anderes Land. Oder besser gleich auf einen anderen Kontinent!

Der Morgen begann schon miserabel mit einem knurrenden Magen. Wenn ich hungrig war, war ich unausstehlich, aber zum Glück war niemand da, an dem ich meine schlechte Laune hätte auslassen können.

Das Wasser aus der Regentonne, mit dem ich mir die Zähne putzte und mich wusch, war eiskalt, und obendrein war seit gestern auch noch mein Deo aufgebraucht. Unglücklich schnupperte ich an meinem schwarzen Hoodie mit dem Aufdruck *Darkness is my illumination*, den ich nun schon den dritten Tag hintereinander anziehen musste. Außer Deo benötigte ich dringend Waschpulver und Shampoo.

Seufzend zog ich mich an, überdeckte meine Sommersprossen und Pickel mit jeder Menge blass machendem Make-up, trug sorgfältig den geliebten schwarzen Lippenstift auf und machte mich auf den Weg – die Zeit für das Frühstück sparte ich ja ein. Zum Glück war es nicht weit, denn die Hausruine lag auf meinem ehemaligen Schulweg.

Es war noch dunkel, und die Sträucher am Straßenrand warfen bizarre Schatten auf den Gehweg. Unwillkürlich schaute ich zu der Stelle, an der mir am Vortag der große menschenförmige Busch aufgefallen war.

Er war noch da, was dafür sprach, dass es tatsächlich eine Pflanze war. Aber ... Ich kniff die Augen zusammen. ... hatte sich der Schatten gestern nicht ein bisschen weiter rechts befunden, direkt am Weg? Ein Schauer lief mir über den Rücken.

Es muss eine optische Täuschung sein, beschloss ich tapfer und ging eilig weiter den Berg hinab.

Vielleicht war nicht nur Halloween schuld. Seit meine Großeltern vor einem Jahr bei einem Autounfall ums Leben gekommen waren und ich zu meinem Vater hatte ziehen müssen, war ich viel zu ängstlich geworden.

Unbehelligt erreichte ich die Brookville Highschool, zog mir die Kapuze des Hoodies über die ungewaschenen Haare, holte meine Sachen aus dem Spind und schlich mit gesenktem Blick zum Klassenraum. Manchmal wünschte ich mir, ich wäre unsichtbar. Das wäre cool! Dann könnte ich herkommen und lernen, ohne dass meine Mitschüler mich bemerken würden, oder ich könnte den Lehrern jede Menge Streiche spielen.

Aber leider war ich das nicht, stellte ich wieder einmal fest, als ich mich auf meinen Stuhl fallen ließ und mein Nebenmann Daniel mich lautstark mit »Iiiih! Ach, du bist's nur« begrüßte. ...

Nina MacKay
Hipster-Märchenreihe 3
Rapunzel und die Genmais-Protestbewegung
ISBN: 978-3-95991-993-7, kartoniert, EUR 14,90

Red hat ein Problem. Ever ist tot und Jaz ist fort. Ganz im Gegenteil zur zombifizierten Bevölkerung des Märchenwalds, die mit der Büchse der Pandora in Kontakt kamen und Rapunzel dafür zur Verantwortung ziehen wollen.
Und dann wäre da noch die Dreizehnte Fee, die Hexe Bane und Prinzessin Jasemin, die allesamt (und jeweils) Rache an Red und ihrer Gang geschworen haben.
Glücklicherweise haben Red und Rapunzel da einen Plan.
Also fast. Beinahe jedenfalls.
Dank Spieglein sind immerhin schnell vier Möglichkeiten identifiziert, wie man Ever aus seinem tödlichen Schlaf zurückholen könnte.
Was das genau mit Youtube-Challenges, Genmais, einem Mettigel, sowie der Goldenen Gans und ihrer Flohtox-Drogenküche zu tun hat? Außerdem bliebe da noch die Frage, wie man das Verlorene Kind zurückbekommt. Vielleicht kann da der sagenumwobene achte Zwerg helfen?
Red und Rapunzel haben da, wie gesagt, beinahe einen Plan!

Nina MacKay
Hipster-Märchenreihe 4
Dornröschen und der Mettsommernachts-Traum
ISBN: 978-3-95991-994-4, kartoniert, EUR 14,90

»Was wollt ihr denn machen?
Rap-Battle gegen Charming und die Dreizehnte Fee?«

Zwar ist das Verlorene Kind zurück und die Märchenwaldbewohner sind keine Zombies mehr, doch alle anderen Katastrophen konnten größtenteils nicht zufriedenstellend gelöst werden. Also macht sich Red auf, um eine List gegen Aladin ins Rollen zu bringen, während der Rest der Schneewittchen-Gang einen Plan entwickelt, der auch die Sieben Zwerge miteinbezieht. Können Letztere, obwohl sie mit den Vorbereitungen für ihre Mettsommer-Party bereits alle Zwergenhände voll zu tun haben, den Einmarsch der Truppen des Morgenlands verhindern? Werden Alice und der Hutmacher trotz Nicht-Verhochzeitungsfeier an der Seite von Red kämpfen? Und welchen wahnwitzigen Plan verfolgen die Prinzen?

Du brauchst Lesenachschub und möchtest dich überraschen lassen oder wünschst Empfehlungen? Da können wir helfen! Wir stellen für dich ganz individuell gepackte Buchpakete zusammen – unsere

DRACHENPOST

Du wählst, wie groß dein Paket sein soll, wir sorgen für den Rest.

Du sagst uns, welche Bücher du schon hast oder kennst und zu welchem Anlass es sein soll.
Bekommst du es zum Geburtstag #birthday
oder schenkst du es jemandem? #withlove
Belohnst du dich selber damit? #mytime

Je mehr wir wissen, umso passender können wir dein Drachenmond-Care-Paket schnüren. Du wirst nicht nur Bücher und Drachenmondstaubglitzer vorfinden, sondern auch Beigaben, die deine Seele streicheln. Was genau das sein wird, bleibt unser Geheimnis …

Die Wahrscheinlichkeit ist groß,
dass sich das ein oder andere signierte Exemplar in deiner Box befinden wird. :)

Wir liefern die Box in einer Umverpackung, damit der schöne Karton heil bei dir ankommt und als Geschenk nicht schon verrät, worum es sich handelt.

Lisan bringt das kleinste Drachenpaket zu dir, wobei *klein* bei Drachen ja relativ ist. € 49,90
Djiwar schleppt dir in seinen Klauen einen seitenstarken Gruß aus der Drachenhöhle bis vor die Tür. € 79
Xorjum hütet dein Paket wie seinen persönlichen Schatz und sorgt dafür, dass es heil bei dir ankommt – und wenn er sich den Weg freibrennt! € 99,90

Zu bestellen unter www.drachenmond.de